W0222897

La Légende Céleste

Série : Les Élus
Tome 2

Inès L.B.

À tous ceux que j'aime,
à tous ceux qui font partie de ma vie, de près ou de loin…

Première

Quatre petits coups frappés à ma porte me réveillèrent en douceur. Tiens, Awen avait décidé de venir me rendre visite de bon matin ? D'un côté, ça ne m'étonnait pas : elle n'aimait pas plus que moi les rentrées des classes et elle avait sûrement besoin d'en parler.

Je me retournai dans mon lit, complètement emmêlée dans les draps, et jetai un œil à Tic-Toc : il me regardait en rigolant.

—Quoi ? marmonnai-je, la voix pâteuse.

—Mais rien du tout, dit-il en riant de plus belle. On dirait juste qu'un TGV t'est passé dessus !

—Merci, ronchonnai-je en enfonçant ma tête dans l'oreiller. Entre ! lançai-je à l'intention de ma meilleure amie restée derrière la porte.

J'étais crevée. La veille, j'avais mis au moins deux heures à m'endormir, et ce matin j'en payais les frais. Je refermai les yeux et m'étalai de tout mon long sur le lit, la tête dans les draps, bien décidée à profiter des quelques minutes de repos qu'il me restait. Je pouvais très bien écouter Awen les yeux fermés. Elle était habituée, elle savait que je n'étais pas du matin !

J'entendis la porte s'ouvrir, des bruits de pas légers, puis la porte se referma et… plus rien. Bah, qu'est-ce qu'elle faisait ?

—Hum, hum, toussota Tic-Toc légèrement.

—Bonjour Belle au Bois Dormant, me dit une voix masculine tout doucement.

Cela me fit l'effet d'un électrochoc : je me levai et me retournai d'un bond, les yeux exorbités par la surprise. Merde, je ne devais pas être très présentable !

—Ange…, dis-je dans un souffle.

—Apparemment tu t'attendais à quelqu'un d'autre, répondit-il avec un sourire en coin irrésistible.

Puis il s'avança vers moi et planta un baiser furtif sur mon front, aussi léger que les ailes d'un papillon. Maladroitement, je tentai de me sortir des draps et de me recoiffer discrètement, mais c'était peine perdue : mes cheveux étaient en vrac et il n'y avait qu'un véritable passage par la salle de bain qui pourrait me sauver.

Je baissai les yeux, légèrement gênée qu'Ange m'ait surprise dans un tel état.

—Ne t'inquiète pas, je te trouve très belle comme ça, dit-il les yeux rieurs, comme s'il avait lu dans mes pensées.

Lui, il était aussi canon que d'habitude. Une véritable gravure de mode. Un beau gosse, quoi.

Waouh…

Si j'avais osé, j'aurais bavé sur place. En plus, il n'était pas en pyjama, comme moi – oui, je sais, il fallait vraiment que j'aille faire un tour chez Victoria's Secret pour m'acheter une nuisette – mais il portait un pantalon gris à la fois sportswear et sexy, ainsi qu'un simple t-shirt blanc qui marquait son torse à merveille. Mais le pire, le pompon, si j'ose dire, c'était sa veste en cuir noir à la coupe droite ultrachic, qui lui donnait un air de motard-gravure de mode.

Gloups.

J'adorais son style.

—Hum, toussai-je pour éclairer ma voix de camionneuse du matin, tu… tu as bien dormi ? demandai-je à tout hasard.

J'étais un peu perdue. J'étais très heureuse qu'Ange se retrouve dans ma chambre en cet instant, mais je n'y comprenais plus rien. Cela faisait deux mois que nous n'avions pratiquement pas passé un seul instant tous les deux, et tout à coup, un beau matin, il décidait de venir me réveiller pour me faire la causette.

J'étais un petit peu en colère, je l'avoue. Après mon combat contre Ludivine et Tristan à la fin de l'année scolaire, les garçons nous avaient proposé de venir vivre chez eux, et Awen, Kinnie et moi-même avions accepté immédiatement, trop heureuses de pouvoir nous rapprocher un peu plus de nos amis. Malheureusement, le Conseil des Anges avait été averti de la situation et des Chercheurs avaient été envoyés sur terre pour faire le point sur la situation avec les garçons, mettre en place de nouvelles règles et réaménager toute la maison en vue de notre prochaine venue. Ils avaient également eu pour mission de vérifier que nos Ombres ne rôdaient pas dans les parages. Résultat des courses : j'avais passé l'été entier à ruminer chez mes parents, en attendant désespérément qu'Ange me fasse un signe et vienne me voir de temps en temps. Quand les Chercheurs lui avaient laissé un peu de temps libre, il était venu me voir, mais il avait dû repartir très vite pour ne pas éveiller de soupçons sur notre vraie relation. Je savais qu'en réalité il ne s'éloignait pas beaucoup, qu'il restait toujours aux alentours pour veiller sur moi, mais cela me rendait encore plus triste. Au lieu de passer l'été ensemble et d'en profiter, nous avions dû faire semblant de n'être que des amis, et j'en avais plus qu'assez. Je voulais être avec mon ange gardien et je voulais passer des moments intimes avec lui. Il me manquait. Quand il s'en allait, j'avais l'impression de manquer d'air.

—À quoi penses-tu ? me demanda-t-il en me sortant de ma rêverie.

—Au merveilleux été qui vient de s'écouler, dis-je d'un ton ironique.

Une ombre passa sur son visage et il fronça les sourcils.

—Explique-moi.

—Tu sais très bien ce que je veux dire.

—Non.

—Si.

—Allez, Eileen, explique-moi, insista-t-il très sérieusement.

Je fulminai.

—Nous n'avons pas passé un seul moment ensemble depuis deux mois, les Chercheurs t'ont accaparé, tu m'as ignorée et je me suis sentie abandonnée, lui lançai-je d'une traite.

—Euh… excusez-moi, dit une petite voix sur le côté du lit. Si vous comptez vous disputer, je préfèrerais ne pas assister à ça.

Je retournai Tic-Toc sans ménagement en direction du mur. S'il n'était pas content, il n'avait qu'à se boucher les oreilles, même s'il n'avait pas de mains.

Un soir, cet été, mon fidèle réveil m'avait demandé pourquoi j'étais si triste, et je n'avais pas résisté à la tentation de tout lui raconter sur ma vraie relation avec Ange. Il m'avait juré qu'il ne dirait rien à personne. De toute façon, seule Awen avait le même pouvoir que moi – celui de parler aux objets – il y avait donc peu de risque pour que Tic-Toc révèle mon secret au monde entier.

—Tu sais très bien que cela aurait été trop dangereux de nous voir sachant que des Chercheurs étaient dans les parages, me dit Ange d'un air contrit.

—Tout est toujours trop dangereux pour toi.

—Je ne peux pas croire que tu sois en train de me reprocher de vouloir te protéger ! s'exclama-t-il en se passant une main dans les cheveux.

Bon, d'accord, j'étais en train de l'énerver. N'ayant pas très envie d'être de mauvaise humeur pour la rentrée, je décidai de calmer le jeu.

—Et qu'est-ce qui t'amène dans ma chambre, ce matin ? Les Chercheurs sont-ils partis ?

Nous avions enfin emménagé chez les garçons quelques jours plus tôt. Kinnie, Awen et moi-même avions fait croire à nos parents que l'internat avait réouvert ses portes et que nous pouvions y retourner pour nous préparer à la rentrée. Après de déchirants adieux, nous avions finalement déballé toutes nos affaires à Marsiac, dans la maison que les parents d'Ange avaient achetée lorsqu'il était descendu vivre sur terre l'année dernière. Lorsque j'étais entrée, je n'avais plus rien reconnu. La maison avait subi une telle transformation que je soupçonnais Valérie Damidot et son équipe d'être à l'origine de ce changement. Seules une partie du salon et la chambre d'Ange – dont j'avais hérité pour mon plus grand bonheur – étaient restées intactes. Désormais, il y avait trois chambres et une salle de bain à l'étage – réservé aux filles – et trois chambres ainsi qu'une salle de bain, un bureau, la cuisine et l'immense salon-salle à manger au rez-de-chaussée. Nous étions tous enfin réunis sous le même toit et cela nous avait fait beaucoup de bien, mais Ange était resté distant et, pour autant que je sache, les Chercheurs n'avaient toujours pas été renvoyés dans le ciel, donc je ne comprenais pas vraiment ce retournement de situation.

—Non, ils ne sont pas partis, me répondit-il en s'asseyant à mes côtés et en levant une main vers mon visage pour me caresser la joue.

Je tremblai. Le contact de sa peau si chaude m'émut au plus profond de moi. Il m'avait terriblement manqué.

—Ça va ? me demanda-t-il tout doucement.

Je haussai les épaules.

—Eileen…

Re-haussement d'épaules.

Ange poussa un soupir.

—Combien de fois faudra-t-il que je te dise que je peux ressentir tes émotions ? Tu as tremblé de tristesse… Que se passe-t-il ?

Ses yeux de félins vert émeraude me traquèrent et mon cœur se mit à battre la chamade. Sa peau légèrement dorée était si attirante… Sans parler de son petit sourire d'encouragement qui fit littéralement tomber toutes mes barrières.

—Je t'aime, murmurai-je dans un souffle.

Allez hop, c'était dit, mais s'il ne répondait pas la même chose, je ne donnais pas cher de ma peau. Et si la présence des Chercheurs l'avait de nouveau fait douter de ses sentiments pour moi ? Il avait passé deux mois à m'éviter soigneusement, en essayant de ne passer avec moi que le minimum de temps nécessaire pour mener à bien sa mission d'ange gardien – c'est-à-dire me protéger. Au fond de moi, je pensais qu'il avait fini par se rendre compte de la folie de notre relation et du risque qu'elle représentait pour lui, et qu'il avait fini par se raisonner.

Timidement, je levai les yeux vers lui : il semblait attristé. Déçu, même…

—Tu penses vraiment que j'ai changé d'avis ? dit-il d'une voix sombre. Tu crois que je pourrais effacer mes sentiments pour toi aussi rapidement ? Comment peux-tu avoir si peu confiance en moi, Eileen ?

Il avait parlé d'un ton abattu. J'avais dû lui faire de la peine. Honteuse, je baissai les yeux et regardai mes doigts s'entortiller nerveusement autour des draps. Ange prit alors mon menton dans sa main et me força à le regarder.

—Je t'aime aussi, Eileen, n'en doute jamais, me dit-il férocement. Nous connaissons tous les deux les risques que nous encourons à vivre notre histoire d'amour malgré l'interdiction du Conseil, mais nous avons pris une décision et, pour ma part, je compte respecter mon engagement envers toi. L'année dernière je t'ai dit que je n'étais plus capable de vivre sans toi et de n'être que ton ami, et c'est toujours vrai. Ça le sera toujours. Je suis là, je suis ton ange gardien, ton petit ami, et je t'aime. Je veillerai sur toi toute ta vie, mais cela ne veut pas dire que je doive agir inconsciemment. Lorsque le danger est trop présent, il faut savoir patienter et être discret. C'est ce que j'ai fait cet été. Cela n'a pas été facile, crois-moi, j'avais envie de te rejoindre tout le temps, à chaque instant, mais je savais que les Chercheurs n'étaient pas loin, peut-être même chez toi, dans ton jardin, et cela aurait été de la folie de venir te voir trop souvent.

Bon, bien sûr, dit comme ça, c'était logique, mais cela n'avait pas empêché mon petit cœur de souffrir tout l'été. Mais le principal, c'était qu'il m'aimait toujours. Youpi ! Rien d'autre ne comptait et je lui lançai mon plus beau sourire.

—Désolée, dis-je en m'excusant du regard. Tu sais, je ne suis pas un ange, moi, juste une humaine à qui on a appris à faire des trucs incroyables l'année dernière, alors quand mon petit ami ne me donne presque pas de signe de vie pendant tout l'été, forcément, je m'imagine des scénarios catastrophes…

Ange pouffa de rire d'un air malicieux.

—Des scénarios catastrophes, répéta-t-il en tournant la tête de gauche à droite. Non mais qu'est-ce qu'il ne faut pas entendre !

—Bah quoi ? me renfrognai-je en ramassant la couette qui était tombée par terre au cours de la nuit et en me cachant dessous.

—Que voulais-tu qu'il m'arrive ? me demanda-t-il en ne pouvant réprimer un sourire en coin.

—Bah, je sais pas, moi, des tas de trucs ! éludai-je en haussant les épaules.

—Allez, dis-moi…, insista-t-il en faufilant une main sous la couette pour la poser sur mes hanches et m'attirer vers lui.

—Euh…

—Alors ?

Il déposa un baiser à la base de mon cou et remonta doucement jusqu'à ma mâchoire, puis il vint frôler ses lèvres sur les miennes, sans toutefois les toucher complètement. Je déglutis bruyamment.

—J'attends toujours, chuchota-t-il dans le creux de ma bouche.

—Je… je me suis imaginé plusieurs choses, parvins-je à dire non sans peine, tant l'envie de me pendre à son cou et de l'embrasser était forte.

—Mais encore ?

—Euh… que tu avais décidé de rompre avec moi à cause des Chercheurs, que tu ne m'aimais plus parce que tu ne me trouvais plus intéressante… Ah oui, et aussi qu'Aurore était revenue dans ta vie et que tu avais décidé de lui offrir une seconde chance, débitai-je à toute vitesse en lui dévoilant mes pires cauchemars.

—Aurore… ? répéta-t-il en faisant une moue écœurée et en s'éloignant de moi.

Noooon, reviens !

Je fis un haussement d'épaules. À quoi bon me justifier, Ange ne me comprendrait pas.

—Ecoutez-moi bien, Mademoiselle Je-doute-toujours-de-tout : je vous aime, dit-il en insistant sur chaque mot. Rien ni personne ne pourra changer ça, alors cesse de te torturer l'esprit, je t'en supplie. Je ne te quitterai plus jamais, tu m'entends ? Plus jamais.

Mince, je l'avais encore mis en colère. En tout cas, sa déclaration m'avait rassurée et j'avais envie de le croire. Ce qu'il s'était passé l'année dernière était derrière nous. Lorsqu'il m'avait quittée pour sortir avec Aurore, c'était pour essayer de faire en sorte que je l'oublie, que je reprenne une vie normale, mais comme cela n'avait pas fonctionné il m'avait avoué la vérité. Il m'aimait, je l'aimais, et tant pis pour les risques. Si le Conseil des Anges découvrait notre relation et voulait nous punir, Ange serait banni et moi je serais exclue du lycée. Peut-être même qu'ils effaceraient ma mémoire, mais nous n'en étions pas encore là. Non. Ange avait raison, je ne devais plus douter de lui.

—Je te crois, dis-je en lui faisant un petit sourire timide.

—Très bien. Alors maintenant, tu vas te préparer bien gentiment et me rejoindre dans dix minutes dans la cuisine, parce que les autres commencent à se réveiller et que je ne veux pas qu'ils me voient sortir de ta chambre.

Je soupirai. Je n'aurai même pas droit à un petit bisou ? Apparemment, non.

Ange se leva, me lança un sourire ravageur qui me laissa sans voix, et sortit de la chambre de sa démarche sexy.

Beau gosse.

—Ouf, j'ai cru que vous n'y arriveriez jamais ! s'exclama Tic-Toc en direction du mur.

Avec un petit rire, je le retournai vers moi.

—Désolée que tu aies été obligé d'assister à ça.

—Oh, ce n'est pas grave, le principal c'est que ce soit réglé, dit-il en levant les yeux au ciel. Allez, va te préparer, moi je vais me recoucher un peu, conclut-il en bâillant.

Je l'enviai un peu en me forçant à sortir de sous la couette. Je fis mon lit rapidement et pris la tenue que j'avais préparée la veille avec Awen. Je m'étais mise à la lecture de ses magazines de mode, mais je n'étais pas aussi douée qu'elle pour assortir les tenues, elle me donnait donc toujours un coup de main pour les occasions spéciales. Aujourd'hui, l'occasion spéciale, c'était la rentrée. J'enfilai un jean bleu foncé, un top léger couleur crème et une veste en maille beige aux manches trois quart. Je rehaussai le tout d'une ceinture blanche et d'un bracelet fantaisie, et hop, le tour était joué. Merci Awen ! Je passai ensuite par la salle de bain pour faire un brin de toilette, mais au moment où j'en sortais pour aller dans le couloir, la porte de la chambre d'Awen s'ouvrit. Je pensais voir ma meilleure amie pointer le bout de son nez pour aller à la salle de bain, mais au lieu de ça, c'est Roman qui sortit de sa chambre à pas de loup. Interdite et la bouche grande ouverte, je reculai discrètement jusqu'à la salle de bain et observai la scène en me cachant derrière la porte restée entrouverte.

Roman était tout habillé mais il était en train de remettre sa deuxième chaussette, et soudain une paire de chaussures atterrit à ses pieds depuis la chambre. Je pouffai de rire silencieusement.

—Plus vite, plus vite, entendis-je ma meilleure amie lui dire d'un ton nerveux.

—Oui, bah, je fais ce que je peux, je te signale, lui répondit Roman en sautant à cloche-pied pour essayer de mettre ses chaussures plus rapidement.

—La prochaine fois tu n'auras qu'à venir plus tôt, chuchota Awen en apparaissant dans l'encadrement de la porte.

Elle était encore en nuisette et ses longs cheveux blonds et lisses étaient quelque peu emmêlés. Eh ben dites donc, ils n'avaient pas perdu le nord, ces deux-là !

—Dépêche-toi, les filles ne vont pas tarder à se lever ! lui dit-elle d'un ton strident.

—OK, OK, c'est bon, je m'en vais !

Roman lui fit un rapide bisou sur la bouche, puis il se dirigea vers les escaliers et descendit rapidement. Awen ferma la porte derrière lui et j'en profitai pour sortir de ma cachette.

Non mais franchement, Roman et Awen, c'était vraiment le couple le plus *hot* de la maison !

Un sourire espiègle sur les lèvres, je descendis les escaliers et entrai dans la cuisine alors qu'une délicieuse odeur de pain grillé emplissait mes narines.

Miam…

J'avais une faim de loup !

—Salut les garçons, saluai-je Roman et Ange d'une voix enjouée.

Celui-ci était en train de remplir mon bol de chocolat au lait. Depuis que j'étais arrivée chez lui, il le faisait tous les matins et les garçons n'avaient rien trouvé à y redire, j'imaginais donc qu'ils considéraient cela comme faisant partie du boulot d'un ange gardien envers sa protégée. Je ne pus réprimer un petit rire. Ange leva vers moi un sourcil interrogateur mais je ne lui répondis pas, et nous nous installâmes à l'immense table du salon. La pièce avait été relativement préservée de la destruction de la maison et n'avait subi que de légères modifications visant à agrandir le salon. La cuisine, par contre, avait été entièrement repensée. Vivre à six plutôt qu'à trois, ça faisait quand même un gros changement, et beaucoup plus de bouches à nourrir !

Roman vint nous rejoindre à table alors qu'Aedan faisait son apparition dans l'encadrement de la porte, mais ni Awen ni Kinnie n'étaient encore descendues. Elles n'allaient pas m'obliger à aller les chercher par la peau des fesses, quand même ?!

—Salut les gars, bonjour Eileen ! nous lança Aedan en préparant deux tasses de café sur le bar américain. Ah, excusez-moi ! dit-il en disparaissant d'un seul coup et en m'arrachant un cri de surprise.

Depuis que nous étions chez les garçons, Aedan prenait un malin plaisir à m'arracher des cris de stupeur en disparaissant et en réapparaissant à chaque coin de la maison. C'était son pouvoir préféré, du coup il l'utilisait à tort et à travers.

En l'entendant descendre les escaliers avec Kinnie, je compris qu'il avait utilisé son pouvoir pour aller accueillir sa petite amie à la porte de sa chambre. Trop mignon !

—Je t'ai préparé un café, lui dit Aedan dans le creux de l'oreille, si amoureusement que j'en fus presque jalouse.

Pour Ange et moi, il était hors de question de montrer un quelconque signe d'affection en public, et encore moins en présence des garçons. Ange m'avait expliqué l'année dernière que ses amis d'enfance avaient été envoyés sur terre pour le surveiller et l'empêcher de sortir avec moi. Apparemment, les histoires d'amour entre anges gardiens et protégés étaient formellement interdites dans le Monde Céleste.

Vraiment une loi débile.

Je retournai à mes tartines et je ne pus m'empêcher de jeter un coup d'œil à Ange, histoire de profiter du spectacle. Si je ne pouvais pas le toucher, je pouvais au moins l'admirer, non ? Lui aussi m'observait, et son sourire en coin ravageur me fit fondre en moins d'une seconde. Je sentis le sang affluer vers mes joues si rapidement que je dus lutter comme une folle pour ne rien laisser paraître de ma gêne.

Calme-toi, Eileen, calme-toi, il ne va pas te manger, tout de même…

Ange détourna le regard, tout à fait conscient du torrent d'émotions qu'il venait de provoquer en moi, et retourna à sa contemplation du jardin à travers la baie vitrée du salon.

—Youhouuuuu ! cria soudain une voix dans mon dos. C'est la rentrée !!!

La tornade Awen venait d'entrer dans la pièce. Sans attendre qu'on la salue, elle se jeta sur Roman pour l'embrasser et lui dire bonjour.

Enfin, lui re-dire bonjour, mais ça, j'étais la seule à le savoir.

Puis, quand ils dédaignèrent se décoller au bout de deux minutes – si, si, j'avais chronométré – elle fit un rapide bisou sur la joue à chacun d'entre nous.

Pour Awen, c'était important, le bisou du matin.

—Oh là là, je suis surexcitée, dit-elle en faisant des petits sauts sur place alors que Roman lui préparait son petit déjeuner. Cette année on va enfin apprendre à se servir de nos pouvoirs pour attaquer nos Ombres !

Quoi ?! Non mais dites-moi que je rêve…

Étais-je donc la seule à être effrayée à l'idée de revoir mon Ombre et de la combattre ? L'année dernière, Awen ne les avait qu'aperçues, alors que moi je m'étais battue contre elles et j'avais senti leur force et leur puissance dans les blessures qu'elles m'avaient infligées. Heureusement, Ange m'avait guérie rapidement, mais de là à retenter l'expérience de sitôt, non merci ! Rien que de penser à leurs orbites noires et vides, à leur peau blanchâtre et à la façon dont Ludivine – mon Ombre à moi et l'ex-petite amie d'Ange, soit dit en passant – avait failli m'arracher le cœur, j'avais envie de vomir.

Un long frisson de dégoût me parcourut et, bien sûr, Ange baissa les yeux vers moi pour me donner force et courage. En tant qu'ange gardien, il avait des tas de pouvoirs spécialement conçus pour veiller sur moi et me protéger. L'un d'entre eux consistait en ressentir mes émotions lorsqu'elles étaient assez fortes pour me provoquer des réactions physiques. Me souvenir des Ombres m'avait fait frissonner de peur, et Ange l'avait senti. Ce pouvoir lui permettait de me retrouver en cas de besoin ou tout simplement de savoir si j'étais bien ou pas. Je lui souris discrètement pour le rassurer. Peut-être avait-il suivi le fil de mes pensées, auquel cas il devait avoir compris que je pensais à mes ennemis…

—Ouais, eh ben tu as intérêt à te concentrer et à progresser un max, cette année, dit Roman à Awen très sérieusement lorsque celle-ci se jeta sur les tranches de brioche qu'il venait de lui amener.

Je l'avais rarement vu aussi sérieux. C'en était presque étonnant.

—Pourquoi ? lui demanda ma meilleure amie d'une voix mielleuse.

—Parce que ce qu'il est arrivé à la fin de l'année dernière ne m'a pas du tout plu, Awen, parce que tu cours un grand danger, parce que ton Ombre peut se trouver à n'importe quel coin de rue, et parce que je ne supporterais pas de te perdre, lui dit-il droit dans les yeux.

Elle déglutit avec peine, et même moi j'eus bien du mal à avaler mon bout de tartine. Quelle déclaration d'amour de si bon matin !

—Je… je serai prudente, finit-elle par dire, les yeux légèrement brillants.

En plein dans le mille, Roman…

—Je préfère ça.

Puis ils se lancèrent dans un nouvel assaut de baisers langoureux entrecoupés de « Je t'aime » et de tripotages en tout genre.

—C'en est trop pour moi ! m'exclamai-je en sautant de ma chaise. À plus tard !

Et je me dirigeai rapidement vers l'escalier pour monter à l'étage et faire un dernier brin de toilette avant de partir.

En sortant de la salle de bain, j'entendis des voix étouffées à l'étage du bas, et en me penchant au-dessus de la balustrade j'aperçus Aedan et Kinnie qui se bécotaient discrètement, cachés dans un coin de la maison.

Grrr…

Je fulminai intérieurement. Tout cet amour autour de moi allait me rendre folle si Ange n'acceptait pas de me démontrer ses sentiments. Je ne lui en demandais pas tant, si ? Juste un baiser volé de temps en temps, une petite caresse sur la joue, un petit câlin…

Bref. Plutôt que de ruminer toute seule dans mon coin, je passai par ma chambre pour prendre mon sac à dos puis descendre l'escalier en prenant soin de faire assez de bruit pour que Kinnie et Aedan déguerpissent en vitesse. Une fois arrivée sur le palier, je fus satisfaite de constater qu'ils avaient disparu de mon champ de vision.

—Bon, je suis prête, comment va-t-on s'organiser ? demandai-je à Roman et Awen en entrant dans la cuisine.

Ils avaient fini de se peloter et terminaient tranquillement leur petit déjeuner. Ange n'était plus là.

—Ange est parti se préparer, me dit Roman en se tournant vers moi. Comme vous êtes déjà prêts, vous n'avez qu'à partir tous les deux. On vous rejoindra un peu plus tard avec ma BMW, ajouta-t-il en haussant fièrement les épaules.

Ah, les garçons et leurs joujoux ! Là-dessus, au moins, il n'y avait pas autant de différence entre les anges et les humains. Enfin si, une petite, à savoir que nos trois amis possédaient une fausse carte d'identité et un faux permis leur permettant de conduire tranquillement sur terre, alors qu'en réalité ils n'étaient pas majeurs. Selon ce que m'avait dit Ange, ses congénères et les êtres humains n'avaient pas du tout le même sens des responsabilités, et si sur terre un adolescent de seize ans était encore considéré comme un bébé, chez les anges il était presque considéré comme un adulte à part entière.

—On y va ? demanda une voix de velours derrière moi.

Je me retournai pour voir Ange dans l'encadrement de la porte, une épaule nonchalamment appuyée sur le bâti, les bras croisés et les yeux fixés sur moi. Un petit sourire ornait ses lèvres charnues.

—Euh… je… ben… oui, finis-je par dire en retrouvant mes esprits.

Bon sang ce qu'il était canon, j'en perdais mon latin !

Je me retournai vers nos amis pour leur faire un petit signe de la main et me dirigeai vers la porte d'entrée.

—Je te laisse dix minutes d'avance et je parie que je vais arriver avant toi ! entendis-je Roman défier Ange depuis la cuisine.

—Rêve toujours ! lui répondit celui-ci d'un ton railleur.

Je poussai un soupir et levai les yeux au ciel, puis j'ouvris la porte et me dépêchai de courir vers l'Audi S3 gris métallisé de mon ange gardien.

Comme bien souvent par chez nous, il pleuvait, mais pas des petites gouttes qui arrivent à peine à vous faire frisotter les cheveux, non, ce matin c'étaient des trombes d'eau en bonne et due forme qui vous trempent des pieds à la tête en moins de deux secondes !

Arrivée à la voiture, j'étais déjà bien ruisselante, mais le pire, c'est qu'Ange apparut comme par magie à la place du conducteur sans un cheveu de travers ni une goutte de pluie sur ses vêtements tout propres.

—Tu sais que c'est de la triche, dis-je en marmonnant.

—De quoi parles-tu ? demanda-t-il avec un rire espiègle, trahissant qu'il avait tout à fait compris de quoi je lui parlais.

—Tu as trop de pouvoirs par rapport à moi, je ne fais pas le poids !

—Tu as peur que la pluie te mange ?

—Non, mais je trouve ça injuste.

—Tu n'as qu'à te transformer, tu auras plus de pouvoirs, dit-il en haussant les épaules comme s'il s'agissait d'une évidence.

Mmmh, ce n'est pas une mauvaise idée.

L'année dernière, notre professeur Aaron nous avait expliqué que lorsqu'un Élu parvenait à se transformer en ange, il acquérait les mêmes pouvoirs que lui – ou tout du moins ses pouvoirs basiques. Depuis que j'avais réussi à me transformer, je pouvais donc me rendre invisible, disparaître pour réapparaître n'importe où, et je possédais également le don de guérison. Enfin, ça, c'était la théorie, car jusqu'ici je n'avais réussi qu'à me rendre invisible, et encore, pas très longtemps. Quant aux autres dons que possédaient les anges, il fallait travailler d'arrache-pied si on voulait les acquérir, mais pour l'instant, je n'avais pas l'intention de m'y mettre. J'avais déjà bien assez de boulot comme ça avec mes propres pouvoirs à développer, sans compter que les cours allaient recommencer et que nous serions bientôt submergés par les devoirs !

—Je suis trop lente pour me transformer, répondis-je à Ange d'un ton las. Je perdrais plus de temps à me déshabiller et à faire apparaître mes ailes qu'autre chose. Autant essayer de passer entre les gouttes d'eau, c'est plus rapide.

—C'est toi qui vois, princesse, dit-il en me regardant dans les yeux et en glissant doucement sa main le long de ma jambe tout en conduisant de l'autre main.

Je rougis instantanément.

—Que se passe-t-il ? me demanda-t-il gentiment.

—Rien.

—Dis-moi, Eileen…

—Rien, c'est juste que… tu… ta main est si chaude, parvins-je finalement à dire d'une toute petite voix.

—Je croyais que je t'avais manqué et que tu voulais que je te montre mes sentiments.

—Oui, bien sûr !

—Alors pourquoi te sens-tu gênée ?

—Je ne le suis pas ! m'exclamai-je en accrochant son regard de félin prêt à tomber sur sa proie.

—Et comme ça ? insista-t-il en montant un peu plus sa main sur ma jambe, de sorte qu'elle se trouve tout près de l'aine.

Une soudaine bouffée de chaleur m'envahit, et pourtant nos deux peaux étaient séparées par mon jean…

Merde alors, qu'est-ce qu'il me fait comme effet !

Cela faisait plusieurs mois que nous sortions ensemble, pourtant nous n'avions toujours pas sauté le pas tous les deux. L'année dernière, le soir même où nous avions prévu de nous retrouver pour notre toute première fois, j'avais été sauvagement attaquée par deux Ombres, la mienne et celle d'Awen. Ange m'avait libérée in extremis, mais depuis nous n'avions plus jamais été seuls et notre rendez-vous avait été reporté jusqu'à nouvel ordre. Autant dire que mes hormones me jouaient de sales tours et que parfois j'étais vraiment à la limite de la combustion spontanée. J'avais envie de le toucher, de le déshabiller, de goûter à sa peau chaude et dorée et de me lover entre ses bras…

—Eileen, tu es toujours avec moi ?

—Oh oui, dis-je dans un souffle, légèrement émoustillée.

Ange leva un sourcil interrogateur mais je préférai changer de sujet de conversation. Ce n'était pas vraiment le moment de me mettre dans un tel état.

—Hum, hum, m'éclaircis-je la voix pour reprendre mon calme. Il y a une question que je veux te poser depuis quelques semaines.

—Vas-y, me répondit-il calmement.

—C'est à propos de Ludivine…

Il fronça les sourcils mais réussit néanmoins à garder son calme.

—Vas-y, je t'ai dit, marmonna-t-il.

—Eh bien, comme tu le sais déjà, elle n'avait pas l'air d'avoir gardé un bon souvenir de toi. Est-ce que tu sais pourquoi ?

—J'imagine qu'elle n'a pas dû accepter que je la quitte.

Ludivine et Ange étaient sortis ensemble deux ans auparavant, lorsqu'elle était encore un ange comme les autres. Ange avait cru être amoureux pour finalement découvrir qu'il ne ressentait envers elle que de l'amitié. Il avait mis fin à leur relation au bout de quelques mois et il m'avait toujours dit que Ludivine en avait beaucoup souffert, mais de là à le haïr à ce point, cela m'avait semblé vraiment étrange.

—Tu es sûr qu'il n'y a pas autre chose ?

—Que voudrais-tu que ce soit d'autre ?

—Je ne sais pas… Tu ne l'as pas trompée, ou quelque chose dans le genre ?

—La tromper ?! s'esclaffa Ange en manquant de s'étouffer. Non mais pour qui tu me prends ?

Il avait l'air à la fois amusé et outré…

—Oui, bon, excuse-moi, dis-je en m'empourprant légèrement.

C'est vrai que j'imaginais mal Ange tromper qui que ce soit, mais tout à coup il tourna son regard vers moi, soudain grave et sérieux. Ses magnifiques yeux verts avaient perdu leur étincelle de joie et me transpercèrent le cœur.

—Il y a peut-être autre chose, c'est vrai, dit-il avec peine.

Je déglutis difficilement. Qu'est-ce que j'allais encore apprendre ? Savais-tu que Ludivine et son frère étaient orphelins ? me demanda-t-il en glissant un regard grave vers moi.

—Oui, elle me l'a dit, murmurai-je doucement.

—Comme je te l'ai déjà expliqué, les anges se connaissent tous entre eux, je connaissais donc Ludivine depuis mon enfance, mais lorsque j'ai commencé à me rapprocher d'elle, j'ai découvert un ange vraiment différent.

—Normal, c'était une Ombre en puissance, lâchai-je sans pouvoir m'empêcher de lui couper la parole.

—Ce n'est pas ce que je veux dire, me dit Ange sévèrement. Au contraire, elle avait l'air perdue, fragile, sensible…

Fragile et sensible ?

Il se fichait de moi, là, ou quoi ?!

—Elle avait besoin qu'on la protège, continua-t-il sans se rendre compte de la colère qui grondait en moi. Elle m'a beaucoup touché et je me suis attaché à elle très rapidement. Je lui ai promis que je prendrai soin d'elle tant que nous serions ensemble…

Ange avait l'air navré mais j'étais tellement en colère que je ne pouvais dire un mot. Devant mon silence, il poursuivit son explication.

—Ce n'était pas une promesse éternelle, dit-il en libérant ma jambe pour remettre sa main sur le volant, les yeux fixés sur la route, mais j'ai quand même l'impression de l'avoir trahie.

J'étais sur le point d'exploser. Si j'ouvrais la bouche, ça n'allait pas être joli-joli. Je respirai calmement pour essayer de me calmer.

—Hum, tu ne dis rien ? finit-il par me demander en me jetant un regard en biais.

—Qu'est-ce que tu veux que je te dise ? Tu voudrais peut-être que je la plaigne ?!

—Non, mais…

—Eh bien non, je ne la plains pas ! Je suis désolée mais elle a essayé de me tuer ! m'écriai-je en laissant exploser ma colère.

—Je me disais bien, aussi, que je te sentais un peu nerveuse, marmonna-t-il comme pour lui-même.

—Cette fille me pourrit la vie, c'est normal que je sois énervée !

—C'est toi qui as voulu en savoir plus sur elle, s'excusa-t-il en haussant les épaules.

—Eh bien j'ai été servie : tu l'as aimée, elle t'a touché au plus profond de toi, tu lui as promis de veiller sur elle et maintenant tu te sens coupable parce qu'elle est devenue une Ombre !

—Tu es jalouse ? me dit-il en haussant un sourcil, visiblement surpris par ma réaction.

—Oui, dus-je admettre en m'enfonçant dans mon siège et en croisant les bras fermement.

La pluie battait férocement sur la voiture et les gouttes dégoulinaient par milliers sur les vitres. Je ne voyais rien au dehors et je ne savais même pas comment Ange pouvait conduire dans de telles conditions.

J'étais en colère, blessée et… jalouse. Oui. Pourquoi le nier ? Ludivine avait possédé Ange, elle l'avait conquis avant moi, l'avait touché, embrassé, et une infime partie d'elle-même ferait toujours partie de lui. J'enrageai. J'aurais pleuré si j'avais pu, mais je ne voulais pas montrer ma faiblesse à mon ange gardien.

—Eileen ?

La mâchoire crispée pour ne pas pleurer, les muscles tendus à l'extrême, je ne répondis pas. Tant pis pour lui.

Soudain la voiture ralentit et Ange quitta la route principale pour prendre un petit chemin qui menait vers l'orée de la forêt. Avant même que je ne me rende compte de ce qu'il se passait, nous étions garés sous d'épais arbres, bien à l'abri des regards indiscrets.

Ange détacha sa ceinture et s'approcha doucement de moi. Il tendit sa main vers mon menton et voulut me forcer à tourner la tête pour le regarder, mais je résistai.

—Mon amour…, dit-il dans un souffle.

Je tressaillis. Son odeur n'était plus qu'à quelques centimètres de moi et je sentais son haleine fraîche dans mon cou, contrastant avec la chaleur étouffante qui émanait de son corps. Lorsque sa main caressa ma joue et qu'il déposa un baiser sur mes cheveux, inspirant profondément pour s'enivrer de mon parfum, des larmes de tristesse envahirent mes yeux et se mirent à couler sur mes joues de façon incontrôlable.

—Je n'aime que toi, dit-il tout doucement en me caressant la joue avec son pouce.

—Mmmh, marmonnai-je difficilement.

—Regarde-moi.

—Non.

—S'il te plaît, insista-t-il d'une voix grave et implorante.

Lentement, je tournai la tête vers lui.

—Que t'arrive-t-il ? me demanda-t-il gentiment.

Bah, que je suis une fille et que mon petit cœur est tout triste.

Je le pensais sincèrement, mais au lieu de lui dire la vérité, je haussai les épaules bêtement.

—Je veux que tu aies confiance en moi, Eileen, c'est très important pour moi, dit-il en m'embrassant tendrement sur la tempe. Viens, je veux te montrer quelque chose, ajouta-t-il en s'éloignant de moi et en se préparant à sortir de la voiture.

Malgré moi, je lui fis les gros yeux.

—Maintenant ?! m'exclamai-je d'une voix incrédule.

On n'allait pas sortir par ce temps, quand même ?!

—Oui, maintenant, répondit mon ange gardien sérieusement. Cela fait plusieurs semaines que je veux te faire découvrir cet endroit, mais à cause des Chercheurs nous n'avons pas eu une seule seconde à nous. C'est l'occasion ou jamais.

—Mais… mais il pleut des cordes ! insistai-je sans pouvoir croire qu'il soit sérieux.

—Je ferai apparaître un parapluie quand on sera dehors, c'est promis.

—Ange, j'ai des baskets, pas des chaussures de randonnée !

—Enlève-les, dit-il le plus simplement du monde.

—Hein ?

J'avais l'impression d'avoir raté un épisode. Quelques minutes plus tôt, nous étions en train de parler de Ludivine, et là, maintenant, tout de suite, il voulait me faire faire une ballade en pleine forêt, sous une pluie battante, à quelques dizaines de minutes de la rentrée des classes.

Malgré tout, hypnotisée par son doux regard émeraude, je finis par enlever mes chaussures. Aussitôt, Ange fit un geste de la main et de jolies bottes de pluie très féminines apparurent à mes pieds.

C'était mieux que rien.

—Elles te plaisent ? me demanda-t-il avec un sourire moqueur au coin des lèvres.

—Oui, mais je continue de penser que ce n'est pas une bonne idée.

—Je vais te faire changer d'avis, viens.

Et il se précipita dehors pour faire le tour de la voiture et ouvrir ma portière, un immense parapluie à la main.

Je sortis prudemment et me réfugiai dans ses bras chauds et protecteurs. On avait beau être en Septembre, la pluie était gelée et il ne devait pas faire plus de dix degrés dehors. Mes lèvres commencèrent à trembler de froid immédiatement. Ange me serra un peu plus fort contre lui et nous nous enfonçâmes rapidement dans le bois. À chaque pas, mes pieds s'enfonçaient dans un épais tapis mousseux et humide jonché de feuilles jaunes et orangées récemment tombées des arbres. Nous parcourûmes au moins deux cents mètres sous le petit bout de tissu du parapluie, qui avait bien du mal à nous protéger des rafales de pluie qui s'abattaient sur nous avec violence. Je ne sentais plus mes doigts de pieds. J'étais frigorifiée. Finalement, Ange ralentit l'allure et je pus distinguer l'endroit où il m'emmenait : à l'ombre des chênes et des hêtres, tapie sous un épais rideau de vigne vierge, on apercevait l'entrée d'une grotte. L'endroit était sombre et inquiétant. Peut-être qu'en pleine journée, au soleil, j'aurais pu m'y sentir à l'abri, mais sous la pluie et le vent, on se serait cru aux portes d'un monde surnaturel. Je m'attendais presque à voir sortir de la grotte une forme fantasmagorique ou une Ombre…

—Voici mon paradis et mon enfer, me dit Ange en tournant vers moi ses yeux d'émeraude.

Il avait l'air à la fois inquiet et soulagé d'être là. Tendrement, il leva une main vers mon visage et le caressa de ses longs doigts fins. Chaque endroit qu'il frôlait me brûlait. Ses sourcils se touchaient presque tant il avait l'air tourmenté.

—Où sommes-nous ? parvins-je à articuler lentement.

—Là où j'ai passé beaucoup de temps l'année dernière, lorsque nous nous sommes séparés…

Ange avait passé du temps ici ? Mais pourquoi ? Je l'interrogeai du regard, muette de surprise.

—Lorsque j'étais enfant, cet endroit était ma cachète secrète, me dit-il en me regardant droit dans les yeux. J'adorais venir ici tout seul quand ma mère me punissait. Je m'échappais discrètement de ma chambre et je volais jusqu'ici, puis je rentrais sans qu'elle s'aperçoive de ma disparition. Même Roman et Aedan ignorent l'existence de ce lieu. Quand j'étais petit, je n'osais pas m'aventurer à l'intérieur de la grotte, parce que j'en avais une peur bleue. En grandissant, ce lieu est devenu pour moi un endroit où méditer, où me retrouver en pleine nature. Lorsqu'il ne pleut pas, c'est plutôt accueillant…

Je détournai le regard pour observer les alentours : mise à part la grotte, qui faisait effectivement assez peur, l'environnement était plutôt joli. Il y avait de nombreuses buttes de terre complètement recouvertes de racines, de jacinthes des bois et de fougères. Un petit ruisseau se faufilait le long d'un cours rocheux, et les immenses arbres offraient leurs branches pour grimper dessus. Oui, ce devait être un bel endroit lorsqu'il ne faisait pas aussi sombre.

—C'était ton paradis étant enfant…, dis-je dans un souffle.

Il acquiesça d'un signe de tête.

—Et pourquoi est-ce devenu ton enfer ?

—Ce lieu est devenu mon enfer le jour où je t'ai vue dans les bras de Roman…, dit-il tout bas, le regard incandescent.

Dans les bras de Roman ?! Mais je n'avais jamais… Oh ! Si, bien sûr, une fois Roman m'avait portée jusqu'à ma chambre à l'internat parce je venais de m'évanouir en voyant Ange main dans la main avec Aurore, la fille du lycée que tous les garçons adoraient.

—Ce jour-là, j'ai cru devenir fou, poursuivit-il sans me quitter des yeux.

J'avais l'impression qu'il partageait un moment important de sa vie, un moment douloureux qu'il m'avait caché, sans doute pour ne pas me faire souffrir, mais qu'il avait besoin d'évacuer, à présent, comme pour conjurer le mauvais sort.

—C'est moi qui aurais dû te porter jusqu'à ton lit, moi qui aurais dû être auprès de toi… Au lieu de ça, j'ai dû partir en courant. J'ai planté Aurore au beau milieu de la cour et je me suis enfui. Je ne supportais pas de ressentir ta douleur.

Ses mains prirent les miennes et les serrèrent très fort, comme s'il voulait s'assurer que j'étais bel et bien là. Je sentais qu'il n'avait pas encore fini, alors je le laissai prendre son temps pour continuer. Je lisais de la tristesse dans son regard, beaucoup de tristesse.

—Mes ailes m'ont porté jusqu'ici et, pour la première fois de ma vie, je suis entré dans la grotte et je me suis effondré. Je sentais ta douleur comme si c'était la mienne, et je ne voyais plus d'issue à notre histoire. J'aurais voulu accourir à tes côtés, mais j'avais trop peur de briser les règles. J'ai pleuré de longues heures…

—Tu as pleuré ?

Je n'imaginais pas Ange en train de pleurer. Il était toujours si sûr de lui, si fort, si invincible, que je ne pouvais pas l'imaginer en position de faiblesse.

—Oui, beaucoup. Je me sentais très mal, et le fait de me retrouver seul dans cet endroit qui m'avait toujours effrayé, c'était comme pour me punir de te faire du mal. J'y ai passé des heures et des heures, et même des nuits entières, et si j'ai voulu t'amener ici aujourd'hui, c'est parce que je veux que tu comprennes que je t'appartiens, Eileen.

Je retins mon souffle, frappée par la beauté et la douceur de ses mots. Il caressa lentement ma main du bout des doigts, les yeux baissés, un peu gêné, peut-être. Ses longs cils dessinaient des ombres sur ses joues. Qu'est-ce qu'il était beau… Enfin, il leva ses magnifiques yeux verts vers moi.

—Je ne veux plus que tu doutes de moi. Jamais. Je n'ai jamais emmené personne ici. Je n'ai jamais désiré quelqu'un aussi fort que je te désire, et je n'ai jamais aimé quelqu'un aussi intensément que je t'aime. Tu m'entends, Eileen ? Tu-es-la-seule. Je n'aime que toi. Je suis à toi tout entier, alors cesse de douter.

Ses yeux brûlaient à la fois de désir et de domination.

Gloups.

Lentement, il baissa la main qui tenait le parapluie et le lança à quelques mètres de nous, puis il prit mon visage entre ses mains alors que des gouttes de pluie cristalline commençaient à ruisseler sur nos cheveux, nos joues, nos cils… Puis il lâcha mon visage et posa une main dans le creux de mon dos pour me rapprocher de lui et me coller contre son torse. Incapable de dire un mot, bouleversée par sa déclaration d'amour, je me laissai faire lorsqu'il posa ses lèvres sur les miennes et envahit ma bouche de sa langue experte. En quelques secondes je fus prise dans un tourbillon de sensations et j'oubliai tout ce qui nous entourait. Je lui rendis son baiser en me jetant à son cou et en passant mes mains dans ses cheveux humides. Il profita de mon élan pour empoigner mes jambes et les passer autour de ses hanches, puis il se dirigea contre un arbre qui se trouvait tout près de là et me plaqua contre son écorce rugueuse.

Waouh !

—Je t'aime, Eileen, dit-il dans un souffle.

—Je t'aime aussi…, répondis-je en recommençant à l'embrasser passionnément.

—Vous vous êtes perdus en route ou quoi ?! s'exclama Roman en ricanant.

Nous venions tout juste d'arriver et, bien évidemment, nos amis s'étaient demandé où nous étions passés.

Crotte !

—Je me suis fait arrêter par des Chercheurs, ils nous ont fait descendre de la voiture pour voir s'il n'y avait pas de danger. Pas vous ? répondit Ange en haussant les épaules et en ayant l'air parfaitement innocent.

Non mais quel menteur ! Si j'avais dû inventer un bobard aussi rapidement, j'aurais probablement viré au rouge pivoine en moins de deux secondes…

Awen me regarda d'un air entendu et me prit par la main pour m'emmener vers notre classe principale.

—Des Chercheurs, n'est-ce pas ? Mais bien sûr…, dit-elle en me faisant un clin d'œil moqueur.

—Oh, c'est bon, on s'est juste embrassés pendant quelques minutes, il n'y a pas de quoi en faire tout un plat, répondis-je en haussant les épaules.

Et ainsi commença notre nouvelle année.

Entraînement

Le regard perdu dans le bleu-gris du ciel pluvieux de fin d'après-midi, je voyais défiler les paysages de champs et de forêts sans vraiment y prêter attention.

La journée avait été longue, mais Aaron et Maela avaient quand même trouvé le moyen de caser plus de nouveaux cours dans notre emploi du temps. Cette année, en plus de nos cours habituels, nous allions être initiés aux arts martiaux et aux sports de combat. Cela me semblait plutôt stupide, comme idée, car je n'imaginais pas nos Ombres nous attaquer en mode « Jackie Chan », mais ils avaient insisté en disant que cela pouvait parfois s'avérer utile.

—Cette année, je voudrais t'initier moi-même aux sports de combat, me dit Ange en me sortant de ma rêverie.

Awen et moi avions embarqué dans son Audi S3 pour rentrer chez les garçons – enfin, chez nous aussi maintenant – et je ne pus m'empêcher de lever vers lui un regard médusé. Awen pouffa de rire depuis le siège arrière de la voiture.

—Tu connais les sports de combat, toi ? demandai-je bêtement en haussant un sourcil.

—Serais-tu en train de douter de moi ? me demanda-t-il avec un petit sourire en coin.

—Non, mais je ne savais pas que tu pratiquais ce genre de sport…

—Je pratique beaucoup de sport et je maîtrise parfaitement un certain nombre de styles de combat, répondit-il calmement.

—De quel genre ?

—Karaté, judo, jiu-jitsu…

—Et tu comptes m'initier à tout ça ?! m'exclamai-je, horrifiée.

Déjà que cela me semblait compliqué d'apprendre tout cela en classe, alors avec Ange comme professeur, on courait à la catastrophe ! J'étais gauche comme un manche, et je doutais qu'il puisse supporter bien longtemps mes maladresses et mon manque de concentration lorsqu'il s'agissait de sport.

—J'aimerais commencer par le karaté. C'est la base. Et si tu t'en sors bien, on passera à autre chose.

—Tu m'entraîneras, moi aussi ? couina Awen depuis l'arrière de l'Audi.

—Je crains que ce ne soit impossible, désolé, répondit Ange gentiment.

—Pourquoi ? insista Awen d'une voix tristounette. Moi aussi je veux pouvoir me défendre si on m'attaque !

—Je veux bien te donner des cours, mais il va falloir que tu négocies tout ça avec Roman…

—Pourquoi ?

—Eh bien, lors des combats il y a beaucoup de corps-à-corps, et je pense sincèrement que Roman ne voudra pas te laisser en d'autres mains que les siennes, dit Ange en riant doucement.

Beaucoup de corps-à-corps ?! Gloups…

—Oh je vois, alors c'est une question de jalousie, c'est ça ?

—C'est tout à fait ça. Mais Roman a fait du judo pendant toute son enfance et je suis sûr qu'il sera ravi de te donner des cours particuliers.

—D'accord, je lui demanderai, conclut ma meilleure amie, plus souriante, en se jetant en arrière dans son siège.

Sitôt dit sitôt fait, le lundi suivant, à notre retour du lycée, Ange me demanda de le retrouver au sous-sol.

L'année dernière, cet étage accueillait une salle de cinéma et une petite salle de sport, mais au cours des réformes faites à la maison il avait été transformé en mini gymnase. Finie la salle de ciné. Dans un coin il y avait des machines de torture destinées à faire travailler nos pauvres petits muscles, dans le coin opposé il y avait d'immenses sabres exposés au mur comme des trophées – et je ne voulais même pas imaginer d'où ils provenaient et à quoi ils pouvaient bien servir – mais il y avait aussi et surtout un immense tatami posé au sol et qui occupait plus des deux tiers de la salle.

Sur tous les murs, d'immenses glaces reflétaient mon visage interloqué. Ange m'attendait au milieu de la pièce, imposant et intimidant. Il portait un kimono blanc qui contrastait avec le teint légèrement halé de sa peau. Le haut du kimono était un peu ouvert et laissait entrevoir son torse parfait et la naissance de ses pectoraux.

Mmmh…

À deux doigts de me lécher les lèvres comme pour mieux savourer l'extraordinaire beauté de mon petit ami, je me retins de justesse de lui sauter dessus.

Ange souriait en coin, les yeux pétillants de malice. Je remarquai la ceinture noire qui fermait son kimono et tremblai légèrement.

Oh, oh, je vais me prendre une raclée.

Je n'avais jamais pratiqué de sport de combat, ni de près, ni de loin, et je ne savais pas du tout à quoi m'attendre. J'espérais juste que le karaté ne ressemblerait pas au catch que j'avais entrevu une ou deux fois à la télé en zappant…

—Mets ça, c'est la tenue réglementaire, me dit Ange en me désignant un autre kimono, plus petit, posé sur un banc en bois dans un coin de la pièce.

Je cherchai du regard un vestiaire ou quelque chose dans le genre – un vestiaire dans une maison, ils n'auraient pas fait ça, quand même ?! – mais je ne trouvai rien.

—Je vais te laisser seule quelques minutes, dit-il en comprenant ce que je cherchais.

Ses yeux brillaient, mais je n'aurais su dire si c'était de malice ou d'excitation. D'un pas lent, il s'éloigna vers la porte pour me laisser un peu d'intimité. En passant à mes côtés, il glissa sa main droite le long de mon bras pour me caresser, provoquant un doux frisson dans tout mon corps. Ma température corporelle monta de plusieurs degrés d'un coup !

Lorsqu'il referma la porte derrière lui, je me précipitai sur le kimono pour m'habiller.

J'enfilai le pantalon et la veste blanche par-dessus mon survêtement Adidas, mais je me retrouvai comme une idiote avec la ceinture – aussi blanche et virginale que moi – à la main.

Merde, qu'est-ce que je suis censée faire de ce truc-là ? Ça se met comme une ceinture normale ou pas ?

Ange frappa deux petits coups à la porte et je me mis à trembler devant l'inconnu de ce qui m'attendait.

—Entre, dis-je d'une voix peu assurée.

Un léger sourire au coin des lèvres, Ange entra d'un pas léger dans la salle de sport et referma la porte derrière lui, puis il s'avança vers moi en me dévorant du regard.

Mes yeux perdus dans les siens, complètement absorbée par sa beauté magnétique, je le regardai comme s'il était un dieu, un guide, celui sur lequel je pouvais compter quoi qu'il arrive.

Ange fit glisser la ceinture le long de mes doigts et la prit dans ses mains, puis, lentement, il s'approcha et la fit passer autour de ma taille. Je retins mon souffle, émue par ce rapprochement inattendu. Alors qu'il attachait la ceinture d'un geste sûr, Ange me regardait malicieusement. Ses yeux pétillaient à la fois d'amusement et de tendresse.

Finalement, après avoir fini de me saucissonner, il fit quelques pas en arrière et se pencha pour me saluer.

Je me penchai timidement en l'imitant, puis, sans que je m'y attende, il commença à me faire une démonstration de karaté.

Il écarta les jambes et les bras en fermant ses poings très fort, puis, tout en me regardant, il commença à enchaîner des figures complexes auxquelles je ne comprenais rien du tout. On aurait dit une espèce de chorégraphie très bien exécutée, avec des temps d'arrêt, des mouvements précis et rapides, et d'innombrables codes que je percevais sans vraiment pouvoir les déchiffrer. Tout ce que je retins de cette magnifique démonstration, ce fut la puissance et la sécurité qui émanaient de mon ange gardien. Il était sublime et il m'impressionnait. Il savait faire tellement de choses. Ses yeux ne cessaient de me dévisager alors qu'il continuait à se battre devant moi, car il s'agissait bien de cela, finalement. Malgré toute la beauté des gestes de mon ange, et la noblesse de ce sport, le but de cet entraînement était bel et bien de m'initier au combat. Ange voulait que j'apprenne à me défendre en cas d'attaque, et soudain je perçus la dangerosité des gestes qu'il exécutait devant moi. Comme s'il avait senti ma peur, Ange s'approcha de moi sans que je m'y attende, comme pour m'attaquer, et après avoir exécuté une figure très compliquée, sa main s'arrêta à quelques centimètres à peine de mon visage. Si j'avais été son ennemie, j'aurais été assommée sur-le-champ.

—Il va falloir travailler tes réflexes, Eileen. Tu n'as même pas bougé le petit doigt alors que je t'ai menacée directement, dit-il d'un ton désapprobateur. Tu ne t'es pas sentie en danger ?

—Euh… si, mais je n'ai pas eu le temps de réagir. J'étais comme hypnotisée, répondis-je d'une petite voix plaintive.

—Hypnotisée ? répéta-t-il en souriant et en dissimulant à peine son rire moqueur.

—Ben, oui. Tu étais très beau, dis-je en haussant les épaules, comme si cela expliquait tout naturellement mon manque de réaction.

Il secoua la tête de gauche à droite et me regarda avec tendresse.

—Tu as intérêt à progresser rapidement si tu ne veux pas me voir en colère. Ce soir c'est moi qui suis en face de toi, mais un jour tu devras réellement te défendre, et lorsque ce jour arrivera, je veux que tu sois prête à massacrer ton adversaire.

—Mon adversaire aura des pouvoirs si puissants que je n'aurais même pas l'occasion de l'approcher, répondis-je d'un ton cinglant.

Mais qu'est-ce qu'ils avaient tous, à la fin, à croire que faire du karaté allait nous sauver de nos Ombres ?!

—On ne sait jamais ce qui peut se passer lors d'un duel. Parfois les combattants sont tellement à bout de force qu'ils en viennent aux mains.

—Tu plaisantes ?

—Pas du tout.

—C'est déjà arrivé dans le passé ?

—Tu crois vraiment que Maela et Aaron perdraient leur temps à vous enseigner ce type de défense s'ils ne pensaient pas que cela puisse réellement vous être utile ?

—Mais à quoi servent nos pouvoirs, alors ?

Ange eut un petit rire et il baissa la tête en souriant.

—La plupart des Élus battent leurs Ombres à l'aide de leurs pouvoirs, mais on n'est jamais trop prudent. Parfois la fatigue et la peur affaiblissent les pouvoirs au lieu de les transcender. Il faut bien que vous sachiez vous défendre si cela devait arriver.

J'acquiesçai en silence. J'espérais sincèrement que mon pouvoir ne me lâcherait pas au pire moment de ma vie. Déjà que je n'en avais qu'un seul qui soit vraiment utile, alors si en plus je ne pouvais pas compter sur lui, c'était la fin des haricots…

—Ne t'inquiète pas, je t'entraînerai aussi à utiliser ton pouvoir, dit-il en prenant mon menton entre ses doigts et en me forçant à le regarder. Lorsque tu reverras Ludivine ou Tristan, ce sera pour les achever, conclut-il gravement.

Au bout d'une bonne heure de sport intensif avec Ange, j'étais en nage et complètement essoufflée, mais au moins j'avais appris quelque chose.

—Et pour finir le cours, le bouquet final, dit-il lorsqu'il vit que j'étais sur le point de rendre l'âme.

Il s'approcha doucement de moi, tel un félin vers sa proie, et ferma ses bras autour de ma taille, puis il se pencha brusquement vers mon visage et m'embrassa fougueusement.

Ouf, je ne m'y attendais pas du tout, mais qu'est-ce que c'était bon ! Je lui rendis son baiser passionnément en mélangeant mes mains dans ses cheveux soyeux.

Ange me fit pencher légèrement en arrière pour mieux avoir accès à mon cou, mais au moment où je m'attendais à recevoir un doux baiser au creux de la gorge, il me lâcha en desserrant son étreinte, ce qui me fit tomber par terre brutalement.

—Aïe ! hurlai-je à cause de la douleur.

J'allais me mettre à vociférer lorsque la porte s'ouvrit à la volée et Roman pénétra dans la pièce.

—Eh ben, je vois qu'il n'y a pas été de main morte ! s'exclama celui-ci en me voyant les fesses par terre.

Je me relevai en titubant et en faisant une grimace de douleur, sans vraiment comprendre ce qu'il venait de se passer.

—Allez, ouste, c'est notre tour maintenant, annonça Roman en faisant entrer Awen dans la pièce.

Celle-ci me regarda d'un air incertain, entre la surprise et l'inquiétude.

—Ça va ? me demanda-t-elle gentiment.

—Mrwf, fut tout ce que je fus capable de dire.

Un mélange de colère, de frustration et d'agacement.

Passablement énervée, je plantai mes amis dans la salle sans me retourner, une main sur les fesses, les sourcils froncés et l'air très irritée.

Merde alors, mais pourquoi Ange m'avait-il laissé tomber ainsi ? J'avais très mal au coccyx et je me demandais même si je ne m'étais pas fêlé quelque chose, mais je n'avais aucune envie d'aller aux Urgences maintenant, je passai donc rapidement par la cuisine pour prendre une poche de glace du congélateur, et je me dirigeai vers ma chambre.

Une fois la porte refermée, je me traînai jusqu'à mon lit et me dépêtrai du kimono tant bien que mal, puis je m'allongeai sur le ventre en positionnant la poche de glace sur mon postérieur endolori. Je restai ainsi une bonne demi-heure jusqu'à ce que…

—Désolé, me dit une voix masculine depuis un coin de la pièce.

Je sursautai si fort que la poche de glace alla s'écraser sur le sol, à presque un mètre du lit.

—Non mais ça ne va pas de me faire des peurs pareilles ?

—Pardonne-moi, je sais que tu es en colère, je le sens, me dit Ange de sa voix de velours. Je ne voulais pas te faire tomber, mais Roman a débarqué si vite que je ne l'ai pas entendu arriver. J'ai paniqué, j'ai pensé qu'il allait nous surprendre, et je t'ai lâchée sans vraiment le vouloir…

Ange avait l'air sincèrement désolé.

—Comment se fait-il que tu ne l'aies pas entendu arriver ? Je pensais que tu avais des super pouvoirs censés me protéger, lui lançai-je, mi-fâchée, mi-compréhensive.

—J'étais bien trop occupé par toi et par tes lèvres pour penser à autre chose. C'était dangereux, idiot et ça aurait pu très mal tourner s'il nous avait surpris tous les deux, me dit-il d'un air triste.

Je me levai en grimaçant pour me blottir contre lui.

—Pardonne moi, j'étais fâchée parce que j'avais mal aux fesses, je n'avais pas compris que tu avais fait ça pour nous protéger.

—Je peux te guérir ? me demanda-t-il en enfouissant sa tête dans mes cheveux.

—Ben…

Il m'avait déjà guérie à plusieurs reprises par le passé, mais toujours lorsque j'étais inconsciente, alors que cette fois-ci je me sentais pleinement réveillée et que je ne savais pas du tout si cette nouvelle expérience me plairait ou pas.

—Ça fait mal ? demandai-je timidement.

—Au contraire. La douleur, c'est ce que tu ressens en ce moment même. Moi, je vais t'apaiser. Laisse-moi faire s'il te plaît, dit-il en me suppliant du regard.

C'était sans doute sa façon à lui de se faire pardonner.

Il se fait pardonner comment, vous, votre amoureux, quand il fait une bêtise ? Il vous offre des fleurs, n'est-ce pas ? Bah moi, il guérit mes fesses endolories.

Je souris niaisement à mes divagations intérieures, et Ange fronça les sourcils, se demandant sans doute ce qui me paraissait si drôle.

—Bon, d'accord, vas-y, lui dis-je pour l'encourager.

Un peu inquiète, je me plaçai dos contre lui, les mains sur les yeux pour me cacher, exactement comme je faisais quand j'étais petite et que le docteur devait me faire une piqûre.

Ange pouffa de rire dans mon dos et me fit pivoter sur moi-même. Je me retrouvai de nouveau face à lui, et il plaça une de ses mains au niveau de mon coccyx. Je continuai à me cacher, me sentant à la fois nerveuse et excitée. Soudain, une étrange chaleur parcourut ma colonne vertébrale et de légers fourmillements me firent frissonner. Je me blottis contre Ange et il me serra fort contre son torse à l'aide de son bras libre. Finalement, la douleur s'estompa et je me sentis comme neuve au bout d'une minute à peine.

—Waouh, dis-je en me dégageant doucement de mon ange gardien. C'était…

—Bien ?

—Étrange, plutôt, mais aussi très agréable…

Ange sourit et se pencha vers moi pour m'embrasser tendrement. Il m'enlaça et nos lèvres s'effleurèrent seulement, puis il s'écarta prudemment.

—Je ne voudrais pas risquer de te faire du mal une deuxième fois dans la même journée, dit-il en souriant malicieusement.

—Pourquoi me ferais-tu du mal ?

—Parce que dans quelques secondes nous ne serons plus seuls, et que même si elle est au courant, je préfère rester prudent avec Awen.

Et sur ce, ma meilleure amie entra dans la chambre sans frapper à la porte.

—Oups, désolée ! s'exclama-t-elle en nous voyant. Je ne savais pas que vous étiez ensemble…

—On se retrouve plus tard, je vais prendre une douche, me dit Ange en m'adressant un sourire adorable et en se dirigeant vers la porte de sa démarche féline et sexy.

Je le regardai s'éloigner en souhaitant être une goutte d'eau pour pouvoir toucher sa peau si douce, mais Awen me ramena sur terre très rapidement.

—Bon, tu as fini de baver ? me lança-t-elle en claquant la porte.

—Euh, oui, désolée, répondis-je en ricanant nerveusement. Comment s'est passée ton initiation au judo ?

—Mmmh, répondit-elle d'un ton évasif en se dirigeant vers mon lit et en s'affalant dessus.

—Mais encore ? insistai-je en allant m'asseoir à ses côtés.

—Ben, tu sais, avec Roman ça ne va pas très fort en ce moment.

Quoi ?!

Mais depuis quand ça n'allait pas ? Quel épisode avais-je bien pu rater ? Aux dernières nouvelles, tout allait pour le mieux dans le meilleur des mondes, pour ces deux-là !

—Qu'est-ce qui se passe ? Je croyais que c'était l'amour fou entre vous deux ?

—Oui, on s'aime, ce n'est pas le problème, mais je… je…

Awen se tortillait dans tous les sens, visiblement gênée par ce qu'elle avait à me dire.

—Ben vas-y, raconte, t'as pas honte, quand même ?

Mince alors, on se connaissait depuis l'époque des couches culottes !

—En fait, je suis de plus en plus jalouse et Roman a du mal à le supporter, m'avoua-t-elle en se mordillant la lèvre inférieure.

—Tu es sûre que ce n'est pas le contraire ? dis-je en levant un sourcil et en faisant une moue sceptique.

—Non, non, je t'assure. Je sais que Roman a une réputation de Latin Lover au sang chaud qui ne partage pas ses affaires, mais je ne suis pas mal non plus dans mon genre.

—Mais de qui es-tu jalouse ? insistai-je sans comprendre.

Awen était magnifique : blonde aux yeux bleus, pétillante de vie et toujours joyeuse, alors je me demandais bien qui pouvait lui faire peur.

—C'est la nouvelle de la Première B, j'ai l'impression qu'elle a jeté son dévolu sur Roman et ça me rend dingue !

—La brune aux cheveux longs ?

—Oui, mais elle n'est pas brune, elle a des reflets roux dans les cheveux, et elle se fait toujours des coiffures magnifiques avec des tresses à la Raiponce, et elle est bien foutue aussi, et elle a des yeux bleus en amande, et…

—Stop, stop, stop ! l'arrêtai-je avant qu'elle ne fonde en larmes. Tu es mille fois plus belle que cette fille, alors arrête de te tourmenter ainsi !

—Je n'y arrive pas.

—Tu l'as dit à Roman ?

—Oui. Ça me rongeait de l'intérieur et il a bien vu que quelque chose n'allait pas depuis la rentrée, alors je lui ai tout avoué.

—Et comment l'a-t-il pris ? Est-ce qu'il t'a rassuré ?

—Il a essayé de le faire mais c'est plus fort que moi, je suis chaque jour un peu plus jalouse. Chaque fois que je la regarde, je la surprends en train de le bouffer des yeux. Je vais finir par lui arracher les cheveux, je te jure, et ça ne fait qu'une semaine qu'on a repris les cours, me dit-elle d'un air découragé.

—Eh ben dis donc, tu aurais pu m'en parler avant, je ne savais pas que tu étais dans un tel état.

—Je sais, mais ça me faisait honte. La jalousie, c'est pas joli, joli, tu vois…

—Bon, écoute, je vais voir ce que je peux faire pour t'aider, mais en attendant essaye de rester calme. Tu ne voudrais pas que cette histoire finisse mal, pas vrai ? Roman en a vraiment marre ?

—Disons que c'est notre seul sujet de conversation.

—Ah oui, en effet, c'est un problème.

—On n'a même pas fini le cours de judo. Il a dit qu'il avait besoin de prendre l'air après que je lui ai demandé pour la dixième fois s'il la trouvait plus belle que moi.

—Ben ma vieille, tu es dans la crotte, ne pus-je m'empêcher de dire en hallucinant un peu.

Awen eut un sourire triste et je la pris dans mes bras pour la consoler, puis elle décida d'aller voir Kinnie pendant que j'allais faire ma douche.

Vie en communauté

Et ainsi termina mon premier cours de karaté. Dans les semaines qui suivirent, il y en eut beaucoup, beaucoup, beaucoup d'autres.

Il y eut aussi des cours de judo, de jiu-jitsu, de boxe française et même de kickboxing. Ange essayait de me toucher le moins possible, ou tout du moins de me faire le moins de mal possible, mais j'encaissais tout de même un sacré nombre de coups à chaque entraînement. À chaque fois, il m'expliquait patiemment les différentes techniques de combat, me faisait des démonstrations, puis il me faisait répéter vingt fois le même geste, et enfin nous appliquions mes nouvelles connaissances dans des mini combats. Bien sûr, il ne mettait pas toute sa force dans ces affrontements, sinon il m'aurait pulvérisée en moins de deux, mais il essayait de ne pas trop s'attendrir sur moi. Il voulait me faire sentir le danger d'un vrai combat, et même si mes muscles étaient complètement endoloris, au fond de moi-même je savais qu'il faisait cela pour mon bien.

J'avais réussi à progresser aussi un peu dans la maîtrise de mon pouvoir. Quelques jours après la rentrée, nous avions essayé de l'utiliser dans la salle de sport, mais j'avais vite déchanté. Ange avait installé un gros matelas au fond de la salle, censé protéger le mur, mais au premier lancer de foudre le matelas s'était enflammé, l'alarme s'était déclenchée et tout le système anti-incendie de la maison s'était allumé. Je revoyais encore Awen entrer en trombe dans la salle de sport, trempée jusqu'aux os, le maquillage dégoulinant sur son beau visage, pour voir ce qui avait provoqué ce désastre. Comme c'était moi qui avais tout déclenché, elle ne s'était pas trop emportée et m'avait juste fait comprendre qu'il serait plus judicieux à l'avenir d'utiliser mon pouvoir en dehors de la maison, et c'était ce que nous avions fait. Nous nous rendions en pleine forêt pour que je puisse lancer ma foudre contre les rochers qui couvraient le sol, mais je ne prenais aucun plaisir à les détruire car j'aimais trop la forêt pour lui faire du mal, alors la plupart du temps je ne faisais que jouer avec les étincelles qui jaillissaient de mes paumes. L'apparition de mon pouvoir ne me provoquait plus aucun malaise, et j'étais très à l'aise avec lui. Mieux : j'avais *confiance* en lui. Je le sentais couler dans mes veines pour me rendre plus forte. Comparé à ma première rentrée en tant qu'Élue, j'avais beaucoup progressé et j'étais plutôt fière de moi.

Au niveau des cours normaux, les choses s'étaient vraiment compliquées depuis la rentrée. Mes amies et moi étions débordées par les cours. Il y avait tellement de choses à retenir qu'avec Awen et Kinnie nous passions presque deux heures par soir à faire nos devoirs. En Mathématiques, ma matière noire, je galérais un max. Le niveau était bon car nous étions mélangés avec une classe de Première S, et j'avais du mal à suivre le rythme. Nous, nous n'étions ni S, ni L, ni ES, nous suivions un cursus spécial en accord avec notre condition d'Élus, un peu comme dans les classes de sport-étude, et comme nous ne pouvions suivre que les cours du matin – l'après-midi étant réservée à Maela et Aaron – nos cours restaient les mêmes qu'en Seconde, mais avec un niveau plus élevé.

Heureusement, la vie en communauté se passait incroyablement bien et l'ambiance dans la maison était toujours au beau fixe. Les garçons étaient faciles à vivre et participaient activement aux tâches ménagères. Ayant vécu tout seuls l'année précédente, ils étaient même parfaitement organisés : Aedan dépoussiérait les meubles, Roman adorait faire le pitre en passant l'aspirateur et en lavant le sol, et Ange était préposé à la cuisine. Quant à nous, Kinnie avait la dure tâche de s'occuper des deux salles de bains, Awen participait activement à la préparation des repas avec Ange, et moi… je débarrassais la table à chaque fin de repas. J'étais aussi la responsable du lave-vaisselle, et cela me convenait parfaitement. N'étant pas douée pour la cuisine et étant allergique aux acariens, ces quelques tâches étaient parfaites pour moi.

Le fait de vivre tous ensemble nous avait beaucoup rapprochés, et désormais je connaissais mieux Aedan et Roman. Je les connaissais *vraiment*. Je savais qu'il ne fallait pas déranger Aedan lorsqu'il lisait tranquillement dans le salon, je savais qu'¡l adorait se chamailler avec Roman à propos de tout et n'importe quoi, pour peu que cela crée un peu de débat au sein du groupe, et je savais aussi qu'il était d'un naturel si calme et si réservé que je remerciais intérieurement le Conseil des Anges de nous l'avoir envoyé. S'il y avait eu deux « Roman » à la maison, la vie aurait été insupportable. Aedan était à la sérénité et à la maîtrise de soi ce que Roman était au chaos et à l'extravagance. Du moins en apparence, car je savais par Awen que dans les moments d'intimité il était tout à fait adorable et qu'il n'était pas aussi dingue qu'il le laissait paraître. Cela dit, lorsqu'il était avec nous et qu'il s'agissait de s'amuser et de faire l'andouille, il était toujours sur le devant de la scène. Il adorait nous faire des blagues et ce, en dépit des possibles conséquences. Je me rappelais encore la fois où il avait remplacé le sel par le bicarbonate de soude : Aedan avait recraché son morceau de viande en pestant dans son assiette avant de poursuivre Roman dans toute la maison pour lui faire comprendre qu'on ne jouait pas avec la nourriture. Quant aux jeux que nous inventions lors de nos soirées, il était toujours le premier à trouver des gages idiots ou à y participer. Une fois, on lui avait fait ramasser toutes les feuilles mortes et tailler toutes les haies du jardin sans utiliser ses pouvoirs. Il y avait passé une journée entière et ne s'en était toujours pas remis.

Pour ce qui était de ma relation avec Ange, elle connaissait l'un de ses moments les plus difficiles. Bien sûr, nous étions toujours fous amoureux, mais cela ne rendait que plus dure notre cohabitation sous le même toit. Nous ne cessions de nous jeter des regards furtifs, à la fois prudents et emplis de désir. Selon moi, c'était un miracle qu'aucun de nos amis ne nous ait encore découvert. Si l'un d'eux avait surpris nos regards en coin, il aurait tout de suite compris. Les yeux d'Ange se mettaient à briller lorsqu'il me regardait, et j'imaginais que les miens devaient sûrement pétiller de la même manière. Pour autant, nous ne pouvions presque jamais passer de temps seule à seul. Lorsque nous sortions en forêt pour m'entraîner, Ange se tenait bien tranquille et ne me montrait que très peu de signes d'affection. Il savait qu'il y avait encore quelques Chercheurs aux alentours, alors il préférait être prudent. Heureusement, les quelques sorties que nous avions réussi à organiser le soir, lorsque tout le monde était couché, avaient été beaucoup plus émouvantes. Ange m'avait prise dans ses bras, câlinée et embrassée sans peur, car il disait que les Chercheurs ne faisaient plus de rondes de nuit depuis la rentrée. Malgré cela, j'avais du mal à supporter cette situation et cela me faisait peur pour l'avenir. Je n'étais pas une super héroïne prête à cacher ses sentiments pendant de longues années. Je n'étais pas sage et prudente. Non, moi j'étais bien trop égoïste pour songer un seul instant à rester ainsi toute ma vie. Je savais qu'un jour ou l'autre je finirais par craquer. Tôt ou tard on se ferait pincer, et ce jour-là nous devrions assumer les conséquences de nos actes. Lorsque je me mettais à penser sérieusement à notre situation, je me disais que je pourrais peut-être poursuivre ma scolarité jusqu'en Terminale, affronter mon Ombre, aider mes amies à vaincre les leurs, et alors, seulement, je me sentirais assez forte pour qu'Ange et moi nous montrions au grand jour et affrontions ensemble les foudres du Conseil des Anges. Lui et moi serions assez solides pour affronter la situation. Il ne restait plus qu'à lui en parler. Bon, ce n'était pas gagné d'avance, et jusqu'ici je n'avais pas trouvé le courage d'aborder le sujet, alors j'attendais le moment propice pour le faire. Je savais que si je précipitais les choses, Ange se fermerait comme une huître et éluderait toute conversation à ce sujet.

Perdue dans mes pensées, allongée sur mon lit, c'est à peine si j'entendis les trois petits coups frappés à ma porte.

Oh !

J'espérais de tout cœur que ce soit Ange. J'avais tellement envie de le voir. Allais-je avoir le courage d'aborder le sujet qui me préoccupait tant ?

Non. Trop tard. Trop fatiguée. Trop d'excuses…

Je me levai précipitamment pour me diriger vers la porte et l'ouvrir discrètement. Ange se faufila à l'intérieur et je refermai derrière lui, puis il me plaqua doucement contre la porte et m'emprisonna en posant ses bras de chaque côté du mur.

Les yeux rieurs, il posa ses lèvres sur mon cou et les fit glisser de haut en bas en expirant son souffle chaud sur ma peau sensible. Je frissonnai. Ange rit doucement dans mon cou, puis il remonta ses lèvres jusqu'à mon menton pour finalement les poser sur ma bouche. Il sentait merveilleusement bon. Il ne sentait pas son parfum ni même son gel douche, il sentait… lui. Une exaltation de virilité et de puissance.

—Si tu savais comme c'est dur d'être à la fois si près et si distant avec toi, me dit-il en chuchotant.

—Je le sais, crois-moi.

Ne se rendait-il pas compte de l'effet qu'il avait sur moi ? Pourtant, depuis toutes ces semaines, je lui avais envoyé des signaux très clairs. C'étaient presque des signaux de détresse, arrivé à ce point-là ! À chaque fois que j'avais testé ses limites, Ange avait fini par me repousser gentiment mais fermement. Ce n'était pas compliqué : dès que nous commencions à nous embrasser, je perdais pied et je lui sautais dessus.

Ce soir ne dérogea pas à la règle. Alors qu'Ange continuait à jouer tranquillement avec mes nerfs, mon corps s'emballa et je me mis à attaquer les boutons de sa chemise de pyjama. Notre baiser se fit plus fiévreux, et lorsque j'eus réussi à déboutonner sa chemise entièrement, je glissai mes mains sur sa peau brûlante. Son torse était si doux et si ferme que je ne pus m'empêcher de pousser un léger gémissement. Ange fit passer l'une de ses mains derrière ma nuque et prit ma jambe gauche de l'autre, la faisant passer autour de ses hanches, puis il me souleva comme si je ne pesais presque rien, m'emmenant ainsi jusqu'au lit. Il me posa dessus délicatement, sans cesser de m'embrasser, puis il se mit à caresser mes épaules et mes bras de ses lèvres humides. Je me laissai emporter par ses baisers tout en explorant sa peau et ses muscles en mouvement. J'aurais voulu fermer les yeux pour me laisser aller complètement, mais je voulais aussi profiter du spectacle. Ange avait encore grandi ces derniers mois. Il avait pris quelques centimètres et son corps avait subtilement changé. Il était devenu plus viril, plus mature et plus fort. Désormais il ressemblait moins à un jeune homme et plus à un homme. Ses muscles étaient parfaitement dessinés et je pouvais presque sentir la force sauvage qui se dégageait de son aura. Sa mâchoire était plus dure, ses traits plus masculins et ses courbes plus fermes. Il m'avait toujours attirée, mais depuis quelque temps je crois bien qu'il m'avait envoûtée. Je n'avais de cesse de le regarder et de le trouver beau. Sublime. Parfait. En outre, il était aussi beau à l'extérieur qu'à l'intérieur, me prouvant chaque jour son dévouement et sa bonté d'âme. J'étais totalement amoureuse de lui. De chaque parcelle de son corps. De chaque acte qu'il faisait. De chaque mot qu'il prononçait. De chaque décision qu'il prenait. Il était la personne la plus extraordinaire qu'il m'ait été donné de rencontrer, à la fois altruiste et juste, généreux et fidèle. Mon Dieu, mais qu'avais-je fait pour mériter un tel cadeau du ciel ? Alors qu'Ange continuait à m'embrasser dans le cou et que mes doigts jouaient dans ses cheveux, les larmes me vinrent aux yeux et mon cœur se gonfla d'amour pour lui.

—Je t'aime, lui chuchotai-je tout simplement.

Ange s'arrêta et ses yeux vinrent à la rencontre des miens. Il avait senti que ces quelques mots contenaient plus de choses que d'habitude.

—Moi aussi je t'aime, Eileen, dit-il gentiment tout en restant sérieux. Que se passe-t-il ?

—Rien, répondis-je en haussant les épaules bêtement. Je viens juste de me rendre compte à quel point tu es extraordinaire et à quel point j'ai de la chance que tu m'aies choisie.

Ange eut un petit sourire et m'embrassa le bout du nez.

—C'est moi qui ai de la chance. Si je n'avais pas été désigné pour être ton ange gardien, peut-être que nous ne nous serions jamais connus.

—Ou peut-être que j'aurais été ton âme sœur quand même et que le hasard nous aurait réunis, dis-je avec un petit sourire.

—Mon âme sœur… J'aime cette idée.

—Moi aussi.

—Alors, âme sœur, si nous reprenions là où nous en étions ?

—Tout à fait d'accord, dis-je dans un souffle.

Et il recommença à m'embrasser, mais cette fois il ne resta pas au niveau du cou, comme il le faisait souvent. En temps normal, Ange parvenait à garder son self-control et ne s'aventurait pas plus loin que mon visage, mes bras, mes épaules et mon cou. Il me caressait parfois les jambes mais ne montait jamais trop haut, et s'il touchait mon ventre, c'était toujours à travers le tissu de mes vêtements. Or, ce soir, sa bouche se dirigea vers la lisière de ma nuisette – oui, j'en avais enfin acheté une ! – et il ne s'arrêta qu'une fois arrivé à la naissance de mes seins. Il me jeta alors un bref regard, puis il souffla doucement sur ma peau, me faisant frissonner de désir. L'adrénaline s'empara de mon corps en une seconde et mon estomac se noua presque instantanément. Jusqu'où allait-il s'aventurer ce soir ? Mon corps entier se mit à émettre des ondes électriques tellement j'étais nerveuse.

—Chut, calme-toi, chuchota Ange alors qu'il hésitait toujours à franchir les limites qu'il s'était fixées.

Moi, j'avais décidé de me laisser aller aux évènements. J'étais prête pour aller plus loin avec lui depuis bien longtemps déjà, alors je ne subissais plus cette lutte intérieure qui rugissait en lui. Je pouvais presque entendre les bruits du champ de bataille dans son cerveau.

Soudain, il se décida et dirigea sa main droite vers l'une des bretelles de ma nuisette, la faisant glisser doucement le long de mon bras. Il fit de même avec l'autre, et je faillis mourir de combustion spontanée. Je crois même que j'avais cessé de respirer, tant j'étais suspendue à ses gestes. Lorsqu'il eut fini de s'occuper des bretelles, il fit passer sa main sur tout le haut de mon torse, libre de tissu, libre d'obstacle. Je savourai cet instant autant que je le pus. Ange admirait ma peau du regard et la savourait des doigts en même temps, mais il ne touchait pas à ma nuisette pour essayer de la faire descendre. Ma poitrine était toujours cachée sous le tissu, et j'aurais voulu qu'il la touche enfin. Je rougis à cette idée. Ange cessa de me caresser pour remonter doucement jusqu'à ma bouche, où ses lèvres se mêlèrent aux miennes dans un baiser sensuel et sexy. J'avais la tête qui tournait et le corps en feu. Doucement, mes mains firent glisser sa chemise le long de ses bras, et il se retrouva torse nu, presque allongé sur moi. Nos deux peaux se touchèrent et mélangèrent leurs chaleurs. Il redescendit alors au niveau de mon buste, et tout doucement il fit passer un doigt sous la nuisette, caressant la naissance de mon sein gauche. Il plongea son regard dans le mien pour voir quel effet il me faisait, et je soutins son regard avec désir.

—Continue, lui dis-je dans un souffle.

C'était à peine si je pouvais parler tant j'étais excitée. Il poursuivit son exploration, lentement, provoquant à chaque caresse des ondes de bien-être et de désir dans tout mon corps. Je me retins de gémir sous ses caresses. Nous n'étions pas seuls dans la maison, et même si mon corps tout entier aurait voulu oublier ce petit détail, une infime partie de mon cerveau luttait pour me le rappeler à chaque seconde.

Alors que je retenais un énième soupir de satisfaction, Ange remonta au niveau de mon visage et cessa de me caresser. Il ne s'était pas aventuré bien loin, finalement, puisqu'il n'avait fait que frôler ma poitrine du bout des doigts, sans la voir ni la toucher vraiment, mais il avait réussi à me mettre dans tous mes états.

—Eileen…

Oh non !

Au son de sa voix, je sus immédiatement que nos petits jeux venaient de prendre fin. Sa raison avait récupéré le dessus et nous n'irions pas plus loin pour ce soir.

La frustration dut se lire sur mon visage puisqu'il me fit un petit sourire compatissant.

—Pour moi aussi, c'est dur, je t'assure, dit-il en caressant ma joue d'une main.

Je soufflai, incapable de dire un mot. Je savais qu'il ne changerait pas d'avis, alors à quoi bon essayer d'argumenter ?

—Ne m'en veux pas, dit-il en me suppliant du regard.

—Ange, j'en ai assez, je n'en peux plus d'attendre, répondis-je fermement. Je t'aime, tu m'aimes, cela fait des mois que nous sommes ensemble et nous sommes en âge de faire ce genre de choses, alors qu'attend-on, exactement ?

Il avait presque réussi à me mettre en colère. Pourtant ce n'était pas sa faute, le pauvre, mais lorsque j'étais énervée j'avais bien du mal à contrôler ce qui sortait de ma bouche.

—On attend le bon moment, Eileen, tout simplement, répondit-il calmement.

—Et ce sera quand ?

—Je ne sais pas.

—Ange, tu ne peux pas venir me voir le soir, me mettre dans un état pareil, puis arrêter sous prétexte que ce n'est pas le bon moment !

—Pour moi aussi c'est dur, qu'est-ce que tu crois ?

—Alors pourquoi tu ne continues pas ?

—Parce que je ne veux pas que ça se passe comme ça.

—Mais comment veux-tu que ça se passe ? On ne sera jamais seuls dans cette maison ! Tu vas faire quoi ? Louer une chambre d'hôtel comme dans les films ?!

Plus ça allait, plus je m'énervais.

—Tout ce que je veux, c'est que nous soyons tranquilles, et jusqu'ici l'occasion ne s'est pas encore présentée. Je suis désolé, mais moi aussi j'en ai extrêmement envie, je peux te l'assurer.

Je croisai son regard et sus qu'il ne mentait pas. Il avait l'air on ne peut plus sérieux. Ma colère s'estompa brusquement.

—Pardonne-moi, je me suis laissé emporter, lui dis-je doucement.

Son regard s'adoucit et devint charmeur. Le genre de regard qui vous donne l'impression d'être une friandise.

—Je trouverai le moyen de nous réunir tous les deux, sans que personne ne puisse nous déranger, et ce jour-là, je te montrerai à quel point j'ai dû me retenir et être fort pour ne pas goûter à ta peau et à ton corps au cours de toutes les soirées que nous avons passées ensemble.

Gloups.

Il avait dit cela d'une voix si sensuelle que mon corps tout entier se réchauffa de quelques degrés.

—Mais en attendant, il se fait tard, alors je vais gentiment regagner ma chambre et te laisser dormir.

—Déjà ?

—Oui, je crois que ça vaut mieux pour toi comme pour moi, dit-il avec un regard éloquent.

Je lui fis un petit sourire. Ange m'embrassa avant de se diriger vers la porte. Au moment où il allait l'ouvrir, il se retourna vers moi.

—Au fait, j'étais venu t'annoncer que vous allez bientôt venir faire une visite dans notre monde, dit-il comme si de rien n'était.

—Dans votre monde ? Quand ? lui demandai-je en me redressant sur mon lit, très intéressée par cette révélation.

L'année dernière, Ange ne m'avait emmenée qu'une seule fois dans le Monde Céleste, mais comme c'était interdit, il avait dû nous rendre invisibles.

—Disons que cela fait partie du programme scolaire. Comme vous êtes maintenant officiellement au courant de votre mission, le Conseil des Anges aimerait vous rencontrer pour vous présenter à notre peuple.

Ce sera un jour extrêmement important chez les anges, il y aura une grande cérémonie et une fête en votre honneur.

—Tu plaisantes ?

—Pas du tout, dit-il en revenant vers moi. Tu vas bientôt rencontrer ma famille, ajouta-t-il avec un sourire moqueur. Ils ont hâte de te connaître.

—Quoi ?!

—Bien sûr, ils veulent connaître ma protégée…

—Oh !

Sous le choc, je ne pus m'empêcher d'ouvrir tout grand la bouche. Je devais ressembler à un merlan frit. Prenant conscience que je ne devais pas être très sexy, je me ressaisis et fermai la bouche. Ange étouffa un petit rire.

—C'est si terrible que ça, comme nouvelle ?

—Oui.

—Pourquoi ?

—Je ne sais pas. C'est juste que… je ne m'y attendais pas. Quand aura lieu cette présentation ?

—Dans deux semaines, je crois.

—Oh là là, je n'ai que deux semaines pour me préparer à connaître ta famille ?! Et s'ils ne m'aimaient pas ?

Je commençais à paniquer. Bien sûr, les parents d'Ange ne me verraient pas comme leur future belle-fille, donc je n'aurais pas dû être dans un tel état à l'idée de les rencontrer, mais *moi* je savais ce que nous leur cachions, et la perspective de faire une gaffe au cours de cette rencontre me tétanisait.

—Pourquoi voudrais-tu qu'ils ne t'aiment pas ? me demanda Ange en se rasseyant sur le lit et en prenant mes mains dans les siennes. Ils verront à quel point tu comptes pour moi, et ils t'aimeront instantanément, tu verras.

—Mais justement, ils te connaissent si bien… Et s'ils découvraient notre secret ? Et s'ils voyaient dans tes yeux à quel point tu m'aimes ? Et si je faisais une gaffe ? Je ne sais pas, moi, comme t'appeler « mon chéri » devant tout le monde.

—Tu ne m'appelles jamais comme ça.

—Justement. Dans les moments de stress, tu peux t'attendre à n'importe quoi de ma part. Et si… ?

—Stop ! Calme-toi. Il ne va absolument rien se passer, Eileen, d'accord ? Ce sera une journée comme les autres, sauf qu'au lieu d'être au lycée, nous serons au cœur d'une montagne, et nous ferons la fête avec tous les miens. Moi, je suis heureux que la présentation arrive enfin. C'est une coutume. Aucun Élu ne peut y échapper et j'ai vraiment envie que ma communauté te connaisse. De plus, il y a si peu d'anges gardiens que les gens pensent que les protégés renferment certains secrets, comme si la nature leur avait conféré une sorte de mission pour laquelle ils auraient besoin de protection rapprochée. Voilà pourquoi être un ange gardien est un grand honneur, et c'est aussi la raison pour laquelle les anges gardiens, comme les protégés, sont considérés par les autres anges comme des êtres à part. Ils t'admireront sans même te connaître, alors tu vois, tu n'as pas à t'inquiéter à ce sujet.

J'aurais bien voulu le contredire, mais je ne m'en sentis pas la force. Il avait l'air tellement heureux à la perspective de cet évènement, que je ne voulus pas lui avouer qu'il m'avait encore plus stressée avec ses explications. Les anges allaient penser que j'étais exceptionnelle alors que je n'avais absolument rien de plus que mes camarades. Ils chercheraient à me percer à jour et je me sentirais mise à nu toute la journée.

L'horreur…

J'esquissai un sourire qui dut ressembler à une petite grimace, mais Ange ne releva pas, ou ne voulut pas relever mon état d'esprit.

Tant mieux.

Au lieu de ça, il m'embrassa rapidement et se releva pour se diriger vers la porte.

—Ça se passera bien, dit-il doucement.

Puis il ouvrit la porte et se faufila à l'extérieur discrètement, me laissant seule avec mes doutes.

Le lendemain matin, alors que j'allais me préparer pour aller en cours, on frappa à ma porte. Awen venait de descendre et Kinnie n'avait pas pour habitude de venir me voir de si bon matin. Quant à Ange, il était tout simplement impensable qu'il prenne le risque de venir me voir alors que toute la maisonnée était en train de se réveiller.

—Entrez, dis-je avec de la curiosité dans la voix.

La porte s'ouvrit sur Roman, qui me fit un geste de la main pour me demander s'il pouvait entrer. Il voulait sans doute éviter d'attirer l'attention, au cas où quelqu'un rôderait dans les parages, je lui fis donc un petit signe pour lui dire d'entrer. Il pénétra dans ma chambre en refermant la porte derrière lui, aussi discrètement que possible.

—Salut, dis-je en ne parvenant pas à cacher mon étonnement. Que me vaut cet honneur ?

—Salut Eileen, désolé de te déranger de si bon matin, mais je ne voyais pas d'autre moyen de te parler sans risquer de tomber sur Awen.

OK…

—Écoute, j'ai besoin de toi, dit-il en se passant une main dans les cheveux.

Tiens, lui aussi faisait ça lorsqu'il était nerveux ? Je dissimulai un sourire pour ne pas qu'il croie que je me moquais de lui.

—Qu'est-ce qui se passe ? lui demandai-je en m'asseyant sur mon lit et en lui faisant signe de s'asseoir sur la chaise du bureau pour pouvoir parler tranquillement.

—Eh bien voilà, le mois prochain ce sera l'anniversaire d'Awen et je voudrais lui organiser une petite fête. Enfin non, pas une petite fête, en réalité je veux lui organiser une grande fête, une énorme fête, une fête dont elle se rappellera toute sa vie…

—D'accord, d'accord, je crois que j'ai saisi l'idée générale, répondis-je en riant. Mais que viens-je faire dans tout ça ? Tu comptes sur moi pour te dire le cadeau dont elle a envie ?

—Non, pas du tout, maligne, répondit-il en se détendant un peu. Figure-toi que je sais exactement ce que je vais lui acheter.

—Bon, alors, en quoi puis-je t'aider ? Si tu es venu me voir de si bon matin, c'est que c'est important, non ?

—Évidemment, alors écoute : j'ai parlé de mon projet à Ange et Aedan et ils seraient d'accord pour faire la fête ici, mais je ne suis pas très enthousiaste à l'idée de faire venir nos amis du lycée chez nous. Je trouve que c'est un peu risqué et l'idée ne me plaît qu'à moitié. Bien sûr, s'il n'y a pas d'autre solution, nous choisirons celle-là, mais c'est là que tu interviens dans le plan.

—OK, donc je fais partie d'un plan, répétai-je en le regardant sérieusement, comme si j'étais en train d'accepter un rôle dans une opération du FBI.

—Oui, tu fais partie du plan parce que tu connais les parents d'Awen et que tu pourrais facilement les convaincre de faire une fête pour leur fille. Moi je ne peux rien faire à ce sujet. D'abord, je ne sais même pas s'ils savent que j'existe. Et ensuite, même s'ils le savaient, eh bien je ne me sentirais pas capable de leur demander un truc pareil. Tu imagines ? Ce serait déplacé, non ?

Je réfléchis quelques instants.

—Mmmh, oui, c'est sûr qu'on fait mieux en termes de présentation officielle de fiancé.

—On est d'accord là-dessus. Et par conséquent, tu es ma seule chance de faire des dix-sept ans d'Awen un moment inoubliable.

—Dis comme ça, je ne peux qu'accepter.

—C'est vrai ? me répondit-il avec un regard plein d'espoir.

—Bien sûr. Awen est ma meilleure amie, donc ça me fait plaisir de lui faire plaisir. J'appellerai les parents d'Awen dès ce soir et je te tiendrai au courant, d'accord ?

—Super, fit Roman en ne pouvant réprimer un sourire de satisfaction.

Ses yeux brillaient tellement que je me sentis aussi légère que lui. Sa joie était communicative.

—Bon, je te laisse, je ne voudrais pas qu'elle se demande où je suis, tu la connais, dit-il en me faisant un clin d'œil. Tu me tiens au courant ?

—Bien sûr, répondis-je avant qu'il ne disparaisse dans l'embrasure de la porte.

Ma bonne humeur s'évanouit presque aussitôt. Effectivement, je connaissais Awen, mais le problème, c'est que toute notre petite troupe la connaissait aussi bien que moi, maintenant. En effet, sa jalousie était devenue si maladive depuis quelques semaines qu'elle ne parvenait plus à la contenir. Au début, elle s'était limitée à faire la vie impossible à Roman, mais désormais, c'était tout le groupe qui en souffrait. Elle en voulait toujours autant à la nouvelle fille de la Première B, persuadée que cette dernière avait jeté son dévolu sur Roman, et qu'elle allait le lui piquer à la première occasion venue. La pauvre jeune fille avait d'ailleurs reçu le surnom de « Bidule ». Awen avait décidé de l'ignorer – bien qu'elle passe son temps à la surveiller du coin de l'œil – du coup elle avait décrété qu'elle ne voulait rien savoir sur elle, pas même son prénom. Depuis, n'ayant pas osé la contrarier, Kinnie et moi l'appelions aussi Bidule. En revanche, les garçons avaient déjà parlé avec elle plusieurs fois. Comme nous étions mélangés avec la Première B dans plusieurs matières, notamment en EPS, à plusieurs reprises la jeune Bidule avait réussi à entamer la conversation avec eux. Ange nous avait dit qu'elle s'était juste présentée et qu'elle leur avait posé quelques questions pour mieux les connaître, mais Awen n'avait pas cru en cette version, persuadée qu'Ange ne faisait que couvrir son meilleur ami. Roman s'était un peu emporté en disant qu'il ne supportait pas l'idée qu'elle doute de lui de cette façon, et nous avions eu droit à plus d'une scène de ménage entre l'un et l'autre au cours de ces dernières semaines. Dire que le cas d'Awen me préoccupait était peu de chose. Elle avait perdu sa joie de vivre naturelle et n'était plus notre rayon de soleil quotidien, alors j'espérais que la fête d'anniversaire exceptionnelle que lui concoctait Roman lui rendrait sa confiance en elle, en lui, et les ferait repartir sur de bonnes bases.

—Bon, tu vas te préparer, oui ou non ? me demanda Tic-Toc en me faisant sursauter.

—Désolée, j'étais perdue dans mes pensées, répondis-je en me retournant vers lui.

—Oui, merci, je m'en étais rendu compte. Il ne te reste plus que cinq minutes pour t'habiller et passer par la salle de bain, me reprocha-t-il gentiment.

—Cinq minutes ?!

—Je te le confirme : je suis pile poil à l'heure.

—Mince ! m'exclamai-je en me jetant sur mes affaires pour y trouver quelque chose de convenable à enfiler.

La journée commençait bien…

Le soir même, je téléphonai aux parents d'Awen pour leur suggérer d'organiser une fête d'anniversaire pour leur fille. Ils trouvèrent l'idée excellente. Pour ses seize ans, ils n'avaient fait qu'une petite célébration en famille, et comme elle était partie à « l'internat » depuis plusieurs mois, ils se montrèrent très enthousiastes à l'idée de lui faire plaisir. Nous convînmes qu'ils s'occuperaient d'inviter la famille, et moi, les amis. Je leur dis également que j'avais des tas d'idées pour la préparation de la fête et ils se montrèrent totalement ouverts aux suggestions. Tant mieux. De cette façon, Roman pourrait me faire part de ses idées pour que je les mette en place avec les parents d'Awen. Je servirais d'intermédiaire, en quelque sorte.

Après le dîner, alors que j'allais retrouver Roman dans le salon pour lui annoncer la bonne nouvelle, je surpris Awen en train de l'observer depuis le couloir. Je ne comprenais pas ce qu'elle faisait là puisque je l'avais vue monter dans sa chambre deux minutes auparavant. Je jetai un œil dans le salon : Roman était en train de parler avec Ange.

—Mais qu'est-ce que tu fais là ? lui chuchotai-je en la faisant sursauter comme un diable.

—Eileen ! s'exclama-t-elle en posant sa main sur son cœur. Tu veux me faire mourir d'une crise cardiaque à seize ans, ou quoi ?

—N'essaye pas de changer de sujet, lui dis-je en la pointant du doigt. Dis-moi que tu n'étais pas en train de faire ce que je crois que tu étais en train de faire ?

Awen prit un air coupable et me fit une petite moue désolée.

—Ben, si.

Cela me rendit si triste que je ne pus m'empêcher de la prendre dans mes bras. Elle se laissa aller contre moi et ne put retenir un sanglot étouffé. Je me mis à lui caresser les cheveux. C'était ce que faisait toujours ma mère pour m'apaiser lorsque j'étais petite.

—Il faut que tu arrêtes de faire ça. Aie confiance en lui, la suppliai-je en chuchotant.

—Je n'y arrive pas, je l'aime trop, répondit-elle en sanglotant.

Impuissante face à ses larmes, je la laissai se calmer pendant quelques minutes puis l'invitai à monter dans sa chambre. Un peu honteuse, elle ne se fit pas prier et monta se coucher. Quant à moi, je pris quelques secondes pour me calmer, et j'entrai dans le salon.

—Salut, lançai-je aux garçons avec un grand sourire de façade.

J'étais très heureuse d'annoncer la bonne nouvelle à Roman, mais ma rencontre avec Awen m'avait quelque peu refroidie.

—Eileen ! s'exclama celui-ci lorsqu'il me vit. J'ai attendu toute la soirée d'être seul à seule avec toi. Alors ?

Du coin de l'œil, je vis Ange froncer les sourcils. Oh non, il n'allait pas s'y mettre lui aussi ? Un jaloux maladif à la fois, par pitié !

—Ils ont dit oui, annonçai-je sans faire durer le suspense. Tu n'as plus qu'à me dire tout ce que tu as en tête, et je leur ferai part de tes idées.

Roman se montra très enthousiaste et excité par les préparatifs de la fête, et nous passâmes plus de deux heures à tout organiser. Ange resta avec nous pour nous aider, et il profita de la distraction de Roman pour me frôler à plusieurs reprises. Finalement, vers minuit, chacun se dirigea vers sa chambre pour aller se reposer. Nous avions cours le lendemain et je savais déjà que Tic-Toc aurait bien du mal à me sortir des bras de Morphée le matin venu. En tout cas, la perspective de la fête m'avait remonté le moral. Avec une telle surprise, Awen ne pourrait que comprendre à quel point Roman l'aimait, et elle cesserait sans doute de le harceler pour un simple regard de Bidule. C'était en tout cas ce que j'espérais.

Cérémonie

Je courais. Je courais au beau milieu d'une montagne. Ma longue robe bleu nuit s'emmêlait dans les branches et se faisait arracher par lambeaux entiers. Mes pieds nus étaient écorchés par la terre, les racines et les pierres qui jonchaient le sol dur et froid. J'étais à bout de souffle. Je me demandais où était Ange. Pourquoi n'était-il pas avec moi ? Et pourquoi n'arrivais-je pas à m'envoler ? Je me sentais prise au piège et une angoisse sourde grondait dans mon cœur. Il faisait nuit, il faisait froid, et je ne savais même pas par où je devais aller si je voulais échapper à mes assaillants. J'allais mourir ici, ce soir. La cérémonie qui aurait dû être un moment magique s'était transformée en tragédie lorsque l'un des membres du Conseil des Anges nous avait surpris, Ange et moi, enlacés l'un contre l'autre derrière un arbre. L'ange nous avait vus et avait lancé les Chercheurs à notre poursuite. Les pas derrière moi se rapprochaient. J'aurais voulu être une souris pour me cacher et disparaître pour toujours. J'aurais voulu échapper à leur univers, échapper à leurs lois stupides, à leur jugement, mais c'était impossible. À bout de forces et totalement désorientée, je finis par tomber sur le sol en criant.

—Eileen ! entendis-je quelqu'un m'appeler quelque part. Eileen, réveille-toi !

—Eileen, reviens parmi nous, dit une autre voix plus grave, plus apaisante.

—Eileen !!

Tic-Toc. C'était lui qui m'appelait. Il s'inquiétait pour moi. Dans un effort immense, je finis par ouvrir les yeux et me relevai doucement sur l'oreiller.

Merde.

Ange était là, lui aussi. Il avait l'air beaucoup plus en forme que moi et il était déjà habillé. Pourquoi fallait-il toujours qu'il me trouve dans des états pareils ?

—Salut, ma belle, dit-il en me faisant un sourire compatissant. Tu m'as fait une belle frayeur, tu sais ? Je me suis demandé ce qui te mettait dans un tel état… De quoi as-tu rêvé, cette fois-ci ? s'enquit-il en s'asseyant sur le lit à mes côtés.

—De rien du tout, répondis-je en faisant une grimace.

Depuis qu'Ange m'avait informée de la date de la fameuse présentation des Élus au peuple céleste, ma nervosité n'avait fait qu'empirer un peu plus chaque jour. Bizarrement, j'étais la seule à être inquiète. Le jour où Aaron et Maela avaient annoncé la nouvelle aux autres élèves, ils s'étaient tous mis à crier de joie, et depuis ils ne parlaient plus que de cela. Même Awen et Kinnie étaient folles de joie à l'idée d'aller dans le Monde Céleste. Pour tout le monde, cela allait être un moment de joie et de partage. Pour tout le monde, sauf pour moi. En ce qui me concerne, j'avais l'impression de foncer tête baissée dans un piège bien trop dangereux.

Relevant la tête, je jetai un regard assassin à la robe de soirée bleu nuit qui pendouillait à mon armoire, accrochée à un cintre. Hors de question que je mette ça aujourd'hui, cela risquerait de me porter la poisse.

Suivant mon regard, Ange leva les sourcils en m'interrogeant silencieusement.

—Encore ? demanda-t-il gentiment.

J'acquiesçai d'un signe de tête.

Ce n'était pas le premier cauchemar que je faisais. Depuis deux semaines, j'en avais fait au moins quatre. À chaque fois, la cérémonie s'était finie en catastrophe et je m'étais réveillée en sueur, tremblant des pieds à la tête, pourtant bien en sécurité dans mon lit.

Je ne voulais pas savoir ce que signifiaient ces rêves. Étaient-ils prémonitoires ? Étaient-ils annonciateurs d'un véritable désastre ? Frissonnant à cette idée, je ne pus empêcher une larme de couler sur ma joue. Ange me prit instantanément dans ses bras.

—Chut, dit-il en me berçant doucement. Tu es fatiguée, c'est normal, tu ne t'es pas bien reposée ces derniers temps, mais ça va aller, tu verras. Je te promets que tout se passera bien et que ce soir nous serons de retour à la maison, sains et saufs.

—J'ai peur, parvins-je à dire contre son torse.

—Et j'en suis désolé, crois-moi. J'aimerais pouvoir t'apaiser. Je ne comprends pas pourquoi tu es si nerveuse à l'idée d'aller dans mon monde.

—Ce n'est pas ton monde qui me fait peur, mais ses habitants.

—Justement, c'est encore pire. Ce sont mes amis et ma famille. C'est mon peuple. Ce sera peut-être un jour le tien, qui sait ?

—Comment ça ?

—Eh bien, ce n'est pas vraiment le moment de parler de ça, mais parfois je me dis que plus tard, dans quelques années, nous pourrions peut-être passer un peu de temps auprès des miens, dit-il en me caressant les cheveux.

Passer du temps chez lui ? C'était bien la première fois qu'il m'en parlait. J'aurais bien aimé continuer la conversation si je n'avais pas eu l'esprit si embrouillé par la peur.

Alors que je séchais mes larmes, quelqu'un frappa à ma porte et entra sans attendre. Je sursautai en voyant Awen pénétrer dans la pièce.

—Mais tu es folle ?! m'écriai-je en contrôlant le volume de ma voix pour ne pas réveiller toute la maison.

—J'ai entendu un cri, je suis venue voir si tout allait bien, dit-elle en haussant les épaules, comme si elle ne venait pas du tout de faire une entrée fracassante dans ma chambre.

—Eileen a encore fait un cauchemar, l'informa Ange en s'écartant prudemment de moi.

Awen avait beau être au courant pour nous deux, il avait toujours du mal à être naturel en sa présence.

—Encore ? lui répondit-elle en m'ignorant totalement. Et que se passait-il, cette fois-ci ?

—Je ne sais pas, elle n'a pas voulu me le raconter.

—J'imagine que c'est encore une histoire de cérémonie qui se termine mal.

—Sans doute…

—Non mais vous allez arrêter, tous les deux, intervins-je en me levant brusquement du lit. Je suis là, je vous signale, vous pourriez au moins avoir l'obligeance de ne pas m'ignorer !

—C'est bon, Eileen, on sait bien que tu es là, mais dernièrement il faut dire que tu es un peu à cran, alors je voulais t'éviter de ressasser tes idées noires, c'est tout.

—Mais bien sûr.

—Alors ?

—Alors quoi ?

—Bah, alors que se passait-il cette fois-ci dans ton cauchemar ?

—Oh, rien du tout, ne vous inquiétez pas, éludai-je en la prenant par les épaules pour la diriger vers la sortie.

—D'accord, donc tu as hurlé dans tes rêves, mais juste pour le plaisir, c'est ça ?

—C'est tout à fait ça.

—Allez, Eileen, tu sais bien que tu peux tout nous dire. C'était encore à cause de la cérémonie ?

Les longs cheveux blonds et lisses d'Awen encadraient son visage qui affichait un air résolu, et ses magnifiques yeux bleus me lançaient des éclairs. Renonçant à la faire sortir de la chambre, je retournai dans mon lit. Ange, Awen et Tic-Toc avaient l'air tellement inquiets que je m'en voulus de ne pas avoir réussi à étouffer mes cris. Cela nous aurait évité à tous une telle tension de si bon matin.

—Oui, c'était à cause de la cérémonie, leur confirmai-je en ronchonnant. J'ai rêvé qu'un Chercheur nous surprenait Ange et moi en train de nous embrasser, que je me mettais à courir en pleine nuit dans la forêt, que je déchirais ma robe, me faisais mal aux pieds et finissais par m'écrouler sur le sol en hurlant. Voilà, vous savez tout, vous êtes contents ?

La mine renfrognée, je croisai mes jambes sur le lit et me repliai sur moi-même.

—Tu te sens mieux, maintenant que c'est sorti ? me demanda Awen gentiment.

—Pas vraiment.

—C'est pas grave, ça passera. Aujourd'hui, ça va être une super journée, Eileen, tu vas voir. Tout d'abord, les cours ont été annulés pour que nous puissions nous préparer tranquillement, donc nous avons toute la matinée pour relâcher la tension. Ensuite, nous irons dans le Monde Céleste pour rencontrer les anges, et enfin nous participerons à la magnifique fête qu'ils ont organisée en notre honneur. Franchement, tu ne trouves pas ça fantastique ?

Awen avait l'air en extase.

—Non. Toi, tu trouves ça fantastique parce que tu vas rencontrer la famille de Roman.

—Bien sûr ! Et toi tu vas rencontrer la famille d'Ange, dit-elle joyeusement en me faisant un clin d'œil.

—Justement, tu me connais, j'ai trop peur de faire une gaffe devant eux. J'ai l'impression que personne ici, à part moi, ne se rend compte de ce qui se passerait si le Conseil des Anges venait à apprendre qu'Ange et moi sortons ensemble. C'est dingue ! Vous avez déjà oublié les menaces qui pèsent sur nous ?

Ah, ça faisait du bien de vider son sac !

—Non, je n'ai pas oublié, me dit Ange en déliant mes jambes et mes bras et en me forçant à me lever.

Il me serra fort contre lui et prit mon visage dans ses mains.

—Crois-moi, je n'oublie jamais le danger qui nous guette, mais je connais aussi nos limites, et je sais que nous serons capables d'affronter mon monde aujourd'hui. Il ne s'agit que de quelques heures, pas d'une journée entière. De plus, j'ai vraiment, *vraiment*, envie que tu connaisses les miens. Pas toi ?

Il avait l'air triste de me voir dans un tel état. Et si je prenais une tisane pour me calmer ? Ou un tranquillisant ? Oh non, j'avais une meilleure idée : et si je me faisais porter pâle ? Étais-je encore à temps de simuler un terrible mal de ventre ?

Devinant probablement les idées qui me passaient par la tête, Ange sourit malicieusement.

—Promets-moi que tu vas passer la journée avec moi, Eileen, tu ne peux pas me laisser tout seul alors que toute ma communauté veut connaître ma protégée. J'aurais l'air de quoi, moi, si tu ne venais pas ?

Il me fit une moue attendrissante qui me fit fondre en une seconde. Ses yeux étaient d'un vert sombre, ce matin, comme la forêt en pleine tempête, et comme d'habitude je fus subjuguée par sa beauté et le magnétisme qui se dégageait de son corps si chaud.

—Si, bien sûr que j'ai envie de les connaître, dis-je d'une petite voix.

Ange eut un sourire triomphant avant de plaquer ses lèvres sur les miennes, oubliant un instant que nous n'étions pas seuls.

—Hum, hum, toussa Awen pour nous rappeler à l'ordre. Bon, eh bien moi je vous laisse, je vais aller finir ma grasse matinée, d'accord ? dit-elle d'un ton enjoué avant de se diriger vers la porte. Ah, au fait, ajouta-t-elle avant de sortir, je t'interdis de changer de robe, Eileen, c'est compris ? J'ai dû te traîner et te supporter pendant trois heures dans un magasin le weekend dernier pour trouver une robe qui te plaisait, alors tu as intérêt à la mettre.

Et sur ce, elle sortit.

Je jetai un regard assassin à la robe, comme si tout ce qu'il m'arrivait était de sa faute, puis je reportai mon attention sur Ange.

—Promets-moi de me guider, de m'aider à supporter la pression, de ne pas me mettre dans des situations embarrassantes avec ta famille ou tes amis, et je viendrai, lui dis-je solennellement.

—Je te le promets, répondit-il aussi sérieusement qu'il le put.

Je voyais bien dans ses yeux qu'il était excité à la perspective de m'emmener dans son monde, alors de quel droit pouvais-je lui ôter ce plaisir ?

Après un ultime baiser, Ange me relâcha et me rendit ma liberté de mouvements. Je lui donnai une petite tape sur le bras, et il haussa les sourcils de surprise.

—Ça, c'est pour être aussi manipulateur, lui dis-je dans un petit rire.

—Ah oui, tu le prends comme ça ? Très bien, alors écoute : je te donne trente minutes pour te préparer, et ensuite je veux que tu me retrouves en bas pour une séance de sport matinale. Tu vas voir, ça va te permettre de te défouler et d'arriver beaucoup plus calme à la cérémonie.

Je le poussai vers la sortie sans ménagement.

—Trente minutes, chuchota-t-il une dernière fois avant que je lui claque la porte au nez.

—Pfff, soufflai-je en m'adossant à la porte. Tu parles d'un réveil ! lançai-je en direction de Tic-Toc.

—Eh oui, c'est ce qui arrive, quand on est amoureuse, on perd parfois les pédales, me répondit-il avec sagesse.

Tic-Toc me faisait souvent penser à ma mère. Parfois, je me demandais même si celle-ci n'avait pas passé un pacte avec lui pour veiller sur moi ou quelque chose dans le genre. Or, c'était impossible puisqu'elle ne parlait pas aux objets. Ou alors, elle parlait aux objets et ne m'avait jamais rien dit ?!

—Hé, m'appela Tic-Toc en me sortant de ma rêverie. Il ne t'a donné que trente minutes, tu te souviens ?

—Trente minutes ? Ah oui, c'est vrai. J'y vais, merci Tic-Toc, dis-je en le prenant rapidement dans une main pour lui faire un bisou sur le cadran.

Je m'habillai avec le premier survêtement qui me tombait sous la main puis je me dirigeai vers la porte.

—Eileen ! m'appela-t-il au moment où j'allais mettre la main sur la poignée.

—Oui ?

—Fais attention quand même, me dit-il avec un regard attendrissant.

Je lui souris et sortis dans le couloir, bien décidée à me défouler sur le punching-ball.

Je descendis tout d'abord à la cuisine et me servis un énorme bol de chocolat chaud ainsi que trois tranches de brioche. Je tartinai l'une de confiture à la fraise, l'autre de confiture à la pêche, et le meilleur pour la fin : une énorme dose de Nutella vint recouvrir chaque millimètre carré de ma troisième tartine. Je souris en engloutissant mon festin puis je regardai la petite horloge du four : elle indiquait huit heures dix. Si j'avais bien calculé, je n'avais plus que cinq minutes pour rejoindre Ange. Je courus à la salle de bain pour me laver les dents puis redescendis au sous-sol à la vingt-huitième minute du compte à rebours. J'aurais pu entrer dans la salle de sport directement mais j'adorais embêter Ange, alors j'attendis jusqu'à la vingt-neuvième minute pour faire durer le suspense.

Au moment où j'allais mettre la main sur la poignée, la porte s'ouvrit à la volée et Ange apparut devant moi, en marcel blanc et en pantalon de survêtement noir, l'air à la fois amusé et vexé.

—Alors comme ça on se moque de moi ?

—Comment ça ? répondis-je en faisant l'innocente.

—J'ai senti ta présence, Eileen, dit-il d'un ton faussement menaçant, et je sais que tu m'as fait attendre volontairement.

—Ah bon ?

—Ne fais pas la maligne et entre dans cette salle, dit-il en se poussant sur le côté pour me laisser passer.

J'entrai dans la salle des tortures. Oh, dans le fond je l'aimais bien, cette pièce, car elle me permettait de devenir plus forte et d'apprendre de nouvelles techniques de combat, mais j'y avais versé tant de sueur, et parfois de larmes, que j'avais du mal à la placer en haut de mon classement des pièces préférées de la maison. En y réfléchissant bien, je crois même que la salle de sport occupait l'avant-dernière place du classement, juste avant la chambre de Roman. Celle-ci était un véritable capharnaüm et il nous en interdisait même l'entrée.

—J'ai prévu un nouvel exercice pour toi, aujourd'hui, annonça Ange en refermant la porte derrière moi.

Je fronçai les sourcils. Serait-ce une bonne ou une mauvaise nouvelle ?

—Ne me dis pas qu'on va faire du yoga, j'ai besoin d'un peu plus d'action, ce matin.

—Non, ce n'est pas du yoga. Cherche encore, je suis sûr que cela va te plaire.

J'essayai de deviner dans son attitude ce que mon ange gardien m'avait préparé, mais je ne parvenais pas à lire en lui aussi bien qu'il le faisait avec moi. En désespoir de cause, je cherchai un indice du regard, mais rien n'avait changé dans la salle.

—Je donne ma langue au chat, dis-je en haussant les épaules.

—Très bien. Alors voilà, c'est un exercice d'imagination et d'improvisation.

—Mmmh… mais encore ?

—Tu vas voir. Tout d'abord, je veux que tu te places au centre de la pièce, sur le tatami.

Je m'exécutai sans rien dire, curieuse de voir de quoi il retournait.

—À présent, tu vas fermer les yeux et te concentrer sur tes autres sens : l'ouïe, l'odorat, le toucher et le goût.

—Le goût ? l'interrompis-je en rouvrant un œil.

—Ferme les yeux, me rappela-t-il à l'ordre. Oui, le goût. Tu n'imagines même pas une seule seconde de quoi tu es capable, Eileen. Le corps humain est extraordinaire et possède des ressources méconnues, et je veux que tu te rendes compte de ton potentiel.

—Et tu as pensé à ça comme ça, aujourd'hui, en te réveillant ? le taquinai-je gentiment.

—Non, c'est toi qui m'as fait penser à cet exercice.

—Ah oui ? Et à quel moment, exactement ?

—Ce matin, dans ta chambre, quand j'ai lu la peur dans tes yeux. Tu n'as absolument pas confiance en toi et j'ai réalisé à quel point cela te rendait vulnérable. Je ne supporte pas de te voir douter ainsi de toi-même, alors je vais te prouver que tu peux avoir confiance en toi, que tu es forte, courageuse, et que ton corps et ton esprit t'obéissent au doigt et à l'œil. Tout n'est qu'une question de volonté, d'accord ?

—Tu me fais peur, là, répondis-je en n'osant pas rouvrir les yeux.

—Tu-n'as-pas-à-avoir-peur, me dit soudain une voix toute chaude dans le creux de l'oreille.

Je frissonnai de tout mon corps face à ce rapprochement inattendu. Ange se trouvait juste derrière moi alors que je ne l'avais ni entendu ni senti bouger. Une fois les paupières fermées, mes autres sens avaient du mal à prendre le relais. Ange avait raison : cet entraînement était une très bonne idée, finalement.

—Tout d'abord, l'ouïe, annonça-t-il solennellement. Je vais cesser de parler et tu devras te concentrer sur les bruits qui t'entourent, même les plus insignifiants. Lorsque tu seras sûre de l'endroit où je me trouve, attaque-moi.

Je déglutis avec difficulté.

L'attaquer ? Mais comment étais-je censée l'attaquer si je n'avais aucune idée de l'endroit où il se trouvait ? Il pouvait être n'importe où, et la pièce était grande...

—Pour commencer, je resterai à moins d'un mètre de toi, dit-il comme pour répondre à mes questions intérieures.

Un mètre ? Bon, voilà qui était déjà plus raisonnable. Je respirai profondément en essayant de relâcher la tension qui faisait rage dans tout mon corps, puis je tendis l'oreille, ou plutôt les deux.

Fidèle à sa promesse, Ange cessa de parler et je n'entendis plus rien pendant de longues secondes. Au sous-sol il n'y avait aucun bruit. Les autres ne devaient pas encore être levés, ou alors ils n'étaient pas assez bruyants pour que je les entende depuis l'étage du bas. Je tâchai de me concentrer, mais je continuais à être sourde. Mais où était-il ?!

Puis je crus percevoir un son. Quelque chose venait de bouger sur ma droite. J'avais entendu une espèce de froissement, comme le bruit d'un survêtement qui bouge légèrement. Un petit sourire apparut sur mes lèvres. Oui, je pouvais y arriver, il me suffisait d'être attentive. Quelques secondes passèrent sans qu'il ne se passe rien, puis un autre petit bruissement me parvint. Je le localisai juste derrière moi, vers la droite. Ange avait bougé légèrement.

Allais-je l'attaquer, maintenant que je savais à peu près où il se trouvait ? Mon sourire s'amplifia. C'était lui qui avait voulu jouer à ce petit jeu, non ? En essayant de rester la plus discrète possible, je fis apparaître la brume au creux de ma main puis, d'un geste rapide, je lançai un tout petit éclair en direction de mon ange gardien.

—Waouh ! s'exclama celui-ci en riant. Tu apprends vite, on dirait !

Je rouvris les yeux et me tournai vers lui. Il était bien là où je l'avais imaginé. Je fronçai les sourcils en cherchant les dégâts que j'avais pu causer, et je découvris un petit trou dans le mur du fond.

Et merde...

—Ne t'inquiète pas pour ça, je réparerai le mur plus tard. Concentre-toi à nouveau et ferme les yeux, dit-il d'un ton ferme.

—Oui Monsieur ! m'exclamai-je en me retournant et en fermant les yeux.

Qu'est-ce qu'il pouvait être autoritaire, parfois !

—Après l'ouïe, l'odorat, annonça-t-il d'un ton solennel.

J'étais sûre qu'il prenait un malin plaisir à jouer au professeur avec moi. Les yeux toujours clos, je me renfrognai. Qu'étais-je censée faire ? Renifler à droite et à gauche pour sentir sa transpiration et le localiser ? Dans ce cas-là, je n'étais pas sortie de l'auberge car je n'avais jamais senti la transpiration d'Ange, pas même lors de nos entraînements. Non pas qu'il ne transpire pas, bien sûr, mais il devait avoir un très bon déodorant, car je n'avais jamais rien remarqué de ce côté-là. Ou alors, il ne transpirait *vraiment* pas ! Je ne lui avais jamais posé la question, après tout…

—Tu ne te concentres pas assez, Eileen ! gronda Ange sur ma gauche.

Ah non, ça c'est sûr, je n'étais pas du tout concentrée !

—Je ne comprends pas ce que je dois faire, dis-je d'une petite voix timide.

—Sentir, tout simplement.

—Mais sentir quoi ?

—Sen-tir, chuchota-t-il tout près de ma bouche.

Je frissonnai en le sentant si proche. Il ne bougea pas et resta juste devant moi. Je pouvais sentir son haleine fraîche à quelques centimètres de mon visage. Bon, au moins je sentais quelque chose, mais maintenant il y avait un petit problème…

—Cette situation ne me donne pas du tout envie de t'attaquer, murmurai-je doucement.

—Je sais, je cherchais juste à te reconcentrer, dit-il en s'éloignant à nouveau. Maintenant, cherche-moi pour de vrai.

Je soufflai bruyamment. Bon, cette fois-ci j'en avais assez.

Finissons-en au plus vite. Allez, un peu de concentration, ma vieille !

Laissant de côté le peu d'élégance qu'il me restait, je me mis à renifler tout doucement en plissant le nez, et soudain d'innombrables odeurs emplirent mon esprit. Mon Dieu, mais Ange avait raison ! Si je me concentrais réellement, je pouvais distinguer l'odeur de la paille qui émanait du tatami, celle du cuir du punching-ball, et même l'odeur de la graisse que les garçons utilisaient pour entretenir les appareils de musculation.

In-cro-ya-ble !

Reniflant de plus belle, je trouvai enfin ce que je cherchais : l'odeur de menthe, de noix de muscade et de bois chaud qui caractérisait mon ange gardien. Les effluves venaient de ma gauche, mais il était beaucoup plus difficile que pour l'ouïe de déterminer où il se trouvait exactement. Je tentai de le localiser pendant quelques secondes puis, laissant tomber l'idée d'utiliser mon pouvoir, je lançai un coup de pied sur ma gauche, à hauteur du buste. Puisqu'il voulait me voir à l'œuvre, autant utiliser les techniques de combat qu'il m'avait lui-même enseignées.

J'ouvris les yeux au moment même où il était projeté en arrière par mon attaque.

La vache !

—Aïe ! s'exclama-t-il en se relevant et en se touchant les côtes. Tu ne m'as pas loupé, dis donc, dit-il en faisant une grimace.

—Oh, pardon !

—Non, non, ne t'excuse pas, je l'avais bien cherché, dit-il en riant et en grimaçant de plus belle.

—Je ne t'ai pas fait trop mal, quand même ? m'inquiétai-je en le voyant ainsi.

D'habitude, je parvenais à l'atteindre, mais je ne l'avais encore jamais envoyé balader de cette façon. J'avais vraiment dû le prendre par surprise…

—On dirait que je t'ai sous-estimée, dit-il avec un petit sourire au coin des lèvres, les yeux brillants d'excitation.

—Disons plutôt que j'ai un bon professeur…

—Très bien, alors voyons comment tu t'en sors avec le toucher. Ferme les yeux, m'ordonna-t-il malicieusement.

Ce petit jeu l'amusait de plus en plus, et moi je me sentais plus à l'aise. Si j'avais réussi à l'atteindre en n'utilisant que l'ouïe et l'odorat, ce serait un jeu d'enfant avec le toucher. Je souris en fermant les yeux.

—Prête ? me demanda mon ange gardien avec une note de défi au fond de la voix.

—Tout à fait, répondis-je sur le même ton.

Tout d'abord, j'attendis patiemment que quelque chose me touche, mais comme cela n'arrivait pas, je me mis à renifler doucement et à tendre l'oreille. Mais que faisait Ange ? Je me concentrai pendant plusieurs minutes afin de détecter le moindre indice qui aurait pu m'aider à le localiser, mais il ne se passa rien. À croire qu'il avait disparu. Était-il vraiment resté à un mètre de moi, ou me jouait-il un tour ? Je commençais à froncer les sourcils lorsque, enfin, quelque chose frôla mon bras droit.

Je tremblai de tout mon corps. Une seule seconde d'inattention m'avait fait perdre l'avantage.

—Si j'avais été ton Ombre, tu serais morte, proclama Ange d'une voix calme et neutre.

Il se trouvait juste derrière moi, puis son odeur et son souffle disparurent et tout redevint calme.

Merde !

Je commençais à croire qu'il avait fait exprès de me mettre en confiance au début, pour mieux savourer sa victoire ensuite.

De nouveau je me mis à le chercher, tous les sens en alerte, mais rien ne se passa. C'était le calme plat dans la pièce.

Pfff…

Je tâchai de rester concentrée mais soudain quelque chose de chaud et doux glissa le long de mon bras gauche, depuis le poignet jusqu'à l'épaule. J'aurais dû réagir, mais au lieu de cela mon corps se figea, goûtant au plaisir d'être caressé par celui que j'aimais. Lorsque mon ange gardien retira sa main, je ne pus retenir un grognement d'insatisfaction.

—Tss, tss, tss, ce n'est pas comme ça que tu vas m'attraper, ma belle, me chuchota-t-il au creux de l'oreille avant de disparaître à nouveau.

Je commençais à comprendre son petit jeu et je me sentis soudain plus vulnérable. Ange connaissait trop bien mon point faible pour que je gagne aussi facilement. Et mon point faible, c'était lui…

Je toussai pour reprendre un peu de contenance et me reconcentrer.

Allez, Eileen, dès qu'il te touche, tu l'attaques !

J'attendis sans rien dire pendant quelques minutes, mais de nouveau je baissai la garde. La patience, ce n'était vraiment pas mon truc, et alors que je commençais à souffler d'ennui, de longs doigts chauds se mirent à caresser ma nuque, doucement, tendrement, puis ils enserrèrent mon cou pour l'emprisonner, et Ange vint coller sa bouche à mon oreille.

—Tu as perdu, chuchota-t-il en me mordillant le lobe doucement.

Bien sûr, au lieu de l'attaquer, je me liquéfiai sur place et tendis mes mains vers lui pour essayer de le prendre dans mes bras, mais il attrapa mes poignets et les fit rejoindre dans mon dos, m'empêchant de faire tout mouvement.

—Garde les yeux fermés, dit-il âprement. Tu as perdu, tu vas donc avoir une punition.

Une douce chaleur envahit tout mon corps, et je me mis à rougir en pensant qu'Ange avait certainement dû sentir l'effet qu'il avait sur moi.

—C'est bien, dit-il en gardant mes poignets prisonniers et en faisant basculer ma tête en arrière. Laisse-toi faire.

Je gémis tandis qu'il se mettait à souffler doucement sur mon cou, me provoquant des chatouillis qui me firent me tortiller sur place.

—Chut, ne bouge pas, m'ordonna-t-il alors que j'avais de plus en plus de mal à tenir en place.

Puis il continua son petit manège, mordillant mon cou, ma nuque et mes épaules, avant de se poster devant moi et de me caresser le visage de ses lèvres.

Lorsqu'il arriva devant les miennes, je les ouvris avec avidité.

—Je ne suis pas content, Eileen, pas content du tout, dit-il contre ma bouche.

—Pourquoi ? parvins-je à articuler, non sans mal.

—Parce que tu ne t'es pas assez concentrée, répondit-il avec dureté. Tu ne mérites pas ta récompense.

—Quelle récompense ?

—Celle-ci, dit-il avant de mêler sa langue à la mienne pendant quelques secondes.

L'esprit et le corps surchauffés, je lui rendis son baiser avec fougue, mais il s'arrêta si rapidement que je me sentis extrêmement frustrée.

En colère, j'ouvris les yeux et me noyai dans son regard de félin. Effectivement, il n'avait pas l'air content du tout. Ses yeux verts étaient zébrés d'ombres et de menaces implicites.

Je déglutis avec peine.

—Je te laisse une dernière chance, me dit-il sévèrement. Je veux que tu te concentres au maximum, c'est compris ? Oublie que c'est moi que tu cherches, imagine que je suis Tristan. Je vais me cacher quelque part dans la salle, et tu devras me retrouver les yeux fermés. Je vais te mettre ça pour m'assurer que tu ne triches pas, dit-il en faisant apparaître un bandeau de nulle part.

Il me banda les yeux et fit quelques pas en arrière.

—Puis-je utiliser tous mes sens ? demandai-je d'une petite voix.

—Oui, même le goût, si tu en as besoin, mais c'est un sens plus facile à utiliser en extérieur, dit-il depuis quelque part sur ma droite. Quoi qu'il en soit, sache que tu n'as que trois minutes pour me retrouver. Passé ce délai, c'est moi qui t'attaquerai, et je préfère te prévenir : je ne te ferai pas de cadeau, dit-il d'un ton menaçant.

Cette fois je me mis à trembler de peur. Ange pouvait être redoutable, s'il le voulait, et j'avais la nette impression qu'il voulait me mettre en difficulté. Non pas qu'il veuille me faire du mal, mais il était tellement préoccupé par ma sécurité qu'il ne supportait pas que je prenne ses entraînements à la légère.

—Deux minutes quarante-cinq, annonça-t-il depuis quelque part sur ma droite, alors que je n'avais même pas commencé à le chercher.

Devant l'urgence de la situation, je tâchai de me concentrer rapidement, puis je me mis à renifler, écouter, et sentir en même temps. Effectivement, dans ce cas-là, le goût ne m'était d'aucune utilité.

Un froissement de tissu me parvint, puis une odeur familière. Je fis quelques pas vers l'avant, puis vers la droite. Des voix me parvinrent depuis l'étage du haut, mais je ne comprenais pas ce qu'elles disaient, puis je sentis une nouvelle fois l'odeur de mon ange gardien. Il n'était pas très loin. Alors que je venais de faire un pas de plus, je trébuchai sur quelque chose et m'étalai de tout mon long, mes bras amortissant heureusement ma chute. Je pestai dans ma barbe avant de me relever en titubant, puis je me mis à avancer dans la salle de sport à l'aide de mes mains. Chaque machine me permettait de déterminer où je me trouvais et la distance qui me séparait de mon ange gardien. J'étais presque sûre de l'endroit où il se trouvait, mais je n'osai lancer de foudre, de peur de casser quelque chose. À tâtons, je finis par arriver à sa cachette. Lorsque mes mains touchèrent son pantalon de survêtement, je le pris par la taille sans lui laisser le temps de réagir, et je l'embrassai fougueusement.

Il se laissa faire et me rendit mon baiser, sans doute heureux de voir que j'avais réussi à relever le défi qu'il m'avait lancé.

Alors que mes mains s'aventuraient sous son marcel, il reprit le contrôle de la situation en immobilisant mes deux mains tout en enlevant le bandeau que j'avais sur les yeux.

—Tu as eu de la chance, il ne te restait plus que vingt secondes, m'annonça-t-il avec des yeux rieurs.

—Je te signale que cela n'a rien à voir avec la chance, le contredis-je en lui rendant son air moqueur. J'ai failli me casser les dents en tombant par terre pour te retrouver.

—Si c'était arrivé, je les aurais réparées, dit-il en haussant les épaules.

Je pris un air outré et il me libéra en riant.

—Allez, maintenant tu vas te défouler sur le punching-ball, ça te fera du bien, dit-il en m'éloignant de lui gentiment mais fermement.

Et effectivement, cela me fit du bien. Beaucoup de bien. J'étais tellement à cran que je mis toute mon énergie à taper comme une folle furieuse sur ce pauvre sac en cuir.

Au bout de quarante-cinq minutes, il était toujours impeccable, sans aucune égratignure ni déformation, mais moi, j'étais dans un sale état. J'étais dégoulinante de sueur, mon t-shirt et mon survêtement collaient à ma peau, et des mèches de cheveux s'étaient échappées de ma queue de cheval, me donnant l'air d'une cinglée tout droit sortie de l'asile.

La classe, quoi…

Étant finalement venue à bout de mes forces et de ma rage, je m'affalai sur le sol, les bras en croix.

—Tu comptes rester comme ça longtemps ? me demanda Ange d'un air sceptique.

—Tout le temps qu'il faudra pour récupérer, répondis-je en regardant le plafond.

Ange avait assisté à ma séance de défoulement d'un air pragmatique, sans dire un mot. Il me connaissait. Il savait que j'avais besoin de silence pour laisser libre cours à la furie qui était en moi, pour lâcher prise totalement et m'abandonner à mes pulsions. Il disait souvent que c'était le meilleur moyen de se connaître soi-même et de laisser les pouvoirs se développer, alors la plupart du temps, lorsque je décidais de me défouler sur le punching-ball, il se faisait discret et m'observait furtivement.

—Je te demandais ça parce que Kinnie et Aedan sont sur le point de descendre. Je les ai entendus, ils vont venir s'entraîner, ajouta-t-il en me regardant depuis un coin de la salle, appuyé contre le mur, les bras croisés sur le torse.

—Qu'ils viennent, dis-je en haussant les épaules. Je leur laisserai la place volontiers.

Et en effet, à peine une minute plus tard, Aedan entra dans la salle de sport avec un ballon à la main.

Je levai la tête depuis le tatami.

—Eh ben ma vieille, il ne t'a pas loupée, ce matin ! s'exclama Kinnie en me voyant.

Aedan se mit à rire en envoyant le ballon dans ma direction. Je l'attrapai au vol.

—C'est bon, elle est toujours vivante, dit-il à sa petite amie en riant.

—Je tiens à dire que je n'ai rien à voir là-dedans, intervint Ange en s'avançant vers moi et en me tendant la main pour m'aider à me lever. Elle s'est mise dans cet état toute seule.

Aedan se mit à rire de plus belle et Kinnie me lança un regard compréhensif.

—Stressée ? demanda-t-elle avec un petit sourire en coin.

—Un peu, ouais, répondis-je en lui rendant son sourire.

Kinnie avait l'air beaucoup plus en forme que moi. Ses boucles rousses étaient magnifiques, souples et brillantes. Elle portait un survêtement Adidas noir avec des bandes bleu turquoise sur chaque jambe. Elle avait l'air heureuse et pas le moins du monde préoccupée par la cérémonie qui nous attendait.

Je pris la main tendue de mon ange gardien et me levai en époussetant mon propre survêtement.

—Je crois qu'il est temps que j'aille prendre une douche, annonçai-je en me dirigeant vers la porte. Je me suis assez entraînée pour aujourd'hui.

Ange allait me suivre mais Aedan le retint par le bras.

—Tu peux m'aider à entraîner Kinnie, s'il te plaît ?

Ange me regarda d'un air incertain mais je lui fis un léger signe de tête pour lui faire comprendre qu'il pouvait rester.

Je me dirigeai tout droit vers la salle de bain pour me débarrasser de mes vêtements poisseux, et je me glissai sous la douche avec envie. Alors que l'eau chaude coulait sur ma peau et que la vapeur commençait à former de petites gouttelettes sur toutes les vitres, je me mis une nouvelle fois à imaginer la cérémonie. Comment cela allait-il se passer ? Ange m'avait dit qu'ils étaient à peu près dix mille dans leur communauté, mais seraient-ils tous là ? Comment un peuple aussi nombreux parvenait-il à rester invisible aux yeux des autres habitants de la terre ? Toutes ces questions tourbillonnaient dans ma tête alors que je shampouinais mes cheveux avec énergie.

Après quinze minutes passées sous la douche – et quelques coups énergiques frappés à la porte de la salle de bain, sans doute par Awen ou Kinnie – je me décidai enfin à sortir de mon refuge.

—Qui est-ce ? demandai-je en direction de la porte.

—C'est moi, andouille, tu comptes vider le ballon d'eau chaude ? me répondit Awen avec sa grâce habituelle.

—Mais non, ma chère et tendre amie, je vous en prie, entrez, lui dis-je en ouvrant tout grand la porte et en lui faisant une révérence.

—Pfff, t'es bête, pouffa-t-elle en entrant en trombe et en se dirigeant vers le lavabo.

—Qu'est-ce qu'il t'est arrivé ?

—Accident de parcours, répondit-elle alors qu'elle essayait de faire partir une méchante tâche de confiture de son top beige tout neuf.

—Quel genre d'accident ? insistai-je en sentant que ma meilleure amie me cachait quelque chose.

—Le genre d'accident qui arrive quand ton petit ami s'énerve parce que tu le bassines avec tes histoires de jalousie et qu'il finit par t'envoyer balader, toi et tes tartines, dit-elle sans me regarder et en continuant à frotter son haut énergiquement.

Je ne pus réprimer un soupir de frustration. Je me sentais totalement impuissante face à son problème, je n'avais jamais eu affaire à ce genre de situation et je ne savais absolument pas quoi inventer pour l'aider à s'en sortir. Awen cessa de s'acharner sur son pauvre vêtement pour me regarder d'un air accablé.

—Je sais ce que tu penses, dit-elle en souriant tristement. Tu penses que je devrais arrêter de le harceler. Le problème, c'est que je n'y arrive pas. Je voulais juste savoir s'il comptait me présenter à ses anciennes conquêtes, ce soir, histoire que je leur colle mon talon aiguille dans la figure. C'est trop demander, peut-être ? Eh bien apparemment, oui…

À ces mots, je ne pus m'empêcher de sourire.

—Ton talon aiguille dans la figure ?! répétai-je en pouffant de rire. Bah dis donc, tu n'y vas pas de main morte !

—Attends, c'est normal, je te rappelle que Roman a eu quatre petites copines avant moi, j'aimerais bien savoir à quoi elles ressemblent, c'est tout, se défendit-elle en se détendant et en souriant à nouveau.

—Oui, mais si c'est pour les martyriser, je doute qu'il soit d'accord pour te les présenter. En plus, la cérémonie pourrait mal se terminer si tu commences à taper sur tout le monde !

—Je m'en fiche, dit-elle en croisant les bras pour bouder. Eileen, ça va me rendre malade de savoir qu'elles sont là, quelque part, et qu'elles le regardent sans que je le sache.

—Tu sais quoi, Awen ? dis-je en reprenant mon sérieux et en plongeant mon regard dans le sien. Moi je crois que ce soir, ces quatre filles ne regarderont pas Roman, mais plutôt la magnifique jeune fille qu'il tient dans ses bras et qui a eu la chance de lui plaire. Elles se demanderont ce que tu as de plus qu'elles, car finalement c'est toi qu'il a choisie, et personne d'autre, tu comprends ?

Awen esquissa un petit sourire et releva le visage vers moi.

—Ouais, tu as sûrement raison.

—Bien sûr que j'ai raison, affirmai-je comme s'il était impossible d'en douter. Alors au lieu de bousiller ton talon aiguille en essayant de les défigurer, sers-t'en pour faire la belle et te pavaner au bras de ton petit copain, conclus-je en lui donnant une petite tape dans le dos et en la poussant vers le couloir.

—Très bien, alors je vais commencer l'opération « comment rendre jalouse les ex-petites amies de mon petit copain », dit-elle en entrant dans sa chambre d'un pas décidé. J'en ai pour un moment, ajouta-t-elle avant de claquer sa porte d'un geste théâtral.

Non mais je vous jure…

Quant à moi, je me dirigeai vers ma chambre sans bien savoir quoi faire pour tuer le temps. Je ne comptais pas me faire de french manucure ni aucune autre tentative de nouveau soin esthétique, je m'affalai donc sur ma chaise de bureau.

Il ne me restait plus qu'à faire des devoirs…

Finalement, après avoir passé deux bonnes heures à travailler sur un devoir de Mathématiques que nous devions rendre la semaine suivante, mon estomac rugit et je décidai d'émerger de ma tanière. Lorsque j'ouvris la porte de ma chambre, une délicieuse odeur de gratin dauphinois emplit mes narines.

Miam !

Je descendis les marches en me sentant un peu plus légère à chaque pas. Finalement, cette journée ne serait peut-être pas si terrible. En tout cas, pour l'instant, il n'y avait pas eu de catastrophe majeure…

J'entrai dans le salon et découvris Ange et Awen en train de se chamailler gaiement. Awen essayait de frapper mon ange gardien avec une cuillère en bois, comme une mémé déjantée. Je haussai les sourcils et restai coi devant leur attitude enfantine. Lorsqu'Awen m'aperçut, elle se calma aussitôt et vint se pavaner devant moi.

Waouh…

Elle était tout simplement magnifique. Elle n'était pas encore habillée pour la cérémonie et ne portait qu'une robe molleton en coton bleu marine, mais même comme ça, je pouvais dire qu'elle avait fait du beau travail. Ses ongles étaient impeccables, d'un rouge vif sans bavure, lisse et brillant, son visage avait l'air détendu, sans trace de cerne ou d'une quelconque imperfection, et ses cheveux blonds formaient une longue cascade de minuscules tresses entremêlées les unes aux autres, parsemées d'une dizaine de petites roses blanches qui provenaient probablement du jardin.

—Tu t'es prise pour Raiponce ou quoi ? lui lançai-je d'un ton à la fois admiratif et moqueur.

—Il faut ce qu'il faut, ma vieille, répondit-elle du tac au tac en faisant un tour sur elle-même.

—Tu es superbe, mais tu n'as pas peur d'abîmer ton vernis en faisant à manger ?

—Non, je viens tout juste d'arriver, c'est ton bel ange gardien qui a tout préparé, dit-elle en haussant les épaules.

Je virai au cramoisi en moins d'une seconde. Heureusement, il n'y avait personne dans la salle à manger.

—Je t'en supplie, Awen, sois un peu plus discrète, l'intimai-je alors que j'ouvrais les placards pour commencer à mettre la table.

Ange nous observait du coin de l'œil et affichait un sourire malicieux. Pour une raison qui m'échappait totalement, il aimait me voir rougir. En essayant tant bien que mal de l'ignorer, je m'affairai à ma tâche et entendis bientôt les pas de mes camarades dans l'escalier.

—J'ai une de ces dalles ! s'exclama Roman en entrant le premier dans la cuisine.

—Pour une fois je suis d'accord avec toi, ajouta Aedan en apparaissant dans l'embrasure de la porte et en fonçant sur Roman qui s'était arrêté net au beau milieu du passage.

Celui-ci semblait captivé par ce qu'il venait de voir, et ce n'était pas pour déplaire à ma meilleure amie. Elle lui faisait les yeux doux et clignait des cils comme dans les dessins animés.

—Hé, on va manger, là, intervins-je avant qu'ils ne se sautent dessus et nous empêchent de goûter au gratin dauphinois dont l'odeur torturait mes entrailles. Allez hop, chacun à sa place, dis-je en poussant Roman vers la salle à manger. Et ferme la bouche, tu vas finir par baver, ajoutai-je alors que Kinnie, Aedan et Ange éclataient de rire en même temps.

Ignorant totalement mon besoin urgent de me nourrir, Roman attrapa Awen par la taille alors qu'elle passait à ses côtés pour aller s'asseoir, et plaqua ses lèvres sur les siennes dans une étreinte passionnée.

—Et voilà, c'est reparti pour un tour, dis-je en m'asseyant à ma place. Je vous préviens : premier arrivé, premier servi, dis-je en prenant le couteau et en commençant à partager le gratin dauphinois.

—Alors les filles, comment vous sentez-vous ? nous demanda Aedan en s'asseyant à table et en posant méticuleusement sa serviette sur ses genoux. Pas trop stressées ?

Il eut un sourire compatissant pour Kinnie qui venait de s'installer à côté de lui. Elle ne s'était pas encore préparée et je voyais à sa petite mine qu'elle n'était plus très rassurée.

Enfin quelqu'un de sensé dans cette maison.

—Moi je suis ravie, annonça Awen d'un ton surexcité. J'ai hâte de rencontrer ta famille, mon amour, dit-elle en se dirigeant à Roman et en lui prenant la main fiévreusement.

—J'ai hâte aussi, lui répondit-il les yeux pétillants d'impatience. Tu vas les adorer, tu verras.

Awen posa alors son regard sur moi, comme pour me demander comment je me sentais, et tous mes amis en firent de même. Soudain, cinq paires d'yeux se mirent à sonder mon état d'esprit en même temps. Je croisai le regard d'Ange pendant quelques secondes et y lus de la compassion et un peu d'amusement. Je toussotai pour cacher mon embarras et pris ma fourchette pour commencer à manger. Plus j'aurais l'air naturelle, mieux ce serait.

—Moi ça va, je suis un peu nerveuse, mais il n'y a pas de raison pour que ça se passe mal, déclarai-je en essayant de paraître le plus calme possible.

—Tu sais que dans notre monde, tu es considérée comme quelqu'un de très important, dit Roman en me souriant gentiment.

Losqu'Aaron et Maela nous avaient informés de notre prochaine visite chez les anges, ils en avaient profité pour annoncer à mes camarades de classe qu'Ange était en réalité mon ange gardien. Awen avait fait semblant d'être surprise, et les autres l'avaient été pour de bon. Comme j'allais apparemment être traitée comme une espèce de divinité lors de notre visite, nos professeurs avaient préféré avertir tout le monde à l'avance.

—Tu crois qu'ils vont t'offrir des fleurs et des cadeaux ?! s'exclama Awen en ne pouvant s'empêcher de pouffer de rire.

Ah, les amies, parfois je me demande à quoi ça sert…

—C'est possible, répondit Roman. Les protégés sont tellement peu nombreux que notre peuple pense qu'ils sont des êtres à part qui renferment un secret si important que la nature a décidé de leur octroyer une protection rapprochée.

—Eh bien je suis désolée, mais je trouve cela idiot. Je n'ai rien de spécial, en tout cas rien de plus que mes camarades de classe. Vous avez des exemples à me donner, pour me prouver votre théorie ?

—Ange, tu ne lui as jamais parlé de ça ? demanda Aedan à mon ange gardien en le fixant d'un air étrange.

—Non, avoua ce dernier tout simplement. Les êtres humains ne sont pas censés savoir qu'ils ont un ange gardien, et Eileen est sans doute la seule protégée à le savoir. Je n'ai pas jugé bon de lui donner trop d'informations, c'est tout.

Mon cœur se serra en l'entendant parler ainsi. Il me cachait encore certaines choses. Que pouvait-il savoir que j'ignorais ? Pourquoi ne partageait-il pas avec moi ses connaissances et ses doutes ? Ange dut ressentir mon amertume et ma tristesse car il me lança un regard d'excuses lorsque l'attention des autres se reporta sur moi.

—Bien sûr que nous avons des exemples, me dit Aedan très sérieusement. Gandhi, Martin Luther King, Mère Térésa… Ils avaient tous un ange gardien car la nature avait décidé de leur donner un destin exceptionnel.

Je manquai de m'étouffer avec un morceau de purée.

—Tu plaisantes ?! m'exclamai-je sans pouvoir le croire.

—Pas le moins du monde, m'assura-t-il calmement.

—Je te signale que Martin Luther King et Gandhi ont été assassinés, m'insurgeai-je malgré moi. Que faisaient leurs anges gardiens à ce moment-là ?!

—Les anges gardiens veillent sur leurs protégés du mieux qu'ils peuvent, mais cela ne veut pas dire qu'ils sont infaillibles. Certains connaissent une fin tragique lorsqu'ils échouent dans leur mission. Écoute, ce que tu dois comprendre, c'est que tous les protégés font partie de notre histoire ou de la vôtre, et bon nombre de légendes se sont inspirées directement de leurs vies. Si je te dis : invention de l'électricité, ça t'inspire quoi ?

Je haussai les épaules en attendant la réponse. Je n'étais pas très forte en culture générale.

—Thomas Edison : un protégé, répondit Aedan sans se laisser démonter par mon ignorance. Sais-tu qui a inventé le vaccin contre la rage ?

—Louis Pasteur ! m'exclamai-je en étant fière de pouvoir répondre à au moins une question. C'était un protégé ?

Aedan fit oui de la tête et continua son interrogatoire dans une ambiance un peu tendue. Les autres semblaient captivés par notre échange et n'osaient pas intervenir. Moi, j'avais l'impression de jouer au Trivial Pursuit…

—Qui a peint la Joconde ?

—Trop facile : Léonard de Vinci. Même un enfant de cinq ans connaîtrait la réponse, dis-je en haussant les épaules.

Aedan sourit et se cala sur sa chaise tout en posant ses mains l'une contre l'autre.

—Tous les grands personnages qui ont foulé cette terre avaient un ange gardien, mais ils ne l'ont jamais su, m'expliqua-t-il sans me quitter des yeux. Bien sûr, je viens de te donner des exemples d'hommes et de femmes qui sont connus dans le monde entier, mais il y a bien plus de protégés que tu ne peux l'imaginer, et tous ont le même point commun : ils sont destinés à remplir une mission hors-norme. Que cela soit au niveau de leur communauté, de leur village, de leur ville ou même au niveau national ou international : la nature leur a donné de l'aide pour qu'ils parviennent à leurs fins.

—Et vous ne connaissez aucun protégé qui ait été… normal ? demandai-je en essayant de garder le peu d'espoir qu'il me restait.

—Non, aucun, affirma Aedan sans aucune hésitation.

Je tournai mon regard vers Roman, qui fit non de la tête. Lorsque je me tournai vers Ange, je ne pus m'empêcher d'être envahie par la rancœur. Mon cœur se serra dans ma poitrine, comme si je venais de recevoir un coup de poignard, et mon estomac se noua en me coupant l'appétit. Je reposai doucement ma fourchette et tentai tant bien que mal de faire bonne figure.

—Bon, eh bien si quelqu'un a une bonne idée pour faire de moi quelqu'un d'exceptionnel, je suis preneuse, lançai-je en espérant faire sourire mes camarades.

Mais un silence gêné s'était installé entre nous et l'ambiance s'était considérablement alourdie. Heureusement, Awen vint à mon secours.

—Tu sais, Eileen, moi je te connais depuis que nous sommes toutes petites, et je sais que tu es capable de faire de grandes choses. J'ai confiance en toi et en tes pouvoirs. Je suis sûre que si la nature t'a choisie pour te donner une mission, tu réussiras à l'accomplir, et si tu as besoin d'aide, je serai là, déclara-t-elle d'un ton si convaincu que je sentis les larmes affluer.

Merde, merde, merde !

—Je serai là aussi, ajouta Kinnie en me faisant un petit sourire amical.

—Et nous aussi nous serons là pour toi, conclut Ange en me lançant un regard affectueux.

Mayday, mayday !!!

La conversation me dépassait complètement et j'étais de nouveau au centre de l'attention, chose que je détestais tout particulièrement. Si le sujet venait à être abordé au cours de la cérémonie, je me retrouverais coincée et observée par dix mille paires d'yeux à la fois.

Plutôt crever.

—Je vous préviens, annonçai-je d'un ton résolu, si l'un d'entre vous s'avise de parler de ce sujet ce soir, je le tue de mes propres mains, c'est clair ?

J'aurais voulu être moins catégorique et moins cassante, mais la tension qui m'oppressait la poitrine avait tué le peu de patience qu'il me restait.

—Je n'ai plus faim, je vais me préparer, ajoutai-je en prenant mon assiette et mes couverts et en amenant le tout à la cuisine.

Pour une fois, ils allaient devoir se débrouiller sans moi pour débarrasser.

—Eileen, attends, je suis désolé, je n'aurais pas dû parler de ça maintenant, ce n'était pas le bon moment, s'excusa Roman en me prenant par le bras pour essayer de me retenir.

Je me libérai gentiment et lui fis un petit sourire. Je ne voulais pas qu'il se sente coupable. Après tout, ce n'était pas sa faute si j'avais encore été désignée pour accomplir je ne sais quelle mission impossible. En réalité, j'étais plus paniquée qu'en colère.

—Ne t'inquiète pas, je ne t'en veux pas, dis-je à Roman pour le tranquilliser. J'étais déjà nerveuse avant et je n'avais pas très faim, de toute façon. À tout à l'heure, lançai-je avant de disparaître dans le couloir.

Je me faufilai jusqu'à l'escalier sans regarder en arrière. Je n'étais pas d'humeur à supporter leurs regards inquiets ou compatissants. Alors que j'arrivais en haut des escaliers, Ange me rejoignit sans faire de bruit. Il ne dit rien et entra derrière moi dans ma chambre. Je l'ignorai délibérément et m'affalai sur le lit, le regard fixé sur le plafond.

—Je suis désolé, dit-il d'une voix grave.

Je ne lui répondis pas. Je n'avais pas du tout envie de parler. Devant mon silence, il s'assit sur le lit et prit ma main dans la sienne. Je n'étais pas assez en colère pour la retirer, alors je le laissai faire. Peu après, je sentis des ondes de bien-être essayer de m'envahir. J'aurais pu lutter contre cette intrusion mais Ange cherchait seulement à me calmer, alors autant en profiter et relâcher un peu la pression. J'avais l'impression d'être une cocotte-minute sur le point d'exploser. Lorsque la bulle de bien-être m'envahit complètement, je sentis Ange se détendre à mes côtés.

—Je sais que je n'ai pas d'excuses, murmura-t-il comme pour lui-même. J'aurais voulu que tu apprennes ça autrement, mais je ne trouvais pas le bon moment pour t'en parler. Je pensais que tu avais bien assez de problèmes comme ça pour ne pas en rajouter.

—Tu m'avais dit que les protégés étaient considérés comme des êtres à part, mais je pensais qu'il s'agissait d'une sorte de légende, pas de la réalité.

—Et pourtant si, c'est bien la vérité.

—Super.

—Eileen, ne t'en fais pas pour ça. Prenons les choses dans l'ordre, tu veux bien ? Ta première mission est de tuer Ludivine. Le reste viendra après.

—Oui, si je ne suis pas déjà morte, rétorquai-je en frissonnant et en me recroquevillant sur le lit.

Je me sentais épuisée, vidée moralement et physiquement. J'avais très mal dormi ces dernières semaines et la fatigue venait de me rattraper en quelques secondes, comme si je venais de plier sous le poids de mes responsabilités. Aidée par la bulle de bien-être créée par mon ange gardien, je me laissai aller lentement mais sûrement dans les bras de Morphée. Après tout, nous n'avions rendez-vous avec Aaron et Maela que dans quelques heures, j'avais donc le temps de me reposer un peu… Ange se mit à me caresser les cheveux, et je m'endormis aussitôt.

Lorsque je me réveillai, il avait disparu. Je me tournai dans mon lit et croisai le regard mi-amusé, mi-inquiet de Tic-Toc.

—Que se passe-t-il ? demandai-je d'une voix pâteuse.

Tic-Toc fronça les sourcils d'un air de reproche.

—C'est à toi de me le dire, dit-il comme s'il était fâché.

—Tic-Toc, tu me connais, tu sais bien que je déteste me réveiller de la sieste, alors si tu pouvais être plus explicite, ça m'arrangerait.

—Très bien, je voudrais savoir ce qu'il s'est passé ce midi entre Ange et toi. D'après ce que j'ai compris, il t'a encore caché quelque chose, n'est-ce pas ?

« Encore… »

Oui, il m'avait encore caché quelque chose. Je commençais à en avoir assez de toutes ces cachotteries. Tout d'abord, parce que cela prouvait qu'il n'avait vraiment aucune confiance en moi, et ensuite, parce que c'était toujours des mauvaises nouvelles. Si au moins il m'avait caché quelque chose de positif, j'aurais pu lui pardonner, mais là…

—Oh, ce n'est rien, c'est juste qu'on vient de m'annoncer que je suis censée être exceptionnel, déclarai-je d'un ton las.

—J'ai entendu des bribes de votre conversation tout à l'heure, mais pourrais-tu tout me réexpliquer depuis le début ? me demanda-t-il d'une petite voix.

—Oh oui, bien sûr, excuse-moi.

Le pauvre, il ne devait rien comprendre à tout ce charabia, je lui expliquai donc tout en détails, et cinq minutes plus tard, il n'en croyait pas ses oreilles. Moi non plus, d'ailleurs.

—Je ne vois vraiment pas ce qu'ils attendent de moi, grommelai-je en faisant la moue. Toi qui me connais si bien, crois-tu que cela puisse être vrai ? Que je sois condamnée à être exceptionnelle ?

—À t'entendre, on dirait que c'est le bagne.

—Mais ça l'est ! Tu ne comprends donc pas ? Ma vie est un bordel monstre en ce moment ! Problème numéro un : je suis amoureuse du seul garçon sur terre qu'il me soit interdit d'aimer. Problème numéro deux : je suis censée tuer une folle furieuse qui a essayé de m'arracher le cœur la dernière fois que je l'ai vue. Et problème numéro trois : je dois réussir mes examens de fin d'année si je veux passer en Terminale et décrocher mon bac. Conclusion : si on pouvait éviter de me mettre des bâtons dans les roues en m'inventant je ne sais quelle mission extraordinaire tous les six mois, ça rendrait ma vie un petit peu plus facile, tu vois, débitai-je en faisant de grands gestes dignes d'une foldingue.

—Bon, d'accord, j'admets que ça fait beaucoup, me dit gentiment mon réveille-matin. En attendant, je ne voudrais pas être impoli mais tu es censée te préparer pour te rendre à la cérémonie.

Mon estomac fit un triple axel dans mon ventre et je parvins à ne pas vomir de justesse.

—Je suis sûr que ça va bien se passer, dit-il d'un ton calme.

—Alors pourquoi ai-je la sensation de me diriger tout droit vers le couloir de la mort ? C'est un peu comme si tous ces anges s'étaient réunis pour assister à mon exécution publique. J'ai l'impression d'être Marie-Antoinette, dis-je avec une grimace au bord des lèvres.

—Tu n'y vas pas un peu fort ?

—Mmmh, peut-être un peu, admis-je en toute mauvaise foi.

—Allez, ça va aller, alors va te préparer !

Je me tournai vers la robe de soirée bleu nuit d'un air mauvais, puis je me décidai enfin à faire un pas vers elle.

Deux heures plus tard, nous étions prêts à partir.

Les garçons portaient des costumes faits sur mesure par un couturier de leur monde, beige pour Roman, blanc pour Aedan, et gris argenté pour Ange. Kinnie portait une robe bustier cintrée en mousseline beige, et Awen était parée d'une robe rose pâle en dentelle et froufrous, ornée de magnifiques broderies.

Après qu'Awen eut fait un caprice comme si elle avait trois ans, Kinnie et moi avions décidé de la laisser nous maquiller et nous coiffer, si bien que nous étions tous si apprêtés que j'avais l'impression d'aller à un mariage.

—On a un peu abusé, là, non ? remarquai-je en nous observant un à un et en ayant l'air horrifiée.

—Mais non, nous sommes absolument parfaits ! rétorqua Awen en me poussant gentiment mais fermement vers la porte d'entrée.

Je ne sais plus trop pour quelle raison nous avions accepté de porter des talons hauts, soigneusement sélectionnés par Mademoiselle Je-connais-la-mode-par-cœur, mais je faillis m'étaler de tout mon long en posant un pied sur la pelouse. Je foudroyai ma meilleure amie du regard mais elle fit semblant de m'ignorer en passant à mes côtés pour se diriger vers la BMW. Pour ma part, je me dirigeai avec prudence vers l'Audi S3 de mon ange gardien, et nous partîmes en direction du lycée. Aaron et Maela nous avaient donné rendez-vous à une vingtaine de kilomètres de là, à dix-neuf heures précises. Incroyable mais vrai, nous allions nous rendre dans le monde des anges en autobus. Nos deux professeurs principaux nous avaient demandé de nous mettre sur notre trente-et-un, il était donc hors de question que nous nous rendions dans le Monde Céleste en volant. Certains de mes camarades auraient pu disparaître pour réapparaître directement là-bas, mais plusieurs d'entre nous ne parvenions pas à maîtriser ce don, la seule solution qui restait était donc le bus.

Alors que l'Audi filait à vive allure sur la petite route qui nous menait vers le point de rencontre, Ange glissa sa main dans la mienne. Nous étions seuls dans la voiture et il en profita pour caresser doucement mes doigts entrelacés aux siens. Son regard coula sur mon léger décolleté, ce qui me fit rougir instantanément. Il sourit d'un air coquin, les lèvres légèrement pincées et les yeux brillants.

—Tu es splendide, me dit-il d'une voix douce.

—Je te retourne le compliment, répondis-je en le dévorant du regard.

Il était à croquer dans son costume coupé à l'italienne, rehaussant ses épaules, ses cheveux brun doré éparpillés en mèches rebelles autour de son beau visage d'ange.

—On y est, m'indiqua-t-il au bout de plusieurs minutes.

Je sortis de ma rêverie et me tournai vers la BMW qui venait de se garer à côté de nous. Roman se précipita dehors pour aller ouvrir la portière à Awen, qui sortit de la voiture telle une princesse de conte de fées. Je m'extirpai moi-même de la voiture d'Ange pour rejoindre mes amis, et nous nous dirigeâmes ensemble vers le point de rendez-vous. Les garçons s'étaient garés deux cents mètres plus loin, à l'abri des regards, afin de ne pas éveiller les soupçons de nos camarades de classe : la distance parfaite pour rester discrets sans pour autant massacrer nos petits pieds déjà bien à l'étroit dans nos chaussures à talons !

En retrouvant le reste de la classe, je me sentis un peu plus calme, comme si nous partions en voyage de classe tous ensemble. Un voyage de classe étrange, certes, mais un voyage de classe tout de même. Je souris en pensant que si quelqu'un nous avait vus monter dans l'autobus, tous plus élégants les uns que les autres, il se serait probablement demandé où nous allions. Lorsque nous fûmes enfin installés, le bus démarra pour nous emmener vers notre destin…

Près d'une heure plus tard, Ange serra subrepticement ma main pour me faire sortir de ma torpeur, et je me rendis compte que nous approchions d'une montagne à la végétation luxuriante, perdue au milieu de nulle part. Il faisait nuit désormais et cela faisait des kilomètres que nous n'avions plus vu d'habitation humaine, ni croisé d'autres véhicules sur la route. Le bus s'engagea dans la montagne et y roula encore pendant plusieurs kilomètres. Je commençais à avoir la nausée à cause des virages, heureusement Aaron ralentit l'allure et finit par s'arrêter complètement aux abords d'un chemin de terre, puis il abandonna son poste de conducteur pour s'adresser à nous d'un air solennel.

—Les enfants, nous voilà arrivés à l'une des portes du Monde Céleste.

Les enfants ?! C'est bien la première fois qu'il nous appelle comme ça.

—À partir de maintenant, la cérémonie va commencer…

Un frisson parcourut l'assemblée et mon cœur augmenta dangereusement sa cadence.

—Un représentant des anges va nous accompagner au cœur de leur communauté, poursuivit-il en faisant semblant d'ignorer la panique qui s'installait en chacun de nous. Je compte sur vous pour faire honneur à la fête qu'ils vous ont préparée. N'oubliez pas : vous êtes des Élus et votre mission est de sauver notre monde et le leur. Prenez le temps de parler avec eux, de les connaître. Acceptez leurs conseils et leurs remerciements. Découvrez le monde dans lequel ils vivent. Ce soir vous allez vivre une expérience unique et exceptionnelle, alors profitez-en et rendez-nous fiers de vous, conclut-il très solennellement.

Une salve d'applaudissements et quelques sifflements accueillirent la fin de son discours, démontrant à quel point la classe était fébrile.

Aaron fut le premier à descendre du bus et mes camarades le suivirent un à un. Tout à coup, Awen surgit à mes côtés avec un air affolé.

—De quoi j'ai l'air ? chuchota-t-elle, au bord de l'apoplexie.

—Euh… d'une princesse ? lançai-je en espérant la calmer un peu.

—Tu me le jures ? Le maquillage ? Les cheveux ? La robe ? Ça va ?

—Oui, oui, tout va très bien, tu es superbe, ne t'inquiète pas.

Elle me lança un dernier regard inquiet avant de se mettre à faire des exercices de respiration pour se calmer. Heureusement, Roman s'approcha d'elle et l'enlaça par la taille dans un geste de possession, ce qui la tranquillisa bien plus efficacement que ses exercices respiratoires.

—Et n'oublie pas de garder tes talons aiguilles à leur place, lui chuchotai-je à l'oreille avant qu'elle ne s'engage dans le couloir central pour sortir du bus.

Je crus voir apparaître une grimace sur son beau visage, mais elle récupéra bien vite son masque d'amabilité. Dehors, la pluie s'était mise à tomber, comme pour nous accueillir dans ce monde inconnu.

Ça commence bien.

Je sortis du bus à la suite d'Awen, mais alors que je mettais un pied sur la route et que je m'apprêtais à recevoir des gouttes de pluie sur le visage, je me rendis compte que j'entendais bel et bien la pluie, mais que je ne la sentais pas. J'étais à l'abri. Levant les yeux vers le ciel, j'aperçus un étrange voile planer à plusieurs mètres au-dessus de nous, comme un toit immatériel qui ressemblait à un voile en mousseline transparente. Je fronçai les sourcils et Ange se mit à rire à mes côtés.

Depuis combien de temps m'observait-il avec ce petit sourire en coin ? Mystère…

—Tu aimes notre magie ? me demanda-t-il doucement, les yeux brillants d'excitation.

—C'est vous qui faites ça ? répondis-je dans un souffle, abasourdie par leurs pouvoirs. Mais comment… ?

—Il y a des tas de pouvoirs différents chez les anges et tu serais surprise de les découvrir tous. Certains d'entre nous peuvent créer et maintenir temporairement ce genre de couverture invisible. C'est un peu comme un bouclier, dit-il en posant sa main derrière mon dos pour me faire avancer.

Oups, j'avais créé un bouchon à la sortie du bus !

—Waouh, c'est… étrange, dis-je en fixant l'immense voile-parapluie qui nous protégeait et qui s'étendait à perte de vue.

Ange me poussa un peu plus en avant et, pour la première fois depuis que nous étions arrivés, je me mis à observer plus attentivement mon environnement. Malgré l'obscurité, je pus distinguer, tout autour de nous, des dizaines et des dizaines de hêtres, d'érables et de saules, tous plus feuillus et biscornus les uns que les autres. Des parterres de bruyère parsemaient cette forêt abondante et je pouvais même percevoir, au-delà du bruit de la pluie, les cris et les petits bruits de dizaines de petits animaux. Juste derrière le bus, Aaron se tenait à l'orée d'un chemin qui s'élevait dans la montagne, bordé de torches enflammées. Un homme d'une quarantaine d'années se tenait à ses côtés. Sans savoir pourquoi, je fus parcourue d'un frisson désagréable, mais Ange entoura discrètement sa main autour de mon poignet, sans doute dans l'espoir de me calmer, et une onde de bien-être me parvint sur-le-champ. Il avait raison. Je ne pouvais pas flancher maintenant, pas à deux mètres de pénétrer dans son monde ! J'inspirai et expirai lentement en suivant le reste de mes camarades qui s'étaient regroupés autour d'Aaron et de l'ange inconnu.

—Je vous présente Darren, nous annonça Aaron. Darren, voici les Élus de la nouvelle génération.

Le dénommé Darren nous accorda un large sourire et se mit à nous dévisager un à un.

—Je suis enchanté de vous rencontrer, dit-il d'une voix grave et posée. J'espère que vous saurez apprécier la cérémonie que nous vous avons préparée. Ah, excusez-moi un instant, ajouta-t-il en posant ses yeux sur Ange et en se dirigeant vers lui.

—Ange, comment vas-tu, mon frère ? lui demanda-t-il en le prenant et en le serrant dans ses bras.

Celui-ci lui rendit son étreinte, puis Darren se tourna vers Roman et Aedan et les salua de la même façon. Enfin, alors que je pensais qu'il allait se mettre en route pour nous guider vers le Monde Céleste, il se tourna vers moi et plongea son regard dans le mien. Je n'y lus rien d'autre que de la curiosité et de la bienveillance, mais cela ne m'empêcha pas de virer au rouge pivoine en moins d'une seconde.

S'il vous plaît, faites que cela ne se voie pas dans l'obscurité, faites que cela ne se voie pas dans l'obscurité !!!

—Je suis honoré de vous rencontrer, Protégée, dit-il simplement en me faisant un petit signe de tête. Veuillez me suivre, s'il vous plaît, ma communauté a hâte de vous rencontrer, ajouta-t-il en direction de mes camarades.

Ouf…

Je repris mon souffle et tentai d'ignorer les regards curieux posés sur moi, mais j'attendis tout de même que tout le monde soit parti pour avancer à mon tour.

—T'inquiète pas, on n'a presque pas vu que tu ressemblais à un coquelicot, me souffla Awen en se retournant vers moi, l'air hilare.

—Je ne vois pas de quoi tu parles, marmonnai-je en toute mauvaise foi.

—Allez, détends-toi, ça va bien se passer, ajouta-t-elle en s'accrochant fermement à Roman pour ne pas trébucher sur les racines d'arbres qui encombraient le chemin.

Mais qu'est-ce qui nous avait pris, de mettre ces foutues chaussures à talons ?!

Péniblement, nous parcourûmes les trois cents mètres qui nous séparaient de la communauté céleste, puis le chemin se fit plus large, les arbres plus épars, et nous débouchâmes sur une immense clairière éclairée par des milliers de torches accrochées de-ci de-là dans les arbres. La pluie tombait plus fort, mais le voile était toujours là pour nous protéger, à plusieurs mètres au-dessus de nous, provoquant un doux clapotis réconfortant.

La clairière était immense, aussi grande que deux terrains de football, et elle était bordée de magnifiques arbres décorés de dizaines de fleurs et de rubans de toutes les couleurs. Alors que nous continuions à avancer tout en admirant le paysage, Ange prit ma main dans la sienne et me la serra doucement. Je me tournai vers lui, surprise, et voulus retirer ma main, mais il m'en empêcha.

Mais qu'est-ce qu'il fiche ?!

Je regardai autour de moi mais, heureusement, personne ne nous avait surpris. Alors que la panique s'installait et grandissait dans ma poitrine, me bloquant la respiration, Ange desserra son étreinte et me libéra.

—Nous y sommes, me dit-il dans un souffle. J'ai confiance en toi, tout va bien se passer, tu verras, ajouta-t-il en fixant un point à l'horizon, vers le fond de la clairière.

Et bien que ma vue ne soit pas aussi bonne que la sienne, je ne mis que quelques secondes à distinguer les innombrables silhouettes aux teintes claires qui avançaient vers nous, envahissant la clairière comme une nuée de colombes. Des centaines d'anges, d'hommes, de femmes et d'enfants aux ailes déployées venaient d'apparaître de nulle part et s'avançaient à notre rencontre, le sourire aux lèvres.

Bon bah, au moins, ils ont l'air accueillants.

Tout en essayant de contrôler ma peur, de ne pas trébucher et de ne pas rougir, j'avançai à petits pas sur l'herbe verte et grasse de la clairière. Mes camarades avaient perdu leur belle assurance, tout à coup intimidés, et un étrange silence pesait désormais sur le groupe. Alors qu'il ne restait plus que quelques dizaines de mètres entre nos deux communautés, je pus commencer à distinguer les visages des anges, dont un en particulier : celui d'une superbe jeune femme blonde au sourire éclatant, qui fixait Ange avec amour et fierté. J'aurais pu ressentir de la jalousie, mais leur ressemblance ne faisait aucune place au doute : il s'agissait de sa mère. Alors que je l'observais, son regard se posa sur moi et j'y lus de la bienveillance et quelque chose qui ressemblait à… de l'amour. Sa mère m'aimait bien ! Et tout à coup le poids qui m'oppressait la poitrine disparut pour faire place au soulagement. Oui, je pouvais le faire. Ces gens n'étaient pas des monstres qui attendaient le moindre signe suspect de ma part pour me mettre sur le bûcher, mais des êtres célestes qui vivaient en harmonie avec la nature et leur prochain.

« Chez nous il n'y a ni voleur ni tueur… » m'avait un jour dit Ange en parlant de ses semblables, et ces mots prenaient tout son sens maintenant que je les voyais en chair et en os. Ces hommes et ces femmes semblaient réellement pacifistes et fraternels.

Perdue dans mes pensées, je ne vis pas le reste de la classe s'arrêter sur un geste de Darren, et je fonçai dans Awen qui était devant moi.

Oups !

Je lui fis une petite grimace d'excuse alors qu'elle me lançait des éclairs à travers ses magnifiques yeux bleus.

En face de nous, les anges s'étaient également arrêtés et nous restâmes ainsi pendant plusieurs secondes, à nous contempler en silence. Enfin, un homme s'avança vers nous pour prendre la parole. Il était plus âgé que les autres anges. En années humaines, on aurait pu lui donner la cinquantaine, ce qui équivalait sans doute à plusieurs centaines d'années chez les anges. Il était vêtu d'une toge blanche, comme beaucoup d'autres anges qui l'accompagnaient. Ils me faisaient penser aux personnages de la Grèce Antique, et je me mis à sourire en imaginant Ange dans cette tenue.

—Bienvenus, mes chers amis, déclara soudain l'homme qui se tenait devant nous. Je m'appelle Erwan et je fais partie du Conseil des Anges. Notre peuple est infiniment honoré de vous recevoir aujourd'hui dans notre monde. Nous vous avons préparé une cérémonie extraordinaire afin de vous remercier de veiller sur nous et de nous protéger du mal qui guette les anges et les hommes depuis tant d'années. Votre sacrifice et votre dévouement rendent chacun d'entre vous admirable, et nous voulons que vous sachiez que jamais nous n'oublierons votre loyauté envers nous. À présent, que la cérémonie commence, déclara-t-il en levant la main vers le ciel, provoquant l'apparition et l'envol de centaines de papillons multicolores tout autour de nous.

Je sursautai de surprise, à la fois émerveillée par la magie et la beauté du spectacle. Les papillons se mirent à virevolter dans la clairière en un ballet féérique, mais sans jamais s'approcher de nous ou des anges, comme pour ne pas nous gêner. Alors que j'étais occupée à admirer un papillon rose et doré aux ailes pailletées, Awen toussota bruyamment pour attirer mon attention. Je relevai la tête et vis la mère d'Ange arriver à notre hauteur. Le visage rayonnant de bonheur, elle prit son fils dans ses bras et le serra longuement contre elle. Cela devait faire des semaines qu'elle ne l'avait pas vu, et je me sentis coupable malgré moi de leur séparation. Si Ange n'avait pas été mon ange gardien, il aurait vécu auprès des siens et sa mère n'aurait pas eu à souffrir de son absence. Je regardai autour de moi et vis les parents de Roman et d'Aedan serrer leurs enfants dans leurs bras. Lorsque je me tournai à nouveau vers Ange et sa mère, celui-ci en profita pour me présenter.

—Maman, je te présente Eileen, ma protégée, dit-il les yeux brillants de fierté et d'amour. Eileen, voici ma mère, Éléa.

La femme qui m'observait était blonde aux yeux vert émeraude, comme Ange, et elle semblait si jeune que j'avais bien du mal à croire qu'elle était réellement sa mère. Je ne lui donnais pas plus de trente ans, mais je savais qu'en âge céleste elle devait en avoir bien plus. Je pris note mentalement de poser plus de questions à Ange sur sa famille et sur son monde. Depuis que nous étions arrivés, j'avais l'impression d'être complètement perdue, alors que j'aurais dû me sentir un peu plus à l'aise, étant donné que je sortais avec l'un des leurs, non ?

Éléa me regarda sans détour, les yeux dans les yeux. Sa peau était pâle et sans défaut, pas une ride ou un cerne ne venait gâcher sa beauté angélique. Elle portait une robe en voile de coton blanc qui lui arrivait jusqu'aux chevilles, mais elle était cintrée à la taille. Il ne lui manquait plus que l'auréole au-dessus de la tête, et je me serais crue au paradis. Perdue dans mes pensées et un peu gênée, je réussis néanmoins à déchiffrer son expression, et je lus une bienveillance infinie dans son regard. Je ne m'étais pas trompé tout à l'heure : Éléa m'aimait vraiment bien… À la fois soulagée et troublée par son attitude, je ne bougeai pas d'un pouce lorsqu'elle fit un pas vers moi pour me prendre dans ses bras, comme elle l'avait fait avec son fils. Ne sachant quoi faire, je me laissai guider par mon instinct et m'abandonnai à son étreinte sans bouger. Éléa me serra contre elle pendant plusieurs secondes, et soudain je sentis un étrange sentiment m'envahir, comme si une vague d'amour me submergeait et emplissait mon cœur. Juste après, elle me libéra et m'adressa un sourire radieux. Je ne savais pas ce qui avait bien pu se passer, mais je lui renvoyai son sourire pour ne pas la vexer. Lorsqu'elle s'éloigna de nous pour retourner parmi les siens, je lançai un regard furtif à mon ange gardien dans l'espoir de trouver des réponses à mes questions, mais il ne me regardait pas. Il fixait quelqu'un dans la multitude d'anges qui nous observaient en silence. Je suivis son regard et j'aperçus un homme sortir des rangs pour se diriger vers nous. Mon Dieu, c'était son père ! Lui aussi semblait très jeune, et ses traits me rappelaient ceux de mon ange gardien, la grâce et le magnétisme en moins. Ses cheveux étaient très bruns et plus bouclés, mais il avait la même carrure et la même démarche que lui. Sa mâchoire carrée et sa peau hâlée me rappelaient celles d'Ange. Ses yeux, par contre, étaient d'un gris sombre assez troublant qui n'était pas sans me rappeler les ombres qui passaient parfois dans le regard de mon petit ami lorsqu'il était préoccupé ou en colère. L'homme s'avança et prit son fils dans ses bras comme l'avait fait Éléa quelques minutes plus tôt. Sachant ce qui m'attendait, je me sentis encore plus intimidée qu'auparavant. Lorsqu'Ange se sépara de son père, il me présenta à nouveau.

—Papa, voici Eileen, ma protégée. Eileen, je te présente mon père, Ariel.

L'homme se tourna vers moi et m'adressa un sourire qui me rappela celui d'Ange, ce qui me surprit et me fit me sentir mal à l'aise. Ange avait-il l'impression de me voir, lorsqu'il voyait mes parents ? Ou était-ce dû au fait que ses parents semblaient si jeunes que la ressemblance avec leur fils était encore plus frappante ? Quoi qu'il en soit, Ariel s'approcha de moi et m'enlaça doucement pendant quelques secondes, au bout desquelles je ressentis une seconde vague d'émotion. Cette fois ce n'était plus de l'amour, mais un puissant sentiment de protection qui m'envahissait. Encore abasourdie par ces nouveautés, je le laissai s'en aller sans dire un mot.

Lorsqu'Ariel eut rejoint le groupe des anges, Erwan reprit la parole en s'avançant vers nous d'un air solennel.

—Comme vous le savez sans doute, plus de dix mille anges forment notre communauté, il nous est donc impossible de nous présenter à vous un à un. Cependant, notre magie est très puissante et il existe un moyen pour que chaque être céleste ici présent laisse en vous une trace de son existence. C'est la partie la plus émouvante et la plus intense de la cérémonie. Je vous conseille de vous laisser aller à vos émotions. Ici, personne ne vous jugera. Vous pouvez être vous-mêmes et vous abandonner librement à cette expérience.

Puis, sur ces mots, il se tourna vers ses congénères pour préparer la fameuse cérémonie.

—Je dois y aller, maintenant, me dit Ange doucement en essayant de me calmer d'un regard bienveillant.

J'aurais voulu le retenir, lui dire de ne pas m'abandonner dans un moment pareil, mais je ne pouvais rien faire, en tout cas rien qui ne passe inaperçu aux yeux des autres. Je me contentai donc de hocher la tête en signe d'assentiment et de reporter mon attention sur les anges qui virevoltaient autour de nous, le sourire aux lèvres. Ils avaient tous l'air tellement heureux…

Discrètement, Aaron et Maela s'éloignèrent pour aller s'asseoir dans un coin de la clairière, et mes camarades et moi commençâmes à échanger des regards inquiets. Les anges faisaient apparaître des centaines de couvertures sur le sol, puis s'y installaient en rangs concentriques, laissant de la place au centre de la clairière. Malheureusement, je compris bien vite que cette place nous serait réservée. Je vis Ange s'installer auprès de ses parents et d'autres jeunes gens au tout premier rang.

Ouf.

Au moins, il ne serait pas loin de moi.

Soudain, une main agrippa mon bras et je tournai la tête pour croiser le regard angoissé d'Awen. Kinnie la rejoignit presque aussitôt, toute aussi anxieuse.

Eh ben, quelle belle brochette de poules mouillées !

—Le Monsieur a dit de se calmer, alors on se calme, les filles. On inspire et on expire doucement, d'accord ? marmonnai-je en gardant un sourire de façade pour ne pas blesser nos hôtes.

—Mais qu'est-ce qu'ils font, bon sang ? bafouilla Awen à son tour en essayant d'avoir l'air zen.

—Je crois qu'ils sont en train de nous préparer une estrade, murmura Kinnie, l'air horrifiée.

Je tournai de nouveau la tête et fus consternée de voir qu'effectivement, quelques anges venaient de faire apparaître une estrade en bois au beau milieu de la clairière, et que d'étranges fauteuils étaient en train d'apparaître un à un, placés en forme de cercle pour faire face aux anges qui étaient maintenant tous installés sur leurs couvertures. Certains étaient assis dans la position du lotus, d'autres avaient simplement posé leurs jambes sur le côté ou s'étaient recroquevillés sur eux-mêmes, les jambes repliées sur le buste et les bras croisés. Quelques enfants étaient allongés sur le ventre, une expression de béatitude et de curiosité sur le visage.

Je déglutis bruyamment en sentant ma bouche s'assécher. Mais qu'allait-il se passer ?

—On dirait qu'ils vont assister à une séance de ciné, baragouina Awen tout bas pour que je sois la seule à l'entendre.

—Chut, j'ai l'impression que ça va commencer, répondis-je en chuchotant discrètement.

Et effectivement, Erwan vint à nouveau nous chercher pour nous conduire vers le centre de la clairière. Lorsque nous arrivâmes sur l'estrade, il nous demanda de nous installer dans les fauteuils qui venaient d'être installés. J'observai le fauteuil qui m'avait été attribué et ne parvins pas à cacher ma surprise. La bouche en forme de cœur et les sourcils levés comme si je venais d'apercevoir le Père Noël, je frôlai du bout des doigts le magnifique trône en lierre tressé qui m'attendait. De petites fleurs blanches et écrues parsemaient les mailles de la plante, la rendant à la fois énigmatique et accueillante. Prudemment, je m'assis sur le fauteuil et le trouvai tout à fait confortable.

Incroyable…

Mes doigts se mirent à caresser la plante entrelacée en de centaines de petites torsades, puis mon attention se reporta sur Ange. Il m'observait, un petit sourire en coin posé sur ses lèvres. Son père et sa mère l'entouraient et lui tenaient la main.

—Que la présentation vous ouvre les portes de notre monde, déclara soudain Erwan en faisant un geste qui éteignit toutes les torches d'un coup.

Plongés ainsi dans le noir, les tenues claires des anges se démarquaient de l'herbe et de la forêt alentour. J'avais l'impression d'être entourée par des milliers de fantômes, mais au moment où j'allais commencer à m'inquiéter, un étrange écran apparut au-dessus de nous, à une dizaine de mètres du sol.

Peut-être qu'Awen avait raison, après tout, et que nous allions tout simplement assister à la projection d'un film sur le monde des anges.

La curiosité l'emporta et je me mis à scruter l'écran qui semblait flotter dans les airs. J'en profitai pour poser ma tête sur le fauteuil et m'installer confortablement. Erwan nous avait dit de profiter du spectacle, alors pourquoi désobéir ? Je jetai un coup d'œil à Awen et Kinnie, qui se trouvaient à mes côtés, et constatai qu'elles aussi semblaient captivées par l'écran de lumière bleue qui nous surplombait.

Soudain, un murmure envahit la clairière, comme une brise légère ou le bruit des vagues venant s'échouer sur la plage. L'écran s'éclaira peu à peu et je vis apparaître un visage inconnu : celui d'un enfant de cinq ou six ans, les ailes déployées et les yeux rieurs. Sans comprendre ce qui m'arrivait, je sentis une vague d'émotions me submerger. Je me sentis tout à coup aussi heureuse et insouciante que si j'avais son âge. L'enfant s'appelait Lucas. Je ne savais pas comment je pouvais le connaître, puisque je ne l'avais jamais vu auparavant, mais mon cœur avait l'impression de le reconnaître et de l'aimer quand même. Puis vint un autre visage. Une fillette. Elle s'appelait Justine. Le même sentiment d'insouciance et d'innocence vint frapper mon cœur. Comment faisaient-ils cela ? Comment était-ce possible ? Comprenant que l'expérience allait réellement être exceptionnelle et émouvante, je me forçai à me détendre dans mon fauteuil, et je fermai les yeux malgré moi. À ma grande surprise, je continuai à voir l'écran dans mon esprit, comme si je rêvais éveillée. J'entendis des bruits étouffés autour de moi, comme des petits cris de surprise ou de crainte, et je compris que mes camarades étaient en train de vivre la même expérience que moi et qu'ils avaient du mal à garder leur calme. Moi-même je luttais contre l'angoisse qui montait lentement le long de ma colonne vertébrale, car toutes ces émotions et ces sensations étaient si intenses et si nouvelles qu'elles me faisaient presque peur.

—N'ayez crainte, Élus du peuple terrestre, aucun mal ne vous sera fait sur ces terres, déclara la voix calme d'Erwan autour de nous.

Je gardai les yeux fermés en essayant de me tranquilliser au maximum.

—Oubliez tout ce que vous connaissez et lâchez prise, continua-t-il à dire de sa voix grave et posée. Laissez-vous emporter par notre magie et découvrez notre peuple. Respirez calmement, relâchez vos muscles, nous sommes là pour prendre soin de vous, dit-il alors qu'une nouvelle image apparaissait dans mon esprit.

Celle d'une jeune femme, cette fois-ci. Le sentiment qui l'accompagnait était la joie de vivre. Puis vint un jeune homme, duquel émanait un sentiment d'entraide et d'altruisme si intense qu'une larme se mit à couler sur mes joues. Tant pis pour le maquillage, ce que je vivais en cet instant était si intense que plus rien d'autre n'avait d'importance. J'avais l'impression de connaître ces gens, de les avoir toujours connus et de les aimer. Au fur et à mesure que les visages, les sentiments et les prénoms défilaient dans mon cœur et dans mon esprit, je me déconnectai de mon propre corps pour ne faire plus qu'un avec tous ces êtres célestes. Plus l'expérience avançait et plus la vitesse augmentait, comme un film en accéléré, mais j'étais si concentrée que je pouvais ressentir et comprendre tout ce que je voyais. Je savais que je ne retiendrai pas tous ces prénoms, mais j'aurais au moins le sentiment de les connaître et d'avoir partagé quelque chose d'extrêmement intense avec eux. Par ailleurs, je sentais que les anges étaient connectés à nous de la même façon que nous l'étions avec eux. C'était une expérience à double sens, mais au lieu de m'inquiéter – comme je l'aurais fait en temps normal – pour savoir quel sentiment pouvait bien émaner de ma personnalité, je me sentais parfaitement heureuse et comblée. Au bout de longues minutes qui furent peut-être des heures, la vitesse avec laquelle défilaient les visages se mit à ralentir, et je compris que je devais reprendre pied avec la réalité. Peu à peu, je me reconnectai à mon corps engourdi, et les derniers visages qui m'apparurent furent ceux de Roman, Aedan et Ange. Lorsque celui-ci apparut dans mon esprit, la vague d'amour qui me submergea fut si intense que j'en eus le souffle coupé. C'était comme si tout était devenu lumineux dans mon esprit, comme si j'étais aveuglée par l'éclat de cet amour, et le sentiment de plénitude et de bien-être qui m'envahirent furent extraordinaires. Je ne voulais plus repartir. Je ne voulais plus quitter ce monde si parfait. J'étais en train de goûter à l'amour absolu, parfait, à la générosité et la bonté à l'état pur… Mais soudain une main effleura la mienne et me ramena à la réalité. Péniblement, je dus ouvrir les yeux pour revenir sur terre, ou plutôt dans le Monde Céleste. Quelques torches avaient été rallumées et éclairaient la clairière d'une faible lueur. Des ombres étranges dansaient à la lueur des flammes. Erwan se tenait toujours sur l'estrade, visiblement satisfait de l'expérience.

—Avez-vous apprécié ce voyage au cœur de notre peuple ? nous demanda-t-il, les yeux brillants d'excitation.

Personne n'osa prendre la parole, mais un murmure d'assentiment parcourut la classe.

—Il s'agissait de la première partie de la présentation. À présent, vous nous connaissez tous. Oh, bien sûr, vous ne vous souviendrez pas avec précision de chacun d'entre nous, précisa-t-il d'un ton théâtral en se promenant sur l'estrade, mais au moins vous nous avez rencontré personnellement, un à un. Maintenant, nous allons vous inviter au cœur de notre monde. Il s'agit du même type de magie, mais un peu plus puissante. Je vous conseille donc de vous détendre le plus possible pour profiter pleinement de l'expérience. Si vous restez trop attachés à la réalité, vous risquez de passer à côté d'une aventure unique.

Avant de refermer les yeux, je jetai un petit regard à Ange, qui n'avait pas bougé d'un centimètre depuis le début de la soirée. Il était assis dans la position du lotus, le regard fixé sur moi, avec l'air de quelqu'un qui passait un excellent moment.

En poussant un petit soupir, je fermai les yeux et me forçai à me détendre. Au bout de quelques secondes, une nouvelle image bleutée apparut dans mon esprit. Il s'agissait d'un lieu que je ne connaissais pas, mais vu le magnifique ciel bleu qui se dévoilait à perte de vue à l'horizon, il devait s'agir du Monde Céleste. Contrairement à ce que j'avais pu vivre lors de l'expérience précédente, cette fois l'image dans mon esprit se fit plus vive, plus colorée, et bientôt j'eus la sensation d'être projetée à l'intérieur de l'image, un peu à la façon d'un film en 3D, mais d'une manière si réaliste que je me mis à trembler légèrement. Et soudain, sans savoir comment, j'atterris sur les fesses, quelque part au beau milieu du monde des anges, en pleine journée, le soleil aveuglant me forçant à couvrir mon visage de mes mains. Qu'était-il en train de se passer ? S'agissait-il d'une réalité virtuelle ? Je regardai autour de moi mais j'étais seule. Mes autres camarades n'étaient pas là. Prise de panique, j'allais rouvrir les yeux pour me reconnecter avec la réalité lorsque j'entendis dans mon esprit la voix grave et tranquille d'Erwan.

—Laissez-vous aller, vous êtes en sécurité. L'environnement dans lequel vous vous trouvez est une reconstitution de notre monde. Il n'est pas réel et n'existe que dans votre esprit, mais il vous permettra de découvrir notre monde librement. Écoutez-moi bien, chers Élus, car ceci est important : vous allez avoir droit à deux heures de liberté dans le Monde Céleste. Il s'agit là d'un grand privilège. Vous pourrez entrer dans les maisons, les ateliers, où bon vous semble, sans que personne ne vienne vous déranger. Les anges que vous verrez ne vous verront pas. Vous serez les spectateurs de notre vie, de notre façon de voir et de faire les choses. Vous aurez parfois l'impression d'être seuls mais, si vous le souhaitez, vous pourrez entrer en contact avec les anges qui vous entourent. Pour cela, vous devrez vous approcher d'eux et leur parler directement. Alors, ils pourront vous voir et interagir avec vous. En ce moment même, notre peuple tout entier est concentré pour vous offrir cette expérience unique. L'objectif de celle-ci est que vous compreniez mieux notre mode de vie. Observez-nous. Comprenez-nous. Mettez-vous à notre place. Et surtout : profitez-en. À présent, je vais vous laisser seuls. Si vous souhaitez reprendre contact avec la réalité avant la fin de l'expérience, il vous suffira de vous détendre et de vous concentrer pour revenir à mes côtés. À tout à l'heure, déclara-t-il alors que le son de sa voix s'estompait dans mes oreilles comme s'il s'éloignait peu à peu.

Puis, plus rien. Les fesses toujours par terre, je mis quelques secondes à comprendre les paroles d'Erwan. J'étais dans un monde virtuel ? Toute seule ? Et je pouvais faire ce que je voulais ? Trop cool ! L'air un peu hagard, je me relevai doucement et me débarrassai de mes chaussures à talons. Lorsque la plante de mes pieds toucha l'herbe verte, je poussai un soupir de soulagement.

Waouh, qu'est-ce que ça fait du bien…

Alors, à quoi allais-je bien pouvoir employer ces deux heures de pure magie ? Je mourais d'envie de découvrir enfin ce monde inconnu, et je me mis à chercher du regard un endroit où aller fouiner.

Non loin de moi, un groupe d'enfants était assis dans l'herbe. Ils ne semblaient pas avoir remarqué ma présence. Je les comptai rapidement : ils étaient quinze à se prélasser au soleil, jouant pour certains avec des escargots, pour d'autres avec des fleurs. Tous semblaient calmes et concentrés sur leur tâche. Deux adultes étaient assis avec eux, un homme et une femme. Étaient-ils les parents de l'un d'entre eux ? La femme était assise auprès d'une petite fille brune qui jouait avec une coccinelle, et l'homme était en grande conversation avec un petit garçon roux aux yeux bleus pétillants. Que faisaient-ils tous ici ? S'agissait-il d'une sortie scolaire ? Les deux adultes étaient sans doute des parents d'élèves venus accompagner les professeurs, mais ceux-ci semblaient avoir disparu. Intriguée, je m'approchai de l'un des enfants. Il s'agissait d'un petit garçon de sept ou huit ans qui jouait avec des escargots. Il avait la peau lisse et blanche d'un bébé et des cheveux blonds, courts et bouclés comme ceux des chérubins que l'on pouvait voir dans les peintures des grands maîtres d'art. Je me souvins de l'avoir vu lors de la présentation, mais j'étais incapable de me rappeler son prénom. En tout cas, il était magnifique. Lentement, je m'accroupis à ses côtés et, me sentant un peu bête, je me lançai…

—Bonjour, dis-je tout doucement.

À ma grande surprise, le chérubin tourna la tête vers moi et un immense sourire fendit son visage. Son regard s'illumina de bonheur. J'en restai bouche bée.

—Bonjour, dit-il en souriant de toutes ses petites dents blanches. Je suis content que tu aies décidé de me parler, ajouta-t-il avec toute l'insouciance d'un enfant de son âge.

—Moi aussi, répondis-je en toute sincérité.

—Je m'appelle Mylan.

—Bonjour Mylan, moi c'est Eileen. Tu es en sortie scolaire ? lui demandai-je d'une petite voix tout en continuant à regarder les autres enfants d'un air curieux.

Cela me faisait bizarre de parler à ce petit garçon sans que personne ne s'en rende compte.

—En sortie scolaire ? répéta-t-il en fronçant les sourcils.

—Euh, oui. Toi et tes camarades, vous êtes en voyage de classe, c'est ça ?

—Non, nous sommes à l'école, dit-il en haussant les épaules comme s'il s'agissait d'une évidence.

—À l'école ?

Je me souvenais qu'Ange m'avait parlé de leur éducation, totalement différente de la nôtre, et j'avais même aperçu des enfants étudier dans les champs lors du voyage que nous avions fait en cachette l'année dernière, mais j'avais vraiment du mal à réaliser que ces enfants étaient bel et bien à l'école. Pour moi, l'école se résumait à être assise sur une chaise huit heures par jour depuis que j'étais toute petite.

Le petit garçon passa une main devant mes yeux pour me ramener sur terre. Enfin, avec lui.

—Tu veux que je te montre ce que j'ai appris aujourd'hui ? me demanda-t-il plein d'espoir.

—Oui, bien sûr, dis-je en m'asseyant sur l'herbe à ses côtés.

—Regarde, dit-il en me montrant les escargots. Je m'amuse à faire des calculs avec eux. Je les place dans différentes positions, je leur fais faire des courses, je les sépare, puis je les remets ensemble. Je regarde leurs réactions. Quand ils ont peur, ils rentrent leurs tentacules.

—Leurs tentacules ? interrompis-je le petit ange.

—Oui, leurs antennes, si tu préfères, me répondit-il avec un sourire amusé.

—D'accord…

—Ils peuvent se déplacer jusqu'à six centimètres par minute, tu te rends compte ?

—Euh, pas vraiment.

—Et on reconnait chaque espèce en fonction de sa coquille. Tu vois, ceux-là sont des escargots des bois, mais il en existe plus d'une dizaine d'espèces différentes.

OK, donc, ce jeune garçonnet haut comme trois pommes en savait plus que moi sur les escargots. Je me sentis légèrement idiote, tout à coup.

—Et vous faites ça avec les escargots seulement, ou…

Mylan ne me laissa pas le temps de finir ma phrase et me coupa dans mon élan.

—Oh, non ! Aujourd'hui je me suis amusé avec des escargots, mais parfois ce sont des vers de terre, des coccinelles, des fleurs, des plantes, ou des petits mammifères. Et parfois on étudie de plus gros animaux : les chats, les chiens, les renards, les aigles. Mes préférés, ce sont les lapins, parce qu'ils sont trop mignons.

—Et à quoi ça sert, d'étudier les animaux ?

D'aussi loin que je me souvienne, sur terre on apprenait plutôt le Français, les Mathématiques ou l'Histoire.

—Bah, à connaître la nature, me répondit-il en haussant les épaules.

—Et tu écris ça quelque part ? demandai-je en voyant qu'il n'y avait ni cahier, ni stylo à côté de lui.

—Bien sûr, regarde, je vais te montrer mon cahier de notes sur la Nature.

Et il fit apparaître de nulle part un petit cahier, qu'il s'empressa de me montrer page par page. Il y avait des dizaines de dessins, très réussis et réalistes, de divers animaux mais aussi de plantes, d'arbres, de lacs et de croquis en tout genre. Et à côté de chaque dessin, il y avait des formules ou des petites notes explicatives.

Incroyable. Ce petit garçon céleste devait sûrement savoir beaucoup plus de choses que n'importe quel petit garçon terrien de son âge. Bluffée, je restai muette devant l'évidence : les anges savaient y faire en matière d'éducation !

—Et tes petits camarades de classe, ils étudient la même chose que toi ? demandai-je en m'intéressant d'un peu plus près à leur système éducatif.

—Non, chaque jour on travaille sur quelque chose de différent, mais il faut respecter les consignes qui sont : observer, faire des expériences et prendre des notes.

—Ça a l'air très intéressant, tu sais, dis-je en souriant à Mylan et en lui ébouriffant les cheveux d'une main.

—Tu veux que je te montre mon cahier des Métiers ?

—Ton… quoi ?

—Mon cahier des professions. Il nous sert à annoter ce que nous apprenons lors de nos expériences avec des gens qui travaillent.

Ah oui, j'avais failli oublier ce détail : les anges faisaient travailler les jeunes enfants dès leur plus jeune âge sous prétexte de leur faire découvrir les différentes professions existantes. J'avais bien du mal à adhérer à ce concept mais…

—Regarde, me dit Mylan en ne cachant pas sa joie.

Il était visiblement très content d'échanger avec moi, et il était tellement charmant et innocent que moi aussi j'étais ravie d'être venue lui parler.

Je jetai un œil sur son cahier de l'esclavage, et je ne pus m'empêcher de faire un énorme « Oh » avec la bouche.

Sur chaque page, il y avait un dessin qui illustrait le métier pratiqué, puis des tas de notes et de petits croquis en tout genre. La page sur laquelle Mylan avait choisi de s'arrêter était celle de Chercheur en biologie. Il y avait des dessins de plantes et d'étranges cellules, des croquis de microscopes, ainsi que des propositions d'expériences à réaliser.

—Moi, quand je serai grand, je veux être ange gardien, me dit-il les yeux brillants d'émotion.

—Ah bon ? Et pourquoi ?

—Parce que c'est un très grand honneur. Ange est mon héros, tu sais, ajouta-t-il un peu plus bas, comme si celui-ci pouvait nous entendre.

—Vraiment ? Tu sais, le métier d'ange gardien n'est pas facile : on ne dort pas beaucoup et il faut toujours veiller sur une seule et même personne. Ça doit être ennuyeux, à force, tu ne crois pas ?

—Pas du tout, ça doit être passionnant ! s'exclama-t-il d'un ton si convaincu que je me tus devant son courage. En plus, les anges gardiens protègent des gens super importants. Toi, tu dois être super importante pour avoir Ange à tes côtés, me dit-il d'un air entendu.

Euh, moi, super importante ? Je ne crois pas, non.

Mais comme je ne voulais pas le décevoir, j'acquiesçai d'un petit signe de tête.

—Est-ce que tu sais ce que tu vas devoir faire ? Quelle mission tu vas devoir accomplir ?

—Non, je n'en ai aucune idée pour l'instant, mais si j'en apprends plus sur le sujet, je te le dirai, c'est promis, lui dis-je sur le ton de la confidence.

—D'accord, ajouta-t-il en me faisant un clin d'œil moyennement réussi. Bon, tu veux voir mon cahier de Français ?

Ah, ça oui, je voulais le voir ! Enfin une matière qui ressemblait à la nôtre. Mylan fit apparaître son cahier et l'ouvris au hasard, avant de me le coller sous les yeux.

—Tiens, dit-il tout sourire.

Je jetai un œil au cahier puis, une nouvelle fois intriguée, je me mis à tourner les pages. Je n'y vis aucune règle de conjugaison, d'orthographe ou de grammaire, mais beaucoup, beaucoup de petites histoires visiblement écrites et inventées par Mylan lui-même.

—Qu'est-ce que c'est ? finis-je par lui demander en haussant les sourcils.

—Mon cahier de Français, répéta-t-il en haussant les épaules.

—Mais tu n'apprends pas les règles d'écriture ?

—Oh non, ça c'est pour les bébés, à notre âge on écrit des histoires.

—Des histoires ?

—Oui, on essaye d'écrire deux ou trois histoires par semaine. On peut parler de ce qu'on veut. Quand on est inspiré, on se met à écrire quelques lignes. Ça peut être la description d'un rêve, d'une expérience, ou tout simplement une histoire qu'on a inventée. Quand elle est finie, on la lit à nos copains et aux Accompagnateurs, on la corrige et on en parle. J'adore écrire, conclut-il en ne se départant pas de son sourire.

—C'est très bien, mais dis-moi, qui sont les Accompagnateurs ?

—Ce sont les gens plus âgés que nous, qui nous montrent les choses et qui nous guident. Je crois que chez vous, ça s'appelle des professeurs.

—Oh, oui, tu as tout à fait raison, le félicitai-je en souriant.

Eh bien, en tout cas, la matière avait beau être la même, il y avait quand même beaucoup de différences entre nos deux façons d'enseigner. Ce petit garçon, à force de voir les choses, de les toucher et de faire des centaines d'expériences, m'avait l'air très en avance pour son âge, et surtout très mûr et passionné. Il aimait l'école, à n'en pas douter une seule seconde.

Perdue dans mes pensées, je ne vis apparaître le dernier cahier que lorsqu'il fut sous mes yeux. Mylan le tenait dans ses mains et m'invitait clairement à y jeter un œil, ce que je fis, mais à peine avais-je posé le regard dessus que je fronçai les sourcils.

Du chinois… ?

Ce petit garçon était en train de me montrer un cahier de chinois ?!

—Tu apprends cette langue ? demandai-je à Mylan en commençant à me demander sérieusement si je n'avais pas choisi d'adresser la parole au seul surdoué de la classe.

—Oui, celle-ci et beaucoup d'autres.

Là, je faillis m'étrangler de surprise.

—Beaucoup d'autres ?!

—Oui, je parle aussi anglais, espagnol, italien et russe. Et j'aimerais bien apprendre le polonais, ajouta-t-il d'un air enthousiaste.

—Dis-moi la vérité, petit chenapan, tu es un surdoué, pas vrai ? Tes autres camarades ne sont pas aussi forts que toi, hein ? Je suis sûre que tu es le premier de la classe.

Mylan me regarda comme si je venais de dire une grosse bêtise.

—On ne fait pas la compétition à l'école, on apprend des choses et on les partage avec les autres, c'est tout.

Je me sentis si nulle à ce moment-là que j'aurais voulu me cacher six pieds sous terre, mais c'était impossible. Comment les anges pouvaient-ils être aussi altruistes et généreux ? Aussi gentils ?

—Pardonne-moi, Mylan, mais tu sais, dans mon monde on est loin d'être aussi avancés que vous, alors parfois je dis des bêtises, lui dis-je gentiment.

—Ne t'en fais pas, je comprends parfaitement. On étudie aussi les us et coutumes terriennes, alors je sais que ton monde est différent du mien, mais il est rigolo quand même.

—Rigolo ? Tu y es déjà allé ?

—Oui, bien sûr, mes parents m'y emmènent souvent. J'aime bien aller à la mer quand c'est l'été.

Je souris devant son petit air nostalgique. C'est sûr que vivre à la montagne toute l'année, c'était bien, mais rien ne pouvait remplacer une bonne plage de sable fin pour un enfant, même un ange.

Je m'apprêtais à partir lorsqu'une autre question me vint à l'esprit.

Allez, la dernière et j'y vais…

Après tout, je n'avais que deux heures devant moi et je devais essayer de gérer mon temps.

—J'ai une dernière question, et après il faudra que je m'en aille, d'accord ?

—D'accord, répondit-il d'un air triste.

—Comment as-tu fait pour apprendre toutes ces langues ? Avez-vous une machine qui vous facilite l'apprentissage des langues étrangères ?

Je ne comprenais vraiment pas comment un enfant de huit ans pouvait être polyglotte, alors je me demandais s'il n'y avait pas une forme de magie derrière tout ça.

—Bah, je parle souvent avec des copains qui vivent dans d'autres pays, dit-il en haussant les épaules.

Ah… donc, pas de magie.

—Je parle avec eux depuis que je suis tout petit, m'expliqua-t-il en voyant que j'étais de nouveau perdue dans mes pensées. Ce sont des enfants comme moi qui vont à l'école, mais à l'étranger. On se connecte avec la même magie que tu es en train d'utiliser pour visiter mon monde, comme si c'était de la réalité virtuelle, et on parle ou on joue ensemble. Au début, on ne se comprenait pas du tout, alors on se faisait des signes. C'était marrant, mais maintenant c'est facile, dit-il en éclairant ma lanterne.

D'accord. Donc, la technique des anges pour apprendre les langues étrangères à leurs enfants, c'était de les mettre en relation avec des correspondants dans d'autres pays. L'avantage de la réalité virtuelle était énorme, car ils pouvaient ainsi se connecter aussi souvent qu'ils le voulaient.

—Et tu parles souvent avec tes amis étrangers ? m'enquis-je auprès de mon jeune ami.

—Oh oui, au moins une fois par semaine avec chacun d'entre eux. Ils me manquent, sinon…

Cet enfant était décidément trop mignon.

N'ayant plus d'autres questions à lui poser, je me levai et époussetai ma robe. Mylan se leva à son tour et me prit par la main, ce qui me fit ressentir une tendresse infinie. Ce petit bonhomme était un ange, un vrai de vrai. Je lui souris et lui fis un bisou sur le front.

—Merci pour tout, Mylan, pour moi ce fut une expérience extraordinaire.

—Pour moi aussi. Tu vas faire quoi, maintenant ?

Bonne question. Je n'en avais aucune idée.

—Euh, eh bien je vais me promener dans ton monde jusqu'à ce que je trouve un endroit intéressant.

—Tu devrais aller voir ma mère, elle serait ravie de te faire visiter notre monde.

—Vraiment ?

—Oh oui, elle adore les êtres humains. Aujourd'hui, elle doit travailler au Palais du Conseil. Si tu veux la voir, tu la trouveras là-bas.

—Le Palais du Conseil ?

—Oui, le lieu où se réunit et où travaille le Conseil des Anges. Tu sais, ceux qui nous guident…

—Ah euh… oui.

Le Palais du Conseil ?!

Ils avaient un palais pour siéger ? Incroyable.

—Comment s'appelle ta maman ?

—Gwénaëlle.

Oh, oh, ça ne va pas être facile à retenir, ça !

—Et que fait-elle comme métier ?

—Ça dépend des jours. Cette semaine, elle est décoratrice d'intérieur.

Eh bien, ce monde était décidément plein de surprises. Qui aurait cru que les anges avaient besoin d'une décoratrice d'intérieur ?

—Et où se trouve ce palais ?

—Tout en haut de la montagne. Tu ne peux pas te tromper, c'est le seul édifice dont la façade ne soit pas transparente.

—D'accord. Merci infiniment, Mylan. Tu me dis quelque chose en espagnol, pour me dire au revoir ? lui demandai-je pour le mettre à l'épreuve.

—Te deseo lo mejor y espero verte pronto. Te quiero mucho, Eileen, me dit-il avec un sourire si pur et si lumineux que je sentis les larmes menacer de couler sur mes joues d'un instant à l'autre, bien que je n'aie pas compris grand-chose à ce qu'il venait de me dire.

Je clignai des yeux plusieurs fois afin de me calmer, puis je déployai mes ailes et décollai en lui envoyant un baiser de la main. Notre au-revoir dura quelques secondes, puis il retourna jouer avec ses escargots, et je me mis en quête du Palais du Conseil.

En m'élevant dans le ciel, je pus enfin découvrir le monde des anges de plus près. Il y avait là des dizaines et des dizaines d'habitations qui parsemaient les champs, la forêt et les flancs de la montagne. Toutes en verre et transparentes, toutes construites avec des matériaux naturels, mais toutes différentes dans leurs formes étranges. Alors que nos maisons terriennes étaient carrées, les leurs étaient biscornues et ne suivaient aucune forme géométrique précise. Malgré cela, elles étaient extrêmement belles et donnaient à la montagne des allures féériques. L'ensemble avait un air de petite ville, mais sans aucune rue goudronnée ni même pavée. De nombreux chemins de terre ou de graviers parsemaient la montagne, la forêt et les prés, mais bien sûr aucune voiture n'y circulait, et les anges qui travaillaient ou se promenaient se déplaçaient en marchant sur les chemins ou en volant à deux ou trois mètres au-dessus du sol, selon leurs envies. Au cœur de cette cité, la nature avait tous les droits. Il y avait des fontaines, des parterres de fleurs, des arbres et des jardins partout.

J'étais si subjuguée par la beauté de leur ville que j'en oubliais presque ce que je cherchais, mais lorsque j'aperçus, au loin, un immense bâtiment rectangulaire dont la façade n'était pas en verre, je me dirigeai vers lui sans hésiter. Arrivée près du palais, je me rendis compte qu'il y avait beaucoup plus de monde dans ce quartier de la ville que dans les champs alentour. Toute contente de pouvoir observer ces gens sans qu'ils le sachent, je me mis à planer à plusieurs mètres au-dessus du sol afin d'avoir un meilleur angle de vue. Des dizaines d'anges – hommes, femmes et enfants – entraient et sortaient du palais ou bien passaient à côté pour rejoindre une autre artère de la ville. Certains volaient, d'autres marchaient. Personne ne courait. Seuls ou en groupe, les anges vaquaient tranquillement à leurs occupations. Leur visage ressemblait à celui des humains, mais avec des traits plus fins et réguliers, et il émanait d'eux une telle sensation de gentillesse que même si je ne les connaissais que depuis quelques heures, ces gens m'étaient familiers et m'inspiraient de la bienveillance. Finalement, ils n'avaient rien d'anormal par rapport aux êtres humains, si ce n'étaient les immenses ailes qui dépassaient de leurs vêtements. D'ailleurs, ils étaient habillés comme n'importe quel terrien, mais en plus léger, puisqu'ils ne craignaient pas le froid. Quant à moi, même si cette réalité n'était que virtuelle, je choisis de garder mes ailes déployées et de rester sous ma forme angélique afin d'éviter tout rhume éventuel. Je n'avais aucune envie de passer les prochains jours à me moucher et à lutter contre les microbes.

J'aurais pu rester des heures à observer ainsi les êtres célestes, mais soudain une voix fit irruption dans mon esprit et me fit sursauter des pieds à la tête.

—Vous venez de passer une heure dans notre monde…, dit la voix d'Erwan comme si elle provenait du ciel.

Puis la voix s'estompa à nouveau et je me retrouvai seule avec moi-même.

Une heure, déjà…

Il était temps que je trouve la maman de Mylan. Je cherchai du regard un endroit calme à proximité du palais, et je me posai délicatement sur le sol. Le bâtiment était immense et semblait très ancien. Comme me l'avait indiqué mon jeune ami, il n'était pas du tout construit comme les autres habitations des anges et ressemblait comme deux gouttes d'eau à n'importe quel palais de style Renaissance que l'on aurait pu trouver sur terre. Le bâtiment en lui-même mesurait une bonne centaine de mètres de large et était construit en pierres de couleur crème. La façade était ornée d'une dizaine de colonnes sculptées représentant des scènes étranges. Piquée par la curiosité, je m'approchai et m'attardai quelques secondes sur l'une d'entre elles, mais je reculai presque aussitôt en comprenant de quoi il s'agissait : sur la colonne, quelqu'un avait sculpté la mise à mort d'un Élu par son Ombre. L'artiste qui avait fait cela devait être très doué car je pouvais lire une souffrance indicible sur le visage de l'Élu.

Charmant…

Heureusement, le reste des colonnes représentait la victoire des Élus sur leurs Ombres, ce qui me permit de penser que je n'allais peut-être pas mourir dans d'atroces souffrances… Rassérénée, je décidai d'entrer dans le palais pour trouver Gwénaëlle. En passant sous l'arche voûtée qui donnait accès à l'intérieur, je pris une profonde inspiration pour me calmer. J'avais conscience de me trouver dans un lieu secret, presque interdit, et mon cœur ne cessait de battre la chamade. Quelque part derrière ces murs se trouvait le fameux Conseil des Anges, ce même Conseil qui faisait de ma vie un enfer, puisqu'il m'interdisait d'être amoureuse de mon ange gardien…

En entrant enfin dans le palais, je fus prise d'une sensation de vertige. N'ayant rien à envier aux plus beaux musées de la terre, l'entrée du palais était en fait un immense musée aux œuvres extraordinaires. Des centaines de tableaux étaient accrochés sur les murs de la grande salle, et des dizaines de sculptures en ornaient chaque recoin. Les couleurs étaient vives, belles, et les œuvres semblaient presque vivantes, tant elles étaient réussies. Le tableau d'une superbe femme, dans un coin de la salle, semblait rayonner plus que les autres. Elle était merveilleusement belle, mais alors que j'allais faire un pas à l'intérieur pour l'admirer de plus près, je fis un bond en arrière lorsque le sol disparut et qu'un immense ciel bleu apparut sous mes pieds.

Instinctivement, je m'élançai dans les airs sans comprendre ce qu'il venait de se passer, puis je me mis à observer le sol de plus près. Il n'avait pas disparu. Il s'agissait seulement d'une illusion d'optique. Je compris alors que, comme tout le reste de la salle, le sol aussi faisait partie de l'exposition. Comme pour confirmer ma théorie, le ciel bleu qui ornait le plancher se transforma en forêt verdoyante, me donnant l'impression d'être entrée tout droit dans un conte de légendes. Reprenant mes esprits, je repartis à la recherche de la maman de Mylan, mais il y avait beaucoup de monde dans ce palais, alors je décidai d'employer les grands moyens. Me sentant un peu idiote, je pris une profonde inspiration et…

—Gwénaëlle ?! m'exclamai-je au hasard en espérant que tous les anges présents dans la salle n'allaient pas se mettre à me dévisager bizarrement.

Heureusement, une seule personne tourna la tête vers moi. C'était une femme très belle et très jeune, blonde aux cheveux bouclés. Je ne lui donnais pas plus de vingt-cinq ans – en âge humain, bien sûr. Elle se trouvait à peu près au centre de la salle, un cahier à la main. Je décidai de m'approcher d'elle pour faire sa connaissance.

—Bonjour, la saluai-je en arrivant à sa hauteur. Vous êtes la maman de Mylan ?

—Oui, me répondit-elle en ayant l'air légèrement troublée. Tu es une Élue, n'est-ce pas ?

—Oui, je m'appelle Eileen. J'ai rencontré votre fils, Mylan. Il m'a conseillé de venir vous voir. Il a dit que vous seriez ravie de me faire visiter votre monde, mais je comprendrais que vous soyez occupée et…

—Oh non, ne t'inquiète pas. Dans mon monde, tu sais, tout le monde se tutoie. Ça ne te dérange pas ?

—Euh, non.

Ce n'était pas dans mes habitudes de tutoyer les gens sans les connaître, mais Gwénaëlle avait l'air plus jeune qu'elle ne l'était en réalité, et je me sentais plutôt à l'aise avec elle.

—Désolée, je ne m'attendais pas à être choisie par l'un d'entre vous alors j'étais concentrée sur ma tâche, dit-elle en riant.

—Que faisais-tu ? demandai-je en jetant un coup d'œil indiscret à son cahier.

—Eh bien, j'étais en train d'étudier la salle afin d'en changer la décoration.

—Mais que vas-tu faire de toutes ces œuvres d'art ?

—Oh, tu es très gentille, mais il ne s'agit là que d'œuvres réalisées par les anges. Nous aimons beaucoup l'art, alors nous nous servons de ce bâtiment pour exposer nos œuvres temporairement. Ensuite, elles sont vendues sur terre à des brocanteurs ou à des amateurs d'art, dit-elle en haussant les épaules.

—Ah, d'accord, alors le Palais du Conseil sert de musée, c'est ça ?

—Oui, l'avant-salle sert de musée, mais passée cette porte que tu vois là-bas, dit-elle en me désignant le fond de la salle, tu entres dans le monde du Conseil. Les membres passent l'essentiel de leur temps ici. Ils veillent à ce que tout fonctionne bien, que les anges soient heureux. Ils reçoivent ceux qui ont des demandes à formuler. Ils font des réunions avec les Conseils des Anges des autres pays. Ils prennent des nouvelles. Et ils vérifient également que le secret ne soit dévoilé à personne et qu'aucun être humain ne soupçonne notre existence.

—D'accord, acquiesçai-je en ayant l'air aussi désintéressée que possible. Bon, ce n'est pas pour être impolie, mais il me reste un peu moins d'une heure dans ton monde merveilleux, alors que me conseilles-tu ? Y'a-t-il un endroit que je doive absolument voir ?

—Oh, il y a tellement d'endroits fabuleux à découvrir ici que je ne peux t'en dire aucun en particulier mais, si tu aimes la nature, je pourrais t'emmener dans un lieu magnifique.

Si j'aimais la nature ? Je la vénérais, oui !

—Génial, je suis partante ! m'exclamai-je comme une enfant à qui on aurait donné l'emplacement de la maison du Père Noël.

—Alors c'est parti, ajouta-t-elle gaiement en faisant disparaître d'un geste son cahier et son crayon.

Puis elle me prit par la main, comme si nous nous connaissions depuis toujours, m'entraîna à l'extérieur du palais et s'envola avec grâce et élégance. Je la suivis en essayant de ne pas trop la gêner, car même si j'avais appris à voler depuis plusieurs mois, j'étais loin d'avoir l'aisance d'un être céleste.

Le jour touchait à sa fin dans le monde virtuel des anges, et le ciel commençait doucement à se parer de teintes rosées, violettes et orangées. La vue était tout simplement splendide. Gwénaëlle me fit survoler la ville puis les champs pendant dix bonnes minutes, puis les habitations se firent de plus en plus rares, la forêt plus dense, et enfin nous débouchâmes sur un coin de la montagne qui était plus en retrait et plus bas en altitude. Là, ma guide se posa sur une passerelle en bois qui surplombait un petit lac, sorti de nulle part, entouré de centaines d'arbres aux feuilles roses. De petits néons étaient accrochés aux branches et éclairaient la surface de l'eau, la faisant scintiller dans l'obscurité naissante.

—Waouh…

—Je sais.

—C'est…

—Splendide ? Magnifique ? Merveilleux, peut-être ?

Tournant la tête vers Gwénaëlle, je lus sur son visage la fierté de vivre dans un monde pareil, et le bonheur de le partager avec moi.

—Mais comment faites-vous cela ? m'enquis-je la voix rauque, submergée par l'émotion.

—C'est de l'art, m'expliqua ma guide en posant une main sur mon épaule. Une forme de magie, si tu préfères. Nous adorons la nature, mais parfois nous lui donnons un petit quelque chose en plus, pour nous amuser et émerveiller les enfants.

—Vous avez peint les arbres en rose pour faire plaisir aux enfants ? demandai-je, ahurie.

—Pas vraiment. Au début, c'était pour accueillir des anges venant du Japon. Tu sais, nos enfants communiquent souvent avec leurs correspondants, et de temps en temps ils viennent nous voir. Il y a quelques années, ils sont venus au printemps. Chez eux, les cerisiers roses sont une vraie institution à cette époque de l'année, ils ne peuvent pas s'en passer, alors pour leur faire plaisir on a recréé chez nous une partie de leur culture. Ils sont restés quinze jours puis sont repartis dans leur pays. À leur départ, on a trouvé cela tellement beau qu'on l'a laissé comme ça, conclut-elle en haussant les épaules, comme si peindre un hectare de forêt en rose était donné à tout le monde.

—OK, acquiesçai-je en essayant d'assimiler l'information.

Les anges étaient encore plus extraordinaires que ce que j'avais pu imaginer jusque-là. Plus je les connaissais, et plus j'avais l'impression d'avoir affaire à un peuple supérieur.

Perdue dans mes pensées, je m'approchai en silence de la passerelle et m'y assis, laissant mes jambes se balancer en frôlant la surface de l'eau.

—Fais attention à ne pas tomber, surtout, je ne voudrais pas que mes congénères croient que j'ai voulu te noyer dans le lac.

Je me tournai vers Gwénaëlle et la gratifiai d'un sourire.

—Tu peux y aller, si tu veux, je crois que je vais rester ici encore un peu, lui dis-je d'une voix calme et posée.

J'avais envie de me retrouver seule pour profiter de l'expérience au maximum.

—Bien sûr, prends ton temps. Je vais retourner bosser, me dit-elle en se penchant vers moi pour me coller un gros bisou sur la joue. Ce fut un plaisir de te rencontrer, Eileen, j'espère que tu reviendras nous voir rapidement. Je te souhaite bonne chance pour vaincre ton Ombre, ajouta-t-elle avec un sourire sincère sur les lèvres.

Je la remerciai chaleureusement de m'avoir permis de découvrir un petit bout de son univers, et elle s'en alla sans un regard en arrière, me laissant seule avec la quiétude du lac et le coucher du soleil. Les derniers rayons luttaient pour ne pas se faire engloutir par la nuit, mais c'était peine perdue. Au bout de quelques minutes, la lune brilla plus fort que jamais dans le ciel, éclairant le lac de milliers de petits reflets.

Il ne devait plus me rester beaucoup de temps avant qu'Erwan nous rappelle. J'aurais voulu partager ces derniers instants avec Ange, mais je n'avais aucune idée de l'endroit où il se trouvait dans ce monde virtuel.

Les yeux perdus sur la surface scintillante du lac, je me mis à réfléchir fiévreusement, et bientôt la réponse m'apparut, toute simple. Quel était le métier d'Ange ? Son occupation principale ?

Veiller sur moi…

Par conséquent, il ne devait pas être bien loin. D'une voix timide, je prononçai son nom à voix basse, et le miracle opéra.

Même si je m'y attendais, je ne pus retenir un violent sursaut lorsque je le vis apparaître soudain à deux mètres sur ma gauche, comme par enchantement.

—Tu m'as appelé, princesse ?

—Oui. Je suis désolée, je viens seulement de comprendre que je pouvais t'appeler directement. Nous aurions pu passer plus de temps ensemble.

—Ce n'est pas grave, j'ai aimé te suivre dans ton aventure.

—Tu veux dire que tu as pu me voir ?

—Bien sûr. Tu oublies que mon boulot, c'est de veiller sur toi.

—Oui mais tu n'étais pas *censé* me voir. Erwan a dit que nous serions invisibles aux yeux des anges.

—Aux yeux des anges, oui, mais pas à ceux de ton ange gardien, dit-il d'un air taquin.

Je poussai un soupir de bien-être lorsqu'il s'assit en m'enlaçant par derrière, passant ses bras autour de ma taille et appuyant son menton sur mon épaule gauche. Nous laissâmes ainsi filer les secondes puis les minutes, tous les deux en silence, comme si nous étions seuls au monde, subjugués par la beauté de la lune se reflétant sur le lac, les feuilles roses des arbres créant des nuances violacées sur l'eau calme et lisse. J'étais si bien que mes ailes disparurent d'elles-mêmes. Cela arrivait souvent lorsque je me déconcentrais, mais il faisait si froid que je me mis à trembler violemment. Ange me fit alors pivoter vers lui, passa ses bras chauds et puissants autour de mon cou, et referma ses ailes sur nous, puis il se pencha vers moi et m'embrassa tendrement. Je sus qu'il s'agissait une fois de plus de l'un de ces moments magiques que je ne vivrai qu'avec lui et que je me rappellerai toute ma vie. Lorsque ses lèvres abandonnèrent les miennes, la voix d'Erwan raisonna dans mon esprit pour me dire que mon escapade touchait à sa fin. Comme s'il le savait lui aussi, Ange m'adressa un petit sourire et me libéra.

—À tout de suite, ma belle, dit-il en me faisant un clin d'œil espiègle…

Puis je me sentis aspirée vers le haut, comme si quelqu'un me tirait vers le ciel, et soudain je repris conscience avec mon corps assis dans le trône en lierre, mes bras détendus posés sur les accoudoirs et mes pieds reposant sur le sol.

Je n'avais pas bougé d'un pouce pendant deux heures, pourtant je venais de vivre une aventure unique et merveilleuse. Dès que j'ouvris les yeux, mon regard chercha Ange et le trouva assis à la place qu'il occupait depuis le début de la cérémonie. Je lui adressai un petit sourire, auquel il répondit discrètement, puis les anges commencèrent à se lever un à un. Apparemment, la présentation venait de toucher à sa fin. Devions-nous nous lever également ? Erwan s'approcha de nous d'un air bienveillant alors que le reste des anges partait s'affairer à l'autre bout de la clairière.

—Alors, ce voyage au cœur de notre monde vous a-t-il plu ?

—Oh oui, c'était carrément dingue ! s'exclama Awen sur ma droite.

Le sourire d'Erwan s'amplifia au fur et à mesure que mes camarades s'extasiaient sur l'expérience qu'ils venaient de vivre. Lorsqu'il posa les yeux sur moi, je me forgeai un air impassible et fendis mon visage d'un sourire aimable. Je ne voulais ni rougir, ni avoir l'air gênée. Après tout, il ne s'était rien passé d'autre entre Ange et moi qu'un long baiser langoureux échangé en plein cœur de leur monde…

Refoulant ce souvenir, je choisis mes mots avec soin.

—J'ai adoré cette visite, Erwan, vraiment. C'était tout simplement extraordinaire de découvrir votre monde pour la première fois, et cela m'a permis de faire des rencontres incroyables. Merci de nous avoir fait vivre cette aventure.

Erwan afficha une mine réjouie et comblée. Apparemment, il était satisfait du déroulement de la cérémonie. Avec un grand geste théâtral, il se retourna vers l'autre côté de la clairière pour voir où en étaient les préparatifs, et nous découvrîmes avec surprise que les anges venaient d'installer en à peine quelques minutes un immense buffet au beau milieu de la clairière, ainsi que des centaines de tables, de chaises, et même une estrade sur laquelle trônaient divers instruments de musique. On se serait cru à un bal populaire, la magie en plus.

—Bien, je crois que tout est prêt, annonça-t-il en reportant son attention sur nous. Il est l'heure d'aller dîner, ensuite nous danserons et ferons la fête jusqu'au petit matin. Je vous répète le conseil que je vous ai donné tout à l'heure : les anges sont bienveillants, alors n'hésitez pas à aller leur parler. Vous verrez, vous ne le regretterez pas. Encore merci à vous d'être venus à la cérémonie, et merci de vous battre pour protéger notre monde. À bientôt.

Puis il nous tourna le dos pour se diriger vers ses congénères, qui étaient en train de mettre la touche finale à leur installation.

Un peu déboussolée, je me tournai vers Awen qui venait de se lever d'un bond de son siège, puis vers Kinnie qui était restée prostrée dans le sien.

—Tout va bien, les filles ? m'enquis-je en essayant de m'extirper de mon confortable trône végétal.

—Oh là là, pour moi ça a été super ! s'exclama Awen en applaudissant des deux mains. J'ai rencontré plein de monde, et ils étaient tous adorables avec moi. J'en ai même oublié pendant un temps les ex de Roman !

—Et toi ? demandai-je en me tournant vers Kinnie.

—Ça a été très émouvant et instructif, même si j'ai cru que j'allais vomir lorsqu'on m'a tirée vers le haut. Quelle horreur !

Awen pouffa de rire et nous prit toutes les deux par la main pour nous forcer à avancer plus vite.

—Allez, dépêchez-vous, j'ai super faim !

—Eh ben, tu as l'air plus en forme que lorsque nous sommes arrivées, dis-je en lui faisant un clin d'œil moqueur.

—Non mais regardez-moi ça, c'est quoi tous ces trucs ?! s'exclama-t-elle alors que nous approchions du buffet.

Sur l'immense table dressée par les anges et décorée de milliers de petites paillettes scintillantes s'étalaient d'innombrables plats qui avaient l'air excellents mais qui ne ressemblaient en rien à notre nourriture terrienne.

—Bon, tant qu'on ne tombe pas sur des insectes, tout ira bien, dis-je pour rassurer mes deux amies.

Autour de nous les anges parlaient et riaient entre eux tout en nous jetant des regards à la fois bienveillants et curieux. Roman, Aedan et Ange semblaient avoir disparu et ne pouvaient donc pas jouer leur rôle de chevaliers servants. Lorsqu'un jeune homme d'une vingtaine d'années passa à côté de nous avec un verre à la main, je saisis ma chance.

—Excusez-moi…, l'interpellai-je timidement.

Le jeune ange se tourna alors vers nous avec un immense sourire aux lèvres. Il était brun, le teint mat, une boucle d'oreille scintillante à l'oreille droite.

—Oui ? Eileen, Awen et Kinnie, c'est ça ?

—Euh, oui…

Je tentai de me rappeler son prénom mais il ne me restait en tête qu'un vague souvenir de sa présentation.

—Je m'appelle Léo, enchanté, dit-il en nous faisant la bise tour à tour. Par contre, je préfèrerais qu'on se tutoie, c'est possible ?

Awen pouffa de rire une nouvelle fois et prit les rênes de la conversation.

—Mais bien sûr ! s'exclama-t-elle en lui tapotant l'épaule gentiment. Écoute, on est un peu perdues avec votre buffet. Tu pourrais nous dire ce qu'il y a dans chaque plat ?

—Avec plaisir, venez avec moi, je vais vous montrer tout ça. Vous allez voir, la nourriture des anges est exquise, dit-il en nous faisant un clin d'œil complice.

Et c'est ainsi que notre nouveau guide culinaire nous fit découvrir la cuisine des êtres célestes. Certains plats ressemblaient aux nôtres, mais beaucoup d'autres étaient aussi difficiles à décrire qu'à goûter. Les aliments avaient parfois des couleurs étranges et peu ragoûtantes, bien qu'au final le goût fut toujours exquis et raffiné. Il y avait des saladiers et des plats de toutes les tailles sur l'immense buffet, et les anges allaient et venaient à leur guise pour se ravitailler puis retrouver leurs amis et leur famille. Après que nous eûmes goûté une bonne dizaine de plats différents, les garçons arrivèrent enfin et nous pûmes libérer notre top chef céleste.

—Vous étiez passés où ? s'indigna Awen en acceptant tout de même le léger baiser que Roman venait de poser sur ses lèvres.

—On a dû assister à une réunion avec le Conseil des Anges. Ils voulaient profiter du fait que vous étiez en sécurité dans notre monde pour nous parler et faire un petit débriefing de notre expérience sur terre.

Discrètement, je lançai un regard inquiet vers Ange, qui resta impassible et ne me répondit pas. Au lieu de cela, les trois garçons coupèrent court à la conversation en se jetant sur le buffet. On aurait dit qu'ils n'avaient pas mangé depuis des jours. Peut-être que la nourriture céleste leur manquait terriblement, en fin de compte. Awen, Kinnie et moi regardâmes nos trois amis se goinfrer pendant quelques minutes, puis nous décidâmes d'entamer la conversation avec quelques anges qui se trouvaient à côté de nous et qui ne cessaient de nous jeter des regards indiscrets. Erwan nous avait dit de nous intégrer, alors autant suivre ses conseils…

La soirée se déroula dans une ambiance féerique. La pluie continua à tomber sur le voile transparent au-dessus de nous, provoquant un doux clapotis qui me berçait et me tranquillisait malgré mes angoisses intérieures. Alors qu'Awen et Kinnie débordaient d'enthousiasme et ne cessaient de raconter leur vie à qui voulait bien les écouter, je tentai de me faire discrète. Je dus répondre à bon nombre de questions mais je parvins tout de même à garder une certaine part de mystère. La famille d'Ange vint nous voir après le dîner et celui-ci se fit un plaisir de me présenter à chacun de ses proches, comme si j'étais sa petite amie. Ensuite vint le tour de ses plus fidèles amis, et enfin de tous les anges curieux qui avaient envie d'approcher une protégée d'un peu plus près. À un certain moment, je me sentis presque comme une bête de foire, mais les anges étaient si gentils que je ne pouvais leur en vouloir. Ils étaient tous différents et avaient leur propre caractère, mais ils avaient en commun cette incommensurable bienveillance à l'égard des autres.

C'était donc ça, de vivre en harmonie avec son prochain… Décidément, nous avions beaucoup à apprendre d'eux.

Alors que je commençais à sentir la fatigue m'envahir, un groupe de cinq anges monta sur l'estrade et se mit à jouer de la musique. Awen choisit cet instant pour apparaître de nulle part et m'entraîner sur la piste dans un ouragan de bonne humeur. Nous dansâmes ainsi pendant des heures, partageant ce moment complice avec nos camarades de classe et tous les anges qui avaient envie de s'amuser. C'était un moment à part, unique, hors du temps. Je n'avais aucune idée de l'heure qu'il était, et je m'en moquais. Peut-être que, finalement, cette fameuse cérémonie n'allait pas tourner à la catastrophe…

Au bout de plusieurs heures de fête, la fatigue se fit sentir, s'immisçant dans chacun de mes membres et les engourdissant un à un. La pluie avait cessé et le ciel avait fini par se dégager, nous dévoilant les milliers d'étoiles scintillantes qui veillaient sur nous dans la nuit tardive. Beaucoup d'anges dansaient encore au milieu de la piste, mais les jeunes enfants ainsi que de nombreuses personnes âgées et plusieurs familles étaient déjà partis se coucher. Quant à mes camarades de classe, ils erraient ici ou là, discutant avec des anges, se ravitaillant au buffet ou se reposant dans un coin. Aucun d'entre nous n'avait plus la force de danser à cette heure si avancée. Roman et Aedan faisaient des allers-retours entre leurs familles, leurs amis et leurs petites copines, toutes les deux allongées sur le sol, emmitouflées dans une couverture en laine multicolore. Awen n'avait finalement pas eu à utiliser ses talons aiguilles, les ex de Roman s'étant faites très discrètes. J'avais moi-même observé beaucoup d'êtres célestes au cours de la cérémonie et de la fête, mais je n'avais repéré aucun comportement suspect. Aucune fille ne s'était approchée trop dangereusement de Roman. D'Ange non plus, d'ailleurs, et je préférais que cela reste ainsi. À quoi bon découvrir maintenant le physique de mes anciennes rivales ? Cela n'aurait servi à rien de me comparer à elles, alors autant rester dans l'ignorance. Kinnie était sur le point de fermer les yeux pour s'endormir au beau milieu de la clairière. Je souris en les voyant toutes les deux, si affaiblies par la fatigue et si vulnérables. Alors que je m'apprêtais à m'asseoir auprès d'elles, je sentis une présence derrière moi. Je me retournai et découvris Ange, un verre d'une boisson bleutée à la main.

—Mais qu'est-ce que tu bois ? lui demandai-je en jetant un regard peu ragoûtant à la mixture étrange qu'il avait dans son verre

—Une boisson de chez nous. C'est excellent, tu veux goûter ? me proposa-t-il en me tendant le verre.

—Mmmh… non merci, je vais arrêter les nouvelles expériences pour aujourd'hui.

Ange sourit et se pencha discrètement vers moi.

—C'est dommage, parce que je m'étais dit que je pourrais te faire vivre une dernière expérience dans mon monde avant que l'on rentre tous sur terre, chuchota-t-il à mon oreille.

Mon estomac se tordit dans tous les sens et mon cœur se mit à palpiter.

—D'accord, répondis-je sans même chercher à comprendre ce qu'il pouvait bien avoir derrière la tête.

—Suis-moi, dit-il en se dirigeant vers un groupe de jeunes gens en grande conversation à côté du buffet.

Oh là là, mais il m'emmenait où, là ? J'avais déjà parlé avec tellement de monde que je ne me sentais plus vraiment la force de recommencer avec tout un groupe de jeunes anges en pleine forme qui ne semblaient absolument pas fatigués malgré l'heure si avancée de la nuit. Alors que nous nous approchions du groupe, quelques regards se tournèrent vers nous, et la plupart des anges se mirent à sourire pour nous accueillir avec bienveillance. Cela changeait vraiment de ce que l'on pouvait vivre sur terre, où l'on se sentait épié et jugé dans une telle situation. Ange se dirigea vers un jeune homme de son âge et lui chuchota quelque chose à l'oreille. Celui-ci lui sourit et assentit de la tête. Je ne savais pas de quoi il retournait, mais apparemment le garçon était d'accord pour faire ce que lui avait demandé mon ange gardien. Ange se tourna alors vers moi et me fit un petit signe de la tête pour m'encourager à le suivre, et nous partîmes tous les trois en direction d'un des flancs de la montagne. Plus nous nous éloignions de la clairière, moins il y avait de monde, et bientôt nous fûmes presque seuls à marcher dans le silence et le froid de la nuit. Je me mis à frissonner et décidai de déployer mes ailes pour ne plus souffrir de la température hivernale qui régnait à si haute altitude. Enfin, le garçon s'arrêta devant ce qui paraissait une vitrine de magasin entourée de lierre et de mousse. Il ouvrit une porte qui se trouvait dissimulée dans le flan de la montagne, à même la roche, et pénétra dans le magasin. Ange se tourna alors vers moi et m'adressa un sourire radieux. Quoi que nous allions faire, il semblait très heureux de sa petite trouvaille. Il pénétra dans la boutique et je le suivis sans hésiter. Le garçon qui nous avait précédés était en train de préparer quelque chose dans un coin de la salle, mais il n'avait pas allumé la lumière, du coup j'avais bien du mal à distinguer le lieu où je me trouvais. Comme s'il avait lu dans mes pensées, Ange s'approcha de moi et fit apparaître au creux de sa main une douce lueur bleutée en forme de bulle, puis il me la lança en souriant. Je récupérai la petite bulle de lumière au creux de mes mains, et j'entrepris de découvrir ce qui ressemblait plus à un atelier d'artiste qu'à un magasin. Le sol et les parois de la salle étaient en roche naturelle, et un tapis mousseux recouvrait même une partie du sol. Il y avait des pinceaux et des toiles partout, certaines vierges, d'autres avec d'étranges dessins dessus, le tout créant un joyeux bazar duquel émanaient la joie de vivre et le bien-être. Sur les toiles, il n'y avait que des couleurs vives, aucune teinte sombre, et même s'il s'agissait de peinture abstraite, les formes étaient avenantes et agréables à regarder. Dans l'arrière-salle où le jeune homme s'était retranché, une autre forme d'art était présente, avec des photos et des dessins de tatouages exposés partout sur les murs. Avec un grand sourire sur les lèvres, Ange se dirigea vers le jeune homme et commença à se déshabiller. Interdite, je le regardai faire sans comprendre, jusqu'à ce qu'il m'invite à le rejoindre.

—Eileen, je te présente Théo, dit-il en m'indiquant le jeune homme. Théo, comme tu le sais, Eileen est ma protégée.

—Enchanté, dit le jeune homme en me faisant un signe de tête.

—Moi de même, parvins-je à articuler en ne comprenant toujours pas ce que nous faisions ici.

Je me souvenais de Théo. J'avais ressenti un fort sentiment de générosité lorsque je l'avais vu lors de la présentation.

—Alors ? demanda-t-il à Ange en faisant apparaître un étrange appareil dans sa main gauche et en s'installant dans un fauteuil noir qui traînait par là. Qu'est-ce que tu veux ?

—Pas de dessin, juste un mot, répondit mon ange gardien en exposant son torde dénudé au jeune homme.

—Quoi ?! Je ne peux pas croire que tu me fasses ça ! J'ai passé toutes ces années à te supplier de me laisser te tatouer, et maintenant que tu es enfin d'accord, tu ne veux faire qu'un mot ? Un seul ? Tu ne veux pas faire une phrase, plutôt ? lui demanda-t-il en rigolant.

—Pas question, j'ai besoin de tes services et de ton savoir-faire, que j'admire énormément, par ailleurs, mais je ne vais pas te laisser me gribouiller des tas de trucs sur le corps.

—Après toutes ces années d'amitié, tu pourrais faire un effort, quand même.

—Un mot, j'ai dit, rétorqua Ange en continuant à rire avec son ami.

Se faire tatouer ? Dans le noir ? Par un ami d'enfance ? J'avais l'impression d'assister à la scène depuis l'extérieur, comme si je n'étais pas là. Ange avait demandé à l'un de ses amis de lui tatouer quelque chose sur le torse ?! Mais quoi ? Et pourquoi avait-il insisté pour que je vienne ? En les voyant se chamailler comme deux gosses, je me détendis et me mis à rire avec eux.

—Eileen, tu vas me laisser te tatouer, toi, pas vrai ? me demanda Théo en dirigeant son étrange pistolet vers moi.

—Oh, non, non, non, pas question ! m'exclamai-je en riant et en m'éloignant de lui. C'est Ange qui veut un tatouage, pas moi !

—Bon, alors c'est quoi ce mot ? finit-il par demander à mon ange gardien, l'air curieux.

Ange se pencha vers lui et lui chuchota quelque chose à l'oreille.

Mais qu'est-ce que c'est que ces cachotteries ?

Théo haussa un sourcil mais ne dit rien, puis il entreprit de tatouer mon bel ange gardien, juste en dessous des pectoraux, sur le côté gauche du torse. Tenant toujours la petite bulle de lumière bleue entre mes mains, j'attendis patiemment que Théo finisse son travail. Je me demandais s'il avait un pouvoir lui permettant de voir dans le noir, car pour ma part, et malgré la bulle de lumière magique, je ne discernais pas grand-chose autour de moi. Enfin, lorsqu'il eut terminé, Ange se tourna vers moi pour me montrer son nouvel attribut. En jolies lettres calligraphiées, argentées et brillantes, un mot étincelait sur son torse :

« Protégée »

Je plongeai mon regard dans ses yeux d'émeraude et y lus un amour et un désir infinis. Incapable de le soutenir plus longtemps, je me mis à observer de nouveau le petit tatouage. Contrairement à ceux que l'on faisait sur terre, le plus souvent effectués à l'encre noire, celui-ci était de couleur argenté et brillait dans l'obscurité. J'avais vu et découvert beaucoup de choses étranges depuis l'année dernière, mais ce genre de détail n'avait de cesse de m'émerveiller. M'intéressant un peu plus au monde d'Ange, je me mis à questionner Théo.

—C'est ton atelier ?

—Oui et non, répondit-il en rigolant.

—Qu'est-ce que j'ai dit de drôle ? demandai-je en me sentant un peu idiote.

—Rien, c'est juste votre façon de penser qui me fait rire, répondit-il en se calmant un peu.

—Notre façon de penser ?

—Oui, aux terriens. À ceux de votre espèce, si tu préfères. Vous avez une façon de penser et de vivre si différente de la nôtre que c'en est parfois très drôle !

—Pourquoi ?

—Eh bien, disons que je profite de cet atelier et que j'y travaille souvent, mais il ne m'appartient pas. Beaucoup d'anges ont la même passion que moi, alors ils viennent ici pour mettre leur savoir-faire au profit de la communauté, pour décorer une maison ou un bâtiment commun, par exemple.

Je restai muette en le regardant d'un air perplexe. Je n'avais pas compris grand-chose. Réalisant que je m'étais perdue en cours de route, Théo me fit un petit sourire et s'installa confortablement sur l'un des sièges de la salle.

—Il existe plusieurs ateliers comme celui-ci dans notre monde, m'expliqua-t-il. Beaucoup d'anges savent dessiner, peindre ou tatouer. Il existe aussi des ateliers pour les sculpteurs ou les architectes. Comme tu le sais sans doute, dans notre monde nous n'avons pas de travail fixe comme dans le vôtre, donc nous changeons d'activité au gré des besoins de la communauté. La semaine dernière, j'ai travaillé comme réceptionniste au Palais du Conseil. La semaine d'avant, j'ai bossé comme arboriculteur dans une exploitation de pommiers, et le mois dernier j'ai été professeur de dessin. En fait, cela faisait presque un mois et demi que je n'avais tatoué personne. Merci de m'avoir permis de me dérouiller un peu, Ange, dit-il en donnant un coup de coude à son ami et en riant.

—Oh oui, je suis allée voir le Palais du Conseil lors de la présentation, il est vraiment magnifique ! m'exclamai-je avec enthousiasme.

—Oui, c'est vrai qu'il est très beau, ajouta Ange en me lançant un regard discret mais insistant.

Mmmh, mieux valait ne pas m'aventurer sur ce terrain-là en présence de Théo. J'en reparlerai avec Ange plus tard.

—Eh bien, en tout cas, le tatouage est magnifique. Pourquoi brille-t-il ainsi ? demandai-je en changeant de sujet le plus subtilement possible.

—C'est une encre magique, répondit Théo comme s'il s'agissait d'une évidence. Si un jour tu as envie de te faire un tatouage rose ou violet, n'hésite pas à venir me voir. Il s'illuminera de milliers de petites paillettes dans l'obscurité.

Je restai songeuse pendant quelques secondes.

Waouh, ça doit être beau, un tatouage rose pailleté qui brille dans la nuit…

—Eileen ? me ramena Ange à la réalité. Tu n'es pas en train d'y songer sérieusement, pas vrai ?

—Ben…, balbutiai-je en devenant rouge comme une tomate.

Prise la main dans le sac, comme d'habitude !

—Tu n'as pas besoin de ça, crois-moi. De plus, tes parents te demanderaient d'où vient ce tatouage, et pourquoi il brille ainsi. Sans compter que tu n'as pas dix-huit ans, tu n'es donc pas majeure et…

—Oui, bon, ça va, j'ai compris ! le coupai-je en reprenant mes esprits.

Ange était vraiment pire que mon père, parfois.

—Eh ben, ça ne doit pas être facile tous les jours, d'avoir un ange gardien pareil, intervint Théo en souriant à pleines dents.

Visiblement, notre petit échange l'amusait énormément.

—Euh, oui, enfin non…, répondis-je en me sentant soudain très gênée.

—N'en rajoute pas, toi, je ne fais que mon devoir, plaisanta Ange en riant avec son ami. Allez, on va y aller. Merci pour tout, Théo, le tatouage est vraiment superbe.

—C'était un plaisir, mon ami. Partez devant, je vais nettoyer l'atelier rapidement et je vous rejoindrai.

—Très bien, alors allons-y.

Après s'être rhabillé, Ange vola la petite bulle de lumière de mes mains en me lançant un grand sourire, puis il se dirigea vers la sortie. Je dis au revoir à Théo rapidement et je suivis mon ange gardien au-dehors. J'attendis d'être à une bonne vingtaine de mètres de l'atelier avant de prendre la parole.

—Pourquoi ne voulais-tu pas que je parle du Palais devant lui ?

—Parce que son père fait partie du Conseil.

—Quoi ?! m'exclamai-je en ne pouvant cacher ma surprise.

—Oui. L'un des Membres du Conseil est le père de Théo, alors je ne voulais pas trop parler de cela en sa présence.

—Tu veux dire que tu t'es fait tatouer mon nom par un proche des membres du Conseil ? Tu es fou, ou quoi ?!

—Tout d'abord, il ne s'agit pas de ton nom. Ensuite, Théo est l'un de mes meilleurs amis, j'ai totalement confiance en lui et je sais qu'il ne va raconter à personne ce qui s'est passé ce soir. Et pour finir, je tiens à signaler que je n'ai absolument rien fait de mal.

—Non, à part te faire tatouer le mot « Protégée » sur le torse, tu n'as rien fait de mal, c'est sûr.

—Eileen, me dit Ange en s'arrêtant de marcher et en se tournant vers moi. Je sais que tu n'es pas de mon monde, et que par conséquent tu ne comprends pas toujours notre façon de penser, mais ce que j'ai fait ce soir a dû paraître normal à Théo. Bien sûr, il a été surpris au début, mais tout le monde chez moi sait qu'être un ange gardien est un immense privilège. Il a dû croire que ce tatouage était une façon de montrer à quel point j'étais fier de ma mission. Je suis sûr et certain qu'à aucun moment il n'a dû penser que c'était pour t'impressionner ou te montrer mon amour.

—Parce que tu l'as fait pour ça ? Pour m'impressionner ?

—Oui et non. Je l'ai fait pour que tu aies encore plus confiance en moi, et que tu saches à quel point je t'ai dans la peau. Maintenant, c'est dans le sens littéral du terme, chuchota-t-il en me dévorant des yeux.

Son regard descendit sur ma robe, ma poitrine et mes hanches. Si nous n'avions pas été en plein cœur de son monde, je ne sais pas ce qu'il aurait fait en cet instant. Reprenant ses esprits, il recommença à marcher vers la clairière, et bientôt nous arrivâmes au lieu de la fête. Kinnie et Awen s'étaient endormies dans un coin, et Aedan et Roman les tenaient dans leurs bras, allongés par terre, le dos appuyé contre un arbre.

La classe…

Au loin, je vis les lueurs de l'aube apparaître doucement. Le ciel commençait à prendre des teintes rosées et orangées. Tout à coup je me rendis compte qu'il n'y avait plus de musique et que les hommes et les femmes qui restaient commençaient à ramasser leurs affaires et à s'en aller doucement. Tous nous faisaient de petits signes d'au revoir de la tête ou de la main avant de partir, ne voulant sans doute pas nous déranger. En même temps, si on avait dû faire la bise à tous les anges, un par un, on n'aurait pas été sortis de l'auberge. Finalement, mes camarades et moi-même prîmes le chemin du retour, exténués, et nous nous endormîmes tous dans l'autobus que conduisait un Aaron à moitié débraillé et à la mine hirsute.

Anniversaire

Quinze jours après la cérémonie, la veille de la fête d'anniversaire d'Awen, je fus réveillée à une heure du matin par un SMS intrusif de ma meilleure amie qui disait :

« Je sais tout… »

Elle savait tout ? Mais de quoi parlait-elle, bon sang de bon soir ? J'avais envie de dormir, moi !

Je fus tentée d'ignorer son message mais je ne pus m'y résoudre. Que savait-elle exactement ? Pourquoi avait-elle attendu une heure si tardive pour m'en parler ? Au moment où je tendais la main vers mon téléphone pour lui répondre, un nouveau « ping » attira mon attention. Tiens, je n'avais pas fait attention qu'il s'agissait d'une conversation à trois, mais Kinnie avait également reçu le premier SMS car elle venait d'y répondre :

« De quoi parles-tu ? »

J'attendis quelques secondes et un nouveau « ping » termina de me réveiller :

« De la surprise de demain… »

Plus aucun doute : Awen savait que nous lui avions organisé une fête pour son anniversaire.

Merde…

Mais comment avait-elle pu l'apprendre ? Nous avions tous fait attention à ne jamais en parler en sa présence. Roman avait tout contrôlé pour qu'elle ne se doute de rien. Quant à ses parents, ils étaient si contents de lui faire cette surprise qu'il était tout bonnement impossible qu'ils lui aient tout raconté la veille du jour J. Prenant les choses en main, j'envoyai un SMS à Kinnie et Awen en même temps :

« Réunion de crise dans ma chambre. »

Je me traînai hors du lit, les cheveux en bataille, sous l'œil ahuri de Tic-Toc.

—Mais qu'est-ce que tu fais ? me demanda-t-il en bâillant.

—Si je le savais, je te le dirais. Tu vas être aux premières loges pour savoir de quoi il retourne, répondis-je en me frottant les yeux.

Awen fut la première à entrer dans ma chambre, sans frapper, suivie de très près par Kinnie. Toutes les deux en pyjama d'hiver et emmitouflées dans des robes de chambre molletonnées, moi-même à moitié enroulée dans ma couette, on aurait dit trois mémés sorties de l'asile.

—Bon, alors, qu'est-ce qui se passe ? balançai-je à Awen sans chercher à cacher ma mauvaise humeur.

Celle-ci se balançait sur un pied puis sur l'autre, mal à l'aise.

—Ben, comme je vous l'ai dit, je sais tout, balbutia-t-elle en n'osant pas affronter notre regard.

—Ça, on avait compris, intervint Kinnie d'un ton un peu brusque. Ce qu'on voudrait savoir, c'est comment tu l'as appris.

—Ah, ça..., fit ma meilleure amie en se mordant les lèvres nerveusement.

—Oui, ça, insista Kinnie en fronçant les sourcils.

Kinnie n'avait pas pour habitude de s'énerver facilement, mais apparemment le fait d'être réveillée en pleine nuit ne l'avait pas vraiment amusée car elle était d'une humeur massacrante.

—Euh... j'ai comme qui dirait... suivi Roman.

—Tu as quoi ?! nous exclamâmes-nous en chœur.

Non, elle n'avait pas fait ça, quand même ? Elle n'avait pas eu le culot d'espionner son petit ami ?!

—Awen, ne me dis pas que tu as suivi Roman en cachette pour voir ce qu'il faisait ?! m'exclamai-je, complètement stupéfaite.

—Eh bien..., murmura-t-elle en guise de réponse, les yeux rivés au sol.

—Eh bien quoi ? insista Kinnie.

—Ben si, conclut Awen en levant enfin les yeux vers nous. Si, je l'ai suivi. J'avais l'impression qu'il me cachait quelque chose, alors l'autre jour quand il a prétexté devoir aller chez le coiffeur, je l'ai suivi discrètement. Oh, ça va, ne me regardez pas comme ça ! s'exclama-t-elle alors que Kinnie et moi la dévisagions avec des yeux de merlans frits. En plus, je vous signale que j'avais raison puisqu'il me cachait vraiment quelque chose ! se défendit-elle tant bien que mal. Bon, le problème, c'est qu'il n'était pas parti pour me tromper, mais pour m'acheter un cadeau et des décorations de fête, alors du coup ça m'a mis la puce à l'oreille…

—Et comment as-tu su que la fête aurait lieu demain ? m'enquis-je sur la défensive.

—Simple déduction, répondit Awen en haussant les épaules. Demain nous n'avons rien de prévu, et pourtant tout le monde a été en effervescence toute la journée. Au lycée vous ne teniez pas en place, et quand on est rentrés, les garçons sont partis pendant deux heures sous prétexte qu'ils avaient une réunion avec je ne sais qui dans leur monde. Ils ne vont jamais dans leur monde, alors ça m'a paru un peu louche. Pas vous ?

Kinnie et moi échangeâmes un regard. C'était nous qui avions eu l'idée de faire croire à une réunion dans leur monde. Ils ne partaient presque jamais tous les trois en même temps, alors il avait fallu trouver une bonne excuse pour qu'ils s'en aillent sans éveiller les soupçons d'Awen. En réalité, ils étaient partis chez elle pour aider ses parents à tout préparer. Roman avait vu les choses en grand et il y avait beaucoup de décorations à installer. J'avais profité de l'excuse de la fête d'anniversaire pour présenter Ange, Aedan et Roman aux parents d'Awen une semaine auparavant. Ce jour-là, Kinnie et Awen étaient parties faire du shopping. J'avais prétexté avoir des devoirs à faire pour rester à la maison tranquillement, alors qu'en réalité j'avais emmené les garçons chez Marie et Christian, les parents de ma meilleure amie. Awen avait énormément confiance en sa mère et elle lui avait dit qu'elle sortait avec Roman, celle-ci avait donc été ravie de faire sa connaissance. Son père un peu moins, mais il était très conciliant de nature et assez intelligent pour savoir que si Awen l'avait choisi, c'était parce que Roman était quelqu'un de bien. Quoi qu'il en soit, j'étais bouche bée d'apprendre que la plupart de nos petites manœuvres de ces dernières semaines n'avaient servi à rien, puisque Mademoiselle Awen s'était une fois de plus laissé emporter par la jalousie. Désormais, plus de fête surprise. Envolée. À la fois en colère et triste, je lançai un regard sombre à ma meilleure amie.

—J'imagine que tu sais aussi ce que Roman t'a acheté comme cadeau ? demandai-je en redoutant la réponse.

Awen acquiesça de la tête.

—Le jour où je l'ai suivi, il est entré dans une boutique Swarovski et il en est ressorti avec un petit sac. Je ne sais pas de quoi il s'agit, mais je crois bien que c'est pour moi, dit-elle avec un petit sourire au coin des lèvres.

—Pfff, s'il savait ça, il serait tellement déçu, lui dit Kinnie en s'asseyant sur mon lit. Il a préparé cette fête avec tant d'enthousiasme… Il voulait te prouver à quel point il t'aime et combien tu es importante pour lui, et toi…

Incapable de terminer sa phrase, Kinnie secoua la tête de gauche à droite, dépitée.

—Toi tu as tout gâché, terminai-je à sa place.

Awen se mordit les lèvres et accusa le coup, les yeux emplis de larmes.

—Je ne pouvais pas savoir…

—Bien sûr que si, tu le savais. Ça fait des semaines et des mois qu'on te dit que Roman t'aime et qu'il ne voit que toi, et toi tu t'acharnes à voir le mal partout. S'il apprend que tu es au courant pour demain, il pourrait très mal le prendre, tu sais…

—Justement, c'est pour ça que je vous en ai parlé. J'ai besoin de vos conseils pour avoir l'air surprise.

—Tu vois la tête que je fais en ce moment ? l'interrompis-je en ayant l'air ahurie par le culot qu'elle avait. C'est ça, avoir l'air surprise.

—Oui, bon, ce n'est pas la fin du monde, non plus, se renfrogna-t-elle en voyant la tête que je faisais.

—Pas la fin du monde ? Non mais tu plaisantes, au quoi ?! Ton petit ami t'organise une super fête d'anniversaire, tous tes amis se démènent comme des fous pour que ce soit l'un des plus beaux jours de ta vie, et toi tu viens nous réveiller à une heure du matin la veille du jour J pour nous dire que tu es au courant et qu'en plus tu voudrais qu'on te dise comment ne pas te faire prendre ?! C'est le monde à l'envers en ce moment, Awen, le monde à l'envers ! m'énervai-je en faisant les cent pas dans ma chambre.

—Bon, bah, je suis désolée, voilà, dit-elle d'un air tout penaud.

Elle avait l'air sincère, mais je lui en voulais quand même. Moi aussi j'aurais voulu lui faire plaisir, mais au lieu de cela elle me demandait de devenir la complice de son gros mensonge. Enfin, avais-je vraiment le choix ? Kinnie semblait penser la même chose que moi, car elle se releva pour prendre les mains de ma meilleure amie dans les siennes et la regarder droit dans les yeux.

—Je ne suis pas près d'oublier ce que tu viens de faire, mais je ne peux pas non plus te laisser tomber, alors je vais te donner quelques conseils : lorsque tu arriveras à la fête demain, respire calmement, essaye de ne pas rougir, de ne pas trembler, fais semblant de poser des questions et surtout, surtout, aie l'air de tomber des nues en nous voyant tous réunis pour toi, d'accord ? Tu veux qu'on fasse des essais ?

Awen acquiesça de la tête et planta son regard dans le mien, comme pour y chercher mon accord. Je le lui donnai d'un hochement discret et elle me fit un petit sourire.

—Allez, vas-y, lui dis-je en m'installant confortablement sur le lit.

Apparemment, je n'étais pas près de me coucher…

Le lendemain matin, je me réveillai vers dix heures et demie. Kinnie et Awen avaient fini par déserter ma chambre à trois heures du matin, après avoir passé presque deux heures à faire des grimaces stupides et des scénettes idiotes pour préparer Awen à affronter sa grande surprise. Le comble.

—Pas trop fatiguée ? me demanda Tic-Toc gentiment.

—Non, ça va, répondis-je en bâillant.

—Hier je n'ai pas voulu intervenir et j'ai fait semblant de dormir, tu sais.

—Oui, j'avais remarqué, dis-je en riant. Tu n'avais pas envie de te mêler de nos affaires de filles, c'est ça ?

—C'est tout à fait ça, confirma-t-il en riant lui aussi.

—Je te comprends. Si j'avais pu, moi non plus je ne me serais pas mêlée de cette affaire, crois-moi, dis-je en secouant la tête de gauche à droite.

—Tu veux que je te donne mon avis ? me demanda Tic-Toc en chuchotant.

—Euh… oui, répondis-je sur le même ton.

—Ça sent le roussi.

—Quoi ? Comment ça ?

—Entre Awen et Roman, ça sent le roussi, répéta-t-il. Crois-en mon expérience. La jalousie est un vilain défaut, et il me semble qu'Awen a atteint le degré maximum de ce mauvais trait de caractère.

—Oui, je sais. J'espère que tout va s'arranger après la fête d'anniversaire. Il faut qu'elle se calme.

—Mmmh… allez, va prendre ton petit déjeuner.

—Oui, chef. À tout à l'heure.

En me levant, je pris ma robe de chambre qui traînait au bout du lit, et je l'enfilai rapidement.

Une odeur de pain grillé emplit mes narines alors que je descendais les escaliers.

Mmmh…

En entrant dans le salon, je lançai un joyeux « Bonjour » à Roman qui s'affairait en cuisine, puis je me dirigeai vers la baie vitrée pour voir s'il faisait beau. En plein mois de Novembre, et surtout dans notre région, on pouvait s'attendre à tout et n'importe quoi de la part de la météo. Par chance, ce matin, il faisait beau. Quelques nuages parsemaient le ciel mais ils étaient peu nombreux. Après avoir fini ma petite inspection, je me dirigeai vers la cuisine pour commencer à préparer mon petit déjeuner. La maisonnée était silencieuse et seul le bruit de la machine à café perturbait ce calme matinal.

—Salut, tu as bien dormi ? demandai-je à Roman en lui faisant la bise.

—Oui, ça va. Et toi ?

—Très bien, mentis-je en me sentant légèrement coupable. Pas trop stressé ?

—Si, un peu, répondit Roman en fronçant les sourcils. J'espère qu'elle ne se doute de rien.

À ces mots, je manquai de m'étouffer avec le petit morceau de pain qui traînait sur le plan de travail et que j'avais eu la bonne idée d'avaler.

—Ça va ? s'inquiéta Roman en me tapotant le dos gentiment.

—Super, toussotai-je en reprenant mon souffle. Tu vas lui dire comment ?

—Eh bien, quand elle descendra prendre son petit déjeuner, je lui dirai qu'il faut qu'elle se fasse belle pour aller quelque part, que c'est une surprise et qu'elle ne doit pas poser de questions, dit-il en souriant jusqu'aux oreilles.

Roman était fier de lui, et il y avait de quoi. Cela faisait des semaines qu'il préparait tout en secret, depuis la décoration de la table jusqu'au choix du buffet. Il avait laissé sa trace partout, tout en gardant le secret et en le protégeant à tout prix. Si Awen n'avait pas été aussi jalouse, tout se serait déroulé comme sur des roulettes. J'eus un petit sourire triste mais je me tournai discrètement vers le salon pour que Roman ne le voie pas. Tout en préparant mon bol de chocolat au lait, je m'étonnai de ne pas voir Ange dans les parages. En général, il était beaucoup plus matinal que moi. Alors que j'allais m'asseoir sur le bar américain pour tremper ma tartine de Nutella dans mon lait, il apparut enfin dans l'encadrement de la porte. Il était déjà habillé et ses cheveux étaient humides. Visiblement, il venait de sortir de la douche. Il salua Roman d'un check de la main, puis il vint me faire une bise sur la joue. C'était bien le seul rapprochement que nous nous autorisions devant les autres, mais puisque tout le monde le faisait, cela passait inaperçu. Ce matin, Ange portait un jean bleu foncé et un pull fin à rayures bleues et grises. Il était à la fois élégant et sexy, et ses mèches rebelles et humides le faisaient ressembler aux mannequins que l'on pouvait voir dans les magazines ou à la télé. J'allais dire quelque chose lorsqu'Awen entra en trombe dans le salon. Elle repéra Roman, qui s'affairait toujours dans un coin de la cuisine, et elle se jeta littéralement sur lui pour l'embrasser. Je levai les yeux au ciel au moment où Ange croisait mon regard, et nous échangeâmes un silence amusé et complice.

—Bonjour mon amour, susurra Awen à son prince charmant.

—Bonjour ma chérie, que me vaut ce merveilleux baiser matinal ? lui demanda-t-il avant d'enfourner de nouveau sa langue dans sa bouche.

Charmant.

C'était un peu comme si on me narguait à tout bout de champ, dans cette baraque. Non mais c'est vrai, quoi ! Je ne pouvais pas m'approcher de celui que j'aimais, mais mes colocataires passaient leur temps à se peloter et à se rouler des pelles dans tous les coins de la maison !

Dépitée, je détournai le regard et le reportai sur le jardin. Des hirondelles étaient en train de le survoler en faisant une formation en V. Bon bah voilà, au moins, ça, ça me calmait.

Je vis du coin de l'œil le sourire qu'Ange cherchait à dissimuler. Il était sûrement en train de savoir ce que je pensais, et cela avait l'air de beaucoup l'amuser. Il est vrai qu'il avait beaucoup plus de self-control que moi. En tout cas, je me dépêchai de finir mon petit déjeuner pour m'échapper de la pièce et rejoindre ma chambre au plus vite.

—Tu as déjà fini ? me demanda Tic-Toc en me voyant arriver dans la chambre, toute essoufflée à cause de ma petite course dans l'escalier.

—L'ambiance était trop chaude dans la cuisine. Awen est survoltée, j'ai dû m'échapper au plus vite pour éviter la combustion spontanée.

—Je vois, eh bien je te conseille de prendre une bonne douche froide, tu verras, ça te remettra les pendules à l'heure, sans mauvais jeu de mots, lâcha-t-il avec un petit rire.

Je levai les yeux au ciel et pris mes affaires pour aller à la douche.

Je ne parlais jamais avec Tic-Toc de ce que je pouvais ressentir pour Ange. Il savait que nous étions ensemble. Il savait aussi que nous n'en avions pas le droit. Son unique conseil avait été de « faire attention », mais à part ça il ne m'avait jamais rien dit d'autre. Il s'agissait d'une relation compliquée et je crois que Tic-Toc ne voulait pas intervenir, de peur d'empirer les choses. Si tout cela devait mal finir, au moins il ne s'en voudrait pas de m'avoir donné de mauvais conseils. Seule Awen se permettait de me donner son opinion, et ce n'était pas plus mal ainsi. J'avais déjà bien du mal à gérer la situation, alors si en plus j'avais dû gérer les différentes opinions des uns et des autres, je ne m'en serais pas sortie.

Je profitai de la douche pour me calmer et me préparer. Il était déjà onze heures. Nous avions rendez-vous chez Awen à treize heures, il ne fallait donc pas traîner. Je m'habillai en survêtement le temps qu'Awen s'en aille, puis je redescendis à la cuisine. Kinnie et Aedan venaient de se lever eux aussi, et ils étaient tranquillement installés devant la télé du salon pour prendre leur petit déjeuner. Roman était en train de dire des mots doux à l'oreille d'Awen, et Ange avait le regard perdu à l'horizon devant la grande baie vitrée. Ce fut le moment que choisit Roman pour se racler la gorge et faire son annonce.

—Bon, maintenant que nous sommes tous réunis, je voudrais profiter de cet instant pour t'annoncer quelque chose, ma chérie, dit-il à Awen en plongeant ses yeux chocolat dans le regard clair de mon amie.

Je vis les yeux d'Awen briller d'excitation. Elle n'était pas si mauvaise actrice que ça, finalement.

—Voilà, dans quelques jours ce sera ton anniversaire et j'aimerais t'emmener quelque part pour le fêter. Acceptes-tu de passer la journée avec moi ?

—Bien sûr ! s'exclama-t-elle en sautillant sur place.

Pas mauvaise actrice du tout, en fait…

—Alors va te préparer et fais-toi belle, je veux que tu sois rayonnante. Même si tu es toujours belle pour moi ! ajouta-t-il précipitamment.

—Oh merci mon amour, tu es trop mignon !

Puis elle lui fit un bisou sur le nez et fila à l'étage pour se préparer. Roman se tourna alors vers nous, l'air solennel.

—Quand on sera partis, vous aurez très peu de temps pour vous préparer. Je vais faire un détour pour que vous ayez le temps d'arriver avant nous, mais il faudra faire vite. Ange, passe-moi un coup de fil quand vous serez tous en place chez les parents d'Awen, d'accord ?

Ange acquiesça d'un signe de tête et Roman se mit à faire les cent pas. Le pauvre, il avait l'air super inquiet. Quant à moi, j'avais l'impression de faire partie du casting d'une de ces séries américaines type CSI ou NCIS. Finalement, Roman se dirigea vers sa chambre, sans doute pour se préparer, et nous attendîmes patiemment que nos deux tourtereaux se préparent. Vingt minutes plus tard, l'affaire était dans le sac. À peine Awen et Roman eurent-ils passé la porte d'entrée que nous nous dirigeâmes tous en courant vers nos chambres respectives. Je retirai rapidement mon survêt' pour mettre une jolie robe longue en mousseline vert émeraude que j'avais trouvée dans le même magasin où j'avais acheté ma robe pour la cérémonie. Avec un joli décolleté dans le dos et une magnifique broderie qui venait couvrir les épaules avec subtilité et élégance, j'avais flashé dessus immédiatement. Awen avait même réussi à négocier le prix pour les deux robes ! Sa couleur me rappelait les yeux de mon ange gardien et j'avais hâte qu'il me voie dans cette tenue, je me précipitai donc vers la salle de bain pour me faire belle. J'y croisai Kinnie en train de mettre la touche finale à son maquillage. Elle aussi portait une robe, mais plus courte, cintrée et de couleur noir.

—T'es trop rapide ! m'exclamai-je en la voyant ainsi.

—Allez, dépêche-toi, on ne va jamais arriver à l'heure ! m'intima-t-elle en rangeant son mascara dans sa trousse.

—Ne me mets pas la pression sinon je vais tout foirer ! Déjà que ce n'est pas ma tasse de thé…

—Fais voir, dit-elle en m'arrachant carrément le fard à paupières des mains. Ferme les yeux.

—Vas-y mollo, hein ?

—Mais oui, ne t'inquiète pas.

Cinq minutes plus tard, nous étions fin prêtes.

J'attrapai mes chaussures au vol en passant à côté de ma chambre, et nous descendîmes les escaliers précipitamment pour nous retrouver nez à nez avec Ange et Aedan qui nous attendaient sur le pas de la porte. Ils avaient déjà mis leurs chaussures et leurs manteaux, et semblaient légèrement fébriles. Aedan attrapa le manteau de Kinnie et l'aida à l'enfiler, pendant que moi je me dépêtrai tant bien que mal avec le mien. Finalement, nous nous jetâmes sur l'Audi S3 de mon ange gardien, et à douze heures cinquante-cinq, très précisément, nous pénétrâmes dans ma résidence.

Ouf !

Nous nous garâmes à quelques pâtés de maison de chez Awen pour ne pas attirer l'attention, car aux yeux de tous nous devions venir en bus. Ange appela Roman pour lui annoncer que nous étions à l'heure, et nous pûmes enfin nous détendre un peu.

À peine arrivée chez Awen, mes parents me sautèrent dessus pour m'embrasser et me faire des câlins. C'était un peu embarrassant mais je ne pouvais pas leur en vouloir car cela faisait plusieurs semaines que je ne les avais pas vus. Je me laissai donc papouiller de bonne grâce sous le regard amusé de mes amis, qui commencèrent à saluer tout le monde. Les parents d'Awen avaient fait les choses en grand et toute leur famille était réunie. Ils avaient également invité leurs amis, des voisins, ainsi que tous nos camarades de classe, sauf Kenelm.

Awen et Roman firent leur apparition environ dix minutes plus tard. Je croisai les doigts discrètement en la voyant arriver, mais elle joua parfaitement le jeu et réussit à feindre une telle surprise que je lui décernai un Oscar en mon for intérieur.

Il faudra que je lui dise de se lancer dans une carrière d'actrice, une fois qu'elle en aura fini avec son Ombre…

Enfin, le coup d'envoi de la fête fut donné. Resplendissante dans une longue robe bustier argentée de taille empire, Awen irradiait de bonheur. Plus d'une cinquantaine de personnes avait fait le déplacement spécialement pour elle et l'ambiance était à la fois légère et émouvante. La plupart des membres de sa famille me connaissaient, m'ayant vue collée à elle durant toute notre enfance, et certains me considéraient même comme une espèce de cousine ou de nièce éloignée. Résultat des courses, je me faisais balader de gauche à droite, de bras en bras, recevant des accolades et des câlins toutes les dix minutes, mais je ne m'en plaignais pas : la journée était magnifique et la fête pleinement réussie. Je pris note mentalement de noyer Roman sous les éloges lorsque tout ceci serait fini, car il avait fait un boulot vraiment extraordinaire. Tout le rez-de-chaussée de la maison et le jardin avaient été parés de ballons de toutes tailles, de banderoles, de rosaces et de pompons en papier de soie, le tout dans différentes tonalités de rose et de violet. C'était magnifique. S'il ne s'était pas agi de l'anniversaire de ma meilleure amie, j'aurais probablement été morte de jalousie. Un ami de la famille s'était improvisé DJ et passait des musiques à la fois douces et entêtantes. Malgré le mois de Novembre, la météo avait finalement décidé de jouer le jeu et nous avait offert une journée ensoleillée et un ciel d'un bleu clair immaculé. On se serait cru au printemps. Toute souriante, Awen papillonnait d'un invité à l'autre, faisant la causette, prenant des nouvelles et présentant son petit ami à ses proches. Roman tenait bon et affichait un sourire et un air aimables, bien que cela ne doive pas être facile pour lui. D'une part, parce qu'il était obligé de se tenir tranquille et de ne pas peloter sa fiancée comme il le faisait habituellement, et d'autre part parce qu'il s'agissait bel et bien d'une présentation officielle. À l'issue de cette journée, toute la famille d'Awen le connaîtrait, il devait donc faire bonne impression, coûte que coûte.

La matinée passa rapidement, puis vint l'heure du déjeuner. Le buffet était exquis, à la fois raffiné et nourrissant, et je pus voir aux mines réjouies des invités qu'ils étaient repus et satisfaits. Tout se déroulait comme prévu jusqu'à ce qu'arrive l'heure des cadeaux. Le gâteau venait de se faire dévorer par les invités – par moi la première étant donné qu'il s'agissait d'un énorme gâteau au chocolat de trois étages – lorsque sa mère prit le micro pour annoncer l'ouverture des cadeaux. Awen se mit à sautiller de joie en se dirigeant vers la pile de cadeaux qui avait été installée sur une table au milieu du jardin. Le DJ lança la musique et nous entonnâmes tous en chœur un « Joyeux Anniversaire » digne de ce nom. À la place d'Awen, je me serai liquéfiée sur place avec autant de regards posés sur moi, mais elle semblait dans son monde, à l'aise dans son rôle de protagoniste du jour. Alors que nous chantions, elle nous regarda un à un, profitant au maximum de ces quelques instants de bonheur, puis vint l'heure du déballage. Sur la table de jardin, revêtue pour l'occasion d'une nappe rose et violette, s'empilait une petite montagne de cadeaux. Awen avait été gâtée. Très émue, elle commença à ouvrir les paquets un à un. À chaque cadeau, elle faisait tout un numéro pour faire durer le suspense, regardant le paquet sous toutes les coutures, le soupesant et le tournant dans tous les sens, pour enfin en déchirer l'emballage, s'exclamer de bonheur et de surprise, et aller embrasser les invités selon le nom inscrit sur chaque étiquette. Elle reçut deux palettes de maquillage pour les yeux, trois rouges à lèvres et deux parfums de marques de luxe, une bonne dizaine de fringues différentes, et même quelques bijoux fantaisie. Awen était aux anges et s'extasiait à chaque cadeau. Elle était tellement ravie qu'elle n'avait même pas besoin d'en rajouter. Pendant tout ce temps, Roman lui servait d'assistant, l'aidant à jeter les papiers en lambeaux et triant les cadeaux sur la table. Il restait encore un petit tas de paquets lorsqu'elle prit celui que nous lui avions acheté, Kinnie, Aedan, Ange et moi. C'était une enceinte de la marque Bose, ce qui était sans doute une erreur puisqu'elle allait désormais pouvoir nous casser les oreilles à longueur de journée, mais elle aimait tellement la musique et elle nous avait tellement rabâché qu'elle s'achèterait cette enceinte dès qu'elle le pourrait, que nous avions décidé de la lui offrir. Awen ouvrit le paquet et se mit à sauter de joie sur place. Elle ne s'y attendait pas, vu l'immense sourire qui illuminait son visage. Elle eut un moment de doute en croisant mon regard, et décida de vérifier sur l'étiquette que le cadeau venait bien de nous avant de nous sauter littéralement dessus et de nous couvrir de bisous pour nous remercier. Lorsqu'elle se fut enfin apaisée, elle retourna près de la table des cadeaux et prit un sachet bleu marine qui arborait fièrement la marque « Swarovski ». Malgré moi, et pour une raison inconnue, je retins mon souffle, soudain tendue. Le reste des invités continuait à discuter tranquillement, un verre à la main. Certains ne prêtaient plus vraiment attention au déballage des cadeaux, mais Kinnie et moi échangeâmes un regard lourd de sous-entendus en voyant Awen sortir un écrin bleuté du petit sac. Elle posa l'emballage sur la table, puis ouvrit l'écrin et en sortit une bague scintillante qu'elle s'empressa de glisser à son annulaire dans un air d'émerveillement. Puis, elle se retourna vers Roman et se jeta à son cou en l'embrassant fiévreusement.

Oh, oh, la boulette…

Awen n'avait pas lu l'étiquette avant de se jeter sur Roman.

S'en était-il rendu compte ? Apparemment, Kinnie venait de faire le même constat que moi car elle me fit une petite grimace discrète qui voulait clairement dire : « croisons les doigts pour qu'il n'ait rien vu ». Malheureusement, lorsqu'Awen libéra son fiancé, je pus lire le doute et la contrariété sur le visage de celui-ci.

Et merde.

Awen ne se rendit compte de rien et finit de déballer ses cadeaux en toute insouciance, puis le DJ remit de la musique et les gens recommencèrent à danser et à s'amuser jusqu'en fin d'après-midi. La fête prit fin doucement lorsque le ciel se couvrit de teintes rosées et violacées, comme le reste de la décoration, et les invités vinrent féliciter et saluer Awen et ses parents une dernière fois avant de rentrer chez eux. Comme c'était samedi soir, Marie et Christian avaient prévu de garder Awen auprès d'eux pour le reste du weekend, et ils me demandèrent de rester également. J'étais partagée entre l'envie de rester avec ma meilleure amie et celle de retrouver Ange plus tard dans la soirée, mais je décidai de rester avec Awen. C'était un jour spécial pour elle, et de toute façon elle allait avoir besoin d'aide pour faire du tri dans tous ses cadeaux, alors…

Lorsque nos amis décidèrent de rentrer, je ressentis un léger pincement au cœur, mais je fus vite détournée de ma tristesse par la tension qui venait d'apparaître entre Roman et Awen. Ils étaient tous les deux à l'écart dans un coin du jardin, et Roman avait l'air contrarié. Alors qu'Awen essayait de l'embrasser, il lui tendait la joue poliment, comme pour l'éviter. Mon cœur s'accéléra dans ma poitrine.

Non, il ne peut pas lui faire ça !

Je vis Awen le questionner du regard. Elle ne devait pas comprendre sa réaction, mais moi je la comprenais très bien. Roman n'était pas dupe, c'était un garçon intelligent et il avait dû comprendre qu'Awen l'avait suivi au moment même où elle s'était jetée sur lui sans réfléchir. Mais qu'est-ce qu'il lui avait pris, bon sang ?! Roman glissa quelque chose à l'oreille d'Awen et je vis le teint et la mine de ma meilleure amie s'assombrir.

Oh là là, mais qu'est-ce qu'il lui a dit ?

Ils échangèrent encore quelques mots puis Roman rejoignit les autres et tous s'en allèrent en nous faisant de grands signes de la main.

En silence, j'aidai Awen à ramener tous ses cadeaux dans sa chambre. Une fois le dernier vêtement rangé dans son placard, je m'assis sur le lit et lui fis signe de me rejoindre. Awen n'avait pas décroché un mot depuis que Roman était parti, et j'avais urgemment besoin d'en savoir plus sur ce qu'il s'était passé entre eux.

—Alors, tu vas me raconter ce qu'il t'a dit, oui ou non ? lançai-je doucement à ma meilleure amie.

Celle-ci haussa les épaules, l'air tristounet.

—Il m'a pris la main dans le sac, murmura-t-elle dans un souffle, le regard fixé au sol. Il m'a dit qu'il se demandait comment j'avais pu savoir que la bague venait de lui, puisque je n'avais pas regardé l'étiquette…

—Bah oui, c'était une grosse boulette.

—Je sais, mais je ne m'en suis pas rendu compte. J'ai essayé de lui mentir un peu en disant que la bague ne pouvait venir que de lui, que je l'avais deviné, mais ensuite il m'a dit qu'il n'était pas idiot, qu'il m'aimait mais qu'il détestait que je le prenne pour un imbécile, qu'il ne supportait pas que je lui mente, et qu'il était profondément déçu par mon attitude.

—Ah ouais, quand même !

Eh bien, il n'y était pas allé de main morte…

—Je ne peux pas le blâmer. C'est lui qui a raison, bien sûr, dit-elle d'un ton grave.

Awen s'assit à mes côtés et posa sa tête sur mon épaule. Je me mis à lui caresser les cheveux dans un geste de réconfort.

—Il faut que tu lui fasses confiance, Awen, ça devient urgent, conclus-je en repensant à ce que m'avait dit Tic-Toc le matin même.

Awen ne répondit pas, le regard perdu quelque part dans un coin de sa chambre, et nous laissâmes ainsi passer de longues minutes, en silence, l'une et l'autre absorbées par nos problèmes respectifs.

Le weekend avait été agréable, même si Awen n'avait pas eu de nouvelles de Roman depuis qu'il était parti de chez elle en colère. Par respect pour ses parents, elle avait caché sa tristesse et avait fait bonne figure pendant tout le dimanche, mais alors que nous nous préparions pour retourner à « l'internat », je sentis qu'elle devenait de plus en plus fébrile au fil des minutes. Nous étions censées partir à pied jusqu'à l'arrêt de bus, et Roman devait venir nous chercher à mi-chemin pour nous ramener à la maison en voiture.

—Tu as peur de le revoir ? lui demandai-je gentiment.

—Mmmh, marmonna-t-elle en fermant sa valise d'un coup sec.

—Je te conseille de lui dire la vérité, et aussi de lui affirmer que tu ne le referas plus jamais. La curiosité est un vilain défaut.

—On croirait entendre Tic-Toc, répondit Awen d'un air maussade.

—C'est pas faux. Allez, viens, on y va.

Et après avoir dit un dernier au revoir à ses parents, nous nous engageâmes sur la route pour aller prendre « l'autobus ». Au bout de deux cents mètres environ, nous bifurquâmes dans une petite rue sur la droite et nous nous retrouvâmes nez à nez avec…

—Ange ! m'exclamai-je en le voyant adossé sur son Audi, les bras croisés sur la poitrine.

Il affichait un air sombre qui ne me disait rien qui vaille.

—Salut les filles, dit-il en s'approchant de nous pour nous faire la bise. Roman a eu un empêchement, désolé, il m'a chargé de venir vous chercher.

Nous montâmes tous les trois en voiture, Awen à l'arrière, un air à la fois grognon et inquiet plaqué sur son beau visage.

—On peut savoir de quel empêchement il s'agit ? demanda-t-elle en essayant en vain de cacher la colère dans sa voix.

—Je ne sais pas, il n'a pas pu se libérer, c'est tout ce que je sais. Il est parti dans notre monde.

À cette révélation, je vis Awen tressaillir sur la banquette arrière.

—Il a passé le weekend là-bas ?

—Depuis que nous sommes revenus de la fête, oui.

Et le reste du voyage se fit en silence.

Lorsque nous arrivâmes à la maison, il n'y avait toujours pas de Roman à l'horizon. À l'heure du dîner non plus. Finalement, j'allai me coucher sans l'avoir vu et en croisant les doigts très fort pour qu'il revienne au plus vite et qu'il réconforte ma meilleure amie. Je venais de la laisser seule dans sa chambre, en mode loque humaine, persuadée qu'il ne reviendrait plus jamais et qu'elle venait de perdre le grand amour de sa vie.

En me levant le lendemain matin et en descendant à la cuisine, je découvris que mes vœux avaient été exaucés.

Merci mon Dieu !

Awen et Roman étaient en train de se rouler une énorme pelle au beau milieu de la cuisine lorsque j'y entrai.

—Hum, hum, toussotai-je pour attirer leur attention et essayer de les décoller.

En vain. Apparemment, ils n'en avaient rien à faire d'être en public. Ils devaient être exhibitionnistes, en fait. Après tout ce temps, je m'étonnai de ne m'en rendre compte que maintenant.

—Je vois que les choses se sont arrangées entre vous, annonçai-je en plongeant ma cuillère au fond de la boîte de Nesquik.

Je leur jetai un coup d'œil et découvris Roman en train de glisser sa main sous le t-shirt de ma meilleure amie.

—Non mais dites-donc, vous deux, ça ne va pas la tête ? Vous n'êtes pas seuls dans cette maison, alors allez faire vos cochonneries ailleurs ! explosai-je en devenant toute rouge.

Pour le coup, l'effet fut immédiat : Roman et Awen pouffèrent de rire et s'en allèrent main dans la main en courant.

Bon, ben, tant pis, j'allais déjeuner toute seule…

Virée nocturne

Quelques semaines plus tard, un dimanche soir, nous nous apprêtions à fêter une raclette party. Le but ? Se gaver de fromage, de charcuterie et de pommes de terre jusqu'à n'en plus pouvoir. Nous étions tous les six des accros de la raclette et nous en faisions au moins une fois par mois.

Awen venait tout juste de mettre la touche finale à sa décoration de table. Ce soir, elle avait opté pour du bleu et des teintes argentées. On se serait cru dans la Reine des Neiges, la magie en moins.

—Je peux savoir qui a enlevé les bougies ? s'indigna-t-elle lorsqu'elle se rendit compte que quelqu'un avait osé toucher à son œuvre d'art.

Effectivement, les bougies venaient de subir un petit incident quelques minutes auparavant, mais Awen n'avait rien remarqué, étant trop occupée à calculer le nombre de centimètres entre chaque assiette. Moi, en tout cas, j'avais bien vu Roman faire l'andouille avec les fameuses bougies et en envoyer une valdinguer contre le bar américain. La pauvre n'en avait pas réchappé indemne, du coup Roman l'avait jetée à la poubelle, puis il avait rangé l'autre dans un tiroir le plus discrètement possible.

S'il pensait que ça allait passer inaperçu, il se fourrait le doigt dans l'œil. Je me demandais bien comment il allait pouvoir expliquer tout cela à ma meilleure amie.

—C'est moi qui les ai enlevées, bébé, lui répondit-il en l'enlaçant tendrement et en lui faisant un petit baiser dans le cou. Elles étaient parfaitement bien placées, je te jure, mais j'ai préféré les enlever à cause de l'appareil. Il chauffe tellement qu'il aurait pu les faire fondre.

À ces mots, Awen se radoucit d'un coup. Je la vis se dégonfler comme un ballon de baudruche lorsqu'elle se tourna vers son petit ami pour s'accrocher à son cou.

Non mais je rêve !

Il venait de lui mentir avec une facilité déconcertante, et en plus il se permit le luxe de faire un clin d'œil complice à Aedan, qui n'avait pas perdu une miette du spectacle.

—Tu n'oublieras pas de les ressortir pour Noël ? lançai-je à Roman en lui tirant la langue.

Celui-ci leva les yeux au ciel puis me fit un regard de chien battu pour implorer ma clémence. C'est vrai que lorsqu'Awen se mettait en colère, elle était assez imprévisible et nerveuse. Pas plus tard qu'hier, elle avait bien failli envoyer valser toute la vaisselle parce qu'elle avait surpris Roman au téléphone avec une fille. Il lui avait juré que ce n'était qu'une cousine, mais on avait dû s'y mettre à plusieurs pour sauver l'argenterie – enfin, les assiettes de chez Ikea, quoi !

Kinnie passa à côté de moi pour aller déposer les pommes de terre cuites sur la table, et ce fut le signal du départ. Roman se jeta sur sa chaise et commença à éplucher ses patates en moins de deux.

—Je vous préviens, j'ai la dalle, alors ce soir c'est chacun pour soi ! s'exclama-t-il en entamant déjà sa deuxième pomme de terre.

—Tu peux m'en éplucher une, à moi ? lui demanda Awen d'un ton suppliant.

—Pour toi, bébé, j'éplucherais toutes les patates du monde, lui répondit-il en tendant ses lèvres pour qu'elle l'embrasse.

Je pouffai de rire en les voyant faire les idiots, puis je me tournai vers Aedan et Kinnie. Ils étaient tous les deux très concentrés sur leur tâche.

Suivant mon regard, Roman ne put s'empêcher de les taquiner.

—C'est vrai qu'il faut bien les éplucher, ces petites bêtes-là, il ne faudrait pas s'étouffer avec un minuscule bout de peau, leur lança-t-il en me faisant un clin d'œil.

—T'en as pas marre de débiter des bêtises à longueur de temps ? lui répondit Aedan d'un air blasé. J'épluche mes pommes de terre comme je veux, c'est clair ? Je te demande, moi, pourquoi tu cherches toujours à faire le beau gosse devant les filles alors que tu as déjà une petite amie ? lui assena-t-il en levant un sourcil.

Oh, le coup bas !

Aedan savait parfaitement que le talon d'Achille de Roman, c'était Awen. Aedan était calme et raisonnable, mais il n'était pas non plus du genre à se faire marcher sur les pieds. Quand on le cherchait un peu trop, voilà ce qu'il se passait. Il affichait un petit sourire narquois au coin des lèvres, car il savait qu'il avait vu juste. Roman, pour sa part, avait arrêté de manger et le bout de pomme de terre planté dans sa fourchette se trouvait à mi-chemin entre sa bouche et son assiette. Il s'apprêtait clairement à recevoir les foudres de ma meilleure amie. D'ailleurs, nous étions tous en train d'attendre sa réaction.

Ça va péter !

Heureusement, ce soir Awen devait être de bonne humeur car elle décida de ravaler sa jalousie et de ne pas faire de crise.

—Oui, bon, ça va, je ne suis pas une folle furieuse, non plus, je sais bien qu'Aedan est en train de plaisanter, lança-t-elle lorsqu'elle se rendit compte que nous étions tous suspendus à ses lèvres.

Ouf !

Roman se remit à respirer et lança un regard furieux à Aedan, qui ne put réprimer un sourire moqueur, très satisfait de son coup. Assise à un bout de la table, moi aussi je me remis à respirer. On l'avait échappé belle ! Soudain mon regard croisa celui d'Ange et des ondes de bien-être m'envahirent. Ses beaux yeux verts aux longs cils noirs me dévisageaient de façon… gourmande. Ils brillaient de malice et de désir, ce qui eut pour effet d'envoyer une onde de chaleur dans tout mon corps. Mon cœur s'accéléra légèrement et je sentis mes joues s'empourprer.

—Ça va, Eileen, tu as l'air d'avoir super chaud ? me demanda Awen, un peu inquiète.

Merci, Awen, pour ta perspicacité et pour tes pieds dans le plat…

—Ça va, merci, répondis-je en essayant de me calmer. C'est juste que l'appareil est très chaud, et en plus j'ai mis un col roulé, donc voilà…, ajoutai-je maladroitement.

Ouais, il valait sans doute mieux que je me taise. J'avais l'impression de m'enfoncer un peu plus à chaque tentative d'explication. Je toussai et me redressai sur ma chaise pour reprendre une certaine contenance, et j'évitai de m'intéresser à mon ange gardien pour tout le reste du repas.

Après avoir fini de débarrasser, les garçons se regroupèrent dans la chambre d'Aedan pour jouer à la console de jeux pendant que nous restions à bavarder dans le salon avec une petite musique d'ambiance.

—Non mais sérieux, Awen, il faut vraiment que tu te calmes avec Roman, sinon il ne va pas tenir le choc, lui dit Kinnie gentiment.

Nous avions essayé de raisonner Awen plus d'une fois au cours de ces dernières semaines, surtout depuis l'épisode de son anniversaire. Finalement, Roman avait décidé de lui pardonner de l'avoir espionné, mais il lui avait fait jurer de ne plus jamais recommencer et il lui avait demandé de changer, de redevenir comme avant. Il ne voulait plus qu'elle doute de lui et il le lui avait dit clairement, allant même jusqu'à lui avouer qu'il risquait de partir si elle continuait ainsi. Awen avait eu si peur de le perdre qu'elle s'était plus ou moins tenue à carreaux pendant quelques jours, mais bien vite ses belles résolutions s'étaient envolées et elle était redevenue un peu plus jalouse et possessive chaque jour. Elle disait qu'elle était tellement accro à lui que, si elle avait pu, elle se serait transformée en t-shirt pour être collée à lui vingt-quatre heures sur vingt-quatre.

Non mais je vous jure…

—Je sais ce que vous pensez, dit-elle d'un air contrit. Vous pensez que je suis paranoïaque et que mon imagination me joue des tours, mais je les vois, moi, toutes ces filles qui tournent autour de mon petit ami. Ce n'est pas ma faute si vous êtes aveugles, conclut-elle en s'affalant sur le canapé, les bras croisés pour bien montrer son mécontentement.

—Non mais t'as raison, Awen, Roman est le centre du monde et absolument toutes les filles du lycée veulent se jeter sur son corps de dieu vivant, dis-je en pouffant de rire. Tu ne veux pas que je te prenne un rendez-vous avec ma mère, plutôt ? Un petit tour chez le psy te ferait le plus grand bien, suggérai-je en lui lançant un coussin en pleine figure.

—Non mais je rêve, moque-toi de moi, je ne dirai rien ! s'exclama-t-elle mi-fâchée, mi-amusée.

—Mais non, Awen, on ne se moque pas de toi, intervint Kinnie en me faisant les gros yeux. Roman est un beau garçon et c'est normal que tu aies peur de le perdre, mais tu dois apprendre à maîtriser tes angoisses, sinon tu vas les lui transmettre et vous n'aurez plus une relation saine.

Awen n'était plus ni fâchée ni amusée, maintenant, elle était triste. Toute cette situation la faisait souffrir, encore et encore.

—Hé, lui dis-je en me glissant à ses côtés sur le canapé, je suis désolée, je ne voulais pas t'embêter. C'est juste que parfois, tu es tellement envahissante que je me demande comment il fait pour te supporter, ton beau chevalier servant. La raison, c'est qu'il doit t'aimer, un point c'est tout. Alors arrête de te faire du souci et profites-en, conclus-je en lui passant un bras autour des épaules.

Awen reposa sa tête sur mon bras, comme pour se rassurer, puis elle ferma les yeux et se laissa bercer par la douce musique qui nous entourait.

—Je vais essayer de faire des efforts, marmonna-t-elle au bout de quelques secondes.

Kinnie et moi échangeâmes un regard éloquent : nous savions toutes les deux que, malgré ses bonnes résolutions, Awen continuerait à en faire voir de toutes les couleurs à son petit ami…

Alors que je m'apprêtais à me mettre en pyjama pour aller me coucher, quelqu'un frappa à ma porte. Awen et Kinnie venaient d'aller se coucher, et nous avions déjà dit au revoir aux garçons, mon cœur se mit donc à battre la chamade en pensant à Ange. Je me précipitai vers la porte et l'ouvris sans faire de bruit.

Un sourire ravageur sur les lèvres, c'était bel et bien mon ange gardien qui venait me rendre visite. Sans dire un mot, j'ouvris un peu plus grand la porte pour qu'il puisse entrer. Ange fit quelques pas à l'intérieur et attendit que je referme derrière lui pour s'approcher de moi et prendre mon visage entre ses mains.

—J'ai eu envie de ça toute la soirée..., souffla-t-il dans le creux de mon oreille avant d'aventurer ses lèvres sur les miennes.

Mon corps répondit à ses avances en s'embrasant. Nous étions en plein hiver mais j'étais surchauffée. En voyant mes joues toutes rouges, Ange prit son petit air satisfait et moqueur.

—On va faire un tour ?

Euh... dehors ? À cette heure-ci ?!

—Ben, en temps normal tu sais que j'adore me promener avec toi, mais là... je ne suis pas très sûre que ce soit une bonne idée, balbutiai-je maladroitement.

—Je te tiendrai chaud, c'est promis, dit-il en devinant mes inquiétudes.

—Mais il doit faire près de zéro degré dehors, insistai-je en le suppliant du regard.

—Transforme-toi, comme ça tu n'auras pas froid et tu pourras même voler toute seule, insista-t-il en prenant un air implorant. Il faut que je te parle, c'est important.

Me parler ? Oh là là, mais me parler de quoi ?

Je n'étais pas une experte en relations amoureuses, mais le fait de vouloir « parler » ne me disait rien qui vaille.

Merde ! Qu'est-ce que j'ai bien pu faire ?!

Qu'avait-il à me reprocher ? Finalement, ce n'était pas Awen qui allait se retrouver toute seule, mais moi !

Sentant sans doute la panique m'envahir, Ange eut un regard surpris et me prit par les mains pour me calmer.

—Oh, ma belle, pas de panique, tu sais que je ne ferai rien qui puisse te faire souffrir, n'est-ce pas ? dit-il en souriant gentiment et en caressant ma joue d'une main.

Ses yeux vert émeraude brillaient d'un amour sincère, ce qui me tranquillisa sur-le-champ. Quelle que soit la raison pour laquelle il voulait me parler, il n'avait pas l'air de vouloir me quitter.

OK, Eileen, on inspire, on expire…

Ange retrouva son petit sourire moqueur et alla chercher ma doudoune dans l'armoire.

—Mets ça, comme ça tu n'auras pas trop froid.

—Tout bien réfléchi, je crois que je vais me transformer.

Après tout, Ange avait raison, c'était la meilleure solution pour ne pas mourir de froid dans d'atroces souffrances.

Il hocha la tête en signe d'assentiment puis se tourna sans dire un mot. Légèrement gênée, je me dépêchai de me déshabiller et d'enfiler mon t-shirt à trous qui traînait dans un coin de la chambre, puis je fis apparaître mes ailes. La sensation de puissance qui accompagnait leur apparition grandissait chaque jour et me confortait dans l'idée que mes pouvoirs devenaient de plus en plus forts. Ange avait raison de m'entraîner quotidiennement. J'avais beau me plaindre, notre travail portait ses fruits et j'en étais très satisfaite.

J'approchai de mon ange gardien et glissai ma main dans la sienne. Il me regarda en souriant, d'un air protecteur et bienveillant, puis il nous rendit invisibles et nous nous dirigeâmes vers la porte de la maison sans faire de bruit. Une fois dehors, nous prîmes notre envol et je me laissai guider par Ange.

Le trajet fut de courte durée puisqu'il m'emmena à la clairière où nous avions l'habitude de nous entraîner. Nous nous posâmes sur l'herbe tendre et nous redevînmes visibles. Ange lâcha ma main et je me sentis étrangement seule. L'endroit était à la fois paisible et inquiétant. Une légère brise tournoyait autour de nous et la pénombre m'empêchait de distinguer ce qui nous entourait. C'était étrange. Je connaissais la clairière par cœur parce que j'y avais passé beaucoup, beaucoup d'heures, mais ce soir je ne voyais que des formes sombres et indistinctes. Je ne m'étais jamais sentie à l'aise en extérieur lorsqu'il faisait nuit, surtout en forêt. Je ne m'y étais jamais aventurée toute seule. Cela me semblait trop dangereux et surtout bien trop effrayant. Mon imagination avait tendance à très bien fonctionner et je savais que, dans les bois de ma légendaire forêt, il me suffirait d'un rien pour croire apercevoir un loup, un sanglier ou même… un chevalier. Oui, oui, un chevalier ! Alors en me retrouvant au beau milieu de la clairière ce soir-là, je n'eus qu'une envie : me jeter à nouveau dans les bras de mon ange protecteur. Celui-ci en profita pour me caresser les cheveux pendant un moment, en silence, puis il me prit par la main pour s'approcher doucement du lac.

—Mais qu'est-ce que… qu'est-ce que tu fais ?

—Viens, on va se baigner.

—Tu es fou ?! m'exclamai-je en pouffant de rire.

—Oui, fou de toi, répondit-il en continuant à m'entraîner de force vers l'eau gelée.

—Arrête, Ange, s'il te plaît, je vais attraper une pneumonie si je rentre là-dedans !

—Mais non, Eileen, tu es sous ta forme angélique, alors crois-moi quand je te dis que tu n'auras pas froid et que tu ne tomberas pas malade.

Je traînai des pieds de toutes mes forces pour l'arrêter, mais il se moquait bien de moi et de mes petites mains tirant de toute leur force sur ses bras musclés. Finalement, lorsque nous fûmes à moins d'un mètre de l'eau, et alors que je me préparais à sentir le froid cinglant geler ma peau, Ange s'arrêta et m'enlaça en me serrant fort contre son torse.

—N'aie pas peur, me dit-il dans le creux de l'oreille, aie confiance en moi.

—Mais je n'ai pas envie d'avoir froid, dis-je d'une petite voix plaintive.

Mon ange gardien me regarda alors droit dans les yeux, d'un air grave et sérieux.

—Je t'aime, Eileen, et je ne prendrais pas le risque de t'emmener ici si je n'étais pas absolument sûr et certain que tu ne risques rien.

Ses mains se pressèrent sur mes hanches et il posa un doux baiser dans mon cou. Tout à coup je n'avais plus peur de l'eau, ni de la nappe de brume qui flottait à sa surface, démontrant à quel point elle devait être froide à cette époque de l'année et à une heure si tardive.

—Garde tes ailes déployées, c'est tout ce que tu as à faire, d'accord ? ajouta Ange en remontant ses lèvres jusqu'à mon visage et en frôlant ma peau tout doucement.

—Tu es sûr de toi ? parvins-je à articuler alors qu'une vague de désir s'emparait de moi.

—Certain, souffla-t-il entre mes lèvres. Laisse-moi faire.

Et il me prit dans ses bras si rapidement que j'en tombai presque à la renverse. Me maintenant fermement contre son torse, il avança vers l'eau lisse et noire et commença à s'immerger doucement. Lorsque l'eau arriva à hauteur de ses hanches, je ne pus m'empêcher de paniquer légèrement. Plus que quelques secondes, quelques centimètres, et moi aussi j'entrerai dans l'eau glaciale. Instinctivement, je me protégeai en enfouissant ma tête dans le cou de mon ange gardien, mais au moment où l'eau toucha ma peau, je ressentis une étrange sensation. Je n'avais pas froid ! Ange ne m'avait pas menti. Je m'étais attendue à avoir mal mais c'était tout le contraire. Le liquide ondulait autour de moi et m'enveloppait aussi chaudement que si nous étions en plein été. J'avais l'impression d'être dans un jacuzzi ! Les yeux écarquillés par la surprise, je me redressai et regardai autour de moi pour vérifier que j'étais bel et bien dans l'eau, et Ange se mit à rire à gorge déployée.

—Tu n'as vraiment pas assez confiance en moi, tu sais ! dit-il en faisant la moue.

—Désolée, répondis-je d'une petite voix. J'étais persuadée que j'allais mourir de froid.

—Je ne te laisserai jamais mourir, reprit Ange en me serrant plus fort contre lui.

Maintenant que je m'étais habituée à la sensation de l'eau autour de moi, j'avais l'impression d'être dans un bain, mais un bain immense qui ne demandait qu'à être explorer.

C'était tout simplement fantastique…

Je me défis de l'étreinte de mon ange gardien pour voir si j'avais pied, et bientôt je touchai le fond instable du lac. Je n'étais pas très rassurée. Il devait y avoir un tas de bêtes là-dessous, et je ne tenais pas vraiment à faire leur rencontre.

—Ne t'inquiète pas, il n'y a que quelques poissons, me dit Ange comme s'il avait deviné mes pensées.

Mon regard se tourna de nouveau vers lui. Ses yeux verts brillaient étrangement à cause de la lueur de la lune se reflétant sur l'eau.

—Tu es bien sûr de toi ? demandai-je en arquant un sourcil.

Sans répondre, il s'immergea jusqu'au cou et s'avança vers moi lentement, puis il me prit par les hanches et m'entraîna avec lui vers le centre du lac. Bientôt, je perdis pied et je dus nager pour maintenir la tête hors de l'eau. Ange fit quelques brasses sur le dos et n'hésita pas à se mouiller les cheveux. J'avais beau ne pas avoir froid, je me sentais bizarre. C'était comme si mon cerveau refusait de croire que tout allait bien et qu'il s'était mis en état d'alerte. J'avais l'impression de l'entendre me crier : « Sors, sors de l'eau tout de suite, c'est trop dangereux ! »

Alors que je continuais à nager doucement pour ne pas me noyer, Ange revint vers moi avec un petit sourire aux lèvres.

—Tu n'es pas à l'aise, pas vrai ?

—Non, dus-je avouer d'une petite voix. J'ai un peu peur de ce qui pourrait rôder autour de nous, et la brume ne fait qu'augmenter cette sensation.

J'avais bien du mal à garder mon calme et je vis dans son regard qu'Ange avait deviné mon début de panique.

—Chut, dit-il dans un souffle, je suis là. Regarde, touche-moi, ajouta-t-il en se rapprochant et en prenant ma main dans la sienne. Profite de cet instant magique, Eileen. Oublie pour quelques minutes toutes tes peurs et tes inquiétudes. C'est comme cela que l'homme a été conçu : pour faire partie de la nature. Sens l'énergie qui vibre autour de toi, la quiétude de la nuit, les bruits de la vie, la force des éléments…

Désormais, Ange se tenait derrière moi et nous faisions du sur-place. Il parlait doucement à mon oreille et le calme grandissait en moi à chacune de ses paroles.

Oui, je faisais partie de la nature. Il avait raison, je n'avais pas à avoir peur.

—C'est bien, continua-t-il à me chuchoter tout en maintenant d'une main mon dos contre son torse. Maintenant regarde autour de toi. Il n'y a rien ni personne ici qui puisse te faire du mal. Il n'y a que l'eau, la terre et le ciel. Écoute le vent souffler dans les branches des arbres, regarde la brume s'élever lentement hors de l'eau, et entends les bruits des petits animaux venus se nourrir dans la forêt.

J'inspirai profondément. J'entendais aussi le son de la cascade, quelque part sur notre gauche, et j'apercevais de temps à autre dans le ciel les ombres fantasmagoriques des rapaces sortis chasser pour la nuit.

Sans m'en rendre compte, je m'étais calmée. Je me tournai vers Ange et passai mes bras autour de son cou.

—Merci, lui dis-je avec douceur avant de l'embrasser tendrement. Tu es le meilleur des anges gardiens, ajoutai-je pour le rendre fier.

Il me rendit son plus beau sourire, et cette fois ce fut lui qui m'embrassa, puis nous passâmes encore quelques minutes à nager et à profiter de cette expérience avant de sortir de l'eau.

Après la baignade, Ange fit apparaître deux immenses serviettes pour nous sécher, puis il me prit par la main et m'entraîna sous le saule pleureur le plus proche.

—On ne rentre pas ? demandai-je d'une voix timide.

—Pas encore, j'ai quelque chose à te dire, m’avoua-t-il d'une voix hésitante.

Je le sentais distant et un peu fébrile, ce qui n'était pas du tout dans ses habitudes.

Mais que se passait-il, à la fin ?

Ange me fit m'asseoir entre ses jambes, le dos contre son torse, de façon à ce que nous soyons tous les deux face au lac, puis il s'éclaircit la gorge et serra mes mains un peu plus fort.

—Roman va quitter Awen, m'annonça-t-il de but en blanc.

La surprise me fit sursauter.

—Quoi ?! m'exclamai-je en me retournant vers lui.

—Chut, dit-il en me faisant signe de baisser la voix. Nous sommes à l’extérieur, il vaut mieux rester prudents, surtout si près de la maison.

—Mais… mais je m'en fiche, moi, d'être discrète ou pas ! Comment peut-il lui faire ça ? Mais enfin, il n'arrête pas de lui dire qu'il l'aime, il ne peut pas la quitter comme ça, elle va être folle de tristesse ! m'exclamai-je en frôlant l'hystérie.

Cette nouvelle m'avait fait l'effet d'une bombe, et pour la première fois de ma vie je comprenais ce qu'avait pu ressentir Awen à l'égard d'Ange lorsqu'il m'avait quittée l'année précédente. J'étais furieuse. On avait touché à ma petite sœur de cœur, et c'était comme si on m'avait blessée également. Je pouvais imaginer la douleur qu'elle allait ressentir lorsqu'elle saurait la nouvelle, et cela me rendait malade.

—Je suis désolé, Eileen, je ne pensais pas qu'il en arriverait là, mais tu dois admettre qu'Awen lui mène la vie dure.

—Et alors ? Je sais bien qu'elle n'est pas tendre avec lui, mais est-ce une raison pour la quitter ? Elle l'aime à la folie, elle ! m'exclamai-je en colère.

—Lui aussi, il l'aime, mais il n'arrive plus à supporter ses accès de jalousie totalement injustifiés.

—S'il l'aimait vraiment, il ne la laisserait pas tomber au pire moment. Elle traverse une crise, elle n'est pas sûre d'elle-même et c'est pour ça qu'elle a si peur que Roman aille voir ailleurs. S'il la quitte, cela ne fera que confirmer ses soupçons, clamai-je en défense de ma meilleure amie.

—J'ai essayé de le raisonner, je te le jure, mais il a dit que c'était fini, qu'il avait besoin d'un peu de calme, et que si Awen l'aimait vraiment, il faudrait qu'elle change.

—Changer ?! Si elle n'a pas réussi à changer depuis plusieurs mois, comment réussirait-elle maintenant ?

—Essaye de le comprendre, Eileen… Roman est un ange, c'est quelqu'un de profondément généreux et cela lui fait du mal qu'Awen doute de lui. L'épisode de son anniversaire l'a énormément blessé. Il a réalisé jusqu'où elle était capable d'aller par manque de confiance en lui, et cela lui a fait beaucoup de mal. Il ne veut pas la faire souffrir et il voudrait rester avec elle, mais à cause de sa jalousie maladive ils ne sont heureux ni l'un ni l'autre. Roman a besoin d'elle, je le sais parce qu'il me l'a dit, et il va souffrir autant qu'elle de cette séparation, mais il veut qu'elle se rende compte de ses erreurs. Elle va devoir apprendre à lui faire confiance, si elle veut le reconquérir.

Je restai muette face à l'évidence. J'avais vu venir ce scénario, Kinnie aussi, et même Awen y avait pensé, mais aucune d'entre nous n'y avait cru réellement. Et maintenant, Awen allait se retrouver célibataire alors qu'elle aimait Roman à en mourir…

Les semaines à venir allaient être difficiles.

Le regard perdu vers l'horizon, je détournai le visage.

—Hé, ne t'éloigne pas de moi, je n'y suis pour rien, me dit Ange en me rattrapant d'une main et en embrassant ma lèvre inférieure.

Je répondis à son baiser malgré moi. J'avais la tête ailleurs.

—Tu es sa meilleure amie, tu sauras quoi faire pour la réconforter, me dit Ange comme s'il savait exactement à quoi je pensais.

—Je ne sais pas, dis-je d'une voix découragée. Je n'ai pas envie de la voir souffrir.

—C'est normal, me répondit-il de sa voix douce et chaude. Si je t'en ai parlé, c'est justement pour que tu puisses te préparer à la meilleure façon de l'aider. Laisse-la digérer la nouvelle les premiers jours, puis aide-la à affronter ses peurs. Il n'y a qu'à ce prix qu'elle pourra récupérer Roman. Rien n'est perdu, je t'assure, il l'aime et il veut être avec elle, mais elle doit lui prouver sa confiance.

Ange venait de me mettre une sacrée pression sur les épaules. Sur ma capacité à réconforter mon amie et à lui faire entendre raison reposait l'histoire d'amour de Roman et Awen. J'avais intérêt à ne pas faillir à ma mission… Et une de plus !

Ange finit par me bercer doucement contre lui, et comme j'étais en train de m'endormir, il m'emmena dans ses bras jusqu'à la maison pour me déposer dans mon lit, bien au chaud.

—Eileen, c'est l'heure de se réveiller, aujourd'hui c'est lundi et tu as cours d'Histoire-Géo et de SVT ce matin, m'annonça Tic-Toc d'une voix chantante.

—Oh, non, ça ne me donne pas du tout envie de me lever, ça, marmonnai-je dans mes draps.

—Allez, fais un effort et va prendre ta douche, ensuite ça ira mieux.

—Oh ! m'exclamai-je en me levant du lit d'un bond.

—Qu'est-ce que j'ai dit ? Tu as envie de prendre une douche à ce point-là ?! s'exclama Tic-Toc en me voyant soudain tout à fait réveillée.

—Non, non, c'est autre chose, répondis-je en enfilant ma robe de chambre qui traînait sur la chaise du bureau. Je reviens tout de suite, ajoutai-je en sortant de la chambre sous les yeux éberlués de mon réveille-matin.

J'allais frapper à la porte d'Awen lorsque j'entendis des voix étouffées.

—Non, non, tu ne peux pas me faire ça, Roman, je t'en prie, dis-moi que c'est faux, suppliait Awen d'une voix enrouée par les larmes.

—Je suis désolé, je ne voulais pas que ça se passe de cette manière, lui répondait Roman d'un ton plein de compassion et de tristesse.

Je reculai d'un pas, sous le choc.

Il s'agissait d'une conversation privée et je n'avais aucune envie de l'écouter. J'étais venue voir ma meilleure amie dans l'intention de la préparer psychologiquement à ce qui allait se passer, mais j'étais arrivée trop tard. Roman m'avait devancée et désormais Awen connaissait la vérité.

Je rentrai dans ma chambre le cœur lourd. Il n'y avait plus rien à faire à part attendre que ma meilleure amie vienne frapper à ma porte…

Je commençai à me préparer lentement mais je ne parvenais qu'à traîner ici ou là sans but précis, l'estomac noué par l'angoisse. Finalement, au bout de quelques minutes, Awen frappa deux petits coups à ma porte et entra sans attendre. Je me tournai vers elle, les bras emmêlés et la tête à moitié enfilée dans un sweat-shirt aux imprimés new-yorkais. Elle avait les yeux rouges et elle courut se cacher entre mes bras pour fondre en larmes. Pas très pratique avec mon sweat à moitié enfilé. Elle me serra si fort que j'en eus le souffle coupé. De gros sanglots la secouèrent et elle se mit à renifler dans mon cou. Je la laissai pleurer ainsi pendant cinq bonnes minutes. De toute façon, il n'y avait pas grand-chose d'autre à faire pour le moment. On était encore loin des bacs de glace d'un litre et des pots de Nutella devant la télé. Pour l'instant, il fallait juste qu'elle fasse éclater sa tristesse. Je lui tapotai le dos gentiment en attendant qu'elle reprenne ses esprits, ce qu'elle finit par faire en me regardant un peu honteusement. Ses beaux yeux bleus étaient tout rouges et gonflés d'avoir autant pleuré, et ses cheveux habituellement lisses et ordonnés étaient tout emmêlés.

—Tu n'as pas bonne mine, tu sais, dis-je avec un petit sourire pour dédramatiser un peu la situation.

—Ouais, je sais, dit-elle d'une voix rauque.

—Allez, vas-y, balance tout, lui dis-je pour l'encourager. Il n'y a que Roman pour te mettre dans un état pareil, pas vrai ?

Elle hocha la tête et me raconta en détails comment Roman avait mis fin à leur relation.

—Je ne vais pas pouvoir supporter ça, Eileen, je te le jure, je l'aime trop. Comment vais-je faire pour vivre avec lui maintenant ? sanglota-t-elle de nouveau quand elle eut fini son récit.

—Bon, tout d'abord, éclaire ma lanterne : d'après ce qu'il t'a dit, tu crois que c'est définitivement fini entre vous, ou y a-t-il une chance pour qu'il revienne ?

Selon Ange, Roman avait prévu de retourner avec ma meilleure amie dès qu'elle serait guérie de sa jalousie maladive, mais vu l'état d'Awen, elle n'avait pas dû comprendre la même chose.

—C'est complètement foutu, dit-elle en s'affalant sur mon lit et en cachant sa tête entre ses mains. Il m'a clairement fait comprendre qu'il ne pouvait plus supporter cette situation et que même s'il m'aimait, il ne pouvait plus rester avec moi.

—Ah, bah voilà ! m'exclamai-je avec un grand sourire. Il t'aime encore, donc rien n'est perdu.

—Tu ne comprends pas, Eileen, dit-elle en levant les yeux au ciel. Il a dit que même s'il m'aimait, il ne vou-lait-plus-être-avec-moi, conclut-elle en appuyant sur chaque syllabe.

—Non, c'est toi qui ne comprends pas, insistai-je en puisant dans toute ma source de patience pour ne pas lui avouer tout de suite ce que mon ange gardien m'avait dit. Roman t'a dit qu'il ne pouvait plus continuer ainsi. *Ainsi*, tu comprends ? Ça veut dire que si les choses changent, il reviendra vers toi ! m'exclamai-je comme si c'était une évidence.

À ces mots, Awen leva vers moi un regard empli d'espoir.

—Tu crois ?

—Mais bien sûr ! Il t'a dit qu'il t'aimait, oui ou non ?

—Oui, mais bon, quand on aime quelqu'un, on ne le quitte pas !

—D'accord, mais est-ce que tu t'es mise à sa place deux minutes ?

Awen fronça les sourcils comme si je venais de l'insulter.

—C'est-à-dire ? demanda-t-elle d'un air méfiant.

—Écoute, Awen, on ne va pas se voiler la face plus longtemps. Ça fait des semaines qu'on te dit de le laisser en paix avec ces histoires de jalousie. Tu ne lui parlais plus que de ça. Finie la passion insouciante des premiers mois, finis les baisers langoureux en plein milieu de la cour, dernièrement tu étais devenue trop chiante, voilà tout, conclus-je d'un ton ferme.

—Ah bas vas-y, enfonce-moi encore plus, je t'en prie. Je te signale que je suis triste et que je suis venue te voir pour que tu me réconfortes, pas pour que tu m'enterres six pieds sous terre !

—Je sais, et c'est ce que je fais, crois-moi, je veux te réconforter, mais pour ça tu dois te rendre compte de tes erreurs ! Tu n'as pas perdu Roman, j'en suis sûre, mais tu vas devoir te battre pour le récupérer. Et tu sais qui est ta pire ennemie dans toute cette histoire ? Toi-même.

C'est vrai que je n'y allais pas de main morte, et je me sentais même un peu coupable de lui parler ainsi, mais je me disais que plus vite elle guérirait, pour vite elle pourrait retrouver son prince charmant.

Awen faisait toujours la tête, affalée sur mon lit, les sourcils froncés.

—Écoute, voilà ce qu'on va faire, dis-je en m'asseyant à ses côtés. On va se battre ensemble, d'accord ? Tu ne m'as jamais laissé tomber l'année dernière lorsque j'étais si malheureuse à cause de ma rupture avec Ange, et moi non plus je ne t'abandonnerai pas. Jamais, tu m'entends ? Et je crois vraiment que Roman t'aime encore. Il tient à toi, c'est évident, mais il faut que tu lui redonnes toute ta confiance, alors on va travailler là-dessus toutes les deux, et tu vas guérir si vite que tu n'auras plus jamais envie de le saouler avec tes histoires de filles fantômes qui tournent autour de lui.

Un petit sourire apparut sur les lèvres de ma meilleure amie et je sus que j'avais visé juste.

—Et maintenant qu'est-ce qu'on fait ? lui demandai-je plus gentiment. Je peux rester avec toi à la maison, si tu n'as pas envie d'aller en cours.

—Non, je préfèrerais y aller quand même, me répondit-elle d'un ton mal assuré.

—Tu es sûre ? Mais pourquoi ?

—Ben, si on s'absente toutes les deux, ça ne va pas être très discret, et le lycée risque de contacter les parents.

—Mouais… mais encore ? Je suis sûre qu'il y a une autre raison. Pourquoi insistes-tu pour aller en cours alors que je suis sûre que tu n'en as qu'à moitié envie ?

Awen rougit et baissa les yeux sur ses longs doigts fins et gracieux.

—Je ne veux pas le laisser seul au lycée, j'ai besoin de savoir ce qu'il fait, m'avoua-t-elle dans un souffle.

Eh ben, c'était pas gagné d'avance, cette histoire…

—Arrête de le regarder, assénai-je à ma meilleure amie pour la quinzième fois de la journée. Je suis sûre que ce pauvre Roman doit avoir la nuque qui le démange, à force de se faire bouffer des yeux comme ça. Il doit se sentir observé, c'est pas possible !

—Oui, bon, bah, je fais ce que je peux ! me répondit Awen en se forçant à détourner le regard. Je n'ai pas l'habitude d'ignorer le garçon que j'aime, si tu vois ce que je veux dire…

Aujourd'hui régnait une ambiance tendue au sein du groupe, et tout naturellement nous nous étions séparés en deux : les filles d'un côté, les garçons de l'autre.

Compatissante, je passai un bras autour des épaules de ma meilleure amie pour l'emmener un peu plus loin dans la cour, du côté de la pelouse et du gymnase, mais Ange apparut soudain devant nous pour nous barrer le passage. Il avait l'air désolé de nous déranger et lança un regard plein de tendresse à Awen.

—Excuse-moi, Awen, j'ai besoin de parler avec Eileen, ça ne te dérange pas ?

—Bien sûr que non, idiot, répondit-elle en lui lançant un petit sourire malgré ses yeux larmoyants, tout en se détachant de moi pour continuer le chemin avec Kinnie.

Je me sentais totalement impuissante face au vide qu'elle ressentait, et j'avais bien du mal à garder mon calme et ma bonne humeur. Awen était malheureuse, et je me revoyais à sa place l'année dernière. Cela avait été si dur, si douloureux d'être séparée de mon ange gardien, que je ne savais que trop bien ce qu'elle pouvait ressentir en ce moment. Le regard posé sur elle, je ressassai mes idées noires et ne prêtai même pas attention à Ange, qui était pourtant venu pour me parler.

—Hé, fit-il en passant une main devant mes yeux pour me faire redescendre sur terre. Ça va ?

Je vis une ombre traverser son regard mais il parvint à la dissimuler rapidement en me lançant son sourire le plus charmeur.

—Désolé de vous avoir interrompu, mais tu me manquais trop.

—À ce point-là ? lui lançai-je, un peu incrédule.

—Et bien plus encore…

Son regard coquin m'arracha un sourire.

—Écoute, j'aimerais passer un peu de temps avec toi ce soir, tu crois que ce sera possible ? me demanda-t-il en reprenant son sérieux.

—Ça dépendra d'Awen, répondis-je en haussant les épaules. Si elle part se coucher tôt, je te ferai signe, d'accord ?

Il acquiesça de la tête et je vis de nouveau son regard s'assombrir.

—Ça va, toi ? demandai-je en le regardant plus attentivement.

—Oui, mais j'aimerais vraiment qu'on se voie ce soir.

Devant son insistance et son inquiétude, je cédai sans hésitation.

—OK, ne t'inquiète pas, je te dirai dès que je serai libre.

Son visage retrouva alors son calme habituel et nous nous séparâmes pour rejoindre nos clans respectifs.

Ange avait attisé ma curiosité : mais que lui arrivait-il ?

Le reste de la journée passa rapidement. Awen s'efforça de rester calme et de ne pas éclater en sanglots sans prévenir, pendant que Kinnie et moi échafaudions des plans pour essayer de remettre nos deux tourtereaux ensemble.

La soirée fut plutôt étrange. Awen ne voulait pas croiser le regard de Roman, du coup elle l'ignora complètement lors du dîner, et parla assez peu avec les garçons. Elle se concentra sur Kinnie et moi de toutes ses forces, et nous nous forçâmes à parler de tout et de rien. Au moment d'aller nous coucher, elle vint dans ma chambre pour parler encore un peu, puis elle me souhaita bonne nuit et disparut dans le couloir.

J'attendis quelques instants pour voir si elle revenait, mais comme rien ne se produisit, j'envoyai un texto à Ange pour lui dire que la voie était libre.

Moins de deux minutes plus tard, celui-ci entrait dans ma chambre sans frapper et sans dire un mot.

Ange s'approcha de moi avec un petit sourire aux lèvres mais je vis dans ses yeux que quelque chose le tourmentait. Sans dire un mot, il posa ses mains sur mes hanches et m'attira vers lui, puis il posa ses lèvres sur les miennes et entreprit d'y glisser sa langue. Je fus surprise par son attitude. D'habitude, il n'était pas aussi direct. J'entrouvris néanmoins mes lèvres et goûtai à sa langue avec plaisir. L'une de ses mains remonta le long de mon échine et se posa sur ma nuque, puis il abandonna mes lèvres pour parsemer mon cou de petits baisers appuyés. Mon cœur commençait déjà à s'accélérer, et ma respiration à devenir irrégulière.

—Je suis tellement désolé, finit-il par dire en me regardant à nouveau dans les yeux.

—Désolé à cause de quoi ? l'interrogeai-je sans comprendre.

—Aujourd'hui, ça a été horrible, poursuivit-il en fermant les yeux comme s'il souffrait. J'ai ressenti ta douleur toute la journée, et cela m'a replongé un an en arrière, lorsque nous nous sommes séparés et que tu souffrais à longueur de temps.

Ange peinait à s'exprimer et je sentais que cette journée l'avait particulièrement marqué.

—Ce furent des semaines si difficiles à vivre…, poursuivit-il en ouvrant enfin les yeux et en les plongeant dans les miens. Je te voyais t'affaiblir, maigrir et sombrer dans la dépression un peu plus chaque jour. J'avais tellement envie de te prendre dans mes bras, mais je n'en avais pas le droit, et ta douleur, mêlée à la mienne, rendaient ma vie insoutenable. Aujourd'hui j'ai eu la sensation de revivre ça. J'aurais voulu apaiser ta peine pour Awen en te prenant dans mes bras, mais tout ce que je pouvais faire, c'était t'observer de loin et espérer que ta douleur finirait par s'estomper.

—Alors c'est ça qui t'a tracassé toute la journée ? lui demandai-je en comprenant enfin la raison de sa tristesse.

—Oui, ça a été terrible. Pardonne-moi pour tout le mal que je t'ai fait l'année dernière, je ne m'en excuserai jamais assez.

—Je t'ai pardonné il y a bien longtemps et tu le sais, dis-je en prenant un air attendri. C'est vrai qu'aujourd'hui je me suis sentie très triste. C'était difficile de voir Awen si mal en point et de ne rien pouvoir faire pour l'aider mais, crois-moi, ça n'avait rien à voir avec ce que j'ai pu vivre par le passé. Tout cela est révolu. C'est fini. Maintenant nous sommes ensemble toi et moi, et je suis heureuse à tes côtés, c'est tout ce qui compte, pas vrai ?

Ange eut un petit sourire accablé, puis il enfouit de nouveau sa tête dans mon cou.

—Je t'aime, souffla-t-il sur ma peau en glissant ses lèvres jusqu'au creux de ma gorge.

Je sursautai lorsqu'il me mordit gentiment la chair, et je laissai s'échapper un petit gémissement malgré moi.

—Arrête, tu vas me rendre fou, dit-il en redescendant sa main libre dans le creux de mon dos et en s'aventurant sur le haut de mes fesses.

Seule ma nuisette séparait sa peau de la mienne, et je commençais à avoir si chaud que cela ne m'aurait pas dérangée qu'il l'enlève… L'air de rien, je cambrai mes fesses vers sa main.

—Eileen, ne me pousse pas à bout, me prévint-il en prenant mon cou dans sa main et en mordant mes lèvres avec ses dents.

—Sinon quoi ?

—Sinon on risque de faire une grosse bêtise.

—Et si j'ai envie d'en faire une… ? continuai-je en le poussant dans ses retranchements.

Mon souffle était de plus en plus saccadé et j'avais oublié, depuis un bon moment déjà, que nous n'étions pas seuls dans la maison. J'avais l'impression d'être seule au monde et que tout avait disparu autour de moi. Je ne ressentais plus que les mains d'Ange sur ma peau, ses lèvres et ses baisers de plus en plus insistants.

—Stop, finit-il par dire en s'arrachant à moi et en me repoussant gentiment.

—Mais je n'ai pas envie d'arrêter, moi, me lamentai-je d'une voix plaintive.

—Moi non plus, crois-moi, mais il faut bien que l'un d'entre nous garde la tête froide, dit-il en se passant une main dans les cheveux.

—Pfff…

Je fis la moue. J'en avais assez de ces petits jeux. Je voulais aller plus loin avec lui, et j'attendais qu'il me donne le feu vert depuis bien trop longtemps déjà.

—Ange…, commençai-je à dire d'une voix menaçante.

—On en a déjà parlé, me répondit-il avant même que je ne puisse continuer ma phrase. Ça ne se passera pas ici, avec tous nos amis sous le même toit. Point final.

Je fulminai. J'allais lui balancer une remarque cinglante à la figure lorsqu'il se détourna pour aller chercher des vêtements dans mon armoire.

—Qu'est-ce que… ?

—On va faire un tour ? me coupa-t-il en ayant retrouvé son sourire charmeur, celui qui me faisait tout oublier à tous les coups.

—Tu es vraiment infernal, lâchai-je en me résignant à mon sort.

Ange se tourna vers le mur pour me laisser un peu d'intimité. Je m'habillai en quelques secondes et vint lui prendre la main pour lui montrer que j'étais prête.

—On y va, ma belle ? me demanda-t-il en me dévorant du regard.

—On y va.

Et une nouvelle fois, nous passâmes une soirée des plus romantiques, allongés l'un contre l'autre sur une colline au clair de lune, profitant de l'absence de nuages pour admirer les étoiles qui brillaient au-dessus de nous…

Lorsque nous rentrâmes à la maison, Ange ne me raccompagna pas jusqu'à ma chambre. Il m'embrassa rapidement sur la bouche puis il me fit signe de monter sans faire de bruit. Toutefois, avant de me laisser partir, il me prit par la hanche et colla sa bouche tout contre mon oreille.

—Tout à l'heure je t'ai laissé une surprise sur ton lit, j'espère qu'elle te plaira, chuchota-t-il tout bas avant de me mordiller le lobe de l'oreille et de disparaître vers sa chambre.

Je restai plantée là quelques secondes, interdite, puis je montai les escaliers de quatre en quatre le plus discrètement possible. Arrivée devant ma porte, je tournai la poignée avec une infinie précaution, et je me précipitai vers mon lit sur la pointe des pieds.

Il y avait une enveloppe posée sur la couette. En lettres fines et élégantes, mon nom était inscrit dessus. Mes doigts se posèrent sur le fin papier, redessinant chaque lettre, chaque contour, tremblant légèrement à l'idée de ce que je trouverai à l'intérieur.

C'était la première fois qu'Ange m'écrivait une lettre. Il m'avait déjà écrit des petits mots, des SMS, mais jamais une lettre dans une belle enveloppe comme celle-ci. Lentement, pour faire durer le plaisir, je la décachetai et en sortis une feuille blanche, où quelques lignes avaient été écrites de la main de mon ange gardien. Je pris une longue inspiration pour tenter de ralentir les battements de mon cœur, puis je commençai ma lecture.

« Mon trésor, mon ange, ma belle…
Le jour où je t'ai rencontrée, la terre a cessé de tourner autour du soleil pour ne plus tourner qu'autour de toi.
Mon monde, c'est ton corps si séduisant.
Ma vie, ce sont tes yeux emplis de désir et d'amour.
Ma peur la plus profonde est celle de te perdre.

Je bois chacun de tes gestes, depuis le lever du jour jusqu'au coucher du soleil, et lorsque la nuit tombe, je veille sur tes rêves.
Je ne pourrai jamais te dire à quel point tu es importante à mes yeux, mais je peux essayer de te le montrer.
Je veux passer plus de temps avec toi, auprès de toi, en toi…
Ce weckend je voudrais t'emmener dans mon monde.
Seulement toi et moi. S'il te plaît, accepte.
Je t'aime »

Je reposai la feuille sur mes genoux en tremblant.

« En toi… » Oh mon Dieu !

Ange avait évité la conversation un peu plus tôt dans la soirée car il avait déjà tout prévu ! Je ne pus m'empêcher de tressaillir en réalisant ce que cela signifiait.

Ce weekend… Enfin !

Je me mis debout et serrai la lettre de toutes mes forces en faisant des tours et des tours à travers la chambre, telle une danseuse étoile un peu maladroite.

Mon cœur battait la chamade. Bien sûr que j'allais accepter son invitation !

Fébrilement, je me jetai sur mon portable et rédigeai un SMS à la va-vite.

« C'est oui ! »

Ange avait un avantage sur moi, car vus les papillons qui virevoltaient dans mon ventre, il devait déjà connaître ma réponse, et je ne pus m'empêcher de sourire en imaginant sa réaction.

Épuisée mais heureuse, je me couchai rapidement, la lettre sous mon oreiller, en essayant d'imaginer quelle excuse je pourrais bien inventer pour expliquer à mes colocataires que j'allais disparaître pendant tout le weekend.

Quelqu'un frappa à ma porte tôt le lendemain matin. Bien trop tôt. J'étais tellement fatiguée que je ne parvins pas à émerger du sommeil, mais la personne qui avait frappé n'attendit pas ma réponse et entra tout de même. J'en déduisis que c'était Awen. Ange ne se serait jamais permis d'entrer sans mon accord.

À pas de velours, elle se dirigea vers mon lit et s'assit dessus.

—Tu n'as pas quelque chose à me raconter, par hasard ?

—Mais comment peux-tu être au courant ? marmonnai-je dans mon oreiller.

—Tu oublies que je suis ta meilleure amie, j'ai donc accès à des informations top secret te concernant, me répondit Awen avec un petit rire moqueur.

—Mmmh… je suis crevée. J'ai eu du mal à m'endormir hier soir.

—Tu m'étonnes !

—Bon allez, vas-y, dis ce que tu sais, lui lançai-je en ouvrant un œil et en lui jetant un regard noir.

—Oh, juste que tu vas passer le weekend avec Ange, rien de plus, dit-elle d'un air faussement innocent.

—Mais c'est pas vrai, tout le monde est au courant, ou quoi ?!

—Bien sûr que non, andouille, mais Ange a eu besoin de mon aide pour tout organiser, alors il m'en a parlé.

—Et qu'est-ce qu'il t'a demandé, exactement ? insistai-je en me redressant sur mon lit, un peu plus intéressée par la conversation.

—Il voulait juste que je trouve une bonne excuse pour justifier ton absence ce weekend, et que je te couvre en cas de besoin, alors on a annoncé aux autres que tes parents avaient organisé une espèce de réunion de famille et qu'il fallait impérativement que tu y assistes. Ange t'emmènera samedi matin. Officiellement, tu vas passer le weekend chez tes parents, et lui va veiller sur toi, comme d'habitude. Officieusement, je n'en sais rien, il n'a pas voulu m'en dire plus.

—Mais… si c'est une réunion de famille, pourquoi ne viendrais-tu pas ?

—Les autres savent que nous sommes très proches, toi et moi, mais ils ne savent pas à quel point nos familles sont liées. Ils ne m'ont même pas demandé si j'allais t'accompagner.

—Ils ont gobé votre histoire ?

—Bah oui, pourquoi voudrais-tu qu'ils soupçonnent quelque chose ?

—Je ne sais pas. Je suis si nerveuse. J'ai l'impression qu'il va encore se passer quelque chose qui va tout faire foirer.

—Mais non, ça va bien se passer, tu verras. Alors, comment t'en a-t-il parlé ?

—Ben, il m'a laissé une lettre sur le lit avant qu'on parte se promener. Je l'ai trouvée à mon retour, dis-je en me mordant la lèvre inférieure.

—Et qu'est-ce qu'elle dit, cette lettre ?

Je rougis et baissai le regard.

—En gros, qu'il m'aime à la folie et qu'il m'invite dans son monde pour tout le weekend. Juste nous deux.

Je relevai les yeux vers Awen, sachant qu'ils brillaient à la fois de peur et d'excitation.

—Oh là là, ça y est, tu vas passer à la casserole ! s'exclama-t-elle en frappant dans ses mains.

—Chut ! Non mais j'te jure, tu vas te calmer, oui ? On n'est pas toutes seules dans cette maison !

—Je sais, mais personne ne peut nous entendre, ne t'inquiète pas. Pas trop nerveuse ?

—D'après toi ?

—La vache, ça me rappelle ma première fois avec Roman, dit-elle d'un ton à la fois triste et nostalgique.

—Oh merde, je suis vraiment désolée, j'avais complètement oublié ! dis-je en me rappelant soudain la situation dans laquelle elle se trouvait.

J'avais été si excitée par ma grande nouvelle que je ne m'étais même pas préoccupée d'Awen. Mais quelle horrible meilleure amie je faisais !

—Tu sais, ce n'est pas grave si je reporte ça à plus tard. Je n'y avais pas pensé, mais je n'ai pas envie de te laisser seule pour ton premier weekend de… célibataire, parvins-je à articuler en espérant ne pas l'avoir blessée.

Awen fit une petite moue attendrie et mélancolique.

—Je ne voudrais que tu reportes ce moment pour rien au monde. Ne t'inquiète pas, j'ai déjà tout prévu : Kinnie va rester avec moi, on ira faire du shopping, puis on ira au ciné, et enfin on se fera la manucure mutuellement. Elle a déjà prévenu Aedan qu'il ne fallait pas qu'il compte sur elle pour ce weekend. Et puis tout est déjà organisé depuis longtemps, les autres pensent que tu vas à une réunion de famille. On ne reporte pas une réunion de famille si facilement, tu sais ?

Elle me prit par la main et me lança un regard qu'elle voulut courageux.

—Profites-en, je peux me débrouiller toute seule le temps d'un weekend, je te le jure. Et puis Ange me tuerait si je te forçais à rester avec moi, dit-elle avec un petit sourire moqueur.

—Tu sais bien qu'il ne t'en voudrait pas. Les anges sont plutôt gentils, normalement, non ?

—Je te taquinais, dit-elle en lâchant ma main et en me lançant un coup de coude dans les côtes.

—Tu es sûre de toi ? demandai-je avec espoir.

—Sûre et certaine, conclut-elle en se levant. Je vais m'habiller, on va arriver en retard au lycée.

—Hé ! lançai-je à ma meilleure amie avant qu'elle ne disparaisse dans le couloir.

—Oui ?

—Tu m'aideras à trouver une tenue adaptée ?

—Bien sûr, patate, répondit-elle en tirant la langue et en fermant la porte derrière elle.

Bon, eh bien cette fois, c'était la bonne. Tout était organisé. Sauf cas de force majeure, ce weekend, je serai enfin dans les bras de mon ange gardien…

Le paradis

Le samedi matin, Tic-Toc me réveilla vers huit heures et demie. Je lui avais demandé de ne pas me laisser faire la grasse matinée, car je voulais prendre mon temps pour me préparer.

Je m'étirai consciencieusement depuis la nuque jusqu'à la pointe des pieds. La semaine avait été longue. Depuis que j'avais accepté l'invitation d'Ange, mon corps avait cessé de m'obéir. J'avais des nœuds dans le ventre à longueur de journée, mon cœur s'emballait pour un rien et, bien sûr, j'avais les nerfs à fleur de peau. Je ne me reconnaissais plus. J'étais à la fois inquiète et surexcitée, et c'était une sensation nouvelle et vraiment étrange, comme si le reste du monde avait cessé d'exister. Les Ombres, le lycée, mes parents, les cours… Tout ceci me semblait lointain, un peu comme dans une vie parallèle. Pour l'heure, seule une chose comptait vraiment : mon rendez-vous avec Ange.

Une nouvelle fois, mon estomac se retourna sur lui-même et je tressaillis. Cela faisait plusieurs jours que je picorais au lieu de manger, les nœuds dans mon ventre m'empêchant de me nourrir normalement. J'avais atteint le comble de l'impatience. Il fallait vraiment qu'on s'en aille, sinon j'allais péter un câble devant tout le monde.

Sur les conseils d'Awen, je m'étais préparée soigneusement la veille : masque pour le visage, épilation scrupuleuse et hydratation de la peau. J'avais dû passer une bonne heure dans la salle de bain, sans compter la douche, mais Awen s'était arrangée pour éloigner tout le monde de la maison en les envoyant faire des courses ou des commissions qu'elle s'était inventées, du coup personne n'avait remarqué à quel point j'étais fébrile. Ma meilleure amie était censée m'annoncer au petit déjeuner qu'une surprise m'attendait chez mes parents, et je ne pourrais donc faire exploser mon agitation intérieure qu'à ce moment-là.

Allez, courage, Eileen, plus que quelques minutes à tenir et tu n'auras plus à faire semblant.

J'inspirai calmement, retins mon souffle, puis expirai lentement. Au fond de moi, je savais pourquoi j'étais troublée à ce point : j'avais peur de ne pas être à la hauteur. Je n'avais pas fait part de mes craintes à ma meilleure amie. Elle avait suffisamment de préoccupations en ce moment pour que j'en rajoute une couche. Lorsqu'elle m'avait demandé si j'avais besoin de conseils pour ma première fois, je lui avais répondu que non, que j'avais lu suffisamment de magazines pour m'en sortir.

Ma première fois…

Pourquoi était-ce si important pour une fille ? Sans doute parce que c'était le dernier rempart qui la séparait du monde des adultes. Peut-être aussi parce que c'était un cadeau précieux, personnel et intime qu'elle ne pourrait plus jamais donner à quelqu'un d'autre, d'où l'importance de bien choisir la personne pour le recevoir. En ce qui me concerne, j'étais sûre à trois cents pour cent d'avoir choisi la bonne personne. Ange était tout pour moi et je l'aimais à en mourir. Le seul problème, c'était que j'avais peur de le décevoir. Peur de ne pas faire les choses bien, peur de ne pas le satisfaire et, surtout, peur de ne pas réussir à lui faire oublier les deux filles précédentes, sachant que l'une d'entre elles avait été Ludivine. Mon Ombre avait été la première vraie petite amie de mon ange gardien, la première avec qui il avait couché. Comment pourrais-je jamais gérer une telle situation ? Allait-il penser à elle lorsqu'il serait avec moi ? Un haut-le-cœur me souleva l'estomac, et je sus que j'allais devoir sauter le petit déjeuner une nouvelle fois si je ne voulais pas vomir.

Ange devait être dans tous ses états, lui aussi. Étant donné qu'il ressentait toutes les émotions qui me provoquaient une réaction physique, il avait dû passer la semaine à faire la montagne russe. Cela m'étonnait presque qu'il n'ait pas essayé de tout annuler, vu l'état dans lequel je m'étais mise.

Je décidai finalement de prendre mon courage à deux mains pour me lever, m'habiller et aller faire ma toilette dans la salle de bain. En descendant à la cuisine, j'étais si nerveuse que je faillis rater une marche. Il fallait vraiment que ma raison reprenne le dessus sur mes sentiments, sinon je risquais de défaillir à tout instant. Rassemblant mes dernières forces, je me concentrai au maximum pour faire une apparition normale dans la cuisine. Kinnie et Aedan étaient déjà en train de manger à la table du salon, et Ange était en train de préparer mon petit déjeuner. Lorsque j'entrai, il lança un regard inquiet dans ma direction avant de finir de mettre du Nutella sur quelques tartines.

Oh là là, je ne vais jamais pouvoir avaler tout ça !

En temps normal, le Nutella occupait la première place sur la liste de mes aliments préférés, mais ce matin j'avais la nausée rien que d'y penser. C'était vraiment le monde à l'envers… Je soupirai discrètement en me demandant si tout redeviendrait normal après ce fameux weekend qui allait changer ma vie.

—Salut tout le monde, dis-je en faisant semblant de bâiller. J'ai commencé un nouveau bouquin hier soir et je me suis couchée super tard. Je suis crevée, déclarai-je en faisant la bise à mes colocataires et en m'asseyant à table.

J'espérais que ce prétexte innocent m'aiderait à mieux expliquer les cernes qui couvraient mon visage ce matin.

—C'est pas malin, ça, tu vas être fatiguée maintenant et je crois qu'Awen a une petite surprise pour toi, me dit Kinnie avec un petit sourire espiègle et un regard malicieux.

—Une surprise ?! m'exclamai-je en rougissant et en dansant d'un pied sur l'autre.

—Oui, une surprise, confirma Ange en déposant un bol rempli de chocolat chaud ainsi que trois tartines devant moi. En attendant, mange, m'ordonna-t-il sévèrement en chuchotant.

—Salut tout le monde, voilà le plus beau ! annonça Roman en faisant une entrée triomphale dans le salon. J'ai entendu Awen là-haut, elle ne devrait pas tarder à descendre.

—Salut mon pote, lui répondit Aedan en lui tendant la main.

Roman et lui échangèrent une espèce de salut à la noix de coco en s'entrechoquant la paume et le revers de la main plusieurs fois.

Non mais je vous jure, de vrais gamins…

Malgré moi, je souris et me détendis un peu devant leurs enfantillages.

Awen choisit cet instant pour entrer dans le salon. Elle salua tout le monde, sauf son ex-petit ami, puis elle s'en alla préparer son petit déjeuner dans la cuisine. Ce genre d'attitude était à prévoir mais, lorsque cela arrivait, l'ambiance se faisait soudain plus pesante au sein du groupe.

Je me dirigeai vers ma meilleure amie d'un pas incertain.

—Euh… on m'a dit que tu avais une surprise pour moi, c'est vrai ?

Le visage de ma meilleure amie s'éclaircit et s'illumina d'un petit sourire.

—Oh oui, excuse-moi, j'ai failli oublier, dit-elle en pouffant de rire. Tes parents m'ont dit qu'ils t'avaient préparé une surprise pour ce weekend. Tu dois être chez toi pour onze heures.

—Quel genre de surprise ? demandai-je en feignant l'étonnement du mieux que je pus.

—Du genre dont on ne peut rien dire, maligne, interféra Kinnie, alors magne tes fesses et va te préparer.

—OK, j'y vais, dis-je en me levant, tout sourire. Ange, c'est toi qui vas m'emmener ? Awen, tu peux manger mes tartines, si tu veux, lançai-je à ma meilleure amie en me dirigeant vers la porte du salon.

—Hop hop hop, il est hors de question que tu lègues toutes tes tartines à Awen, intervint Ange en ayant l'air préoccupé. Manges-en au moins une. Et oui, c'est moi qui vais t'emmener chez toi, donc on ne partira pas d'ici avant que tu aies mangé quelque chose.

Je retournai sur mes pas d'un air résigné.

—Bon, d'accord, cédai-je en soupirant.

Je ne voulais pas me disputer avec lui de si bon matin, surtout le jour de notre weekend en tête à tête, mais je ne voyais vraiment pas comment j'allais faire passer ce morceau de pain à travers la boule de nerfs qui bloquait mon œsophage. Finalement, je trouvai la solution en plongeant la tartine entière dans mon chocolat au lait. Cela ressemblait un peu à de la bouillie, mais au moins le pain était devenu tout mou et beaucoup plus digeste. Ange me lança un regard noir mais je fis semblant de ne pas le remarquer. Je finis par me lever de table pour monter dans ma chambre en courant.

Il était déjà neuf heures et demie. L'heure du départ était toute proche. Avais-je le temps de prendre une douche ? Je décidai que oui. Après tout, je ne savais même pas où Ange allait m'emmener ni si j'aurais la possibilité de me laver pendant tout le weekend, alors autant en profiter. L'eau brûlante me détendit à peine, mais elle me permit de récupérer un tant soit peu de raison. Pourquoi diable étais-je si nerveuse ? Je n'avais pas à avoir peur. J'allais passer du temps avec mon ange gardien, avec le garçon que j'aimais le plus au monde. Rien que d'imaginer son regard sur moi, ses magnifiques yeux verts, sa mâchoire carrée et ses traits fins et virils, je frissonnai de désir. Je voulais sentir ses mains puissantes sur mon corps, ses lèvres chaudes sur ma peau, je voulais qu'il me prenne dans ses bras pendant des heures sans avoir à être en vigilance constante au cas où quelqu'un rentrerait dans la chambre. Finalement, il avait bien fait de ne pas céder à mes baisers et à mes tentatives de le faire dormir près de moi à la maison, car maintenant j'étais bouleversée, mais dans le bon sens du terme. D'accord, je n'arrivais plus à bien m'alimenter et, d'accord, la moitié de mon corps avait décidé de ne plus m'écouter, mais j'étais follement impatiente de me retrouver avec lui et de pouvoir enfin lui montrer mon amour. Tout cela n'avait fait qu'attiser encore plus mes sentiments à son égard. De retour dans ma chambre, je m'habillai rapidement et me regardai dans la glace pour vérifier que tout allait bien. Awen et moi avions choisi une jolie robe dos nu – au cas où je devrais faire apparaître mes ailes – et une veste perfecto en cuir, l'ensemble étant de couleur blanche. Je ressemblais vraiment à un ange, habillée comme ça.

—Tu es prête ? me demanda Awen en me faisant sursauter de surprise.

—Tu pourrais frapper avant d'entrer, tu m'as fait une de ces peurs ! m'exclamai-je en lui faisant les gros yeux.

—Désolée, je n'y avais pas pensé, répondit-elle dans un haussement d'épaules. Tu es magnifique, ajouta-t-elle en s'approchant et en prenant mes mains dans les siennes. Ça va aller ?

—Oui, et toi ?

—Ne t'inquiète pas pour moi, ça va bien se passer. Je suis plus forte que je ne le pensais moi-même.

—Tu es tellement courageuse. Dès la semaine prochaine, on se met au boulot, d'accord ? Je sais que tu peux changer et récupérer ton prince charmant, j'ai confiance en toi.

Awen sembla émue et essuya quelques larmes sur ses joues toutes roses.

—Allez, file, Ange est au comble de l'impatience. Il va finir par venir te chercher lui-même si tu ne descends pas tout de suite, dit-elle en riant et en reniflant à la fois.

—Merci, Awen, merci pour tout ce que tu fais pour nous.

—De rien. Je veux que tu sois heureuse. Si tu l'es, je le suis un peu aussi.

—Tu es la meilleure des meilleures amies, je peux te l'assurer, conclus-je en lui faisant un gros bisou sur la joue et en me dirigeant vers la porte. Souhaite-moi bonne chance, chuchotai-je en lui disant au revoir de la main.

—Hors de question, ça porte malheur, me répondit-elle alors que je disparaissais dans le couloir pour rejoindre mon ange gardien.

— J'ai cru que tu n'allais jamais sortir de cette chambre, me dit Ange alors que nous roulions en direction d'Elven.

—Je voulais me faire belle pour toi, c'est tout, risquai-je avec un petit sourire coquin.

—Je te trouve toujours sublime, Eileen, tu devrais le savoir depuis tout ce temps.

—Merci, répondis-je dans un souffle, toute émoustillée par sa déclaration.

—Il faut qu'on parle, ma belle, ajouta-t-il en ralentissant et en garant l'Audi à l'entrée d'un sous-bois.

—Oh, oh, cette conversation ne me dit rien qui vaille, répondis-je en sentant la panique m'envahir.

—Calme-toi, s'il te plaît, répondit-il en se tournant vers moi et en me regardant sévèrement.

Mais qu'est-ce que j'avais bien pu faire pour qu'il soit en colère contre moi ?

—Tu es fâché ? demandai-je timidement.

—Non, pourquoi ? répondit-il sans comprendre, légèrement déstabilisé par ma question.

—Je ne sais pas, tu n'as pas l'air très content.

Je me tortillai sur mon siège, mal à l'aise.

—Écoute, c'est juste que je me demandais si… enfin si c'était une bonne idée de…

Ange lui aussi semblait mal à l'aise, tout à coup, et il dut se passer une main dans ses beaux cheveux brun doré pour se calmer.

—Eileen… je ne veux pas t'obliger à faire quoi que ce soit, tu comprends ? finit-il par dire en me regardant droit dans les yeux.

Hypnotisée par son regard, je restai muette.

Ah d'accord. Pour comprendre, ça, je comprenais, mais il était hors de question que je le laisse changer d'avis maintenant !

—Cette semaine tu m'as fait vivre l'enfer, poursuivit-il calmement. J'ai ressenti toutes tes émotions, et malgré cela je n'ai pas réussi à suivre ton raisonnement. Parfois tu étais tellement contente que ton cœur menaçait d'exploser, alors que des fois tu étais si nerveuse que je pouvais presque ressentir tes nausées, sans parler du fait que je t'ai vue dépérir en à peine quelques jours. Tu peux me dire pourquoi tu n'as presque rien mangé depuis lundi ?! me demanda-t-il d'un ton accusateur.

Un peu honteuse, je sentis le rouge enflammer mes joues.

—Je… euh… oui, je comprends que tu te sois senti un peu perdu. En fait, moi-même j'ai eu du mal à me supporter, dis-je en riant bêtement et en risquant un regard vers lui. Je n'avais pas très faim, j'étais trop nerveuse pour avaler quoi que ce soit, et je n'arrivais pas à réfléchir calmement. J'ai été un peu hors de contrôle ces derniers jours, avouai-je en faisant une moue embarrassée.

—Alors pourquoi ne pas attendre encore un peu ? Je te l'ai dit cent fois, si tu ne te sens pas prête je n'ai aucun problème pour…

—Non ! le coupai-je avant qu'il ne continue à divaguer. Le problème n'est pas là, affirmai-je avec plus de conviction.

—Alors où est-il ? me demanda-t-il sans comprendre.

—C'est juste que j'ai peur, voilà tout, dis-je en haussant les épaules. C'est normal, il ne faut pas en faire tout un plat.

—Je comprends que tu sois nerveuse, mais tu es sûre qu'il n'y a pas autre chose ?

—N… non, pas du tout, lâchai-je après une seconde d'hésitation.

Trop tard, Ange avait compris que je lui mentais. J'étais vraiment nulle lorsqu'il s'agissait de lui cacher mes émotions.

—Eileen, tu veux ma mort ou quoi ? Tu n'as pas le droit de me dire que tout va bien si ce n'est pas vrai. Tu n'as pas le droit de me mentir, tu comprends ? Pas-à-moi, dit-il en se penchant vers moi et en détachant chaque syllabe d'un ton menaçant.

Gloups.

—De quoi s'agit-il ? demanda-t-il en croisant les bras et en s'installant confortablement dans son siège. Je te préviens, je ne compte pas partir d'ici avant que tu m'aies tout avoué.

Et merde…

Je me maudis intérieurement d'avoir été si transparente. Maintenant, je n'avais plus d'autre choix que de tout lui avouer, en sachant que mes pires craintes seraient peut-être aussi les siennes. Je me mordis la lèvre inférieure en cherchant désespérément mes mots. Par où commencer ?

—Tu sais que tu peux tout me dire, finit-il par dire d'un air attendrissant en voyant mon embarras. Eileen, je t'aime, confie-toi à moi et je te rassurerai. Tu verras, après ça ira mieux…

J'acquiesçai de la tête. Il était si gentil avec moi.

—Eh bien… voilà… en fait, j'ai peur de plusieurs choses, finis-je par dire tout bas en rougissant.

—Continue, dit-il en me prenant par la main.

—Bon, tout d'abord, j'ai peur de ce qui va se passer parce que c'est totalement inconnu pour moi et que cela m'impressionne…

Ange assentit de la tête, attendant la suite.

—J'ai peur aussi de te décevoir, ajoutai-je en baissant le regard.

—Hé, regarde-moi, dit-il en serrant ma main un peu plus fort. Quoi qu'il arrive, tu ne me décevras jamais, d'accord ? Mais il y a autre chose, Eileen, je le sens. S'il te plaît sois honnête avec moi.

Cette fois je poussai un soupir mortifié. Bon, tant pis, puisqu'il fallait parler d'elle, autant que ce soit maintenant.

—Eh bien, ce qui me tracasse le plus, en fait, c'est... Ludivine, finis-je par dire dans un souffle.

Ange resta silencieux quelques instants, sans doute sous le choc de ma révélation.

—Ludivine ? répéta-t-il en me regardant intensément.

Je vis dans ses yeux que tout s'éclairait pour lui, qu'il comprenait enfin. Jusque-là, il n'avait sans doute pas imaginé que je puisse être jalouse d'elle.

—Oui, Ludivine, repris-je en affrontant son regard. Elle a été importante pour toi. Vous avez... couché ensemble, dis-je dans une grimace de dégoût. Comment pourrais-je savoir si tu ne vas pas penser à elle lorsque tu seras avec moi ? Que cela ne va pas te rappeler ta première nuit avec elle ?

Dire tout haut ce qui me faisait si peur était un soulagement, une délivrance. Ange passa le dos de sa main sur ma joue, l'air attendri.

—À aucun moment je n'aurais pu imaginer que c'était elle qui te mettait dans un tel état, dit-il en me souriant gentiment. Merci de me l'avoir dit. Viens, on va aller se promener un peu, dit-il en ouvrant sa portière et en sortant de la voiture.

Il en fit le tour pour m'ouvrir la porte, puis il me prit par la main pour m'entraîner vers le bois. Il faisait un peu froid. Je me serrai contre lui pour me réchauffer. Ma robe n'était pas tout à fait équipée pour une promenade en forêt et j'espérais que nous n'irions pas très loin, sinon je risquais d'attraper une pneumonie.

—Au fait, dit-il en s'arrêtant de marcher et en me faisant tourner sur moi-même, je ne crois pas t'avoir dit à quel point je te trouve magnifique, aujourd'hui, dit-il avec un sourire gourmand au coin des lèvres.

—Merci, répondis-je en lui rendant son sourire. Toi aussi tu es très beau.

Ange portait un jean bleu, un t-shirt blanc tout simple qui laissait deviner ses abdominaux si durs et parfaitement dessinés, ainsi qu'une veste en jean à la fois élégante et décontractée. Je ne pus m'empêcher de remarquer la naissance de ses pectoraux à la base de son cou et je dus baisser le regard, légèrement gênée. Ange m'entraîna de nouveau avec lui et prit un air sérieux.

—Écoute, je comprends tes craintes et je les respecte, mais tu n'as pas à t'inquiéter pour Ludivine. Lorsque tu penses à elle, tu imagines l'Ombre qui t'a attaquée l'année dernière et qui a même failli te tuer, mais pour moi ce sont deux personnes différentes. Lorsque je pense à Ludivine, je vois la jeune fille timide et tourmentée que j'ai connue il y a quelques années.

Mon cœur se serra.

Comment ça, deux personnes différentes ?

Avait-il encore des sentiments pour l'ancienne Ludivine ? La voyait-il encore comme une personne normale ? Bon sang, elle était devenue une Ombre, il ne pouvait pas faire comme si de rien n'était !

—Je ne comprends pas. Est-ce que cela veut dire que tu tiens encore à elle ? demandai-je prudemment.

—Tenir à elle ?! s'exclama-t-il en s'arrêtant à nouveau et en me fixant intensément. Non, bien sûr que non ! Écoute, Ludivine a fait partie de ma vie et je ne peux pas effacer ce qu'il s'est passé entre nous, mais je sais parfaitement faire la différence entre ce qu'elle était et ce qu'elle est devenue, et si je devais l'affronter aujourd'hui et me battre contre elle pour te protéger, je le ferais sans hésiter, dit-il d'un ton ferme.

—Mais lorsque tu en parles, j'ai l'impression que quelque chose te tourmente, et je ne peux pas m'empêcher de penser que c'est parce que tu as des sentiments envers elle.

Cette fois, Ange me regarda d'un air sévère et prit mes deux mains dans les siennes.

—Non, je refuse que tu croies ça, Eileen. J'ai effectivement de la peine lorsque je pense à elle, mais ce n'est pas parce que je l'aime.

—Alors pourquoi ? Qu'est-ce qui te rattache à elle ? insistai-je en sentant que je touchais du bout du doigt son point sensible.

—Ce qui me rattache à elle, ce sont les regrets, lâcha-t-il amèrement au bout de quelques secondes.

—Les regrets ?

Alors j'avais raison, il l'avait tellement aimée qu'il regrettait que cela n'ait pas marché entre eux. Une sourde angoisse m'envahit et mon visage se ferma.

—Non, non, Eileen, reste avec moi, arrête ça tout de suite, m'implora Ange en me secouant doucement dans ses bras.

—Arrêter quoi ? demandai-je d'une voix morne, perdue dans mes pensées.

—Arrête de toujours t'imaginer le pire. Tu veux savoir ce que j'ai sur le cœur ? Très bien, alors voilà : lorsque je suis sorti avec Ludivine, j'ai tout de suite compris qu'elle portait en elle une part d'ombre. Elle était belle, secrète, timide et énigmatique. Je sentais qu'elle était en danger sans vraiment en connaître la raison, mais je ressentais le besoin de la protéger. C'est sans doute ce besoin de protection qui m'a induit en erreur. J'ai cru que je l'aimais alors que tout ce que je rcssentais pour elle, c'était de la compassion et de la sympathie.

—Ce n'est pas pareil, quand même, le coupai-je d'un ton cinglant.

—Non, en effet ce n'est pas pareil, mais à l'époque j'étais plus jeune et inexpérimenté. J'avais besoin de l'apaiser… Avec le recul, je pense que c'est ma nature d'ange gardien qui m'a poussé à agir ainsi. Le problème, c'est que je n'ai pas réussi à lui donner la paix. J'ai essayé de l'emmener vers la lumière, mais je n'y suis pas parvenu, et parfois je me dis que si je n'étais pas sorti avec elle, que si j'étais seulement resté son ami, elle n'aurait peut-être pas complètement basculé du mauvais côté. Le jour où je l'ai quittée, elle était désespérée. Dans le fond, je pense que mon attitude n'a fait qu'empirer les choses, voilà pourquoi j'éprouverai toujours des regrets en pensant à elle. Pas parce que je l'aime, mais parce que je n'ai pas réussi à la sauver…

Ange détourna le regard pour le poser quelque part au loin. Il semblait perdu dans les méandres de son passé.

Merde !

Je n'aurais peut-être pas dû lui demander d'y replonger. Maintenant, Dieu seul savait combien de temps il lui faudrait pour tout enfouir de nouveau au fond de son cœur.

—Pardon, dis-je d'une petite voix toute penaude.

Il avait raison, finalement. Pourquoi m'imaginais-je toujours le pire ? Ne pouvais-je donc pas cesser de me tourmenter ainsi ? Ange m'aimait et me l'avait prouvé à de nombreuses reprises, alors pourquoi doutais-je ainsi ? Je maudis silencieusement mon manque de confiance en moi et, au bout de quelques secondes, Ange sortit de sa torpeur pour me serrer fort contre lui.

—Je t'aime, conclut-il en plantant un baiser léger sur mes lèvres. Je t'aime plus que tout, c'est clair ? Maintenant on devrait y aller, car je veux profiter de cette journée.

En silence, moi toujours un peu honteuse et lui perdu dans ses souvenirs, nous retournâmes à la voiture et Ange prit le chemin d'Elven.

—Au fait, pourquoi va-t-on vraiment chez moi ? demandai-je sur un ton incrédule.

—Disons que je préfère garer la voiture à côté de chez tes parents, au cas où les garçons passeraient dans les parages.

—S'ils viennent par ici, ils vont bien voir que nous ne sommes pas là et qu'il ne se passe rien de spécial chez mes parents.

—Ne t'en fais pas, je les connais, s'ils passent par ici et qu'ils voient la voiture, ils ne pousseront pas la curiosité jusqu'à aller voir ce qu'il se passe à l'intérieur de chez toi. On leur a fait croire à une réunion de famille, ça peut bien se passer à l'intérieur, non ? me demanda-t-il en haussant un sourcil.

—Euh… oui, je suppose.

—C'est juste une précaution, ne t'inquiète pas. Je suis prêt à parier qu'ils ne vont même pas venir à Elven de tout le weekend, ajouta-t-il en me faisant un grand sourire.

Arrivés à quelques mètres de chez moi, Ange gara l'Audi et se tourna vers moi.

—Voilà ce qu'on va faire : je vais nous rendre invisibles, ensuite nous sortirons de la voiture, tu feras apparaître tes ailes et nous partirons là où j'ai prévu de t'emmener. Le chemin risque d'être un peu long, alors si tu te sens fatiguée, n'hésite pas à me le dire et je te porterai dans mes bras, d'accord ?

—On va si loin que ça ? demandai-je en ouvrant des yeux grands comme des soucoupes.

Je ne voulais pas paraître paresseuse, mais les vols étaient très fatigants et je ne connaissais pas mes limites en ce domaine. Me fatiguerais-je au bout de dix, quinze ou vingt kilomètres ? Je n'en avais pas la moindre idée…

Voyant mon embarras, Ange insista en me prenant par la main.

—Je veux que tu me dises lorsque tu seras fatiguée, d'accord ? Je n'ai aucun problème à te porter dans mes bras. Tu es un poids plume pour moi, c'est clair ?

Je déglutis devant son air franc et attendri.

—D'accord, murmurai-je dans un souffle.

—Bien, alors allons-y.

Et sur ce, il nous rendit invisibles. Nous nous faufilâmes rapidement hors de la voiture, puis Ange m'entraîna dans un petit passage étroit flanqué d'une haie de buissons. Là, j'enlevai nerveusement ma veste en cuir et fit apparaître mes ailes.

Mmmh, quelle merveilleuse sensation.

C'était comme si, tout à coup, mon corps se mettait au diapason de la nature pour ne plus faire qu'un avec elle. Je sentais le souffle du vent filer sur ma peau et se faufiler entre les plumes de mes ailes. Le chant des oiseaux me semblait plus harmonieux et plus intense, et même l'air semblait avoir une odeur plus marquée. Lorsque j'étais un ange, j'appartenais entièrement à la nature et je me sentais apaisée.

Ange serra brièvement ma main et s'approcha un peu plus. Je ne le voyais pas, mais je sentais la chaleur de son corps réchauffer le mien.

—Tu es prête ? me souffla-t-il à l'oreille.

—Oui, répondis-je tout bas, comme si quelqu'un pouvait nous entendre.

Et nous prîmes notre envol pour ce que j'espérais être notre plus beau voyage à deux.

Nous volâmes pendant ce qui me sembla être une éternité. Nous étions à une bonne trentaine de mètres de hauteur, et même si je savais que personne ne pouvait nous voir, cela me faisait vraiment bizarre de survoler les villes, les voitures et les gens en train de se promener tranquillement dans les rues ou les champs, n'ayant pas la moindre idée que des anges étaient en train de voler au-dessus d'eux.

Après presque deux heures de vol, j'arrivais au bout de mes forces.

—Ange…, dis-je dans un souffle pour attirer son attention.

Sans rien me demander, mon ange gardien s'arrêta dans les airs pour me prendre dans ses bras et m'installer confortablement au creux de son torse, bien serrée contre lui. J'étais épuisée. J'avais voulu être courageuse pour lui montrer que je n'étais pas une mauviette, mais force était de constater que j'en étais bel et bien une.

—Je me demandais quand tu allais enfin te décider à te rendre, me dit Ange dans un petit rire.

—Tu l'as fait exprès ou quoi ? Tu m'as mise KO, l'accusai-je gentiment.

—Non, je ne l'ai pas fait exprès, répondit-il en riant franchement. Je voulais juste que nous soyons tranquilles, toi et moi, et pour cela il fallait que l'on s'éloigne un peu.

—Mais tu m'as dit que nous allions dans ton monde, pas vrai ?

—Oui, c'est ce que nous ferons, tu verras, mais pas tout de suite. Nous arrivons à la première étape de notre voyage.

—Mais nous ne sommes pas en altitude et il n'y a même pas de colline ou de montagne à l'horizon, insistai-je en ne pouvant cacher ma surprise.

—Qu'est-ce que tu peux être impatiente, parfois, rit mon ange gardien de plus belle. Je n'ai pas dit que nous allions passer la journée entière dans mon monde, alors ce matin, nous restons dans le tien.

Il était de très bonne humeur, aujourd'hui, et sa joie était communicative.

—Regarde en bas..., ajouta-t-il en ralentissant l'allure et en amorçant la descente.

—Oh, la Côte de Granit Rose ! m'exclamai-je, émerveillée.

—Tu es déjà venue ici ?

—Non, jamais, mais c'est un lieu très connu en Bretagne et j'avais toujours rêvé d'y venir un jour pour voir de mes propres yeux ces fameuses roches roses, dis-je en ne pouvant contenir ma joie.

Je trépignai d'impatience dans les bras de mon ange gardien. Lorsqu'il atterrit enfin sur une petite crique déserte, je ne pus m'empêcher de sautiller sur place comme une gamine. Ange nous rendit de nouveau visibles, et je fus frappée par la beauté de son corps glorifié par le soleil qui brillait sur sa peau nue. Je restai un instant à admirer la perfection de ses traits, le contraste de son teint hâlé sur ses ailes immaculées, le dessin de ses muscles saillants sur son torse... Ange surprit mon regard et s'approcha de moi tel un félin prêt à tomber sur sa proie. Il prit mon menton dans sa main et leva mon visage vers le sien.

—Tu es si belle, Eileen... Ne me regarde pas comme ça ou je vais passer directement à la deuxième et dernière étape de notre voyage, dit-il dans un souffle, la voix rauque et sensuelle.

Gloups...

Je faillis m'évanouir sur-le-champ, heureusement mon cerveau reprit le contrôle de la situation et je me remis à respirer.

Je détournai le regard pour me calmer et découvrir mon nouvel environnement : les rayons du soleil dansaient sur l'eau calme de la mer et la faisaient briller de mille et une couleurs. À l'entrée de la crique, des dizaines de petits rochers roses parsemaient l'eau, créant un tableau de maître aux tons orangés, verts et turquoises.

Une merveille de la nature.

En revanche, même s'il ne semblait y avoir personne aux alentours, je n'étais pas très rassurée de me balader dehors et en plein jour avec mes ailes déployées, je les fis donc disparaître pour redevenir humaine. La brise hivernale ne tarda pas à me faire frissonner. Il n'y avait presque aucun nuage à l'horizon mais le mois de Décembre était déjà bien entamé et il ne devait pas faire plus de dix degrés, ce qui était déjà une bonne surprise pour cette époque de l'année. Ange m'imita et remit le t-shirt et la veste en jean qu'il avait enlevés dans la voiture avant de partir, puis il me prit par la main pour m'emmener le long des roches arrondies aux teintes brunes et rosées. Quel paysage ! J'en avais le souffle coupé.

Nous nous promenâmes pendant presque une heure sans croiser âme qui vive, puis nous revînmes à notre crique secrète. Le soleil était haut dans le ciel et réchauffait agréablement ma peau. Ange regarda aux alentours mais il n'y avait toujours personne, alors il commença à enlever tout doucement son t-shirt.

Oh, oh, il me fait un strip-tease, là ou quoi ?!

Tout en continuant à me regarder sensuellement, les yeux brillants et séducteurs, il fit glisser ses mains sur son jean pour l'enlever également. Je crois que c'est à cet instant précis que je faillis faire une syncope. Je repris mes esprits juste à temps pour ne pas défaillir.

Inspirer, expirer, inspirer, expirer.

OK, je pouvais le faire, je pouvais le regarder sans m'évanouir… Oh mon Dieu, mais qu'est-ce qu'il était beau ! Avec son petit sourire provocateur et coquin au coin des lèvres et ses abdominaux illuminés par le soleil, il était tout bonnement sexy en diable.

Oh oui, mon ange gardien était sexy en diable et il se tenait en caleçon devant moi ! Je finis par rougir. J'avais l'impression que cela faisait déjà plusieurs minutes que j'étais plantée là au beau milieu de la plage en train de le mater, alors qu'en réalité il n'avait pas dû s'écouler plus de trente secondes depuis qu'il avait enlevé son jean.

Les trente secondes les plus longues de toute mon existence.

Ange remarqua ma gêne et ne put s'empêcher de rire doucement.

—Viens par-là, dit-il en me tendant la main.

Me sentant comme une naufragée en pleine mer, je me raccrochai à cette main de toutes mes forces. Ange me blottit contre lui et me serra fort dans ses bras. Il devait sentir les battements frénétiques de mon cœur, maintenant que j'étais écrasée contre lui, mais de toute façon il ressentait toutes mes émotions, alors cela devait faire belle lurette qu'il avait ressenti mon trouble. La chaleur que dégageait son corps m'engourdit et je réussis à me détendre un petit peu.

—Ce n'est pas ce que tu crois, princesse, alors arrête de paniquer comme ça, me dit-il dans le creux de l'oreille. Je veux juste prendre un bain de mer avec toi, si tu en as envie, OK ?

Oh ! Un bain de mer ? Ça, oui, je devais en être capable… Mais je n'avais pas de maillot de bain sous ma robe blanche, et alors que je réfléchissais à cet épineux problème, tout à coup mon esprit s'éclaira. Sans le vouloir, je jetai un coup d'œil au caleçon de mon ange gardien. C'était donc ça qu'il avait à l'esprit ? Se baigner avec moi… en sous-vêtements ?

Voyant que j'avais enfin compris où il voulait en venir, Ange me fit un petit sourire complice.

—J'ai dit : si tu en as envie, insista-t-il en me faisant un clin d'œil.

Une fois de plus, je me sentis ridicule et je me mis à rougir mais, en réalité, j'avais bien envie d'accepter sa proposition. L'idée de me coller à lui, peau contre peau, suffit à mettre mon sang en ébullition et à me faire acquiescer d'un signe de tête.

—Oui, j'en ai envie, dis-je dans un souffle rauque.

Ange ne discuta pas plus longtemps et m'attira à nouveau contre lui, mais cette fois pour faire glisser la fermeture éclair de ma robe le long de mon corps.

—Fais apparaître tes ailes, dit-il alors qu'il faisait glisser lentement ma robe jusque sur le sable.

Hein ? Mes ailes ? Pour quoi faire ?!

J'étais dans un état second et je ne savais même plus ce que je faisais. Il faut croire que mon instinct de survie vit arriver la pneumonie de loin, car mes ailes se déployèrent sans que j'y pense, comme si quelqu'un avait appuyé sur un bouton « déployer » dont j'ignorais l'existence.

—C'est bien, m'encouragea Ange alors que ses mains remontaient le long de mes cuisses et de mes hanches désormais mises à nu. Viens, ajouta-t-il en me faisant un signe de la main pour m'encourager à avancer vers l'eau cristalline de la crique.

ANGE

Elle était si belle, si lumineuse, si parfaite.

Ma protégée…

En la voyant avancer ainsi dans l'eau, si timide et chancelante, je sentis de nouveau la culpabilité m'envahir.

Pourquoi n'arrivais-je pas à être seulement son ami ? C'était mon rôle, j'étais né pour prendre soin d'elle, et pourtant j'allais la trahir de la pire des façons… J'allais prendre son innocence au lieu de la préserver pour celui qui l'attendait sur terre.

Car il y avait quelqu'un, indéniablement, qui était fait pour elle, sauf qu'elle ne le connaissait pas encore. Quelque part, en cet instant précis, son âme sœur était peut-être déjà en train de la chercher, mais elle ne le savait pas. Elle pensait être amoureuse de moi, mais puisque nos deux mondes s'étaient ligués contre nous et nous empêchaient de vivre notre amour en liberté, cela ne pouvait signifier qu'une chose : nous n'étions pas faits l'un pour l'autre. Et si nous n'étions pas faits l'un pour l'autre, alors il devait forcément y avoir un autre garçon fait pour elle… Il serait sa moitié, la part qui ferait d'elle un tout et ne la ferait jamais souffrir. Moi, je n'avais eu de cesse de lui faire du mal, bien qu'involontairement, en cédant à mes sentiments et en lui montrant mon amour, puis en la repoussant pour essayer de l'éloigner de moi.

Eileen me regardait de ses grands yeux innocents. Le désir et la crainte se reflétaient en elle. Je pouvais ressentir les battements chaotiques de son cœur, les papillons qui tourbillonnaient en elle, le feu au creux de son ventre. Elle m'aimait, et je l'aimais en retour.

Plus que n'importe qui sur terre ou dans le ciel.

Plus que ma propre vie.

Plus que tout.

Et même s'il me semblait évident qu'il devait y avoir une âme sœur faite pour elle quelque part sur terre, il n'en n'était pas de même pour moi. Je ne pensais pas un seul instant qu'il puisse exister quelqu'un d'autre dans ce monde capable de me compléter à ce point, capable de me rendre aussi heureux. À ses côtés, plus rien n'avait d'importance.

Lorsqu'elle me sourit, je décidai d'oublier mes craintes et de mettre ma culpabilité de côté. Ce soir, je la ferai mienne, et si un jour quelqu'un voulait me l'enlever, il devrait me passer sur le corps.

Alors que je n'étais plus qu'à quelques centimètres de lui, Ange me prit férocement dans ses bras et me plaqua contre lui pour m'embrasser. Son baiser était à la fois doux et puissant. J'avais l'impression qu'il y mettait des émotions et des sentiments intenses, mais lesquels, je n'en avais aucune idée, et je m'en moquais bien. Tout ce qui comptait en cet instant précis, c'était ce baiser torride. Mon corps s'embrasa et j'eus l'impression que chaque particule de mon être demandait à être collée à mon ange gardien. Bien évidemment, c'est ce que je fis. Je me mis à l'embrasser fougueusement tout en me collant à lui. Ange fut surpris et resta interdit pendant quelques millisecondes, puis il répondit à mon appel en prenant mes jambes dans ses mains et en les passant autour de ses hanches nues. Mes mains coururent dans ses cheveux soyeux et sauvages, mes baisers s'égarèrent dans son cou et le creux de ses épaules, et mon souffle se fit plus rauque, plus saccadé. J'étais à bout de souffle, comme si j'avais couru un marathon, et mon cœur battait à une vitesse folle.

Folle, c'était ce que j'étais en cet instant précis. Folle de mon ange gardien, folle de me laisser aller ainsi en plein air, en pleine journée, folle de croire que nous étions seuls au monde. Et si quelqu'un nous voyait ? Cette question me turlupina pendant deux bonnes secondes avant que ne je cesse d'y penser.

Peu importait.

Ange pressa ses mains dans mon dos, me serrant un peu plus contre lui. Ma poitrine toucha la sienne. Mes jambes sentirent les muscles fermes de son bassin. J'avais besoin de lui, je voulais être à lui, tout de suite. Comme s'il lisait dans mes pensées, et c'était peut-être le cas, Ange ralentit notre rythme.

—Doucement, princesse, dit-il en desserrant mes jambes et en les reposant sur le sable au fond de l'eau. J'ai amené un pique-nique et je compte bien le manger, alors je ne te laisserai pas me détourner de mon but, ajouta-t-il avec un sourire narquois au coin des lèvres.

Waouh, cela me calma d'un coup.

Pourquoi arrivait-il toujours à reprendre ses esprits alors que moi je perdais pied si facilement ? J'aurais presque pu me mettre à bouder, mais la journée était si belle et si merveilleuse que j'en fus incapable. En tirant la langue au magnifique garçon que j'avais en face de moi, je me détachai de son corps bouillant et me jetai à l'eau à plusieurs mètres de lui.

—Très bien, alors puisque tu ne veux pas de moi, tu peux toujours courir pour m'attraper, lançai-je en lui rendant son sourire moqueur.

Moi aussi je pouvais jouer. Ange parut très amusé par mon comportement et me fit un clin d'œil.

—Tu n'auras pas fait deux mètres que je t'aurai déjà emprisonnée dans mes bras, Eileen.

Je frissonnai en entendant la façon dont il avait prononcé mon prénom. J'étais devenue sa proie. Un long frisson me parcourut, mais j'étais sous ma forme d'ange, j'étais donc bien plus forte que sous ma forme humaine, et je comptais bien mettre ce petit détail à profit. Alors qu'Ange s'apprêtait à me bondir dessus, je plongeai le plus loin possible vers l'horizon. Moi qui détestais me baigner et ne pas avoir pied en temps normal, je me sentais étrangement bien. Le fait d'avoir déployé mes ailes m'aidait sans doute à avoir plus confiance en moi. D'ailleurs, je me rendis compte presque immédiatement que je pouvais m'aider de mes ailes pour nager, me rendant aussi rapide qu'un poisson ! Je n'en revenais pas. J'étais en train de prendre du plaisir à jouer dans l'eau, insouciante, alors que d'habitude je chouinais dès que je ne voyais plus le fond de l'eau. Être un ange me rendait vraiment plus courageuse…

Alors que je m'amusais à m'éloigner de la rive et à découvrir mes nouvelles capacités en matière de natation, Ange ne bougea pas. Il me regardait d'un air moqueur et parfaitement sûr de lui. Visiblement, il avait l'air de croire qu'il pourrait me rattraper lorsque bon lui semblerait. Oui mais voilà, puisque nous avions décidé de jouer, j'allais jouer. En lui faisant une petite moue malicieuse, je me jetai sous l'eau et me propulsai à l'aide de mes ailes en direction d'une petite grotte que j'avais aperçue quelques dizaines de mètres plus loin. J'étais sûre qu'Ange n'en reviendrait pas et qu'il se mettrait à me chercher pour de bon. Je pris soin de me coller au sable afin qu'il ne voie pas trop les remous de l'eau et, bien sûr, je lui fermai mon esprit. Ange était si profondément ancré en moi qu'il pouvait me retrouver à des kilomètres à la ronde, si je ne l'en empêchais pas. Du coup, je me mis à penser à ce que nous allions bien pouvoir pique-niquer. Qu'avait-il prévu pour ce déjeuner romantique au bord de l'eau ? Des sandwichs au jambon-beurre ? Au bout de quelques secondes, je remontai à la surface lentement, satisfaite de constater que j'étais bel et bien arrivée à la petite grotte que j'avais repérée plus tôt. Je sortis de l'eau sans faire de bruit, regardant autour de moi pour voir si Ange était dans les parages, mais il n'était pas là. Le souffle court, je grimpai sur les roches roses du rivage et me cachai dans un renfoncement. Il pouvait toujours courir pour venir me chercher ici. J'étais plutôt fière de moi. Quand je le voulais vraiment, je parvenais à utiliser mes pouvoirs pour me rendre invisible de l'ennemi, même si dans ce cas il s'agissait seulement d'un jeu et que je désirais ardemment que l'ennemi me retrouve pour me prendre à nouveau dans ses bras.

En attendant que mon ange gardien vienne me chercher, je décidai de jouer un peu avec mes pouvoirs. Qu'arriverait-il si je lançais des éclairs dans l'eau ? Électrocuterais-je la mer entière ? Je me doutais bien que non, mais la curiosité l'emporta et je fis rapidement apparaître la brume dans ma paume, qui se transforma presque aussitôt en d'épais nuages noirs. De petites étincelles se mirent à crépiter et je ne pus m'empêcher de diriger ma main vers la surface de l'eau…

J'allais l'y plonger pour voir l'effet que cela produisait lorsqu'Ange apparut à mes côtés comme par enchantement.

—Aaaaah ! m'écriai-je en sursautant si fort que je tombai à la mer la tête la première.

Et là, un phénomène très étrange se produisit : d'énormes bulles d'eau commencèrent à bouillir tout autour de moi, formant une barrière entre mon ange gardien et moi. Les bulles se mirent à tourner de plus en plus vite et formèrent bientôt de multiples petits tourbillons dans l'eau cristalline et brillante. Allais-je être happée par ces tourbillons ? Qu'était-il en train de se passer ? Stupéfaite, je regardai Ange. Il fronçait les sourcils, apparemment tout aussi surpris que moi, puis il croisa mon regard et son visage s'éclaira.

—Encore un nouveau pouvoir, dit-il en approuvant de la tête. Décidément, tu es pleine de surprise, Eileen.

Un nouveau pouvoir ? Comment ça, un nouveau pouvoir ?

Qu'est-ce que j'avais encore bien pu inventer ? De surprise, je haussai les sourcils et mon corps se détendit aussitôt. Je ne l'avais pas remarqué jusque-là, mais j'étais très tendue. Trop, peut-être. Lorsque mes épaules s'affaissèrent, les tourbillons cessèrent immédiatement et l'eau redevint calme et transparente.

Ça alors…

—Que s'est-il passé ? demandai-je à Ange avec l'air de quelqu'un qui avait fait une bêtise.

—Eh bien, je pense que tu viens de découvrir un nouveau pouvoir, répondit-il avec un large sourire sur les lèvres. La seule chose qui me chagrine, c'est que tu aies voulu l'utiliser contre moi.

—Non, ce n'était pas contre toi, me défendis-je avec véhémence. Je voulais juste essayer de lancer des éclairs dans l'eau pour voir ce que ça ferait, mais tu es apparu et tout à coup l'eau s'est mise à faire des trucs bizarres !

—C'est bien ce que je disais, dit-il en riant et en s'approchant de moi pour m'enlacer. Tu as eu si peur que tu as créé un bouclier protecteur autour de toi, me chuchota-t-il dans le creux de l'oreille.

—Un bouclier protecteur ? Mais il ne ressemble pas du tout à celui de Kinnie…

—Tous les boucliers ne sont pas faits de la même matière ni de la même forme, cela dépend de chaque Élu, commença-t-il à m'expliquer. Je commence à croire que ton pouvoir est en rapport avec les phénomènes météorologiques, et pas seulement avec la foudre. Tu as créé de véritables tourbillons, Eileen, et je suis presque sûr que tu serais capable de créer aussi des tornades et de faire tomber la pluie ou la grêle.

Ange paressait songeur, visiblement très absorbé par la nouvelle étendue de mes pouvoirs. Moi, tout ce que je voyais, c'était que j'allais devoir bosser trois fois plus pour pouvoir les maîtriser. Sans compter que je ne pensais pas pouvoir vaincre Ludivine en faisant éclater une petite averse. À moins que je ne parvienne à la noyer dans la mousson, il y avait peu de chance pour que cela m'aide à m'en débarrasser. Je fronçai les sourcils en pensant à elle. C'était la deuxième fois que cela arrivait depuis ce matin et cela ne me plaisait pas du tout.

—Que se passe-t-il ? s'inquiéta Ange en me voyant si sérieuse.

—Oh, rien, c'est juste que je ne vois pas bien l'utilité de ce genre de pouvoirs. Je ne vais quand même pas tuer Ludivine à l'aide de grêlons, dis-je en faisant la moue.

Prononcer le mot « tuer » était vraiment difficile. Malgré tout ce que j'avais appris depuis que j'étais au lycée, à savoir que j'étais une Élue et qu'à ce titre je devais zigouiller l'Ombre qui m'avait été attribuée par la Nature, je ne parvenais toujours pas à m'imaginer en train d'ôter la vie à quelqu'un. D'ailleurs, je chassai rapidement cette idée de mon esprit, car elle venait de provoquer en moi un frisson de dégoût et d'horreur.

—Allez, finis les bavardages, passons aux choses sérieuses, marmonna Ange en me prenant par les hanches pour me ramener sur terre.

—Euh, qu'est-ce que tu veux dire ? balbutiai-je comme une enfant de deux ans.

—Qu'on va manger, j'ai faim, trancha-t-il en nous rendant invisibles et en nous ramenant à la plage où nous avions laissé nos affaires un peu plus tôt.

Il n'y avait toujours personne à l'horizon, et heureusement parce que nous étions toujours en sous-vêtements. Lorsque nous sortîmes de l'eau, Ange me tendit une serviette sortie de nulle part. Je me séchai du mieux que je pus et j'enfilai ma robe rapidement. Ange se rhabilla lui aussi, puis il retourna vers l'intérieur de la crique et commença à installer sur le sol une couverture moelleuse en coton blanc qu'il venait de faire apparaître. S'ensuivirent des pétales de rose rouge, de belles assiettes en porcelaine blanche, de vrais couverts ainsi que deux verres en cristal. Eh ben dis donc, on était loin du pique-nique à la bonne franquette que j'avais imaginé ! Finalement, je n'allais peut-être pas manger de sandwich jambon-beurre…

—Mais d'où tu sors tout ça ?! m'exclamai-je en le voyant poser de petits toasts dans chacune des assiettes.

Ange me regarda et me fit un clin d'œil en souriant timidement.

—Ce n'est pas ce que tu avais imaginé ? me demanda-t-il d'un ton mi-curieux, mi-hésitant.

—Pas vraiment, non.

Il releva les yeux vers moi, franchement inquiet maintenant.

—Ça ne te plaît pas ? Tu voulais quelque chose de plus simple ?

—Oh non, ce n'est pas ça, ne t'inquiète pas, j'étais juste en train de me demander comment tu avais fait pour amener tout ça sans que je m'en rende compte.

—J'ai tout préparé cette nuit, quand tout le monde dormait à la maison. Ensuite j'ai tout laissé dans la voiture, la glacière pour la nourriture et un sac avec tout le reste, et là je suis en train de les faire apparaître.

Je souris en imaginant Ange en train de s'affairer en cuisine à deux heures du matin. Il était vraiment trop adorable. Cela ne devrait pas être permis d'être aussi gentil. À côté de lui, je ne faisais pas le poids.

—Mais tu t'es reposé, quand même ? m'inquiétai-je, même si je savais qu'en tant qu'ange gardien il avait besoin de très peu de sommeil.

—Oh ne t'inquiète pas, je suis en pleine forme, dit-il d'un ton un peu moqueur.

Je me mis à rougir en voyant son petit air coquin. Merde, je devais ressembler à une écrevisse !

—Assieds-toi, m'invita-t-il en désignant la couverture de la main. Il paraît que nous faisons de l'excellente nourriture, dans le ciel, alors tu as intérêt à me dire si c'est bon ou si je dois être banni. Et rappelle-toi que si tu mens, je le saurai, ajouta-t-il avec un sourire en coin irrésistible.

Il s'était habillé sans se sécher complètement et son t-shirt était mouillé par endroits, laissant transparaître son torse parfait et bronzé juste en dessous. Je m'y attardai quelques secondes, puis remontai vers ses yeux vert émeraude. Ils essayaient de lire en moi et j'aurais juré qu'ils y parvenaient presque. Ange me connaissait trop bien, et le fait d'être mon ange gardien et de pouvoir ressentir mes émotions l'aidait encore plus. Lorsque mon esprit se mit à divaguer en l'imaginant tout nu devant moi, je me forçai à reprendre le dessus sur mes pensées. Je clignai des yeux plusieurs fois pour chasser cette image de mon esprit et je pris le verre qu'Ange me tendait. Il était plein d'un liquide orangé.

—Qu'est-ce que c'est ? demandai-je d'une voix rauque.

Je toussai rapidement pour cacher mon embarras et Ange leva son verre vers moi.

—C'est un cocktail à base de jus de pomme, de citron et de verveine. Je trinque en ton honneur, Eileen, parce que tu éclaires ma route chaque jour depuis que tu es entrée dans ma vie, dit-il en me portant un toast.

Je rougis de plus belle.

—Non, à nous, le corrigeai-je en faisant « tchin » avec nos verres. Toi aussi tu as changé ma vie, Ange, et plus rien ne sera jamais comme avant, après toi.

Je surpris un éclair de bonheur et de fierté dans ses yeux, puis il porta les lèvres à son verre et but une gorgée de son cocktail. J'en fis de même et fus très agréablement surprise par la douceur et le goût fruité qui en ressortait. C'était sucré, pétillant et frais, un pur délice. Alors que je me délectais de cette merveille, Ange ne cessait de me regarder. Ou plutôt de me dévorer des yeux. Lorsque je lâchai enfin le verre, il s'approcha de moi et passa sa main libre derrière ma nuque pour attirer mon visage vers le sien, et en à peine trois secondes ses lèvres furent sur les miennes.

Oh mon Dieu c'est si bon !

Le goût du cocktail se mélangeait à nos langues sucrées et fraîches, contrastant avec la chaleur qui se dégageait de nos corps et l'envie brûlante qui existait entre nous. Ange détacha ses lèvres des miennes, à regret, et nous pûmes commencer notre déjeuner au bord de l'eau. J'avais l'impression de vivre un rêve éveillé. D'habitude, au lycée, nous passions notre temps à éviter de nous regarder, à ne pas être trop longtemps côte à côte, à ne pas paraître trop complices, mais c'était une situation extrêmement difficile à gérer, alors le fait de me retrouver avec mon ange gardien en pleine nature, au bord de la mer et en plein après-midi me semblait tout simplement extraordinaire. Au-delà du fait qu'il était un ange, au-delà du fait que j'étais une Élue, le simple bonheur d'être ensemble, sans avoir à nous cacher, me rendait heureuse. Absolument et parfaitement heureuse.

Après le déjeuner, en tout point excellent comme me l'avait promis mon ange gardien, Ange fit apparaître une immense serviette de plage sur laquelle nous nous allongeâmes. Nous restâmes ainsi pendant de longues minutes, les yeux rivés sur le ciel bleu, grandiose, tacheté de-ci de-là de nuages blancs aux formes diverses. Je les voyais avancer dans le ciel, poussées par le vent, et la beauté de la nature me submergea en même temps qu'Ange me prenait par la main. Il ne fit rien d'autre, juste poser sa main sur la mienne, comme une plume légère. Un geste pour me dire qu'il était là, que je pouvais me reposer, qu'il ne partirait pas. Malgré moi, je fermai les yeux quelques instants et m'assoupis presque aussitôt.

Je n'avais pas pour habitude de faire la sieste, je fus donc étonnée de me réveiller en plein air, allongée sur une serviette de bain, sur une plage de roches rouges.

La Côte de Granit Rose.

La mer.

Le pique-nique.

Ange…

Tout me revint en mémoire alors que j'émergeais du sommeil. Combien de temps m'étais-je assoupie ? J'avais rêvé que je marchais sur les nuages et que je passais de l'un à l'autre en sautillant.

Pfff… Quelle idiotie…

—Pourquoi souffles-tu ? Tu n'as pas bien dormi ? J'imagine que tu aurais préféré être dans ton lit…, demanda Ange en portant ma main à ses lèvres et en lui faisant de doux baisers.

Je posai les yeux sur son torse dénudé et musclé. Oups, il avait dû enlever son t-shirt pour bronzer alors que je dormais ! Puis mon regard remonta avec bonheur sur ses épaules larges, ses biceps rebondis, ses avant-bras virils où quelques veines ressortaient, comme pour mieux montrer sa force. Enfin, je trouvai son regard et ne pus réprimer un sourire.

—Désolée de m'être assoupie, dis-je d'une petite voix encore endormie. Non, je n'aurais pas voulu me réveiller ailleurs que dans tes bras. Je suis à ma place, ici.

Ange me décocha son sourire le plus enjôleur et lâcha ma main pour laisser ses doigts vagabonder sur mon ventre. Je portais ma robe, il ne touchait donc pas ma peau, mais ce simple contact à travers le tissu suffit à me rappeler le but de notre escapade en amoureux. J'aurais voulu être à ce soir. Sans trop savoir pourquoi, je regardai le ciel. Je ne sais pas ce que j'espérais y voir. L'heure, peut-être ? Mais personne ne m'avait jamais appris à lire l'heure en fonction de la position du soleil, et je n'avais pas mis ma montre ce matin, je n'avais donc aucune idée de l'heure qu'il était. Comme d'habitude, Ange me comprit sans que je dise un mot.

—Il est presque dix-sept heures trente, me dit-il en souriant.

Waouh, j'avais dormi deux bonnes heures !

—La nuit va bientôt tomber, on devrait y aller, ajouta-t-il en se levant et en me tendant la main pour m'aider à en faire de même.

Lorsque je fus sur mes deux pieds, Ange posa ses mains sur mes hanches et me rapprocha de lui.

—J'ai envie de toi, Eileen, chuchota-t-il à mon oreille en me mordant le lobe doucement.

Ces quelques mots me firent fondre.

Littéralement.

J'aurais pu me liquéfier sur place s'il ne m'avait pas tenue si fermement contre lui. Mon corps se mit à bouillir intérieurement, chaque cellule voulant satisfaire la demande de mon ange gardien. Moi aussi j'avais envie de lui, mais pour une raison étrange et inconnue, les mots ne voulaient pas sortir de ma bouche, alors je me contentai de poser mes lèvres sur les siennes en essayant de faire passer dans mon baiser toutes les émotions que je cachais à l'intérieur.

—Pendant ton sommeil tu as perdu tes ailes. Te sens-tu capable de te transformer et de voler pour aller dans mon monde, ou préfères-tu que je te prenne dans mes bras ?

Mmmh... Que faire, que faire ?

Je ne savais pas trop. J'aurais probablement été capable de rentrer en volant mais j'y aurais laissé toutes mes forces, et je voulais garder celles-ci pour la nuit qui m'attendait. Bon, le problème, c'est que je ne me voyais pas le lui dire si crûment. Pendant que je réfléchissais, Ange se mit à m'embrasser doucement dans le cou, rendant ma réflexion encore plus difficile.

Euh... quelle est la question, déjà ?

Je pouvais sentir son sourire sur ma peau. Il prenait un malin plaisir à me torturer par ses ruses habiles de beau gosse à tomber par terre. Enfin, en matière de torture, on pouvait faire pire, quand même...

Lorsqu'il enfonça doucement ses dents dans la chair tendre de mon épaule, de violents frissons me parcoururent et je sus que si je ne l'arrêtais pas tout de suite, je ne pourrais plus jamais le faire. Ni lui ni moi ne serions capables de faire marche arrière.

Nous étions en plein air ? Pas grave.

Nous pouvions être surpris par n'importe qui et à n'importe quel moment ? Pas graave.

Nous risquions de faire l'amour sur des pierres dures et couvertes de petites bêtes ? Pas graaave...

Vraisemblablement, je n'avais plus toute ma tête, alors avant que les choses ne dégénèrent complètement, je repoussai Ange gentiment en mettant mes deux paumes sur son torse.

—Je préfère que tu me portes, dis-je d'une voix faible.

J'espérais que lui aussi reprendrait ses esprits, parce que s'il recommençait à m'embrasser, je n'étais pas sûre de pouvoir lui résister une nouvelle fois. Heureusement, Ange esquissa un sourire et me prit dans ses bras comme il aurait pris une enfant puis il s'envola sans un regard en arrière.

—Tu n'as rien oublié ? demandai-je en réalisant que j'avais sans doute précipité notre départ. Qu'est-ce que tu as fait de la glacière, des couvertures et de tout le reste ?

—Je les ai renvoyés à la voiture.

J'acquiesçai en silence. Il n'y avait rien à dire : les pouvoirs des anges, c'était vraiment très pratique.

Pendant tout le vol, je m'efforçai de rester calme en observant les alentours et en essayant d'oublier ce qui était censé se passer ensuite. Le trajet dura un peu moins d'une heure, mais j'étais contente de l'avoir fait dans les bras de mon ange gardien, car cela m'avait permis de l'observer du coin de l'œil et de l'admirer en salivant intérieurement.

Nous finîmes par arriver au cœur d'une montagne isolée. Il n'y avait aucune habitation aux alentours. Après avoir passé quelques minutes de plus à survoler une splendide vallée verdoyante, Ange atterrit sur une colline, juste à côté d'une drôle de construction. Je m'étais attendue à aller dans une maison, une cabane ou que sais-je encore, mais la construction qui se dressait devant moi ressemblait plutôt à une bulle en verre. Elle était si bien intégrée dans le paysage qu'il m'aurait été impossible de la remarquer si Ange ne m'y avait pas emmenée. Elle se trouvait à environ deux cents mètres d'altitude et surplombait la magnifique vallée que nous avions survolée. La bulle était petite, de forme circulaire, et toute en verre. Le soleil couchant se reflétait sur ses parois scintillantes, faisant briller les yeux de mon ange gardien. Celui-ci me regardait avec une certaine appréhension. Doutait-il de lui ? L'endroit était pourtant magnifique. Je lui souris timidement et il me sourit en retour, visiblement soulagé, puis il fit un geste de la main et une ouverture apparut dans la paroi en verre. D'un pas assuré, il m'aida à pénétrer dans la bulle.

Waouh…

L'intérieur était étonnamment chaleureux. Un immense lit aux draps blancs satinés reposait sur un plancher en bois, entouré de deux petites tables de nuit en verre. Une mini salle de bain se cachait dans un renfoncement de la montagne, ainsi qu'une toute petite cuisine. Je cherchai des yeux une table et des chaises, mais il n'y en avait pas. Les anges ne mangeaient tout de même pas à même le sol, si ? Malgré moi, je levai un sourcil d'étonnement et Ange me fit un sourire moqueur.

—On préfère manger dehors, dit-il en me faisant un clin d'œil.

Il lisait vraiment en moi comme dans un livre ouvert…

Je finis de découvrir la bulle, fascinée par la simplicité et la modernité du décor. La construction respectait totalement la nature, comme le voulait la philosophie des anges. Aucun matériau n'avait été utilisé pour recouvrir la roche, le mur du fond était donc en pierre naturelle. L'ensemble était minimaliste et me laissa rêveuse. J'avais l'impression d'être dans un cocon intime, un petit paradis perdu au milieu de nulle part.

—Personne ne viendra nous chercher ici, me dit Ange d'un ton calme.

—Comment peux-tu en être aussi sûr ?

Après tout, nous étions sur le territoire des anges et n'importe lequel d'entre eux aurait pu passer près de nous à cet instant.

Ange me sourit doucement et fit non de la tête.

—Cet endroit est très reculé de là où nous vivons. Ce genre de bulle existe un peu partout dans les montagnes ou les collines. Cela nous sert d'abri ou de chambre.

—Mais cela appartient à tout le monde ? demandai-je sans bien comprendre.

—Oui. Il suffit de venir et de fermer l'entrée pour que les autres sachent que la bulle est occupée.

—Alors c'est comme un hôtel, mais en libre-service, c'est ça ? insistai-je en haussant les sourcils.

—Oui, c'est exactement ça ! répondit Ange en riant de ma remarque.

—Désolée d'insister, mais ça ne vous dérange pas que les autres vous voient dormir ?

Les parois de la bulle étaient complètement en verre, et même si cela nous permettait d'admirer le magnifique coucher de soleil qui s'offrait à nous, cela voulait surtout dire que les autres pouvaient nous voir depuis l'extérieur.

—Personne ne peut nous voir, me répondit-il en venant m'enlacer par derrière et en posant son menton sur mon épaule.

Ses mains se refermèrent sur mon ventre pour me serrer contre son torse.

—Je ne comprends pas, chuchotai-je en essayant de calmer les battements de mon cœur qui jouait au colibri.

—Lorsque quelqu'un ferme la porte de la bulle, celle-ci devient opaque aux yeux de ceux qui se trouvent dehors. Par contre, nous, nous pouvons voir tout ce qui se passe à l'extérieur, tout en étant à l'abri des regards indiscrets.

—Oh, c'est… très intéressant, dis-je maladroitement, de plus en plus nerveuse.

Même si j'avais très envie de me retrouver seule avec Ange, j'étais un peu paniquée à l'idée de ce qui allait se passer ensuite. Non pas que je n'en eusse pas envie, mais la peur de l'inconnu me tétanisait littéralement.

—Tu as faim ? me demanda-t-il tout à coup.

Euh, oui, mais pas vraiment de nourriture…

Bien sûr, je me gardai bien de lui dire tout haut ce que je pensais tout bas, et j'assentis de la tête. Après tout, nous n'avions rien mangé depuis le déjeuner, et je commençais à avoir un petit creux. Avaler quelque chose me ferait sûrement du bien et retarderait surtout le moment où Ange et moi serions face à face, si proches et si intimes que je n'aurais plus aucune échappatoire.

Celui-ci se dirigea vers la petite cuisine et en ressortit au bout de quelques secondes avec un panier.

—Mais comment fais-tu ça ? m'exclamai-je en ne pouvant retenir ma surprise. Tu as préparé combien de pique-niques cette nuit ?

Ange sourit en coin et me lança un regard amusé. Ses yeux verts brillaient de plaisir.

—Deux.

—Tu plaisantes ?

—Je savais que nous allions passer la journée dehors et je n'avais aucune envie de t'emmener au restaurant. Il fallait bien qu'on mange quelque chose, alors voilà. Le panier était dans la voiture, je n'ai fait que le faire apparaître ici, conclut-il en haussant les épaules.

—Tu es fou…

—Je sais.

J'eus la nette impression qu'il allait ajouter quelque chose, mais il se ravisa au dernier moment. Son regard était de plus en plus fiévreux et je sentais bien qu'il était en train de changer d'humeur.

Il a vraiment envie de moi…

Cette soudaine prise de conscience me fit chavirer et mon cœur se mit à battre à une vitesse folle, envoyant une poussée d'adrénaline dans mes veines.

—Arrête ça, chuchota Ange tout bas, comme si quelqu'un pouvait nous entendre.

—Arrêter quoi ? répondis-je dans un souffle.

J'aurais voulu prendre un air innocent, mais tout mon corps me trahissait, et mon souffle était devenu si irrégulier que je respirais par à-coups.

Et si je mourais là, maintenant, tout de suite, d'une combustion spontanée ? C'était possible, ça ? Je déglutis bruyamment lorsqu'Ange reposa le panier par terre pour avancer vers moi d'un air sauvage. Instinctivement, je reculai d'un pas, mais il continua à s'approcher jusqu'à arriver à deux centimètres de mon visage. Ses yeux étaient brûlants. Il était à deux doigts de craquer, et moi à un seul.

—Nous avons attendu ce moment si longtemps, Eileen, que je ne veux pas le gâcher. Je t'ai promis que tout serait parfait, par conséquent je ne voudrais pas te sauter dessus comme un sauvage, mais si tu continues à te comporter ainsi, je crains de ne pas pouvoir me retenir plus longtemps, lâcha-t-il en tremblant presque.

J'ouvris la bouche puis la refermai sans dire un mot. Mince alors, il m'avait cloué le bec !

—Je ne le fais pas exprès, couinai-je en dansant d'un pied sur l'autre.

—Je le sais, mais tu es si belle, si magnifique et sexy dans ta petite robe moulante que je n'ai qu'une envie : goûter à ta peau et la brûler contre la mienne pour ne faire plus qu'un avec toi.

Le souffle saccadé, il appuya son front contre le mien et me retint d'une main par la nuque.

—Parce que nous ne sommes qu'un, Eileen, tu comprends ? Tu me connais mieux que personne, tu me fais rire, tu m'attendris, tu sais ce dont j'ai besoin, tu me pardonnes toutes mes erreurs, et moi… moi je suis à toi. Je suis *en* toi. Je lis tes émotions comme les pages d'un livre ouvert, je comprends tes réactions comme si c'étaient les miennes. Je veille sur toi et sur ton bien-être à chaque seconde qui passe. Je ne laisserai jamais personne te faire du mal. Je ne t'en ferai jamais moi-même. Je te vénèrerai envers et contre tout, malgré les interdictions, malgré les risques, malgré tous ceux qui veulent nous séparer. Souviens-toi de ça, Eileen, ne l'oublie jamais, s'il te plaît. N'oublie jamais que personne ne pourra te connaître et t'aimer aussi profondément que moi.

J'eus soudain un flash-back de nos débuts ensemble. À l'époque il me parlait souvent ainsi, par énigmes, comme s'il était le seul à comprendre ce qu'il disait, comme si je pouvais deviner ce qu'il dissimulait derrière ses mots, et cela me fit froid dans le dos.

Ange me cachait quelque chose.

Je me dégageai de sa main et reculai d'un pas, beaucoup plus calme à présent.

—Que se passe-t-il ? lui demandai-je très sérieusement.

—Rien, pourquoi ?

Il avait l'air vraiment étonné. M'étais-je fait des idées ? Pourtant j'avais vraiment eu la sensation qu'il essayait de me dire quelque chose à demi-mots, mais quoi, je n'en avais pas la moindre idée.

Un peu perdue, je caressai son visage avec mes doigts puis ma paume. Il la prit dans la sienne et me regarda intensément, son regard émeraude ancré au fond du mien.

—Je t'aime, dit-il comme si sa vie dépendait de ces trois petits mots.

—Je t'aime aussi, répondis-je en essayant de faire transparaître mon amour dans mon regard.

Je voulais qu'il comprenne à quel point il comptait pour moi. Ne le voyait-il pas ? N'était-il pas évident que j'étais folle amoureuse de lui, puisque j'avais décidé de lui offrir mon bien le plus précieux ?

Comme pour écourter mes étranges pensées, Ange reprit le panier et me tira par la main vers la sortie de la bulle. Je me laissai faire sans rien dire, curieuse de voir où il allait m'emmener.

Contrairement à ce que je pensais, nous ne partîmes pas en volant, mais en marchant. Nous suivîmes un petit chemin escarpé sur le flanc de la colline, jonché de fougères et de plantes en tout genre, avant d'arriver au sommet qui surplombait la vallée. De là, la vue était absolument magnifique. Presque magique. Le soleil venait de se coucher et l'air commençait à se rafraîchir. Sans vraiment m'en rendre compte, je décidai de déployer mes ailes pour me transformer, et Ange en fit autant.

—C'est bien que tu te transformes plus souvent, dit-il en commençant à installer tout ce qu'il avait préparé.

—J'avais froid, dis-je en haussant les épaules et en souriant timidement.

—Viens par-là, dit-il en me tendant la main. Je veux que tu voies ça.

Doucement, je m'approchai et blottis ma main dans la sienne. Ange me fit passer devant lui et serra son torse musclé contre mon dos. Je ne savais plus trop quoi faire de mes ailes, mais elles ne semblaient pas le gêner, alors je tentai de me détendre et de les oublier.

—Regarde en bas, me dit-il alors au creux de l'oreille.

—Oh mon Dieu ! m'exclamai-je en retenant ma respiration pendant quelques secondes.

Je me trouvai à deux pas d'un vide immense. La lune et les étoiles se reflétaient sur la surface d'un large lac au creux de la vallée, entouré de dizaines d'arbres et de plantes verdoyantes. Mais ce qui m'interpellait le plus, c'étaient les milliers de petites lumières qui scintillaient partout dans le paysage. On se serait cru dans Avatar.

—Ce sont… des lucioles ?

—Oui. Nous appelons cet endroit la « Vallée Scintillante » à cause de cette particularité. Je n'ai jamais vu ce phénomène nulle part ailleurs. C'est étonnant, et cela a quelque chose de magique.

J'acquiesçai en silence et me mis à suivre des yeux le ballet fantasmagorique des lucioles. La nature semblait si vivante, animée par ces milliers de points lumineux, que je ne parvenais plus à en détacher mon regard. La légère brise que j'avais ressentie un peu plus tôt faisait danser les feuilles dans les arbres et onduler la surface de l'eau. C'était encore mieux que les lumières de la ville, et pourtant j'adorais voir la ville endormie scintiller dans la nuit noire…

Totalement absorbée par le spectacle magique qui se jouait sous mes yeux, je restai prostrée pendant de longues minutes. À cause de mon manque de concentration, je perdis mes ailes, mais Ange me fit réagir en me mordillant le lobe de l'oreille. Je frissonnai dans la nuit naissante tandis que mon ange gardien continuait à jouer avec moi, effleurant le long de mon cou de ses lèvres chaudes. Ses mains se resserrèrent sur mes hanches et ses doigts s'enfoncèrent dans ma peau au travers de ma robe. Soudain, Ange m'arracha à mon spectacle en me forçant à me retourner vers lui. Ses yeux verts brillaient dans la nuit comme ceux d'un félin, et il crispa sa mâchoire en posant son front sur le mien.

—On va dîner, dit-il dans un murmure alors qu'il m'éloignait du vide.

Je me laissai faire, totalement sous son charme, le souffle de plus en plus court. De son regard fiévreux, Ange venait de faire monter ma température corporelle de plusieurs degrés d'un coup !

Le dîner fut très rapide. Ange semblait calme, mais je savais qu'il ne l'était qu'en apparence, car son désir était tellement fort que je pouvais le sentir danser et virevolter entre nous. L'air était empli de tension sexuelle. Moi, je ne savais même pas ce que je mangeais. J'étais tellement tendue et impatiente que je n'avais plus du tout faim. Lorsque nous finîmes de manger la salade de fruits qu'il avait concoctée pour le dessert, Ange se leva et fit tout disparaître d'un geste de la main.

Je me levai à mon tour et vins me blottir contre son torse brûlant, et il en profita pour me prendre dans ses bras et nous rendre invisibles.

—Accroche-toi, dit-il sans ménagement avant de s'élancer depuis le précipice où nous nous trouvions auparavant.

Je lâchai un cri en me sentant tomber ainsi dans le vide, mais Ange me serra fort pour me rassurer.

—Regarde, Eileen, regarde autour de toi, me dit-il dans le creux de l'oreille.

Nous étions en train de survoler le lac, au cœur d'un autre monde aussi magique et aussi beau que mon ange gardien. Les lucioles virevoltaient autour de nous comme des milliers d'étoiles et l'eau ondulait juste en dessous de nous, reflétant nos deux corps entrelacés dans ce voyage fabuleux. Ange survola toute la longueur du lac, puis il remonta doucement vers le haut de la colline. Mon estomac se noua en un milliard de petits nœuds alors que je comprenais que notre voyage touchait à sa fin. Je jetai un dernier regard au paysage féerique que nous laissions derrière nous, puis je fermai les yeux en me blottissant encore plus fort contre mon ange gardien.

—Chut, calme-toi, ma belle, dit-il alors que le vent soufflait sur ma peau et faisait voler mes cheveux dans tous les sens.

Bientôt, il ralentit l'allure. Nous étions probablement arrivés devant la bulle. Je dus me résoudre à ouvrir les yeux pour affronter la réalité. Je fus surprise de constater que, contrairement à notre arrivée et malgré la nuit qui s'était pleinement installée, la bulle était devenue totalement opaque. Les parois en verre n'étaient plus transparentes mais bel et bien noires, aussi brillantes et lisses que la carrosserie d'une voiture neuve.

—Je croyais que la bulle ne se fermait aux autres que lorsqu'il y avait quelqu'un à l'intérieur, demandai-je à mon ange gardien en sentant monter mon anxiété d'un cran.

—Ne t'inquiète pas, elle est devenue opaque lorsque nous sommes arrivés cet après-midi, me répondit-il d'un ton calme. Nos affaires sont à l'intérieur, la bulle sait donc que nous ne sommes pas partis définitivement.

—Eh ben, votre technologie est sacrément intelligente, quand même..., ne pus-je m'empêcher de remarquer en admirant les innovations et les inventions dont les anges étaient capables.

Ange se mit à rire doucement et se posa juste à l'entrée de la bulle.

—Après toi, princesse, dit-il en reprenant son sérieux et en me dévorant des yeux.

Oh mon Dieu.

J'entrai en tremblant dans notre paradis en miniature. Ange entra derrière moi et me prit par la main pour me retourner et me plaquer contre lui.

—Je vais prendre une douche, à moins que tu ne préfères commencer, me souffla-t-il au creux de l'oreille.

Une douche ? Oh oui, bien sûr qu'il fallait que je prenne une douche ! Ma peau et mes cheveux étaient encore tout poisseux de notre baignade en mer de cet après-midi.

—Je préfère y aller en premier, dis-je dans un souffle.

Au moins, je serais occupée pendant quelques minutes, et l'eau chaude me permettrait peut-être de me calmer un peu. Au pied du lit se trouvait mon petit sac de voyage. Inutile de demander comment il avait atterri là : Ange avait dû le faire apparaître par magie. Je le pris maladroitement et me dirigeai vers la minuscule salle de bain que j'avais aperçue en entrant dans la bulle. Je fermai la porte derrière moi sans un regard en arrière. J'étais au bord de l'apoplexie…

Merde !

Il fallait vraiment que je me calme, sinon Ange risquait de venir me retrouver sous la douche pour me faire du bouche-à-bouche ! Je me mis à rire nerveusement de mes divagations intérieures.

Sérieux, Eileen, calme-toi, maintenant…

Dans le tout petit espace, je tentai de me tranquilliser en inspirant et en expirant profondément. Dans à peine deux mètres carrés, il y avait des toilettes, un lavabo et une douche à l'italienne, tout en pierre naturelle de couleur beige. Encore heureux que je ne sois pas claustrophobe ! Les parois de la colline étaient recouvertes de mousse par endroits, et je priai pour qu'aucune petite bête ne fasse son apparition lorsque je serai sous l'eau. Heureusement, les anges avaient tout de même pensé à mettre une cloison en verre pour séparer la roche de la douche, ce qui rendait mon périple un peu moins risqué.

Non mais je vous jure, ils ont de ces idées, parfois… Un peu de placo ne peut pas faire tant de mal, si ?

Je décidai de me mettre en pilote automatique pour faire ma douche et mon shampoing. Je faisais ces gestes tous les jours, je pouvais donc les accomplir sans avoir à me torturer l'esprit sur ce qui allait se passer ensuite. Ce ne fut que lorsque je sortis de la douche, au bout de vingt bonnes minutes, que je permis à mon cerveau de turbiner à nouveau à deux cents à l'heure. Bien évidemment, mon corps répondit à son appel et je me remis à trembler sur-le-champ.

Pfff…

Une fois sèche, je m'accroupis pour fouiller dans mon petit sac et en sortir ce que j'avais acheté spécialement pour l'occasion : une magnifique nuisette en satin blanc, rehaussée de dentelle sur le haut du buste. Elle marquait joliment ma poitrine et mes hanches menues. J'enfilai également une petite culotte en coton blanc, en forme de hipster – mes préférées – puis j'arrangeai maladroitement mes cheveux en me regardant dans la glace au-dessus du lavabo.

Pour une fois, je me trouvais jolie. Très jolie, même. Notre escapade de l'après-midi m'avait donné un teint rosé qui me donnait bonne mine et, malgré le stress que je ressentais, mes yeux brillaient d'une lueur étincelante. Je ne ferai plus marche arrière, j'en étais sûre. Soudain prise d'un élan de courage, je décidai d'en profiter pour sortir et affronter Ange. C'était le moment ou jamais, sinon je risquais de me laisser vaincre par le stress et de m'enfermer à jamais dans cette mini salle de bain.

Je posai une main tremblante sur la poignée de la porte et la tournai doucement, puis je fis un pas dans la chambre sans oser regarder devant moi. Mes pieds nus touchèrent le plancher en bois tiède et doux, et je pris mon courage à deux mains pour enfin lever la tête. Ange était debout devant la façade en verre, en train d'admirer le paysage. Il ne portait plus que son jean, et la lueur de la lune faisait briller son torse. Je déglutis discrètement sans pouvoir bouger. Ange se tourna alors vers moi et me dévisagea des pieds à la tête d'un regard torride. Son visage était si sérieux que je sentis un frisson courir le long de ma colonne vertébrale, et mes poils se hérissèrent sur mes bras. D'habitude il était plus décontracté, plus drôle, mais ce soir il avait un air sombre qui le rendait encore plus sexy et provocant.

Il s'avança vers moi avec un sourire aguicheur au coin des lèvres, mais il ne me toucha pas. Il se contenta de me frôler alors qu'il passait à mes côtés pour aller dans la salle de bain.

—J'arrive tout de suite, mon amour, ne t'en va pas, chuchota-t-il avant de disparaître.

Je restai prostrée pendant quelques secondes, le corps en ébullition. J'étais dans tous mes états et j'avais bien du mal à gérer le trop plein d'émotions qui menaçait de déborder à tout instant.

« Ne t'en va pas… »

Parce qu'il pensait vraiment que j'allais partir maintenant ?!

Doucement, je m'approchai de l'immense façade de la bulle. Il fallait bien que je m'occupe l'esprit pendant ces quelques minutes, sinon je risquais tout bonnement de devenir folle. Je décidai de faire semblant d'admirer le paysage tout en comptant les secondes défiler dans ma tête. Combien de temps mettrait-il à faire sa douche ? Quinze minutes ? Dix ? Les garçons étaient généralement plus rapides que les filles pour ces choses-là, et il ne devait plus me rester beaucoup de temps avant qu'il ne revienne.

Cent quatre-vingt-deux, cent quatre-vingt-trois, cent quatre-vingt-quatre…

Déjà plus de trois minutes que j'attendais.

Plus les secondes passaient, plus j'étais nerveuse.

Soudain, j'entendis l'eau s'arrêter de couler, et mon cœur fit un énorme bond dans ma poitrine. Pas un petit sursaut comme lorsque quelqu'un vous fait peur en vous prenant par surprise, non, plutôt le genre d'embardée qui vous déverse un torrent d'adrénaline dans le sang. On peut dire que je frôlais la crise d'angoisse, à l'allure où j'allais…

Quatre cent cinq, quatre cent six, quatre cent sept…

Lorsque la poignée de la porte se tourna, je cessai de compter, et de respirer…

J'entendis la porte se refermer derrière moi, puis Ange s'avança dans la chambre et toucha quelque chose qui fit des bruits étranges. Je tournai la tête discrètement et le vis manipuler un petit objet en métal posé non loin du lit. Au bout de quelques secondes, une douce mélodie envahit la bulle de toute part, comme si des dizaines de petits haut-parleurs étaient cachés un peu partout. Je reconnus presque aussitôt le style assez personnel de Lana del Rey, mais je ne parvins pas à reconnaître la chanson. Peut-être était-ce « Dark Paradise », mais cette question resta sans réponse car Ange se tourna vers moi pour me dévisager comme s'il cherchait à lire dans mes pensées. Il ne portait qu'un pantalon de pyjama et son torse était encore humide par endroits. Ses cheveux étaient en bataille et ses yeux d'émeraude brillaient d'une émotion que je ne lui avais jamais connue auparavant, entre le désir et la prudence.

Je savais ce qu'il était en train de faire. Il était en train d'essayer de déchiffrer mes émotions pour savoir si j'étais réellement prête à franchir le pas avec lui. Le problème, c'est que mes émotions étaient si fortes qu'elles provoquaient en moi une cascade de réactions en chaine.

J'avais chaud.

J'avais froid.

Je tremblais.

J'avais envie de me blottir dans ses bras tout en voulant fuir le plus loin possible pour me soustraire à son regard calculateur.

—Tu as peur, finit-il par dire dans un souffle.

Oui, j'avais peur, pourquoi le nier ? Allait-il mal le prendre ? De toute façon, en cet instant précis, j'étais bien incapable de faire quoi que ce soit. Je me sentais terriblement timide et gênée.

Ange s'approcha de moi de sa démarche de félin. Mon Dieu, qu'il était beau. Sa peau divinement hâlée, sa bouche tordue en un sourire coquin, ses épaules carrées, ses bras puissants : tout en lui m'attirait. Tout en me dévorant des yeux, il prit ma main dans la sienne et me fit tourner sur moi-même, comme pour me faire danser, puis il m'enlaça et déposa un léger baiser dans mon cou.

—Ne crains rien, me dit-il dans le creux de l'oreille, faisant déferler en moi une douce onde de chaleur. Je ressens toutes tes émotions, Eileen, et je sais qu'en ce moment tu as l'impression d'être au bord du gouffre, mais si tu décides de sauter, de me faire confiance et de t'abandonner à moi, je prendrai soin de toi et je t'unirai à moi pour toujours.

À la fois pantelante et terrorisée, j'enlaçai mes bras autour de sa nuque.

Ange m'embrassa tendrement, faisant glisser une main dans mes cheveux tout en me maintenant fermement contre lui.

—Fais tomber tes dernières barrières, Eileen, laisse-moi te faire l'amour…

Électrisée par sa déclaration, je sentis la peur faire peu à peu place au désir. J'étais prête, j'en étais sûre, et je voulais faire de cette nuit un moment magique et inoubliable.

—Oui, je te fais confiance, lui glissai-je dans le creux de l'oreille.

Ange me lança alors un regard triomphant tout en effleurant mes lèvres des siennes, puis il fit un pas en arrière et me toisa du regard, savourant visiblement sa victoire. Il me dévora littéralement des yeux et je me sentis mise à nu. Lui était magnifique, sexy, sublime. J'avais envie de me perdre dans ses yeux verts, de caresser sa peau hâlée, de dessiner chacun de ses muscles du bout de mes doigts et d'enfoncer mes mains dans ses cheveux soyeux. Un magnétisme animal de dégageait de lui. Il m'attirait comme un aimant et je voulais désespérément me retrouver dans ses bras.

—Tu es tellement beau…, murmurai-je en savourant cet instant comme jamais je n'avais savouré aucun autre moment de ma vie.

Je voulais qu'il sache à quel point j'avais envie de lui, à quel point je n'étais plus capable de lui résister, à quel point je voulais lui appartenir.

Ange ne souriait plus désormais, il était devenu sérieux. Il n'avait pas l'air en colère, mais plutôt concentré sur l'instant. Je crois que, comme moi, il était en train d'enregistrer dans sa mémoire chaque seconde qui s'écoulait, chaque parole dite et chaque silence.

Lorsqu'il s'approcha enfin de moi, le visage toujours aussi fermé, je ne pus réprimer l'envie de m'abandonner à lui. J'aurais pu lui demander pourquoi il était aussi sérieux, pourquoi il ne parlait pas, mais tout ce que je désirais en cet instant précis, c'était m'abandonner à lui corps et âme.

—Je vais prendre soin de toi, chuchota-t-il dans un souffle.

Une onde de chaleur plus forte que la précédente fit trembler tout mon corps. C'était si bon de me laisser guider par celui que j'aimais. Il avait de l'expérience, il avait confiance en lui, et je me sentais en sécurité en sa présence.

La musique changea. « Young and Beautiful » emplit la pièce, nous enveloppant dans une atmosphère sombre et électrique. Au rythme de la musique, lentement, Ange posa ses mains de chaque côté de ma nuisette et la fit remonter centimètre par centimètre le long de mes cuisses. Je me laissai faire, troublée au plus profond de mon être par ses doigts chauds qui effleuraient ma peau. Le satin caressa mon ventre alors que mon ange gardien posait ses lèvres sur les miennes. Il entrouvrit ma bouche et y glissa sa langue douce et chaude, puis il s'éloigna quelques secondes pour faire passer ma nuisette au-dessus de ma tête, avant de m'embrasser à nouveau tendrement. Sans m'en rendre compte, je me retrouvai torse nu devant lui, mais au lieu d'avoir envie de fuir en courant ou de me cacher, je trouvai cela terriblement exaltant. Ange cessa de m'embrasser et plongea son regard dans le mien, puis il posa ses deux mains dans mon dos pour m'attirer vers lui. Lorsque nos deux peaux nues se touchèrent, mon souffle se fit plus saccadé. Il était encore plus chaud que je ne l'avais imaginé. Il se mit alors à m'embrasser dans le cou, tout doucement, glissant ses lèvres depuis la base de mon oreille jusqu'au creux de mon épaule. Là, il mordit ma chair tendrement, provoquant l'envol d'un millier de papillons dans mon estomac. Je ne savais pas ce que c'était de faire l'amour, mais j'avais déjà l'impression d'avoir atteint le septième ciel. Plus rien n'avait d'importance à part lui et moi, perdus au milieu de nulle part dans notre monde parfait, notre paradis.

Alors que je commençais à hyperventiler, Ange cessa de m'embrasser pour me regarder droit dans les yeux.

—Chut, princesse, respire calmement, dit-il tout bas en déposant un baiser sur mon front. Ça va ?

J'aurais voulu lui répondre, lui dire que oui, tout allait bien, mais aucun mot ne voulut sortir de ma bouche, alors je me contentai d'acquiescer de la tête. Ange s'éloigna de moi de quelques centimètres sans me quitter du regard, puis il enlaça ses mains dans les miennes. Il caressa mes doigts lentement, puis il se mit à remonter doucement le long de mes bras pour arriver jusqu'aux épaules. Là, ses doigts se posèrent sur ma clavicule et descendirent peu à peu jusqu'à la naissance de mes seins. Il les effleura de sa peau brûlante, puis les caressa tendrement, doucement, frôlant leur bord arrondi tout en essayant de deviner les émotions qui dansaient au fond de mes yeux. Je me consumais de l'intérieur, comme si mon corps s'embrasait à chaque partie touchée par mon ange gardien, comme si chaque parcelle de ma peau avait attendu ce moment depuis toujours. À moitié déconnectée de la réalité, je me laissai emporter par la voix de Lana del Rey et la beauté de ses mélodies. J'avais l'impression d'être ailleurs, dans une autre galaxie, un autre univers, seule avec l'être le plus sexy et le plus électrisant qu'il m'ait été donné de rencontrer. Moi aussi je voulais le toucher, le savourer. Timidement, je détournai mon regard de ses yeux vert émeraude et posai mes mains sur ses abdominaux. Sa peau frissonna à mon contact, ce qui me fit sourire. Lui aussi était tendu, après tout… Je me mis à dessiner ses muscles du bout des doigts, puis je remontai jusqu'à ses pectoraux et ses épaules, pour enfin plonger mes doigts fébriles dans ses cheveux en bataille. Ange en profita pour faire fondre sa bouche sur la mienne tout en me soulevant pour plaquer mon corps contre le sien. J'enroulai mes jambes autour de son buste et il se dirigea vers le lit avec une envie fiévreuse. Son baiser était si passionné que toutes mes barrières volèrent littéralement en éclat, et je me mis à gémir sans pouvoir me retenir ni même me sentir honteuse. C'était si bon de se laisser aller ! Ange m'allongea délicatement sur le lit immaculé et se plaça au-dessus de moi. Dans son regard, je vis tout l'amour qu'il me portait, toute l'adoration qu'il me vouait, et mon corps se réchauffa encore de quelques degrés. J'allais brûler sur place, si ça continuait ainsi… Les bras posés de chaque côté de ma tête, Ange baissa son visage vers le mien pour m'embrasser à nouveau, mais très vite ses baisers s'égarèrent sur mon cou, puis descendirent vers ma poitrine. Je me cambrai en sentant ses lèvres se poser sur mes seins, et sa langue glisser sur l'un de mes tétons.

Oh mon Dieu…

Un soupir s'échappa de mes lèvres alors que je plongeais mes mains dans ses cheveux pour l'encourager à continuer. J'allais mourir. J'allais mourir sur place. Mon cerveau et mon cœur n'étaient pas capables d'absorber autant de bonheur et de sensations en même temps. Ange remonta jusqu'à mon visage et planta ses yeux torrides dans les miens.

—Je t'aime, Eileen, dit-il dans un souffle…

—Je t'aime aussi, répondis-je d'une voix rauque.

—N'aie pas peur, je ne vais pas te faire mal, ajouta-t-il alors qu'il se dirigeait lentement vers la partie de mon corps qui semblait s'être embrasée depuis plusieurs minutes.

Ange se plaça juste au-dessus de mes hanches et effleura le bord de ma culotte du bout des doigts. Il ne me quitta pas des yeux, savourant cet instant, se délectant dc l'effet qu'il produisait sur moi. Ses doigts se glissèrent sous l'élastique et mon cœur fit une embardée alors qu'il tirait doucement sur le tissu pour le faire glisser le long de mes jambes.

Ça y est, j'étais nue devant lui, et pourtant je ne ressentais ni honte, ni peur. Je voulais juste qu'il continue, qu'il me montre le chemin, qu'il me guide et me fasse sienne. Avec un sourire coquin et charmeur, Ange me fit un clin d'œil. Je ris malgré moi et l'agrippai par les épaules pour le ramener vers moi. Nos langues se mélangèrent à nouveau, si chaudes et si sensuelles. Ange posa son corps sur le mien et je pus sentir son envie de moi à travers le tissu de son pyjama. Mon estomac se noua violemment tout en envoyant une profonde onde de chaleur et de bien-être dans mon bas-ventre.

—C'est ça, mon ange, laisse-toi aller, dit-il en frôlant ses lèvres sur les miennes et en les caressant du bout de sa langue.

Je gémis dans sa bouche, et il gémit en retour. J'avais des fourmis dans les mains et les jambes, et la tête me tournait. Lorsque j'ouvris les yeux pour essayer de reprendre pied avec la réalité, les étoiles au-dessus de nous m'accueillirent pour me bercer et me calmer.

Parfait, tout est si parfait…

Une larme se mit à couler le long de ma joue sans que je puisse la retenir. C'était bon, beaucoup trop bon pour moi. Ange essuya la larme qui coulait sur mon visage de ses lèvres humides, puis il plongea son regard dans le mien. J'y lus une légère hésitation, comme une question silencieuse.

—Continue, soufflai-je en essayant tant bien que mal dc contrôler ma respiration.

Ange m'embrassa plus profondément, plus longtemps que les fois précédentes, et j'eus soudain une furieuse envie de le sentir plus près de moi. Je cambrai mes hanches vers lui et il gémit de nouveau dans ma bouche. En tremblant légèrement, je dirigeai mes mains vers la ceinture de son pantalon de pyjama. Au passage, je caressai son dos, à la fois si doux et si musclé. Lentement, mes doigts agrippèrent le bord du pantalon pour tirer dessus et le faire glisser vers le bas. Jamais je n'avais été si proche de mon ange gardien, si intimement liée à lui, et mon cœur se mit à palpiter dangereusement, mais je continuai à le déshabiller. Ange cessa de m'embrasser pour promener ses lèvres sensuelles sur tout mon corps, l'embrasant peu à peu, me consumant l'âme et l'esprit. Mon corps ne m'appartenait plus, je m'étais totalement livrée à celui que j'aimais et j'étais en train de vivre l'une des expériences les plus incroyables de ma vie. Peau contre peau, Ange continuait à réchauffer mon corps pendant que je caressais ses épaules, son dos, son torse et son visage.

—Ça va, princesse ? me demanda-t-il alors qu'il remontait son visage vers le mien pour l'embrasser par petites touches, sur le front, sur les joues, le menton…

—Je ne sais pas, je ne sais plus, parvins-je à dire sans me comprendre moi-même.

—Regarde-moi, dit-il en plantant son regard de félin dans mes yeux hagards.

Obéissante, je m'accrochai à ses pupilles étincelantes dans la nuit étoilée, et je sentis qu'il rapprochait ses hanches des miennes. Je fermai les yeux en attendant la brûlure, la fameuse douleur que je redoutais tant, mais Ange caressa ma joue de sa main droite pour me ramener à la réalité.

—Hé, reste avec moi, dit-il d'un ton si confiant que je cessai de trembler. Ça va aller, fais-moi confiance, abandonne-toi à moi, Eileen.

À ces mots, une puissante onde de chaleur envahit mon bas-ventre, balayant toutes mes peurs sur son passage, et Ange choisit cet instant pour me pénétrer.

Lentement.

Tout doucement.

Les yeux dans les yeux, ne faisant plus qu'un, je crus un instant que le monde avait cessé d'exister. Plus rien d'autre ne comptait que lui et moi…

Je ressentis un léger pincement, mais rien d'insupportable. Ange recula pour revenir en moi un peu plus profondément, et je ne pus m'empêcher de froncer les sourcils en réalisant que je n'avais pas mal. Presque pas. J'étais tellement étonnée que j'en oubliai un instant de respirer, mais bientôt des sensations jusque-là inconnues se mirent à déferler dans mon corps, provoquant des ondes de bien-être dans tous mes membres, comme si le doux balancement de mon ange gardien me berçait pour m'emmener vers le paradis. Reprenant mes esprits, je plongeai mes mains dans sa chevelure sauvage et l'embrassai langoureusement, me délectant de lui, de son goût, de son corps sur moi, de sa passion et de sa force. Ange répondit à mon appel en bougeant un peu plus profondément en moi, mais toujours aussi lentement. C'était un supplice. J'avais l'impression de mourir à chacun de ses va-et-vients. Des soupirs s'échappèrent de ma gorge alors que je me cambrai un peu plus vers lui. Ange en profita pour frotter son visage contre mon cou et mordiller la base de mes épaules, tout en continuant d'aller et venir au plus profond de moi. Je commençais déjà à perdre pied, l'esprit embrumé par tant de bonheur et de bien-être. Était-il possible de s'évanouir en faisant l'amour ? Parce que j'avais l'impression que c'était bel et bien ce qui allait m'arriver…

—Respire plus doucement, ma belle, regarde-moi, me souffla Ange d'une voix rauque alors qu'il se redressait sur ses deux bras pour mieux m'observer.

—Mais c'est si bon…, susurrai-je en admirant son torse et ses épaules dans le clair-obscur de la chambre.

Mes mains abandonnèrent son corps pour s'agripper aux draps de satin et les tortiller dans tous les sens, comme si mon corps cherchait une échappatoire à tant de sensations. Je n'avais jamais connu d'expérience aussi puissante, pas même lorsque j'avais utilisé mes pouvoirs pour briser des roches incassables, ou lorsque j'avais failli mourir des mains de Ludivine. Non. Jamais je n'aurais pu imaginer que l'on pouvait ressentir de telles émotions sans en mourir d'extase. Ange m'observait avec avidité, les yeux brillants, et il se mit peu à peu à accélérer le rythme. Mon corps répondit en se tortillant dans tous les sens. Je n'étais plus que sensations, livrée aux gestes de mon ange gardien, caressée par ses longs doigts fins, embrassée par ses lèvres charnues, totalement à sa merci. Je gémis en sentant que la raison m'abandonnait et que mon corps prenait les commandes, devenant de plus en plus tendu, s'arc-boutant à chaque allée et venue d'Ange, propageant des milliards de dose de morphine dans chaque atome de ma peau. Alors que j'allais fermer les yeux pour me laisser aller complètement, Ange vint doucement reposer son visage contre le mien, joue contre joue, souffle contre souffle, et il se mit à murmurer des mots incompréhensibles à mon oreille.

—N'oublie jamais, mon ange, n'oublie jamais cet instant, dit-il alors que les sensations devenaient trop fortes pour moi, m'emportant dans un tourbillon de bien-être.

Je me sentis monter, monter si haut et si vite que je crus que je ne pourrais plus jamais redescendre, et soudain mon corps fut transpercé par des millions d'éclairs de plaisir brut et sauvage. Je criai dans la nuit, transportée par l'extase, alors que mon ange gardien poussait un léger gémissement dans mon cou tout en serrant fermement mes hanches dans ses mains puissantes.

Puis vint la plénitude.

Le bien-être à l'état pur.

Le repos éternel.

Mon Dieu, si j'avais su…

Si j'avais su, je n'aurais pas eu peur. Si j'avais su, je n'aurais pas craint cet instant plus que tout au monde.

Ange se retira doucement et s'allongea sur le lit à mes côtés, peau contre peau. Il laissa glisser sa main sur mon buste, depuis la base du cou jusqu'au creux de mon ventre, puis il prit le drap de satin que j'avais défait et tortillé dans tous les sens, et il le remonta doucement sur mon corps. Comment pouvait-il me connaître ainsi ? Comment était-il possible qu'il anticipe chacun de mes désirs et qu'il les exauce avant même que j'en exprime le besoin ?

Ses yeux emplis d'amour me donnèrent la réponse. Il me regardait avec une telle intensité que je me mis à rougir.

—Sincèrement ? dit-il avec un petit sourire moqueur et un rire contenu. Tu rougis après ce qu'il vient de se passer entre nous ?

Je m'empourprai de plus belle et lui fis les gros yeux.

—Laisse-moi tranquille, marmonnai-je en me cachant sous les draps.

—Oh non, pas de ça avec moi, princesse, je veux te voir, dit-il en reprenant le drap et en se glissant dessous pour me faire des chatouilles.

Nous nous chamaillâmes pendant une bonne minute avant qu'Ange ne reprenne son sérieux.

—Comment te sens-tu ? me demanda-t-il gentiment en me transperçant de son regard émeraude.

Comme si je n'avais pas été rassasiée, une profonde vague de chaleur envahit mon bas-ventre et me fit frémir. Ange esquissa un sourire coquin.

—Pourquoi me le demandes-tu, si tu le sais déjà ? dis-je en faisant semblant d'être blessée par son attitude. Ton pouvoir est un peu trop envahissant, parfois, tu sais ?

—Peut-être, mais il est très pratique. Au moins, si tu ne me dis pas ce que tu ressens réellement, je peux plus ou moins le deviner.

Je me renfrognai en croisant les bras et en cachant ma poitrine, mais Ange me prit dans ses bras chauds et posa sa tête contre mon épaule. Je me calmai instantanément en regardant la nuit étoilée qui brillait au-dehors. La façade de la bulle était si propre qu'on aurait pu croire qu'il n'y en avait pas et que nous nous trouvions en pleine nature. La situation était si romantique… Je plongeai une main dans les cheveux d'Ange pour les caresser à ma guise, et j'embrassai sa tempe en respirant profondément son odeur.

—Je suis sérieux, Eileen, j'aimerais que tu me dises comment tu te sens, reprit-il dans un murmure. Je pourrais essayer de déchiffrer tes émotions, mais je préfèrerais que tu me le dises toi-même…

Mon estomac se noua et je fis une légère grimace. J'étais toujours aussi nulle pour ce qui était des conversations intimes, et rien que de penser à ce que nous venions de faire quelques minutes plus tôt, je me sentais totalement intimidée.

—Euh… je… eh bien je me sens…

—Mmmh, mais encore ? susurra Ange à mon oreille en me mordillant doucement le lobe.

—Hum… oui, je me sens… très bien.

—C'est tout ?

Il se redressa et je pus admirer son sourire coquin. Lentement, il se mit à caresser mon visage, mes épaules et mon dos, avant de se diriger vers le haut de mes fesses.

—Eh bien, c'était tout simplement extraordinaire, finis-je par admettre timidement.

—Pourquoi cela te gêne-t-il à ce point de parler de ça avec moi ?

—Ça ne me gêne pas. Enfin si, un peu, avouai-je en retenant un soupir de bien-être.

—Relâche la pression, Eileen, c'est moi, tu peux me faire confiance et te laisser aller, dit-il d'une voix si chaude que je tremblai de plaisir.

Ses mains remontèrent sur ma nuque et mon dos et il se mit à m'embrasser tendrement.

—Si tu veux, c'est moi qui commence, dit-il entre deux baisers.

J'acquiesçai d'un signe de tête.

—D'accord. Alors voilà, je dois t'avouer que jusqu'au dernier moment j'ai eu peur que tu t'enfuies, dit-il en me faisant pouffer de rire. Ne ris pas, c'est vrai, tu avais l'air tellement incertaine que je ne savais plus trop si tu te sentais toujours prête ou si tu avais changé d'avis. Tu étais tellement nerveuse…

—C'est vrai, j'avais vraiment peur, mais je n'aurais reculé pour rien au monde, dis-je en l'embrassant à mon tour sur le menton, les joues et le front.

—Mais quand je suis sorti de la douche et que j'ai vu que tu étais toujours là, alors je me suis dit que cette nuit serait la plus belle de toute ma vie, chuchota-t-il en se redressant et en faisant glisser ses longs doigts sur le contour de mes seins. Tu es magnifique, Eileen, encore plus belle que dans mes rêves les plus fous, et tu es aussi jolie à l'intérieur qu'à l'extérieur. Je suis tellement heureux de t'avoir trouvée. Ce soir nous nous sommes unis et je veux que cela soit ainsi pour toujours. Je ne veux plus jamais te perdre.

Ses yeux brillaient dans le clair-obscur de la chambre.

C'était à mon tour, maintenant. Je déglutis en inspirant tranquillement pour me calmer.

—Pour moi aussi cela a été la plus belle nuit de toute ma vie, et aussi la plus incroyable, dis-je dans un souffle. J'avais si peur que ça se passe mal, de ne pas être à la hauteur ou qu'il y ait un quelconque problème, que j'ai mis du temps avant de me détendre mais… tu as été absolument parfait. Tu m'as aidée à me calmer, à lâcher prise et à profiter de ces instants si uniques. Tu es la plus belle âme que j'ai jamais rencontrée.

Je savais que c'était le plus beau compliment que je puisse lui faire, car je commençais à connaître les anges et je savais que, pour eux, la beauté intérieure, la générosité et le partage étaient des valeurs essentielles. En lui disant à quel point il avait une âme exceptionnelle, je l'avais touché en plein cœur. Ange me lança un sourire si parfait que j'eus pendant quelques secondes la vision d'une divinité grecque allongée à mes côtés dans le lit. Il était tellement beau…

—Et maintenant dis-moi la vérité, est-ce que tu as eu mal ? me demanda-t-il en m'arrachant à ma contemplation.

Je me sentis rougir dans l'obscurité mais je pris sur moi pour calmer les battements de mon cœur.

—Un tout petit peu, susurrai-je tout bas.

—Tu me le promets ?

—Bien sûr. Tu ne l'as pas senti ? N'aurais-tu pas ressenti ma douleur si j'en avais éprouvé une plus grande ?

—Techniquement, oui, je l'aurais sentie, mais tu sais, pour moi aussi c'était un moment important et je ressentais tellement de choses à la fois que c'en était déstabilisant. Je ne savais plus très bien quelles émotions étaient à toi ou à moi, dit-il dans un petit rire.

—Je vois, dis-je en riant à mon tour. Tu n'étais pas si sûr de toi, en fait, c'est ça ?

—Ne te méprends pas, je savais très bien ce que je faisais, mais je voulais vraiment que tout soit parfait, c'est tout, dit-il en se jetant sur mon cou pour le mordiller sur le côté, pile à l'endroit où des millions de chatouillis naissaient chaque fois qu'il me touchait.

Je frissonnai et tentai de le repousser, mais sans succès. Heureusement, il eut pitié de moi au bout de quelques secondes et je pus de nouveau respirer sans m'écrouler de rire.

Je me sentais si bien que je me laissai aller à bâiller discrètement.

—Je crois qu'il est l'heure d'aller faire dodo, me dit mon ange gardien en m'installant confortablement contre lui, mon dos contre son torse.

À ces mots, je sentis tout à coup la fatigue peser sur mes épaules. J'étais exténuée. La journée avait été riche en émotions et en nouvelles expériences, et j'avais vraiment besoin de me reposer. Ange déposa un baiser léger sur mes lèvres et se mit à caresser mes cheveux bouclés. Je me laissai bercer par ses câlins et m'endormis presque aussitôt, l'esprit, le cœur et le corps apaisés.

—Eileen…, chuchota une douce voix à mon oreille.

—Mmmh ?

Le corps encore détendu et l'esprit à moitié embrumé, je tentai de remettre mes idées en place avant d'ouvrir les yeux. Était-ce un jour de semaine ou le weekend ? Où me trouvais-je ? Chez mes parents ou à Marsiac ?

Soudain des dizaines d'images revinrent à ma mémoire et je sentis mon visage s'enflammer sur l'oreiller.

—Tu rougis même la nuit ? demanda Ange d'une voix amusée en déposant un léger baiser dans mes cheveux. Je vais faire ma douche, ensuite on ira prendre le petit déjeuner, ça te va ?

—Mmouih…, murmurai-je en faisant semblant d'être encore à moitié endormie.

J'entendis la porte de la salle de bain se refermer, ce qui signifiait que j'avais le champ libre. Je m'assis brusquement sur le lit, un peu déboussolée mais surtout très nerveuse. La veille je m'étais endormie sans me poser de questions, mais ce matin c'était tout autre chose. Tout d'abord, je cherchai du regard la trace de sang que j'avais dû laisser sur les draps. C'était le genre de détails auquel je n'avais pas pensé avant, mais maintenant que j'étais réveillée et que le soleil brillait à l'extérieur, il me semblait vital de savoir ce qu'il s'était passé à ce niveau-là. Nous n'avions tout de même pas dormi dans des draps sales, si ? Je m'enroulai dans le drap et me levai pour mieux observer le lit. J'avais beau savoir que personne ne pouvait nous voir de l'extérieur, je ne me sentais tout de même pas prête à me balader toute nue dans la bulle. Je cherchai ma nuisette du regard et la trouvai à quelques mètres du lit, près de la façade en verre. Je tirai sur le drap pour l'atteindre et l'enfiler rapidement, puis je me mis à scruter le lit minutieusement.

Bah merde, alors…

Il n'y avait rien. Pas une seule petite trace rouge. Les draps étaient toujours d'un blanc immaculé.

Mon estomac se tordit dans tous les sens. Qu'est-ce que ça voulait dire ? J'étais vierge, je n'avais jamais couché avec personne, alors pourquoi n'y avait-il pas une foutue trace de sang sur les draps ?! J'étais presque déçue, mais j'étais surtout inquiète. Ange penserait-il que je lui avais menti ? En proie à une panique grandissante, je n'entendis pas la poignée de la porte se tourner et s'ouvrir.

—Eileen, que se passe-t-il ? me demanda Ange d'une voix douce en sortant de la salle de bain avec une serviette autour des hanches, le torse encore mouillé. J'ai senti que ça n'allait pas alors je suis venu voir ce qui se passait. Pourquoi es-tu si inquiète ?

Encore sous le choc, je démêlai mes cheveux nerveusement en fixant les draps de satin blanc.

—Je… c'est…

Ange fit un pas vers moi et m'enlaça tendrement par derrière.

—Hé, dis-moi ce qui se passe, s'il te plaît, chuchota-t-il à mon oreille.

—Les draps..., réussis-je à dire d'une voix tremblante. Ils sont blancs. Ange, je te jure que je n'ai jamais...

—Chut, me coupa mon ange gardien en mettant un doigt devant ma bouche. Ne t'inquiète pas, c'est moi qui ai changé les draps. Tu ne devrais pas te mettre dans un état pareil pour si peu. J'ai pensé que tu préfèrerais ne pas voir... ça.

—Quoi ? C'est toi qui as changé les draps ? Mais comment... ?

—Je suis un ange, Eileen, je peux faire disparaître et apparaître ce que bon me semble où bon me semble.

—Mais je n'ai rien senti...

—C'est normal, j'ai juste fait disparaître l'ancien drap pour en faire apparaître un propre sur le lit. Tu n'as pas eu à bouger, dit-il en haussant les épaules.

—Oh...

—C'est ça qui te tracassait ? me demanda-t-il en enfouissant sa tête dans mon cou et en le couvrant de baisers.

—Euh... oui, entre autres.

—Ah, alors je t'écoute, dit-il en me prenant par la main et en m'attirant vers le lit. Dis-moi ce qui te tourmente. Aujourd'hui je veux profiter de la journée et je ne veux pas que tu sois nerveuse.

—D'accord. Euh... eh bien en fait, je voulais juste savoir si... enfin si...

—Tu es si mignonne quand tu cherches tes mots, dit-il en riant.

—Ne te moque pas de moi ! le blâmai-je en lui donnant une petite tape sur le torse. Ange, je suis sérieuse, il y a quelque chose que je dois savoir.

—Vas-y, dit-il en reprenant son sérieux.

Il me dévisagea de ses yeux verts étincelants, profonds et passionnés. Je me retins de justesse de me jeter sur lui. Avant cela, il fallait vraiment que je lui pose une question.

—Hier soir, lorsque nous avons fait l'amour, tu as... tu n'as pas... enfin je veux dire...

Je détournai le regard pour essayer de lui avouer ce qui me tracassait.

—Continue, m'encouragea-t-il en prenant mes deux mains dans les siennes.

—Est-ce que tu as utilisé un préservatif ? lançai-je avant de perdre le peu de courage qu'il me restait et de me raviser.

Ange sourit en affaissant ses épaules. Visiblement, il était soulagé.

—Il faut vraiment que tu apprennes à communiquer avec moi sans avoir peur, Eileen, dit-il en souriant et en secouant la tête de gauche à droite.

—Je n'ai pas peur, je suis gênée, c'est tout, me défendis-je en retirant mes mains des siennes et en m'éloignant légèrement de lui.

—Hé, ne le prends pas mal, dit-il en me rattrapant par le bras et en me forçant à revenir plus près de lui. Je dis juste que, au point où nous en sommes, je crois que tu pourrais me dire les choses sans paniquer, d'accord ?

—D'accord, j'essaierai, marmonnai-je dans ma barbe sans le regarder.

—Et pour répondre à ta question : oui, j'ai mis un préservatif.

—Par magie, là aussi ? Parce que je n'ai rien senti, je te signale, dis-je d'un ton méfiant.

—Non, pas vraiment par magie. Disons que nos préservatifs sont différents des vôtres.

—Non ! Vous avez des préservatifs célestes ?! m'exclamai-je en éclatant de rire. Alors là, on ne me l'avait jamais faite, celle-là !

—Mais j'espère bien, qu'on ne te l'avait jamais faite, dis donc ! dit-il en m'emprisonnant et en me chatouillant sous les bras.

À ce petit jeu, Ange était trop fort pour moi. Résister à ses chatouillis était tout bonnement impossible, alors je me laissai faire en riant à gorge déployée jusqu'à ce qu'il s'arrête.

—Bon, sérieusement, dit-il en reprenant à nouveau son sérieux, notre moyen de contraception est une pilule que l'on prend juste avant de faire l'amour.

—Tu m'as fait prendre une pilule à mon insu ?

—Mais bien sûr que non, ça ne va pas, la tête !

—Alors explique-moi comment ça marche.

—C'est moi qui l'ai prise. Elle vaut pour les hommes comme pour les femmes. Il suffit de l'avaler avec une boisson au cours de la journée. Elle fait effet pendant vingt-quatre heures.

—Et elle empêche de concevoir ?

—Tout à fait.

—Et des maladies ?

—Oui et non.

—Comment ça ?

—Dans mon monde il y a très peu de malades, et il n'existe pas de maladie sexuellement transmissible alors… disons qu'elle ne protège pas contre cela.

—Et cette pilule est inoffensive pour la santé ?

—Bien sûr, enfin pour celle des anges.

—Elle ne vaudrait pas pour les humains ?

—Non, elle est fabriquée à base de plantes que vous ne pouvez pas ingérer, sous peine d'être empoisonnés.

—Je ne savais pas que vous étiez si différents de nous à ce niveau-là. Tu ne m'en avais jamais parlé, dis-je d'un ton songeur.

—L'occasion ne s'était pas présentée.

—C'est vrai, murmurai-je le regard fixé sur l'horizon, perdue dans mes pensées.

Les révélations d'Ange sur son monde étaient chaque jour un peu plus incroyables mais, pour ma part, je les trouvais surtout préoccupantes. Au-delà du fait que nous vivions dans deux mondes radicalement différents et que nous avions reçu une éducation plutôt divergente, je me rendais compte qu'en plus, nous étions également différents sur le plan physique. Bien sûr, je pouvais me transformer en ange de temps en temps, mais cela restait une transformation passagère, provisoire, et je n'avais jamais envisagé de me transformer pour une longue période. De plus, cette transformation n'était que partielle car j'acquérais certains pouvoirs des anges, mais sans réellement devenir l'un des leurs. Eux possédaient leurs pouvoirs de manière naturelle, alors que moi je devais travailler dur et m'entraîner comme une folle pour pouvoir ne serait-ce qu'espérer maîtriser quelques dons. Sans compter qu'ils pouvaient vivre jusqu'à cinq cents ans…

—Je te trouve bien silencieuse, chuchota Ange à mon oreille en me caressant doucement les épaules du bout des doigts.

Avait-il senti la peur s'insinuer peu à peu au creux de mon ventre ? Car c'était bien de peur qu'il s'agissait. Jusque-là, je ne m'étais jamais penchée sur ce problème, mais Ange venait de me ramener sur terre en un quart de seconde. En me rappelant nos différences physiques, je réalisai que lui resterait jeune pendant des dizaines d'années, alors que moi je vieillirais inexorablement.

—Tu vas me dire ce qui te tracasse ? insista-t-il en massant mon cou de ses mains si habiles.

—Eh bien, pour une fois, non, répondis-je en haussant les épaules. Ce n'est rien de grave, je me posais juste une ou deux questions.

—Des questions qui te tourmentent, apparemment.

—Je te l'ai dit, ce n'est rien de grave. Je n'ai pas envie d'en parler aujourd'hui.

Ni aujourd'hui, ni demain, ni dans six mois. Si Ange devait confirmer mes craintes, je préférais qu'il le fasse dans très, très longtemps, ainsi je passerais le plus de temps possible dans l'insouciance. Bienheureux les ignorants, non ? Alors voilà.

Comprenant que je venais de mettre fin à notre conversation, Ange repartit dans la salle de bain en me laissant seule avec mes doutes…

Apaisement

Toc, toc, toc.

—Mmmh…

—Eileen ! s'exclama quelqu'un en chuchotant de l'autre côté de la porte de ma chambre. Eileen !

—Mmmh… quoi ? demandai-je en grognant et en maudissant mon visiteur matinal.

—Allez, ouvre, bon sang, il va bientôt être sept heures et il faut qu'on se prépare pour aller en cours ! Je peux entrer ?

Même si elle chuchotait, je pouvais ressentir l'excitation dans la voix d'Awen. La veille, j'étais rentrée très tard et je n'avais pas eu le temps de parler à ma meilleure amie. Ange et moi avions passé le dimanche matin à papoter et à nous câliner bien à l'abri dans notre bulle. Nous n'avions pas refait l'amour. J'en avais eu envie, et je crois que lui aussi, mais je n'avais pas trouvé la force de lui en parler. De plus, l'ambiance ne s'y était pas prêtée. La bulle avait beau être accueillante, en pleine journée ce n'était plus pareil. J'avais été stressée, craignant qu'un ange passe à nos côtés et nous découvre. Ange m'avait dit qu'il n'y avait quasiment pas de danger, mais le risque zéro n'existait pas. Cela ne nous avait pas empêché de prendre notre temps pour nous faire des caresses sous les draps et parler longuement et calmement de tout et de rien. Nous avions évité les sujets qui fâchent : Ombres, cours, Conseil des Anges… Puis, au cours de l'après-midi, nous avions dû nous résoudre à prendre le chemin du retour. Nous avions pris notre temps pour survoler les environs de la bulle et même nous promener en forêt. Bref, cela avait été un dimanche parfait.

Awen tambourina un peu plus fort à ma porte.

Quelle discrétion…

J'imagine qu'elle voulait savoir comment s'était passé mon fameux rendez-vous. Enfin, je lui devais bien ça.

—Entre, commère, lui dis-je en marmonnant dans ma barbe.

Un bruit de porte m'indiqua qu'elle ne s'était pas fait prier pour obéir. Elle s'approcha de mon lit à pas de loup et s'assit doucement dessus.

—Bon, d'accord, je sais qu'il est encore tôt et que tu dois être claquée après avoir fait des galipettes tout le weekend, mais tu pourrais quand même avoir pitié de moi, se mit-elle à piailler gentiment. Oui, je l'avoue, je suis une commère, et alors ? Qu'y a-t-il de mal à cela ? Rien du tout. Bon, alors, tu vas me raconter, oui ou non ?

Malgré moi, un sourire apparut sur mes lèvres. J'étais de mauvais poil, mais Awen parvenait tout de même à m'amuser de bon matin.

—Tu souris… Ça veut dire que ça s'est bien passé ? insista-t-elle en parlant tout bas. Oh, je ne veux pas les détails, juste un « oui » ou un « non », ou encore un « va te faire voir, ma vieille, ce ne sont pas tes oignons ». Bon, je dois t'avouer que je prendrais plutôt mal ce genre de réflexion, mais enfin, si tu ne veux pas parler, tu ne veux pas par…

—Awen, s'il te plaît tais-toi, je t'en prie ! la coupai-je avant qu'elle ne finisse sa phrase. J'ai la tête comme une citrouille, alors laisse-moi émerger et je te promets d'être un peu plus bavarde après, d'accord ?

—OK, fit-elle dans un soupir de résignation digne des plus grandes stars de cinéma. Mais je fais quoi, moi, en attendant, je reste ici ou je retourne dans ma chambre ? Non, parce qu'il faut que je me maquille et que je me coiffe avant de partir, tu as vu l'état de mes cheveux ? Ce n'est pas parce que Roman a décidé que je n'étais plus assez bien pour lui que je vais me laisser aller. J'espère justement que je vais me faire draguer. Juste pour le rendre jaloux. Je serais capable d'accepter un rendez-vous rien que pour l'embêter, tiens…

—Awen, OK, d'accord, je me rends, je me lève, dis-je en faisant une croix définitive sur mes dernières minutes de sommeil.

—Ah, enfin de la bonne volonté, ça fait plaisir à voir ! s'exclama-t-elle en me donnant un léger coup de coude dans les côtes. Allez, raconte.

Et elle s'assit bien confortablement sur mon lit, la tête posée sur ses genoux recroquevillés.

—Je ne vais pas te faire un roman, Awen, juste un résumé, d'accord ?

—Oui, oui, fit-elle en acquiesçant de la tête.

Ses yeux brillaient d'excitation. Elle avait vraiment envie de savoir ce qu'il s'était passé. En même temps, comment lui en vouloir ? Je commençai mon récit en m'attardant longuement sur le vol pour aller jusqu'à la Côte de Granit Rose, puis sur notre pique-nique, pour enfin en arriver à la partie qui l'intéressait le plus.

—Ange m'a emmenée dans une sorte de bulle transparente sur une colline surplombant une magnifique vallée, puis nous avons dîné et nous nous sommes couchés, dis-je d'un ton neutre et détaché.

—Tu veux dire que vous *avez* couché, pas vrai ? me demanda-t-elle en faisant des yeux de merlan frit.

—Non, j'ai dit que nous nous étions couchés.

—Mais alors, vous n'avez pas… ?

Awen n'en revenait pas. Je crois même qu'elle était au bord de l'apoplexie, tant elle avait l'air perdue. Je pouvais presque voir son cerveau turbiner à deux cents à l'heure dans l'espoir de trouver une explication à la situation. Malgré moi, je pouffai de rire et son visage s'éclaira.

—Tu te moques de moi ! s'exclama-t-elle mi-amusée, mi-fâchée. C'est pas sympa, Eileen, dit-elle en me donnant une petite tape sur le bras.

—Désolée, je n'ai pas pu m'en empêcher ! gloussai-je en me protégeant alors qu'elle essayait de prendre mon oreiller pour m'étouffer avec. Il ne fallait pas me réveiller si tôt, tu sais bien que je ne suis pas de bonne humeur quand je me réveille de si bon matin !

Awen me donnait maintenant des coups d'oreiller pour se venger, mais quand elle commença à me chatouiller, je dus me rendre à l'évidence : elle aussi était trop forte pour moi. Les chatouilles, c'était vraiment mon point faible. Pourvu que Ludivine ne l'apprenne jamais…

—Stop, stop, arrête, OK, d'accord, je vais parler ! m'exclamai-je en essayant de reprendre mon souffle et de la faire basculer sur le côté pour qu'elle ne puisse plus me toucher.

—Je veux la vérité, maintenant, c'est clair ? me menaça-t-elle tout en continuant à me torturer.

—Oui, oui, c'est promis, arrête, s'il te plaît ! la suppliai-je entre deux fous-rires.

Awen arrêta sa torture et je pus enfin reprendre mon souffle. Je me redressai sur mon lit, prête à lui raconter mon récit, mais je m'arrêtai dans mon élan, incapable de trouver les mots justes pour exprimer ce que j'avais ressenti avec Ange. Je réfléchis pendant quelques secondes, puis je me lançai.

—C'était… extraordinaire, dis-je d'un air béat en laissant s'échapper un petit soupir.

Le regard fixé sur un point invisible de la chambre, perdue dans mes merveilleux souvenirs, je ne me rendis pas compte qu'Awen me scrutait attentivement.

—La vache, à ce point-là ? me demanda-t-elle en se mordant les lèvres.

—Oh oui, répondis-je en reportant mon attention sur elle. Je pourrais te donner un millier d'adjectifs pour te décrire tout ce que j'ai ressenti avec lui ce weekend, mais c'était tout simplement magique.

—Eh ben dis donc, tu as vraiment du bol, ma vieille, dit-elle en s'étalant de tout son long sur mon lit. Je vais être honnête avec toi : je suis un peu jalouse. Pour moi ça ne s'est pas si bien passé la première fois. Ne te méprends pas, reprit-elle en voyant mon air triste, je suis heureuse pour toi. Vraiment. C'est juste que moi je n'ai pas eu cette chance. Comme quoi c'est vrai lorsque les magazines disent que chaque expérience est unique. Tu vois, tu n'avais pas à t'en faire. Et tu n'as pas eu mal ?

En me replongeant dans mes souvenirs, je fis une petite grimace.

—Si, un peu, au tout début, mais ce n'était rien comparé à ce que j'avais imaginé et, surtout, ce n'était rien comparé au plaisir que j'ai ressenti après, dis-je en me sentant rougir.

Je ne voulais pas donner trop de détails à Awen, voulant faire de ces instants intimes passés avec Ange notre jardin secret, mais je savais qu'elle mourait d'envie d'en savoir plus, alors je me laissai aller un peu aux confidences.

—Disons qu'il est… très doué, dis-je en pesant mes mots. Je ne savais pas quoi à m'attendre et, bien sûr, je n'ai pas de point de comparaison mais… hum, toussai-je pour dissimuler ma gêne, Ange m'a fait découvrir un univers dont je ne pouvais même pas soupçonner l'existence. Ce que j'ai ressenti avec lui me dépasse. C'était comme si chaque cellule de mon corps avait été conçue pour l'épouser.

Awen poussa un petit soupir tout en affichant un air satisfait.

—Je suis heureuse pour toi. Vraiment.

—Merci. Et toi, ton weekend ? Ça n'a pas été trop dur ?

—Non, ça va. Kinnie et moi avons évité les garçons tout le temps. On s'est fait une virée shopping, puis resto et cinéma. J'ai pris une double dose de popcorns, j'en avais trop besoin. Et hier on est sorties se promener et s'entraîner dehors.

—OK. Bon, eh bien à partir de maintenant on va se concentrer sur toi. L'opération « Reconquête de Roman » est lancée. Tu es prête ?

—Prête.

—Alors tope-là.

Et Awen claqua ma main dans un geste déterminé.

—Je vais la tuer ! hurla ma meilleure amie en arrivant à la maison et en balançant son sac à dos dans le salon le vendredi suivant.

Ça y est, c'était les vacances de Noël. Enfin ! Le seul hic, c'était qu'Awen était en train de nous piquer une crise de nerfs. Je n'avais pas souvent eu l'occasion de la voir en colère, mais là, elle faisait vraiment peur. Je crois bien que si Bidule avait été devant elle à ce moment-là, elle lui aurait purement et simplement arraché les yeux.

—Je vais la massacrer ! Mais à quoi elle joue, cette salope ?!

Waouh, pour qu'elle en arrive à jurer comme un charretier, il fallait vraiment qu'elle soit ultra en colère. Je me félicitai intérieurement de l'avoir fait entrer de force dans un taxi et de l'avoir ramenée à la maison avec l'aide de Kinnie. Si les garçons l'avaient vue dans cet état, ils auraient sûrement été choqués et Awen ne se serait jamais pardonnée d'avoir montré une telle image d'elle-même à nos amis.

Alors oui, d'accord, nous avions toutes vu Bidule se rapprocher de Roman à la sortie du lycée, au point d'être presque collée à lui. Oui, elle lui avait fait les yeux doux et un sourire clairement enjôleur. Et oui, elle avait poussé le bouchon jusqu'à lui toucher subrepticement les cheveux en lui faisant un clin d'œil plus qu'aguicheur. Mais… *techniquement* parlant, Roman était célibataire, donc Bidule n'avait rien fait de mal, si ce n'est blesser l'ego de ma meilleure amie et la mettre tellement en rogne qu'elle avait bien failli se jeter à son cou. Bidule serait de la chair à saucisse, à l'heure actuelle, si Kinnie et moi n'avions pas attrapé Awen par les deux bras pour l'empêcher d'aller lui casser la figure. Ah, on peut dire que cela n'avait pas été une mince affaire ! Il avait d'abord fallu la retenir afin qu'elle ne blesse personne, puis appeler un taxi tout en évitant les coups de coude qu'elle essayait de nous asséner pour se libérer, pour enfin la traîner de force jusqu'à la sortie du lycée en essayant de ne pas trop attirer l'attention des autres élèves. Un vrai calvaire. Et maintenant que nous étions à la maison, je me demandais de quelle manière nous allions pouvoir la calmer. Heureusement, ma lanterne s'éclaira.

—Viens, on va en bas, dis-je à ma meilleure amie alors qu'elle faisait les cent pas dans le salon en cherchant du regard quelque chose sur quoi se défouler.

Elle leva les yeux vers moi sans comprendre.

—Il y a un punching-ball, c'est le moment ou jamais de t'en servir.

Soudain son visage s'éclaira et, sans dire un mot, elle sortit du salon à grands pas pour se diriger tout droit vers la porte qui menait au sous-sol. Je m'étais servie de nombreuses fois du punching-ball lors de mes entraînements avec Ange, mais Awen n'avait jamais voulu en entendre parler. Elle disait que taper sur un sac en caoutchouc rempli de chiffons était totalement primaire et idiot, mais ce soir elle semblait d'une toute autre opinion. Lorsqu'elle passa à côté de moi, elle me remit les deux bagues qu'elle portait habituellement sur ses jolis doigts manucurés, puis elle descendit d'un pas ferme et décidé. Je l'avais rarement vue aussi en pétard. Le punching-ball n'avait qu'à bien se tenir !

Kinnie et moi échangeâmes un regard.

—Bien joué, me dit-elle en acquiesçant de la tête. Ça va lui faire du bien. Après, on s'occupera d'elle.

Je lui fis un petit sourire triste, puis nous descendîmes au sous-sol pour voir où en était notre meilleure amie. Celle-ci se défoulait comme une folle furieuse. Les cheveux ébouriffés, des restes de maquillage dégoulinant sur son beau visage, les traits tirés par la tristesse et la colère, Awen était dans un état second. Elle s'acharnait sur le pauvre sac innocent comme s'il s'agissait de Bidule. Heureusement qu'on l'avait retenue, tout à l'heure ! Kinnie et moi décidâmes de nous asseoir tranquillement dans un coin en attendant la fin de sa crise, ce qui arriva environ quinze minutes plus tard. Awen avait tout donné, et désormais la colère faisait place à la douleur, bien pire que n'importe quel autre sentiment. J'étais personnellement convaincue qu'il valait mieux être en colère plutôt que triste. Comme pour confirmer ma théorie, Awen s'écroula sur le sol en pleurant toutes les larmes de son corps. En moins d'une seconde, Kinnie et moi fûmes à ses côtés pour la réconforter, mais cela ne servit pas à grand-chose. Nous la laissâmes pleurer ainsi pendant de longues minutes. Elle avait visiblement besoin de vider son sac. Lorsque ses larmes se tarirent enfin, elle leva vers nous son visage enlaidi par la tristesse et renifla bruyamment.

—Si elle le touche encore une fois, je la tue, c'est clair ? dit-elle avec véhémence.

Kinnie et moi ne bronchâmes pas. Ce n'était pas le moment de la contrarier. Je trouverais bien cinq minutes le lendemain pour lui dire que, si elle faisait ça, elle finirait en prison et foutrait toute sa vie en l'air…

Awen se releva en époussetant ses vêtements, puis elle se dirigea à l'étage d'un pas ferme.

—J'ai besoin d'une bonne douche, annonça-t-elle d'un ton dur et froid.

Manque de bol, les garçons choisirent cet instant pour rentrer à la maison, ils croisèrent donc Awen sur le palier au moment même où celle-ci montait dans sa chambre sans leur accorder un regard. Impossible qu'ils n'aient pas remarqué son visage et ses yeux rougis par les larmes. Je dévisageai Roman discrètement et pus voir la douleur dans son regard.

Bien. Il souffrait, lui aussi. Tant mieux.

Non pas que je sois sadique, mais cela voulait dire qu'il tenait encore à ma meilleure amie !

Je pris le parti de la suivre à l'étage en laissant les garçons seuls avec leurs doutes. Kinnie, elle, préféra rester en bas. J'espérais qu'elle ne raconterait pas en détails la crise de nerfs d'Awen. Elle n'avait vraiment pas besoin de ça en ce moment. Je lançai un regard discret et peiné vers mon ange gardien, puis je montai dans ma chambre pour préparer mes valises. Les vacances de Noël étaient arrivées et nous avions prévu de retourner chez nos parents pour quinze jours. Au vu des évènements, cela allait certainement nous faire le plus grand bien. Enfin, surtout à Awen. Je comptais profiter de tout ce temps pour la remettre sur le droit chemin. Il fallait absolument qu'elle reprenne le contrôle sur son caractère explosif, sinon il y allait avoir un meurtre au lycée dans très peu de temps…

Quinze jours plus tard, j'avais fait du bon boulot. Nous avions passé d'excellentes fêtes de fin d'année et Awen avait enfin repris confiance en elle. Tout d'abord, j'étais allée voir ma mère pour lui demander de l'aide. Sans entrer dans les détails, je lui avais raconté la situation d'Awen. Ma mère m'avait alors recommandé plusieurs documents à lire et quelques exercices à faire. Pour aider ma meilleure amie, j'avais décidé de rester auprès d'elle vingt-quatre heures sur vingt-quatre. Ange m'avait manqué à peu près à chaque seconde, mais c'était pour la bonne cause. Collée ainsi aux fesses d'Awen, j'avais pu parler calmement avec elle et lui faire entrevoir les erreurs qu'elle avait commises avec Roman. Petit à petit, jour après jour, à force de rabâcher les mêmes histoires, de lire et de voir ensemble des documentaires sur la jalousie et la confiance au sein du couple, elle avait fini par comprendre que son attitude n'était pas normale. De plus, passer notre temps libre chez ses parents et chez les miens nous avait fait un bien fou. Ils nous manquaient beaucoup plus qu'on ne pouvait l'imaginer, et le fait de nous retrouver en famille nous avait permis de nous ressourcer et de nous reconcentrer sur l'essentiel : l'amour de nos proches et la sensation d'être toujours en sécurité auprès d'eux. Cela avait permis à Awen de se reconstruire. Quant à moi, cela m'avait aidée à supporter l'absence d'Ange à mes côtés. Sans compter que nos parents avaient été si heureux de nous avoir rien que pour eux que nos deux familles s'étaient réunies pour fêter Noël et que nous avions été pourries gâtées niveau cadeaux. Trop de la chance…

Au cours de la deuxième semaine de vacances, nous nous étions mises au yoga. C'était marrant. Kinnie était venue nous voir deux fois, et aujourd'hui elle venait de nous rejoindre pour notre dernière séance de relaxation des vacances. Nous étions assises toutes les trois sur le lit d'Awen, dans la position du lotus, les yeux fermés et la bouche en cœur.

—Awen, répète après moi : j'ai confiance en moi, j'aime Roman et je le respecte.

—J'ai confiance en moi, j'aime Roman et je le respecte.

—Inspire profondément et expire doucement par la bouche. Répète : je veux le reconquérir et lui prouver mon amour.

—Je veux le reconquérir et lui prouver mon amour… Tu crois vraiment que ça va marcher ?

—Chut, concentre-toi.

—Oh, d'accord.

—Répète : Roman a droit à son intimité et je dois avoir confiance en lui.

—Roman a droit à son intimité et je dois avoir confiance en lui. Tu crois qu'il m'aime encore ?

—Awen, c'est pas possible ! Tu vas te concentrer, oui ou non ?!

—Oui, oui, oh là là…

—Inspire et expire calmement, et ouvre les yeux. Bon, ça y est, c'est fini pour aujourd'hui. Comment te sens-tu ?

—Bien, je crois.

C'était le dernier jour des vacances. Ce soir nous allions rentrer à Marsiac pour retrouver les garçons, et le lendemain nous allions voir Bidule au lycée. Je préférais m'assurer qu'Awen ne la truciderait pas à la première occasion venue.

—Que feras-tu demain si tu croises Bidule dans la cour et qu'elle est en train de zieuter Roman ?

—Je filerai aux toilettes pour faire une séance de relaxation.

—Très bien. Et si elle le touche ?

—Je filerai aux toilettes pour pleurer toutes les larmes de mon corps et ensuite je ferai une séance de relaxation.

—Parfait. Donc, tu comptes passer toute ta journée dans les toilettes, c'est ça ?

—Pas du tout, c'est toi qui imagines les pires scénarios catastrophes ! Si ça se trouve, elle s'est cassé une jambe pendant les vacances et elle ne va même pas pouvoir venir au lycée demain.

Kinnie éclata de rire et je lui lançai un regard noir.

—Je vois, marmonnai-je d'un air soucieux.

—Sérieusement, Eileen, je me sens beaucoup mieux. Je crois que cette fois-ci, c'est la bonne. J'ai enfin compris pourquoi Roman était parti. Il avait besoin d'air, et surtout besoin que je lui fasse confiance. Maintenant, il va falloir que je lui prouve que je le mérite encore…

—Oh, pour ça, je te fais entièrement confiance. Ce n'est pas pour rien que tu as passé trois heures dans la salle de bain ce matin, pas vrai ?

Manucure des mains et des pieds, épilation des sourcils et de tout le reste, masque à base d'algues vertes et gluantes, tout y était passé. J'avais eu droit à une séance d'esthéticienne en direct. Comme elle s'ennuyait lorsqu'elle jouait à son passe-temps favori, elle m'avait obligée à lui tenir compagnie et à lui faire la conversation pendant trois heures ! Je ne savais même pas comment j'avais pu tenir aussi longtemps, mais le résultat en valait la peine : Awen était à tomber par terre. C'était une très jolie fille au naturel, mais lorsqu'elle décidait de sortir le grand jeu, aucun garçon ne pouvait lui résister. Roman serait fou de la laisser lui passer sous le nez, d'autant plus si Ange m'avait dit la vérité et que Roman aimait encore ma meilleure amie. Si elle parvenait à garder son sang-froid et à lui prouver qu'elle était redevenue comme avant, il ne tiendrait pas deux semaines avant de lui retomber dans les bras.

Je regardai ma meilleure amie d'un air fier.

—Tu vas le reconquérir en moins de deux, tu vas voir, lui annonçai-je en la prenant dans mes bras pour lui faire un énorme câlin.

Et le soir venu, nous rentrâmes à Marsiac. Enfin ! J'eus quand même un pincement au cœur en disant au revoir à mes parents. Je m'étais réhabituée à vivre avec eux en un rien de temps, mais j'avais aussi envie de retrouver Ange. Il m'avait tellement manqué pendant ces quinze jours que je ne savais pas quelle réaction j'aurais en le voyant. Lui sauterais-je dessus comme une sauvage ? Non, bien sûr que non, sinon tout le monde se demanderait si j'étais devenu folle. Pour cela, je devrais attendre d'être seule avec lui dans ma chambre. À ce moment-là, je pourrais le kidnapper et lui faire toutes sortes de choses malhonnêtes. Oui, parce que le problème, c'était que depuis que nous étions revenus de notre magnifique escapade dans la bulle de verre, nous n'avions pas eu d'autre moment à nous. Rien. Nada. Que tchi, alors vous pouvez imaginer l'état dans lequel se trouvaient mes pauvres hormones.

Heureusement, la fin de ma souffrance approchait. Dans la voiture de Roman – conduite par Aedan – la grande maison se dessinait enfin à l'horizon. Je me tournai vers Awen, assise à l'arrière avec moi, et lui adressai un petit sourire tout en lui serrant la main pour lui insuffler du courage. C'était maintenant ou jamais. Ça passe ou ça casse. Si elle retombait dans ses vieux travers en voyant Roman, alors tout serait perdu. Elle me rendit mon sourire et nous descendîmes de la voiture. Les garçons nous attendaient sur le palier lorsque nous entrâmes dans la maison, et malgré toutes mes appréhensions, Awen se comporta en vraie déesse. Elle salua Ange et Roman de deux baisers sur la joue alors que cela faisait des semaines qu'elle n'adressait même plus un regard à son ex.

Bingo !

Puis, au cours de la soirée, ils eurent une petite conversation lors du dîner. Pas grand-chose, juste quelques mots échangés, mais l'atmosphère au sein du groupe s'en trouva infiniment plus légère. Cela faisait plusieurs semaines que nous devions supporter l'ambiance tendue entre ces deux-là, alors cela faisait du bien de relâcher un peu la pression, surtout après deux semaines d'absence. La maison m'avait manqué. Les garçons m'avaient manqué. Quant à Ange… Mon regard croisa le sien et je cessai de respirer. Il était si beau, si magnétique. Ses yeux verts me dévisageaient avec envie pendant qu'il se caressait le menton d'une main, l'air pensif. Je déglutis avec difficulté et finis mon repas l'estomac noué. Le dessert fut vite expédié et je me précipitai dans ma chambre dès que je pus, prétextant la reprise des cours le lendemain pour aller préparer mes affaires. Fiévreusement, des milliers de papillons virevoltant dans mon ventre et le cœur battant à un rythme irrégulier, je préparai effectivement mes affaires. Quitte à attendre que tous les autres aillent se coucher pour voir mon ange gardien, autant faire quelque chose de productif ! Mais au bout de cinq minutes, j'avais déjà tout fini, je me mis donc à faire les cent pas dans la chambre.

Pourvu qu'ils soient tous fatigués !

Le temps passa lentement. Je regardai Tic-Toc – que je venais de remettre sur ma table de chevet à notre retour – et il vint à mon secours.

—Il n'est que vingt-et-une heures, cesse de t'agiter comme ça ! soupira-t-il en chuchotant.

—Je ne suis pas patiente, tu le sais bien.

—Oui, je sais, mais tu es montée bien trop tôt, tu aurais dû attendre encore un peu. Les autres se couchent plutôt vers vingt-deux heures.

Je grognai en m'asseyant sur mon lit.

—Je ne vais jamais tenir aussi longtemps ! m'exclamai-je en gémissant et en prenant ma tête entre mes mains.

Et comme pour répondre à mon désespoir, quelqu'un frappa à la porte de ma chambre.

Oui ! Faites que ce soit lui, faites que ce soit lui, par pitiééé !

Je me levai d'un bond et me précipitai sur la porte. Ange entra dans ma chambre et je refermai derrière lui, le plaquant aussitôt contre le mur tout en me jetant sur ses lèvres. Il devait en avoir envie lui aussi, car il me rendit mon baiser en enroulant sa langue chaude autour de la mienne. Il fit glisser une main dans mes cheveux et l'autre le long de ma colonne vertébrale. Je gémis dans sa bouche et il me mordilla la lèvre en retour. Après une bonne minute de réconfort, Ange se décolla doucement et plongea son regard dans le mien.

—Je t'ai manqué, on dirait, dit-il d'une voix chaude et sensuelle.

—Un peu, minaudai-je en souriant.

—Un peu, seulement ? J'avais l'impression que c'était plus que ça.

—Bon, d'accord, j'avoue tout, tu m'as manqué à chaque seconde.

—Pareil pour moi.

—Alors ne perdons pas de temps et retrouvons-nous…

Et je me jetai de nouveau à son cou, sauf que là, il attrapa mes poignets au vol et les ramena le long de mon corps.

Mince.

—Un problème ?

—Pas pour l'instant, mais si tu te jettes encore une fois sur moi comme tu viens de le faire, je crains de ne plus pouvoir répondre de mes actes.

—Ça me va, répondis-je en essayant de dégager mes mains.

—Non, ça ne va pas du tout. Les choses n'ont pas changé, Eileen, nous ne sommes toujours pas seuls dans cette maison, alors nous ne pouvons pas baisser la garde, d'accord ?

Pouvait-on tuer avec un regard ? Parce que là, j'aurais juré que je pouvais le fusiller des yeux.

—Ne me regarde pas comme ça, dit-il doucement en prenant mon visage en coupe dans ses mains douces et chaudes. Moi aussi j'ai envie d'être avec toi mais… tu connais la suite.

—Oui. Bla-bla-bla, nous ne sommes pas seuls, bla-bla-bla, il faut attendre.

Je poussai un long soupir puis, résignée, je collai ma tête contre son torse. À travers son t-shirt, je pouvais sentir les battements de son cœur, et cela suffit à m'apaiser. Je humai discrètement son odeur. Qu'est-ce qu'il sentait bon. Il referma ses bras autour de moi et nous restâmes ainsi un long moment, simplement heureux d'être ensemble, l'un contre l'autre.

Après plusieurs minutes, il desserra son étreinte et me lança un petit regard amusé.

—Quoi ?

—J'ai prévu un entraînement pour ce soir, dit-il en faisant une petite moue d'excuse.

—Tu plaisantes ?

—Pas du tout.

—Donc moi je meurs d'envie de me retrouver seule avec toi, alors que toi tu meurs d'envie de m'entraîner, c'est ça ?

—Tu sais que c'est pour ton bien, dit-il sans se démonter.

—Je rêve.

—Alors ?

—Est-ce que j'ai vraiment le choix ?

—Bien sûr, tu as toujours le choix. À toi de voir si tu veux être prête le jour où tu devras combattre Ludivine, ou si tu préfères mourir dans d'atroces souffrances, dit-il en haussant les épaules.

Cette fois c'était sûr, Ange avait décidé de mourir ce soir. J'allais le tuer de mes propres mains, s'il continuait ainsi.

—Ce n'est pas beau, le chantage, Monsieur l'ange gardien.

—Vous ne me laissez pas le choix, Mademoiselle l'Élue.

Et il déposa un petit baiser sur le bout de mon nez. Ma colère se dissipa en une seconde. Une seule. Il savait y faire, le bougre. Sans un mot de plus, il se dirigea vers mon armoire et me lança ma doudoune d'hiver. On allait se les peler, dehors, en plein début du mois de Janvier. Je poussai un soupir de résignation et me dirigeai vers la porte de ma chambre, mais au lieu de m'y rejoindre pour nous rendre invisibles, il me désigna la fenêtre.

—Ce soir on va passer par là, les garçons sont encore debout.

De mieux en mieux.

Nous n'étions encore jamais sortis par la fenêtre, mais bon, il fallait une première à tout.

Et c'est ainsi que pour nos retrouvailles, je dus supporter un vol nocturne de presque vingt minutes à une température de moins trois degrés.

Le bonheur absolu.

Comme pour m'achever, Ange me demanda de fermer les yeux alors que nous n'étions plus qu'à quelques kilomètres de notre destination. Apparemment, il ne voulait pas que je sache où j'étais, et pour s'assurer que je ne trichais pas, il mit même ses mains devant mes yeux au moment d'atterrir. Nous finîmes par nous poser sur un sol dur et froid, jonché de feuilles mortes si j'en croyais le bruit que venaient de faire nos chaussures en se posant par terre. Ange déposa un léger baiser sur ma joue et enleva enfin ses mains de mes yeux. Lorsque je les ouvris, j'eus un frisson de peur et mes poils se hérissèrent sur ma peau. Un peu perdue et en proie à une panique grandissante, je me retournai dans l'espoir de demander à Ange pourquoi il m'avait emmenée ici, mais il n'était plus là.

Parti.

Envolé.

Je fis le tour sur moi-même plusieurs fois et le cherchai désespérément du regard. En vain. Ange venait de m'abandonner en pleine nuit au beau milieu de la forêt. Alors que mon esprit essayait de comprendre son stratagème, mon corps se mit en état d'alerte maximale. Même si au fond de moi je savais qu'il ne s'agissait que d'un entraînement, une partie de mon cerveau percevait le danger et lançait des poussées d'adrénaline dans tous mes muscles.

La forêt était immense et noire. Les arbres dessinaient des ombres fantasmagoriques sur le sol. La pleine lune laissait entrevoir quelques lueurs entre deux nuages aussi épais qu'inquiétants. Alors que j'adorais me balader en forêt pendant la journée, pour moi elle devenait un labyrinthe effrayant en pleine nuit. Je n'avais plus de repères et je n'osais faire un pas. La forêt était plus vivante la nuit que le jour. À cette heure-ci, tous les animaux nocturnes étaient de sortie et j'entendais des milliers de petits bruits qui m'angoissaient au plus haut point. Les rongeurs couraient entre les racines et les feuilles, les hiboux hululaient dans leur coin alors que les aigles survolaient les arbres à la recherche d'une proie facile. Les renards et les loups cherchaient à manger, alors que les cerfs se mettaient à courir pour se dégourdir les jambes. Autrement dit, je risquais de tomber nez à nez avec n'importe quel animal à chaque pas que je ferai. En outre, il faisait extrêmement froid et une brume épaisse était en train de s'abattre autour de moi. Je frissonnai. Le vent poussa un hurlement dans les hauteurs des arbres et me délivra de mon état de choc. J'étais glacée.

Fais apparaître tes ailes !

Heureusement que mon cerveau et mon instinct de survie étaient là pour me rappeler à l'ordre. J'enlevai précipitamment ma doudoune, mon pull à col roulé et mon t-shirt, et je fis apparaître mes ailes en quelques secondes.

Ouf !

La sensation de froid s'estompa immédiatement, remplacée par la douce impression d'être enveloppée dans un cocon tiède. Je jetai un regard en arrière et me sentis rassurée en voyant mes longues ailes reposer sur le sol derrière moi. Au moins, en cas de danger, je pourrais toujours m'envoler… Ce fut alors que je me rendis compte que j'avais quelque chose dans la main droite. J'avais été tellement préoccupée par la situation que je ne m'en étais pas rendu compte avant.

C'était un petit bout de papier froissé. Curieuse, je pris la petite note et tentai de la déchiffrer à la lueur de la lune. Entre deux nuages, je pus distinguer l'écriture d'Ange :

« Retrouve-moi. »

Ni plus, ni moins.

C'était donc ça… Il voulait jouer à cache-cache au beau milieu de la forêt, à onze heures du soir !

J'avais envie de le tuer. Bon, d'accord, si je l'avais vraiment eu à portée de main, je me serais probablement jetée dans ses bras, mais cela ne m'empêchait pas d'être furieuse contre lui. De quel droit se permettait-il ce genre de petites surprises ?

Parce qu'il est ton ange gardien, me dit une petite voix en mon for intérieur.

Je maudis la petite voix et déchirai le bout de papier en mille morceaux. Au moins, ça, ça me calmait. Puis, je pris une lente et profonde inspiration pour réfléchir. J'avais bien envie de fuir à toutes jambes et de rentrer à la maison, mais cela n'allait sûrement pas plaire à Ange, et je savais qu'il faisait tout cela parce qu'il se préoccupait de ma sécurité. Si je n'apprenais pas à me défendre contre les Ombres, comment pourrais-je m'en sortir le jour où elles m'attaqueraient pour de bon ? Je décidai donc de relever le défi et de me faire violence pour retrouver mon ange gardien.

Au moment où je pris cette décision, quelque chose bougea dans les herbes tout près de moi et je fis un bond de deux mètres sur le côté. Mon cœur battait à cent à l'heure et j'avais le souffle court, comme si je venais de courir le marathon de New York. Il fallait vraiment que je me calme, sinon je n'allais jamais y arriver. Un mignon petit furet se faufila alors hors du buisson à toute vitesse pour se jeter sur une pauvre souris qui se promenait par là. J'assistai à son dîner avec une moue de dégoût.

Charmant.

Bon, ce n'était pas le tout mais j'avais du pain sur la planche si je voulais me sortir de ce pétrin. Alors, par quoi commencer ? Par écouter ? Sentir ? Regarder ?

Pfff.

Je ne savais même pas où je me trouvais. Ce coin de la forêt ne me disait absolument rien. En même temps, de nuit, tous les arbres se ressemblaient et c'était vraiment difficile de se repérer. Un hibou hulula non loin de là et mes poils se hérissèrent sur mes bras.

Non mais quelle angoisse !

Doucement, je me mis à humer l'air de la nuit. Cela sentait la mousse, l'humidité des arbres et la terre, mais pas de trace d'Ange. Il s'était envolé trop vite pour laisser un quelconque effluve derrière lui. Je tendis l'oreille et perçus des dizaines de petits bruits, mais rien qui ressemblait à des pas ou à un bruissement d'ailes. Bon, eh bien tant pis. Je m'élançai en volant vers la cime des arbres. Peut-être que j'y verrais un peu plus clair depuis là-haut. Malheureusement, après avoir fait plusieurs tours sur moi-même, je fus bien obligée de constater qu'ils n'y avait toujours aucune trace de mon ange gardien. Et s'il s'était rendu invisible ? Il n'aurait pas fait ça, quand même, si ? J'aperçus plusieurs chauves-souris foncer et virevolter entre les arbres à la recherche de nourriture, et je priai intérieurement pour qu'elles ne me foncent pas dessus. Une fois, une abeille s'était emmêlée dans mes cheveux frisés : je ne vous raconte pas le drame. J'avais frôlé la crise d'hystérie et je m'étais débattue comme une folle jusqu'à ce qu'elle se libère et s'en aille.

La honte.

Bref. Je décidai de me rendre invisible pour continuer à chercher Ange, puis je me mis à survoler la forêt doucement en tendant l'oreille et en essayant de l'apercevoir.

Je lui ferai payer ce petit entraînement plus tard. Et très cher ! Je ricanai seule dans la nuit au beau milieu de la forêt, et mon propre rire me fit frissonner. Combien de temps allais-je encore devoir endurer ça ? Et si je rentrais à la maison, il m'en voudrait vraiment beaucoup ? Alors que je tergiversais intérieurement sur mon éventuel abandon, ce coin de la forêt commença à me rappeler quelque chose. Je tournai plusieurs fois au même endroit et reconnus la cachette secrète de mon ange gardien. Je humai l'air et découvris un léger parfum de bois chaud, de menthe et de noix de muscade.

Bingo !

J'étais sur la bonne voie. Tout doucement, sans faire de bruit, je descendis en dessous de la cime des arbres et repérai la fameuse grotte. Il était là ! Bon, d'accord, je ne voyais qu'une ombre blanche dans la nuit, mais c'était forcément lui, non ? J'exultai en silence, j'avais réussi, je l'avais retrouvé ! D'accord, peut-être un peu par hasard, mais qu'importe ! Mon cœur se mit à battre à une cadence folle sous le coup de l'adrénaline. Et si je l'attaquais par surprise ? Il l'avait bien mérité, après tout…

Je m'approchai un peu plus de la grotte pour voir ce qu'il faisait, mais tout à coup il s'élança vers moi pour me poursuivre ! Je m'y attendais si peu que je me mis à crier dans la nuit sombre. Mais comment m'avait-il repérée ?! Prise au piège, je redevins visible mais je tentai néanmoins de le semer, juste pour voir sa réaction. Malheureusement pour moi, il était beaucoup trop rapide et il gagnait du terrain à chaque battement d'ailes. Je me mis à glousser et à rire nerveusement. Plus que quelques mètres nous séparaient, lorsque soudain…

—Aaaaah ! m'écriai-je alors que deux bras chauds et musclés se refermaient sur moi en me faisant plonger vers le sol.

L'atterrissage fut rude. Ange aurait pu me protéger ou même m'empêcher de tomber, mais il en avait décidé autrement. Quand il se comportait en professeur, il n'avait plus de pitié pour les croissants. Enfin, pour moi, quoi. Je touchai le sol dans un bruissement sourd de feuilles mortes et humides et je glissai pendant dix bonnes secondes avant de m'arrêter.

Aïe.

J'avais mal partout. J'avais atterri de profil et le choc avait été encaissé par tout le côté droit de mon corps. Je me sentais en compote depuis le haut de l'épaule jusqu'à mon mollet, en passant par les côtes et les hanches qui en avaient pris pour leur grade. Si mon attaquant avait été une Ombre et que j'avais dû me battre après une telle chute, j'aurais commencé le combat avec un sérieux handicap. Je savais que c'était pour cela que mon ange gardien ne m'avait pas épargnée, mais je lui en voulais quand même.

Celui-ci atterrit à mes côtés avec grâce et se précipita sur moi, les mains en avant. Il me fit basculer pour que mon poids repose sur le côté intact de mon pauvre petit corps en vrac. Nous nous mîmes à grogner tous les deux. Moi parce que j'avais mal, lui parce qu'il devait s'en vouloir. Sans dire un mot, il passa ses mains le long de mon corps et la douleur s'évanouit presque aussitôt. Au bout d'une minute, je me sentais comme neuve.

—Si tu me refais ça encore une fois, je te quitte, lui dis-je d'une voix pleine de colère.

—Je ne pensais pas que tu tomberais comme ça, je suis désolé.

À en juger par les ombres qui dansaient dans son regard, il s'en voulait vraiment.

Mais moi j'avais vraiment eu mal, aussi…

—J'aurais pu me casser quelque chose et me faire encore plus mal, insistai-je en lui lançant un regard noir.

—Nous étions à deux mètres à peine du sol, je pensais que tu ferais une roulade ou un truc dans le genre en atterrissant.

—Bien sûr, je m'appelle Spiderman, tu ne le savais pas ?

—Non, tu ne t'appelles pas Spiderman, mais tu es un ange, Eileen, tu as des pouvoirs.

—Ah oui, pardon, c'est vrai. La prochaine fois je parlerai aux feuilles pour qu'elles me fassent un joli nid douillet pour l'atterrissage. Ah non, mince, j'oubliais que je ne pouvais pas parler aux feuilles, dis-je d'un ton acerbe.

—Tu aurais pu te redresser et adoucir ta chute, quand même.

—J'essaierai de m'en souvenir la prochaine fois qu'on m'attaque sournoisement.

—Écoute, je suis désolé, je pensais vraiment que tu atterrirais normalement, je pensais même qu'on pourrait se battre un peu ensuite pour s'entraîner…

—Ben voyons, et puis on n'a qu'à s'entraîner toute la nuit, aussi, peu importe si demain il y a cours.

—Bon, d'accord, on va rentrer à la maison, dit-il en me prenant dans ses bras et en me remettant sur pied. En tout cas, j'avais raison, tu avais bel et bien besoin d'un entraînement, non ?

—N'en rajoute pas ou je te vire de ton poste de coach sportif.

—Ça t'arrangerait bien.

—Justement, ne me pousse pas à bout.

—Allez, viens, on rentre, dit-il en me prenant par la main et en s'élançant vers le ciel.

Je le suivis sans rien dire jusqu'à la maison où il atterrit sous le porche de la terrasse qui donnait sur le jardin. Là, il remit son t-shirt avant de me prendre dans ses bras pour me faire un câlin. Il posa ma tête contre son torse et se mit à me bercer doucement de gauche à droite.

—Je suis désolé, désolé, désolé. Tu sais que je ne t'aurais jamais fait de mal volontairement, n'est-ce pas ?

Je grognai contre son t-shirt.

—Dis-moi que tu me pardonnes, je t'en supplie, je m'en veux tellement. Si j'avais su que tu allais te faire mal, je t'aurais rattrapée.

—Mmmh. Au fait, comment as-tu pu t'élancer après moi si j'étais invisible ? Tu m'as prise en traître, c'était moi qui étais censée t'attaquer par surprise.

—Tes émotions t'ont trahie, répondit-il avec un petit haussement d'épaules. Tes battements de cœur, notamment, m'ont guidé directement jusqu'à toi.

—Foutues émotions, marmonnai-je dans ma barbe.

—S'il te plaît, Eileen, dis-moi que tu me pardonnes.

Il décolla mon visage de son torse et releva mon menton vers lui.

—Je t'en prie.

Ses yeux verts me suppliaient dans la nuit. Il avait l'air coupable et honteux. Il faut avouer que pour un ange gardien, ça ne devait pas être joli-joli de blesser sa protégée. Il devait en avoir gros sur la patate.

Dans un élan de bonté, je décidai d'oublier ce petit incident. Après tout, il ne l'avait pas fait exprès.

—Bon, c'est d'accord, tu es pardonné.

Son regard s'adoucit et ses épaules s'affaissèrent, comme si je venais de lui enlever un énorme poids de la conscience.

—Mais tu vas devoir payer cher pour tout ce que tu m'as fait subir ce soir, lui lançai-je en le défiant du regard.

—Dis-moi ce que tu veux et tu l'auras.

—Je te veux, toi.

Ange ne répondit pas tout de suite et continua à me regarder en silence dans l'obscurité. Je voyais bien qu'il hésitait, mais vu le déroulement de la soirée, il n'avait pas vraiment le choix.

—C'est d'accord, finit-il par dire dans un souffle. Mais tu dois me laisser un peu de temps pour tout organiser.

—Deux semaines, pas plus.

Il acquiesça d'un signe de tête et prit sauvagement mon visage entre ses mains. Il m'attira vers lui et plaqua ses lèvres contre ma bouche dans un baiser fiévreux. Il devait être content de sa punition, en fait. Notre baiser me sembla durer une éternité, puis nous nous décollâmes doucement et restâmes ainsi pendant encore plusieurs minutes avant de regagner nos chambres respectives par la fenêtre…

Haute trahison

Je m'étais trompée dans mes prédictions.

Awen n'avait pas reconquis Roman en deux semaines, mais en une seule. Moins de sept petits jours avaient suffi pour lui prouver qu'elle était redevenue la jeune fille insouciante et heureuse de leurs débuts. Depuis que nous avions repris les cours, ma meilleure amie s'était montrée sous son meilleur jour. Elle avait accepté de reparler à Roman, de ne plus l'ignorer, de rire à ses blagues, et petit à petit ils avaient renoué le dialogue. Je les avais vus s'isoler plusieurs fois au cours de la semaine écoulée, sans doute pour parler tranquillement. Tous les soirs, Kinnie, Awen et moi faisions un débriefing de la situation. Awen avait besoin de notre soutien pour tenir le coup, mais nous lui avions promis que Roman montrait tous les signes du garçon amoureux et… enfin, hier soir, pour notre premier vendredi de libre depuis la reprise, il l'avait emmenée dîner en ville. Je ne connaissais pas encore les détails de leurs grandes retrouvailles, mais Awen m'avait envoyé un texto tard dans la nuit pour me remercier et me dire que cette soirée avait été l'une des plus belles de toute sa vie.

Magnifique !

Pour ma part, Ange n'avait plus que quelques jours pour payer sa dette, ce qui me mettait de très bonne humeur. En m'extirpant de mon lit, je me serais presque mise à chanter tant je me sentais heureuse et détendue. Les Chercheurs, le Conseil des Anges, les Ombres, tout ceci me semblait si lointain…

Alors que j'entrais dans la cuisine, je fus surprise de voir que presque personne n'était là. Un silence inhabituel régnait dans la pièce. Il n'était pas si tard que ça, pourtant, à peine dix heures. Seul Aedan, debout au beau milieu du salon, le regard tourné vers la baie vitrée avec une tasse de café à la main, semblait perdu dans ses pensées.

—Bonjour ! Où sont passés tous les autres ? demandai-je d'une voix enjouée.

—Awen et Kinnie dorment encore, répondit-il d'une voix morne. Roman est parti courir dans la forêt et Ange est en train de surveiller les alentours pour être sûr qu'aucun danger ne nous guette.

Sa voix et son attitude étaient étranges. Depuis quelques jours, j'avais l'impression de ne plus le reconnaître. Certes, Aedan n'était pas le plus fou de nous tous, ni le plus bavard, ni même le plus drôle, mais il participait toujours à nos jeux idiots, à nos conversations et à la vie en communauté. Cependant, depuis environ une semaine je l'avais vu se distancer peu à peu, s'éloigner du groupe pour s'isoler de plus en plus souvent. Il ne participait plus beaucoup aux conversations, son visage portait le voile de la préoccupation, et je le sentais parfois triste, et parfois en colère. Quelque chose n'allait pas, mais je ne savais pas de quoi il s'agissait. Peut-être que si j'en parlais à Kinnie, elle pourrait l'aider…

J'approchai du placard où se trouvaient les bols et me préparai un chocolat chaud en silence. Je le regardai discrètement mais il était toujours aussi distant, le regard perdu sur un point à l'horizon, au fond du jardin. Bon, eh bien j'allais faire comme si de rien n'était…

Je pris mon bol et m'installai confortablement sur le bar américain, puis je commençai à manger tranquillement mes madeleines au chocolat. Soudain, du coin de l'œil, je vis Aedan sortir de sa torpeur et se tourner lentement vers moi. Il avait l'air à la fois soucieux et déterminé. Mais qu'est-ce qu'il lui arrivait, à la fin ?!

—Je sais tout, Eileen, dit-il doucement.

Quoi ?!

Je manquai de m'étouffer avec ma madeleine. Je toussai malgré moi, à la fois pour faire passer le gâteau coincé en travers de ma gorge, mais aussi pour essayer de gagner du temps.

Il savait ?!

Il savait quoi, au juste ?

—De quoi parles-tu ? répondis-je en feignant l'innocence.

—Je sais tout pour toi et Ange, poursuivit-il avec un masque immuable sur le visage.

Merde, là ça se complique !

—Mais encore ? insistai-je en sentant la panique envahir chaque cellule de mon corps.

—Ne fais pas l'innocente avec moi, Eileen, je vous ai surpris ensemble l'autre soir. J'étais parti faire un tour dehors, et quand j'ai voulu rentrer je suis tombé sur vous deux, enlacés dans un coin de la terrasse, dans l'obscurité. Vous vous cachiez, dit-il avec de la colère dans la voix.

Je restai muette. Il nous avait vus ! Comment pouvais-je nier l'évidence ? J'étais prise au piège… Devant mon silence, Aedan poursuivit son explication.

—J'ai d'abord cru que j'hallucinais. Ça ne pouvait être que ça : une hallucination. Pourtant je suis resté immobile, presque pétrifié par ce que je voyais. Je n'arrivais pas à détourner le regard, j'étais à la fois déçu, en colère et frustré. Je me sentais trahi, c'était terrible. Et finalement vous vous êtes séparés. Tu es rentrée dans la maison la première et Ange t'a rejointe quelques minutes plus tard. Pour ne pas éveiller les soupçons, je présume, ajouta-t-il en ricanant tristement.

Au fond de moi, c'était la panique à bord. Aedan savait désormais que je sortais avec Ange, et cela ne semblait pas du tout lui plaire. Je tentai une explication, me sentant à la fois honteuse et inquiète.

—Je suis désolée, Aedan, dis-je en baissant les yeux. Entre Ange et moi c'est… compliqué. Les règles de votre monde nous interdisent d'être ensemble, mais c'est plus fort que nous, nous sommes attirés l'un vers l'autre et nous n'arrivons pas à être séparés. On a essayé, pourtant, je te le jure, ajoutai-je en me tortillant les mains et en osant affronter son regard sévère.

—Moi, je n'aurais jamais pu faire cela à mon peuple, dit-il avec de la haine dans la voix.

—Ange non plus ne voulait pas vous trahir, mais… je… on s'aime ! m'exclamai-je à court d'arguments. Si on t'avait demandé de quitter Kinnie à cause d'une loi débile, tu l'aurais fait ?

—Nos règles ne sont pas débiles, me répondit-il froidement. Et de toute façon, cela ne serait pas arrivé parce que je ne serais jamais sorti avec elle si cela avait été interdit.

Aedan me fusillait du regard. Il était vraiment très, très en colère, et je tremblai à l'idée de connaître l'issue de cette conversation. Irait-il nous dénoncer tout de suite au Conseil des Anges ? Aurions-nous le temps de fuir ? Comme pour répondre à mes craintes, il se rapprocha pour se retrouver à moins d'un mètre de moi. Il posa sa tasse de café vide sur le bar américain et me regarda droit dans les yeux, avec un regard de glace.

—Ange t'a-t-il dit ce qu'il se passe chez nous lorsqu'on découvre un traître ?

—Ange n'est pas un traître, marmonnai-je en serrant les dents, de plus en plus en colère.

Mon Dieu mais comment avions-nous pu être aussi imprudents ?!

—Dans mon monde il sera considéré comme tel. Sais-tu quel châtiment le Conseil des Anges lui réservera ?

—Ange m'a dit qu'il serait probablement banni, et moi expulsée du lycée, dis-je d'une petite voix.

À ma grande surprise, Aedan ricana de plus belle, mais son rire était amer.

—Ça ne m'étonne pas de lui, dit-il en secouant la tête de gauche à droite.

—Qu'est-ce qui… ?

—Ange t'a menti, me coupa-t-il avant que je puisse finir ma phrase. Il ne t'a pas tout dit.

—Comment ça ? demandai-je en sentant une sourde angoisse m'envahir.

—Il ne sera pas simplement banni, Eileen, mais on lui coupera les ailes, dit-il d'une voix cinglante.

—Quoi ?

Soudain je fus prise de vertige et je dus me retenir au bar pour ne pas tomber par terre.

—Écoute-moi, c'est très important, me dit Aedan en chuchotant comme si quelqu'un pouvait nous entendre. Je vais vous donner une chance, une seule chance, mais il n'y en aura pas d'autre, crois-moi.

—Je t'écoute, dis-je dans un souffle, prête à me raccrocher à n'importe quelle solution possible.

—Ange est mon ami d'enfance et je tiens énormément à lui. Je ne veux pas qu'on lui fasse du mal, et encore moins qu'on lui coupe les ailes, c'est clair ? C'est la punition ultime pour un ange, et en plus il serait banni, ce qui l'empêcherait de retrouver sa famille et ses amis et l'obligerait à vivre comme un damné. Il deviendrait fou, Eileen, tu comprends ?

Je fis un petit signe de tête pour lui montrer que j'avais compris. L'image d'Ange en train de sombrer dans la folie, seul au milieu des bois, ne pouvait désormais plus quitter mon esprit.

—Je ne veux pas que ça arrive, poursuivit Aedan, mais je connais Ange, et je sais que s'il est réellement amoureux de toi, il se battra contre le monde entier plutôt que de te perdre. Alors il n'y a plus qu'une seule solution.

—Laquelle ?

—Tu dois le quitter.

Sa réponse me coupa le souffle. Le quitter ? Mais comment ? Ange me connaissait trop bien, il ne comprendrait pas mon brusque changement d'attitude, sans compter que je ne *voulais pas* le quitter ! Je l'aimais et je ne pouvais pas vivre sans lui. Comment Aedan pouvait-il imaginer que j'accepterais cette proposition ?

—C'est ça ou le Conseil des Anges le punira, me dit Aedan fermement.

—Tu… tu ne pourrais pas simplement nous laisser sortir ensemble sans rien dire à personne ? murmurai-je, encore sous le choc.

—Non, je ne peux pas… Ne me demande pas ça, Eileen, je n'y arriverai pas. Je n'ai pas été élevé comme ça, je me trahirais si je cachais votre secret, dit-il en ayant l'air triste.

—Mais comment veux-tu que je le quitte ? Tu le prends pour un idiot ?! Je l'aime et il le sait ! m'exclamai-je d'un ton suraigu, en proie à une crise de panique.

—C'est pour ça que tu dois m'écouter, dit-il en me prenant par les épaules et en me regardant droit dans les yeux. Tout d'abord tu dois te calmer, parce que sinon Ange va débarquer en te demandant pourquoi tu es dans un tel état.

Il avait raison. Je devais réfléchir calmement. Inspirer, expirer, inspirer, expirer.

—C'est bien. Maintenant prends ta décision, Eileen. Elle n'appartient qu'à toi, mais tu as très peu de temps pour faire ton choix. D'une minute à l'autre, nous ne serons plus seuls. Décide-toi, c'est maintenant ou jamais. Choisis-tu de sauver le garçon que tu aimes, ou de le condamner ?

Dis comme ça, je n'avais pas vraiment le choix.

—Je veux le sauver, dis-je avec des sanglots dans la voix.

—Alors je te laisse deux jours, pas plus. Invente ce que tu veux, dis-lui ce que tu veux, mais quitte-le. Deux jours, Eileen. Et maintenant fuis, parce qu'il arrive, je peux sentir sa présence. Éloigne-toi de lui le temps de te préparer, et ensuite, fais ce que tu as à faire.

Sur ce, Aedan me lâcha et je compris dans son regard que je devais partir, fuir le plus vite possible, pour laisser une chance à l'amour de ma vie de sauver sa peau.

En proie à la folie et au désespoir, j'enlevai mon t-shirt à la va-vite et déployai mes ailes en courant vers la porte-fenêtre du salon, avant de m'élancer dans les airs au moment même où Ange apparaissait dans mon champ de vision, à quelques dizaines de mètres de moi. Je croisai son regard l'espace d'une seconde, puis je choisis de me rendre invisible pour lui échapper. Il ne comprendrait pas, mais pour l'instant je devais parer au plus urgent, c'est-à-dire fermer mon cœur, mon esprit et mon âme à l'être que j'aimais le plus au monde…

Je volai à une allure folle pendant plusieurs kilomètres, complètement déboussolée et incapable de prendre une décision. Où pouvais-je aller ? Où pouvais-je me cacher pour qu'Ange ne me trouve pas ? Il était encore tôt et le soleil brillait dans le ciel. Je me sentais totalement à sa merci.

À la merci de celui que j'aime…

La situation me semblait irréelle et complètement folle. Je nageais en plein cauchemar. Sans m'en rendre compte, mes ailes me guidèrent jusqu'à la Vallée des Rêves. Ange m'y avait emmenée l'année dernière car il savait que j'adorais cet endroit, mais j'étais presque sûre qu'il ne viendrait pas m'y chercher en pleine journée. Les randonneurs étaient déjà en train de se promener sur les roches rouges escarpées, mais ils ne me virent pas car j'étais toujours invisible. Sans faire de bruit, je me faufilai jusqu'à un endroit un peu plus éloigné et difficile d'accès, d'où je pouvais voir tout le lac, et je m'assis en boule contre l'une des roches, les bras croisés sur mes jambes, repliée sur moi-même. Par sécurité, je décidai de rester invisible, mais de toute façon je ne sentais plus la présence d'Ange à mes côtés. Il avait dû me perdre en chemin, ce qui voulait dire que j'avais réussi à lui fermer mon esprit.

Mais pour combien de temps encore ?

Comment pourrais-je refouler indéfiniment mes sentiments et mes émotions ? Je n'en avais aucune idée, mais j'avais aussi une certitude : je ne permettrais pas que quelqu'un lui fasse du mal. Ni le Conseil des Anges, ni Aedan. Respirant doucement l'air frais et boisé qui m'entourait, je pris le temps de me calmer afin de penser avec clarté et objectivité.

Quelles options se présentaient à moi ? Malheureusement, je n'en voyais que deux. D'un côté, je pouvais choisir de dire la vérité à Ange. C'était sans doute l'option la plus facile dans un premier temps, mais qui nous mettrait sérieusement en danger par la suite. D'un autre côté, je pouvais choisir de le protéger en lui mentant et en le quittant, ainsi Aedan ne dirait rien au Conseil et Ange ne serait ni banni ni mutilé. Nous allions souffrir tous les deux, bien sûr, mais que pouvais-je faire d'autre ?! Une pointe acide vint se ficher dans mon cœur et je fis une grimace malgré moi.

Non !

Je ne pouvais pas me permettre de me laisser aller, sinon Ange allait me retrouver en un rien de temps. Au lieu de cela, je passai le reste de la journée à méditer et à tenter de maîtriser mon corps. Je me maudis en silence de ne pas avoir fait plus de yoga. Cela m'aurait été d'un grand secours dans de telles circonstances.

Finalement, la journée toucha à sa fin et le soleil déclina peu à peu dans mon dos. Épuisée d'être restée si longtemps invisible, je m'autorisai à redevenir humaine et visible pendant quelques minutes pour essayer de reprendre des forces. Je venais de passer plusieurs heures prostrée, assise contre une roche, pourtant je n'avais pas faim. C'était comme si tout mon corps s'était mis en stand-by. Comme je me refusais à toute émotion, lui aussi était entré en mode veille… Pourtant, lorsque le ciel commença à s'obscurcir, que le vent se leva légèrement et que la nuit finit par tomber sur le lac, je me mis à trembler. Il faisait froid, désormais, et je ne portais sur moi que le jean que j'avais mis pour descendre à la cuisine ce matin. J'avais balancé mon t-shirt dans le salon et je n'avais plus que mon soutien-gorge pour me cacher.

La classe.

Même si tous les randonneurs étaient partis depuis longtemps, je ne pouvais pas rester là. J'allais mourir de froid. Je devais trouver un endroit pour la nuit. Ange devait certainement surveiller la maison de mes parents, au cas où j'y aurais trouvé refuge, je ne pouvais donc pas y aller. Je pensai un instant à l'internat, mais je ne savais pas s'il y aurait une chambre de libre, et il était fort probable qu'Ange surveille le lycée également. Il fallait que je réfléchisse vite car la nuit s'installait un peu plus à chaque minute, et le lac était déjà presque noir. Il n'y avait plus personne et je me sentais de plus en plus seule, mais je ne pouvais pas me laisser aller à mes peurs car elles provoqueraient en moi des réactions physiques que mon ange gardien repérerait immédiatement.

Allez, Eileen, concentre-toi, tu ne vas pas dormir dehors, quand même ?

Et soudain la solution s'imposa à mon esprit. Mais bien sûr ! C'était pourtant si simple, comment n'y avais-je pas pensé plus tôt ? Je me levai rapidement, déployai de nouveau mes ailes et m'élançai dans la nuit sans un regard en arrière. Je n'avais plus qu'un objectif en tête : arriver le plus vite possible chez Awen et me faufiler dans sa chambre. Elle vivait chez les garçons depuis des mois mais ses parents la croyaient à l'internat, tout comme les miens, ils n'avaient donc aucune raison d'aller dans sa chambre. De plus, je connaissais sa maison aussi bien que la mienne, il me serait donc facile de passer inaperçue le temps d'échafauder un plan pour les jours à venir. Je sentis la peine essayer de transpercer l'armure que je m'étais forgée depuis ce matin, mais je parvins à tenir bon et à ne pas la laisser m'atteindre. Moi qui avais toujours pensé que je ne survivrais pas si Ange venait à me quitter, finalement c'était moi qui allais partir. J'étais peut-être plus forte que je ne le pensais, après tout, mais c'était surtout le fait de savoir que j'allais le protéger qui me donnait du courage.

En approchant de chez Awen, je ralentis l'allure et regardai autour de moi prudemment. Toujours pas de trace d'Ange. J'étais presque sûre qu'il ne penserait pas à venir me chercher ici. C'était comme une évidence pour moi, mais pas pour lui. Ne voyant pas de lumière à l'intérieur de la maison, je décidai d'entrer par la porte-fenêtre de la chambre d'Awen. Ses parents avaient une alarme à la porte d'entrée et, s'ils n'étaient pas là, ils avaient dû l'enclencher. J'aurais sans doute pu faire quelque chose avec mes pouvoirs, comme la faire exploser, mais en cet instant précis je me sentais bien incapable de faire quoi que ce soit. Je n'aspirais qu'à une chose : me faire la plus discrète possible et me cacher. Me cacher de mes amis, de ma famille et surtout de mon ange gardien. Doucement, je tournai la poignée de la porte-fenêtre en priant intérieurement pour qu'elle soit ouverte.

Bingo !

La chambre étant à l'étage et à l'arrière du jardin, les parents d'Awen n'avaient pas jugé bon de la fermer à double tour. Sans faire de bruit, je me glissai dans l'entrebâillement de la porte et pénétrai dans la chambre de ma meilleure amie. Je connaissais cette pièce par cœur, pourtant l'obscurité et l'étrange situation dans laquelle je me trouvais me renvoyaient une sensation étrange. J'avais l'impression de faire quelque chose de mal, d'interdit, alors que j'avais passé des centaines de nuit dans cette maison.

Sur la pointe des pieds, j'entrouvris la porte de la chambre et écoutai les bruits de la maison en retenant mon souffle, mais celle-ci était parfaitement silencieuse. Je fis le tour de toutes les pièces minutieusement et poussai un soupir de soulagement. Il n'y avait personne. Soudain, le grondement de mon ventre me rappela qu'il était temps que je mange, je décidai donc d'aller à la cuisine pour me préparer quelque chose. En arrivant dans la pièce, j'ouvris tous les placards à la recherche de quoi me ravitailler, et je finis par me laisser tenter par le choix le plus simple : un sandwich au fromage qui traînait dans le frigo ainsi que quelques gâteaux trouvés dans un recoin oublié de l'une des armoires. Même si la pièce m'était familière, je me sentais comme une intruse ayant pénétré dans l'intimité de cette famille, et j'avais même l'impression d'être une voleuse.

Merde, Eileen, il ne s'agit que d'un peu de pain et de fromage, tu n'es pas en train de les dévaliser, quand même !

J'engloutis rapidement mon dîner et me précipitai de nouveau dans la chambre d'Awen. Son lit était fait et les draps sentaient bon la lessive. J'étais exténuée et à bout de nerfs, mais j'avais peur de m'endormir. Et si Ange me trouvait pendant mon sommeil, lorsque je serai plus détendue et vulnérable ? Il fallait que je réfléchisse. Je défis le lit de ma meilleure amie et m'y blottis, bien au chaud sous la couette. Il fallait que je quitte Ange. Mais comment pourrais-je le faire ? Aucune idée. Je passai les deux heures suivantes à me retourner dans le lit en essayant désespérément de trouver une excuse valable, mais rien ne me venait à l'esprit. Je finis par m'endormir, l'esprit torturé et les nerfs à fleur de peau…

En plein jour, au cœur de la vallée arborée que j'avais découverte lors de ma visite dans le Monde Céleste, une foule s'était rassemblée. Il y avait là des dizaines d'hommes et de femmes, disposés en petits groupes, en train de parler et de rire entre eux. Je les reconnaissais : je les avais tous vus lors de la cérémonie. Mais que faisais-je ici ? Et pourquoi les anges s'étaient-ils rassemblés ainsi ? Je regardai autour de moi sans comprendre. Je voulus faire un pas en avant mais découvris avec stupeur que je ne pouvais pas bouger. Je me sentais comme clouée sur place, spectatrice impuissante de cette étrange cérémonie. Soudain, un grondement sourd retentit et la foule cessa de parler pour se tourner vers un point situé au milieu de la vallée. Je découvris alors une espèce de scène de théâtre posée à même le sol, à l'aide d'une simple estrade rectangulaire d'environ trois mètres de diamètre. Deux chaînes se terminant par des menottes en métal étaient clouées dans le sol en bois, et une étrange angoisse commença à m'envahir. Toute cette mise en scène me faisait penser aux exécutions publiques du temps de la Révolution Française, quelques deux cents ans plus tôt. Alors que je me demandais ce que pouvaient bien attendre tous ces gens, le son de dizaines de tambours se mit à résonner et un défilé de plusieurs personnes se mit en marche depuis l'autre bout de la vallée. Au fur et à mesure que le cortège avançait, je parvins à reconnaître la silhouette qui ouvrait la marche, et mon cœur fut soudain pressé comme dans un étau.

Non !

Pourquoi Ange marchait-il en tête, le torse nu et les mains ligotées par des cordes, l'air affaibli et le regard vide ?! J'aurais voulu crier et l'appeler pour lui dire que j'allais lui venir en aide, mais pas un son ne voulait sortir de ma bouche, et je restai clouée au sol, toujours retenue par une force invisible. Lorsque mon ange gardien parvint à l'endroit où se dressait l'estrade, les hommes qui marchaient derrière lui se placèrent autour de la scène, comme pour contrôler ce qu'il allait se passer. Qui étaient-ils ? Des juges ? Des bourreaux ? Je les regardai un à un mais leurs visages ne me disaient rien. Ils étaient plus âgés que les autres anges, et ils affichaient tous un air serein et impassible. Des membres du Conseil des Anges ? Je me sentais totalement inutile et la panique m'envahissait un peu plus à chaque seconde. Que pouvais-je faire pour sauver l'amour de ma vie ?! Lentement, Ange monta sur l'estrade et l'un des hommes s'approcha de lui. Il était très grand et ne semblait pas très vieux, mais puisqu'il était un ange, il pouvait très bien avoir dans les deux cents ans ou plus… L'homme retira les cordes qui liaient les poignées de mon ange gardien, puis il l'obligea à s'agenouiller pour lui mettre les menottes. Je n'avais pas l'habitude de voir Ange si démuni, si faible, et mon cœur se serra un peu plus dans ma poitrine. Que s'était-il passé pour que ses pairs le jugent ainsi ? Et pourquoi personne ne semblait me voir ? Ange avait l'air résigné. Dans ses yeux ne brillait plus aucune étincelle de vie. Je crus même y voir un sentiment de culpabilité et de honte. Alors que mon cœur semblait sur le point d'exploser, l'homme qui venait d'attacher Ange se leva et s'adressa à la foule.

—Comme vous le savez tous, Ange a failli à sa mission et a trahi notre communauté en se laissant déborder par ses sentiments et en ayant une relation interdite avec sa protégée. C'est une grande peine pour notre peuple car nous l'aimions tous énormément, mais les règles sont faites pour être respectées et non enfreintes. Si l'un d'entre nous cède à la tentation, il sait quels risques il encourt. Dans son cas, Ange était parfaitement au courant puisque nous lui avions appris les règles lors de sa formation d'ange gardien. Il nous a tous menti et mis en danger, il doit donc payer le prix de sa trahison. N'oublions jamais, mes amis, que nos lois sont faites pour nous protéger. Quiconque osera nous mettre en danger, devra subir la peine capitale.

À mon grand désespoir, les gens autour de moi semblaient d'accord, murmurant leur approbation en acquiesçant de la tête.

Ayant fini son discours, l'homme fit apparaître un immense sabre dans ses mains. Il mesurait au moins un mètre de long et brillait d'une étrange lueur bleutée. Ange le vit et baissa le regard vers le sol en fermant les yeux.

Noooon !

L'affolement s'empara de moi au moment où l'homme levait le sabre de ses deux bras pour l'abaisser vers les ailes d'Ange dans un sifflement effroyable. Le sang commença à jaillir. C'en était trop pour moi. Je crus que j'allais vomir ou défaillir mais, au lieu de cela, je me réveillai en sursaut dans le lit d'Awen, complètement affolée et le corps secoué de tremblements terribles. Je mis quelques secondes à comprendre où je me trouvais. Je balayai la chambre du regard sans parvenir à me rappeler pourquoi j'étais en train de dormir chez Awen, puis un flash revint à ma mémoire et je me souvins enfin de ma discussion avec Aedan, puis de mon départ précipité et de ma journée passée à fuir celui que j'aimais. Je passai une main sur mon front et remarquai la sueur qui y perlait. Mon cauchemar m'avait littéralement traumatisée et avait fait tomber toutes les barrières que je m'étais imposées la veille.

Et ce fut à cet instant que je compris que j'étais fichue.

Affolée, je jetai un regard vers la porte-fenêtre et remarquai que le jour était en train de se lever. Ange allait débarquer d'un instant à l'autre. Les battements fous de mon cœur, les tremblements, la sueur… Tout cela ne pouvait pas lui avoir échappé. J'étais prise au piège. Il était peut-être déjà à la fenêtre, attendant le moment propice pour entrer, mais je n'étais pas prête à le voir, pas encore ! Et si je fuyais par la porte d'entrée ? J'ignorais si les parents d'Awen étaient rentrés pendant la nuit, mais à ce moment précis j'aurais préféré affronter n'importe qui d'autre que mon ange gardien. Je me levai du lit précipitamment et fis apparaître mes ailes en quelques secondes, mais j'hésitais encore. La porte-fenêtre ou la porte de la chambre ?

Vite, vite, Eileen, décide-toi !

Finalement, je pris ma décision. J'allais me lancer vers la porte-fenêtre pour l'ouvrir lorsqu'Ange apparut devant moi, torse nu, les ailes déployées à travers la pièce pour me barrer le passage. Ma surprise fut telle que je reculai de trois pas et me cognai violemment contre la porte de la chambre. Affolée, je saisis la poignée de la porte dans ma main droite pour tenter de m'enfuir par l'entrée principale, mais Ange devina mes intentions.

—N'y pense même pas, Eileen, me dit-il d'une voix grave et froide.

Les traits de son visage reflétaient une tempête intérieure qu'il avait bien du mal à maîtriser. Il était furieux. Ses yeux verts me lançaient des étincelles et ses traits étaient tirés par la colère. En secouant la tête de gauche à droite, mais sans me quitter des yeux, Ange commença son interrogatoire.

—Je peux savoir ce qu'il t'a pris ?

Incapable d'articuler un mot, je restai muette. J'étais poussée dans mes retranchements, perdue et paniquée.

—Eileen, tu me dois une explication, tu ne crois pas ? insista-t-il.

Ange était tellement déçu et frustré qu'il en devenait presque effrayant. Pourtant, j'avais envie de me blottir dans ses bras et de cesser cette mascarade. Je dus me forcer à me rappeler l'ultimatum d'Aedan pour ne pas tout lui avouer d'un coup. Non, je ne pouvais pas lui dire la vérité. Je ne pouvais pas le forcer à se dresser contre son monde. Il serait malheureux et tout cela par ma faute. Je respirai calmement pendant quelques secondes pour retrouver le contrôle de moi-même, puis j'affrontai son regard.

—Tu veux vraiment savoir ce qu'il s'est passé ? lui demandai-je d'une voix sourde.

—Bien sûr que je le veux, Eileen ! s'exclama-t-il en fronçant de nouveau les sourcils. Hier j'ai passé la pire journée de ma vie. Aedan n'a rien voulu me dire, il a juste dit que tu t'étais levée de mauvaise humeur et que tout à coup tu avais fait apparaître tes ailes pour t'envoler par la fenêtre. Qu'est-ce que ça veut dire, bon sang ? Qu'est-ce qu'il s'est passé pour que tu agisses ainsi ?! Les autres n'ont rien compris, ils ont cru qu'il t'était arrivé quelque chose de grave et ils n'ont pas cessé de te chercher. Ils te cherchent encore, d'ailleurs !

Ange était furieux et avait haussé le ton. J'espérais vraiment que les parents d'Awen ne soient pas là, sinon on était dans la mouise. Comme s'il avait lu dans mes pensées, Ange fit un signe négatif de la tête.

—Ils ne sont pas là, sinon j'aurais senti leur présence. J'imagine qu'ils sont partis pour le weekend.

Je réfléchis à toute vitesse. C'était maintenant ou jamais. Il fallait que je trouve une excuse valable à mon attitude de la veille, et même si je détestais cela, je savais que j'allais devoir faire du mal à celui que j'aimais. Aedan ne lui avait pas dit grand-chose, je pouvais donc inventer n'importe quelle excuse.

—Je suis désolée, commençai-je par dire doucement à mon ange gardien. J'aurais voulu que ça se passe autrement, mais cela n'a pas été possible.

—Qu'est-ce qui devait se passer autrement ? s'impatienta Ange en faisant un pas vers moi.

—Arrête, le stoppai-je avant qu'il ne s'approche trop près.

Frustré, Ange s'arrêta à environ un mètre de moi. Je pouvais lire l'incompréhension dans son regard. Le pauvre, il ne savait plus du tout où il en était.

—Tu te souviens de notre weekend en amoureux dans ton monde ? Le dimanche matin, tu as remarqué que j'étais préoccupée, pas vrai ?

Ange acquiesça sans rien dire, le regard noir.

—Sur le coup je n'ai rien voulu te dire, mais je crois que j'ai eu tort. J'ai réfléchi à notre situation et je me suis rendu compte que nous étions totalement différents, toi et moi. Et depuis quelques jours le doute s'est immiscé en moi. Vraiment.

J'inventais mon histoire au fur et à mesure que je lui parlais, mais je vis dans les yeux d'Ange qu'il me croyait et qu'il ne doutait pas un instant de ma sincérité. Je détestais lui mentir, mais j'étais parvenue à restaurer le bouclier intérieur qui empêchait mes émotions de me faire du mal, et j'arrivais donc à gérer la situation sans éclater en sanglots.

—Je ne comprends pas, dit-il en me suppliant du regard.

—La nuit dernière j'ai fait un rêve qui m'a enfin ouvert les yeux. J'ai rêvé qu'Awen se mariait, lançai-je de but en blanc. Je l'ai vue le jour où elle portait sa robe de mariée et où son père la menait à l'autel avant de donner sa main à Roman. J'ai vu son visage illuminé par la joie. J'ai vu son bonheur de partager tout cela avec sa famille et ses amis. Et ensuite, j'ai vu son enfant, dis-je dans un sanglot étouffé.

Malgré moi, quelques larmes commencèrent à couler sur mes joues. Même si je ne pleurais pas à cause du rêve que je venais d'inventer, mes larmes étaient loin d'être factices. Puisque je pouvais me laisser aller à mes émotions, autant mettre le paquet… Ange commençait à comprendre où allait nous mener cette conversation et sa colère faisait peu à peu place à la peur. La peur de me perdre. Il savait très bien où je voulais en venir.

—J'ai vu son bébé, Ange ! m'exclamai-je en pleurant à chaudes larmes. J'ai vu Roman prendre l'enfant dans ses bras et le regarder avec amour. Il était si fier. Et alors j'ai compris. J'ai compris que nous ne pourrions jamais vivre ce bonheur, que nous ne pourrions jamais être complètement heureux, tous les deux. Je t'aime, Ange, je ne peux pas le nier, mais je sais désormais que je serai incapable de vivre toute ma vie en me cachant des miens et en m'interdisant le plus grand bonheur au monde : celui de devenir mère. Et toi, t'en sens-tu capable ? Pourras-tu supporter de voir tous nos amis avancer dans la vie alors que toi, tu seras obligé de te cacher, jour après jour, nuit après nuit, sans jamais pouvoir en parler à qui que ce soit ? Une vie entière de clandestinité, c'est ça que tu veux pour nous ? Sans compter que je ne vivrai que jusqu'à quatre-vingts ans, tout au plus, et ensuite toi tu resteras seul et abandonné jusqu'à la fin de tes jours. Ça fait beaucoup de concessions pour une petite histoire d'amour d'adolescents, tu ne trouves pas ?

Je n'étais pas vraiment en train de lui balancer tout ça à la figure, si ? C'était tellement grotesque, et à la fois tellement plausible…

Ange me regardait d'un air troublé. Il ne s'était sans doute pas attendu à cela. Il passa nerveusement une main dans ses cheveux et recula d'un pas, comme si je venais de le frapper de toutes mes forces.

—Alors c'est ça que tu veux ? dit-il d'un ton incrédule. Tu veux qu'on se sépare ?! Mais pourquoi t'es-tu enfuie ? Tu ne pouvais pas m'en parler à la maison ?

—Non, je ne pouvais pas, dis-je d'un ton tranchant. Lorsque je suis avec toi tout paraît plus simple, mais la réalité est bien différente. J'avais besoin d'être seule pour réfléchir, besoin de me retrouver avec moi-même pour penser à mon avenir. Tu ne m'aurais pas laissée seule, même si je te l'avais demandé, pour la bonne et simple raison que tu es mon ange gardien et que tu ne peux pas vivre loin de moi. J'aurais senti ta présence et je n'aurais pas été tranquille. Je suis désolée, j'aurais peut-être dû t'avertir, je ne voulais pas vous inquiéter, terminai-je en me tortillant les mains dans tous les sens.

Ange faisait désormais les cent pas dans la chambre, visiblement nerveux. Je savais ce qu'il cherchait : une solution. Mais il n'y en avait pas. Au fond de lui il sentait la fin de notre histoire approcher et il se sentait aussi mal que moi.

—Nous sommes dans une impasse, Ange. Cesse de te torturer, il n'y a pas d'échappatoire possible, dis-je dans un souffle, le cœur serré.

Ange s'arrêta et me regarda droit dans les yeux, l'air implorant et impuissant.

—Ne me laisse pas, Eileen, finit-il par dire en s'approchant de moi lentement.

Il avait l'air si vulnérable. J'aurais voulu le réconforter mais je savais qu'à partir d'aujourd'hui, je ne pourrais plus jamais le faire. Mes larmes recommencèrent à couler et je les essuyai d'un revers de la main.

—Ne rends pas les choses plus difficiles, Ange. Tu finiras par trouver quelqu'un dans ton monde qui te correspondra mieux que moi et avec qui tu pourras avoir une vie normale.

—Je ne veux pas de quelqu'un d'autre, dit-il en tombant à genoux et en tendant la main vers moi.

Non, il ne fallait pas que je craque ! Si je le laissais m'enlacer, j'étais perdue… Il me ferait avouer toute la vérité en moins de deux secondes.

—Arrête, je t'en prie, c'est mieux ainsi, dis-je dans un sanglot étouffé.

Ange finit par attraper ma main et m'attirer vers lui. J'étais debout, et lui toujours à genoux. Il posa ses mains sur mes hanches et sa tête sur mon ventre. Ses mains étaient si chaudes. Je faillis plonger les miennes dans ses cheveux mais je me retins de justesse en me rappelant les paroles d'Aedan : je n'avais que deux jours pour quitter Ange, alors je ne pouvais pas me permettre le luxe de changer de tactique maintenant.

—Je t'aime, balbutia Ange avec ferveur dans le creux de mon ventre. Je t'aime tellement, Eileen. Je ne le supporterai pas. J'ai besoin de toi, de ta peau, de ta chaleur, de ta présence. Tu fais partie de ma vie, toi et moi nous sommes liés, nous ne pouvons pas vivre l'un sans l'autre.

—Je me sens aussi mal que toi, je te le jure, mais il faut être raisonnable, maintenant. Nous nous sommes mis en danger pendant trop longtemps, et notre avenir ne pourra pas se faire ensemble.

Je retirai ses mains de mes hanches et le repoussai gentiment, le cœur serré. Il me regarda comme si j'avais prononcé sa mise à mort. Les sourcils froncés et les yeux d'un vert beaucoup plus sombre que d'habitude, Ange se releva et s'éloigna de moi d'un pas.

—Quoi que tu fasses, quoi que tu décides, je t'aimerai toujours, déclara-t-il d'un ton ferme.

Je retins une nouvelle fois mes larmes et me redressai. Ce n'était vraiment pas le moment de flancher.

—Je crois qu'il vaut mieux que je retourne vivre chez mes parents.

Ange pinça les lèvres, visiblement contrarié.

—Qu'est-ce que tu comptes dire aux autres ? me demanda-t-il avec de la colère contenue dans la voix.

—Je ne sais pas encore, répondis-je dans un souffle. Je dirai la vérité à Awen. Quant aux autres, je leur dirai que j'ai peur que mes parents se fassent attaquer et que je préfère rentrer auprès d'eux pour les protéger…

—Tu crois vraiment que ça va les convaincre ? Ils ne sont pas idiots, dit-il d'un ton cassant.

Embrumé par sa tristesse, Ange se laissait peu à peu envahir par la colère. Je n'aurais su dire s'il était plus en colère contre moi ou contre son monde qui nous empêchait d'être heureux ensemble.

—Tu as une meilleure idée ? lançai-je en levant un sourcil, sceptique.

Ange me regarda d'un air impassible pendant quelques secondes.

—Non, finit-il par dire les lèvres pincées.

—Alors nous n'avons qu'à dire que j'ai fait un cauchemar dans lequel mes parents étaient attaqués par Ludivine et Tristan, et que ce cauchemar m'a fait prendre conscience du danger qu'ils encourent chaque jour.

—En réalité tu sais qu'ils ne risquent rien, n'est-ce pas ? Les Ombres réservent leurs attaques pour leurs Élus. Jamais ils ne se risqueraient à perdre leur énergie ou à se mettre en danger pour une autre cible que vous.

—Peut-être, mais je n'ai pas de meilleure excuse.

—Soit, alors fais ce que tu veux, mais ne compte pas sur moi pour me mêler à ça. Je ne cautionne pas du tout ta décision. Une chose est de vouloir me quitter parce que tu ne vois pas ton avenir avec moi, mais c'en est une autre de te mettre volontairement en danger en quittant la maison.

Sa remarque me blessa au plus profond de mon cœur. Après tout ce que nous avions vécu ensemble, il doutait déjà de mes sentiments pour lui. Il devait penser que je le quittais parce que je ne l'aimais pas assez, alors que c'était tout le contraire.

—Je me chargerai de leur annoncer la nouvelle, ne t'inquiète pas, lui dis-je d'un ton sec. Je leur dirai que j'ai eu besoin de m'isoler pour réfléchir et que j'ai décidé de partir. Quant à ma sécurité, tu m'as bien entraînée ces derniers mois, je ne suis plus aussi faible et aussi innocente qu'avant.

En prononçant ce dernier mot, je me rendis compte de mon erreur. Je l'avais dit sans arrière-pensée, mais Ange me regarda d'un air étrange et je compris à quoi il pensait. Oui, j'étais effectivement moins innocente qu'avant, puisque j'avais perdu ma virginité dans ses bras. Des flashs de notre première nuit ensemble revinrent à ma mémoire et je vis dans ses yeux qu'il pensait exactement à la même chose que moi. Nous échangeâmes un long regard lourd de sous-entendus, puis je finis par baisser les yeux.

—Eileen, je…

—Arrête, le coupai-je avant qu'il ne puisse me faire changer d'avis.

Ange ne chercha pas à en dire plus, comprenant que ma décision était définitive.

—Je dirai aux autres que tu as quelque chose à leur annoncer. Ne tarde pas trop, conclut-il avant de se retourner et de disparaître sans un regard en arrière.

Soudain je me retrouvai seule, et l'immensité du vide qui empara mon cœur me coupa le souffle pendant quelques secondes.

Ça y est, c'était fait. Je venais de quitter Ange. Un sanglot étouffé s'échappa de ma gorge. J'allais me mettre à pleurer de désespoir lorsque le visage impassible d'Aedan revint à ma mémoire. Non, il ne fallait pas craquer. Je ne faisais pas cela pour rien. Je n'allais pas souffrir sans raison. Si j'en étais arrivée là, c'était pour protéger celui que j'aimais. Cela me donna un peu de baume au cœur. Oui, j'allais être forte pour le protéger. L'année dernière, c'était lui qui avait veillé sur moi en essayant de me protéger, cette fois-ci c'était mon tour.

Forte de cet état d'esprit, je reconstruisis ma barrière intérieure, celle qui me faisait agir en automate en empêchant la douleur d'accéder à mon cœur, puis j'entrepris de refaire le lit de ma meilleure amie. Les draps étaient un peu froissés, mais je les cachai sous la couverture. Ils sentaient toujours bon, alors il était peu probable que Marie se rende compte que quelqu'un avait dormi dans le lit de sa fille. Après avoir remis de l'ordre dans la chambre, je me dirigeai vers l'armoire d'Awen et lui piquai un t-shirt. Elle ne me le pardonnerait pas facilement, mais je n'allais tout de même pas rentrer à la maison en soutien-gorge !

Finalement, je décidai de me calmer une dernière fois avant de partir. J'inspirai et j'expirai longuement une bonne dizaine de fois, puis je déployai mes ailes, me rendis invisible, et m'envolai vers mon nouveau destin, laissant derrière moi la maison d'Awen aussi vide que mon cœur.

J'atterris dans le jardin à Marsiac et me fis sauter dessus presque immédiatement par Awen et Kinnie. Elles avaient une petite mine et semblaient très inquiètes. Je ne savais pas ce qu'Ange leur avait dit, mais lui et les garçons me regardaient d'un air étrange depuis la terrasse. Ange semblait en colère alors que Roman et Aedan me dévisageaient avec curiosité et étonnement. Après m'être libérée de l'assaut de mes amies, je les invitai d'un signe de tête à rentrer dans la maison. Sans dire un mot, elles me suivirent à l'intérieur et les garçons en firent autant. Dans la chaleur du salon, je retrouvai un semblant de calme. Je ne pouvais plus reculer, maintenant. En faisant appel à tout mon sang-froid, je me tournai vers mes amis pour leur annoncer la nouvelle.

—Tout d'abord, je tiens à m'excuser d'être partie si brutalement hier, sans rien dire à personne. Ce n'était pas prémédité, j'ai… disons… pété les plombs, dis-je en me tortillant les mains dans tous les sens et en me sentant terriblement mal à l'aise.

—Que s'est-il passé ? demanda Awen d'emblée. Qu'est-ce qui t'a poussée à nous faire cette frayeur ? On était morts d'inquiétude, Eileen…

—Je sais, je sais, répondis-je d'un ton las. Je suis désolée, je vous l'ai déjà dit. Il se trouve que j'ai fait un rêve, et je me suis réveillée tellement déboussolée que j'ai complètement perdu pied.

—Un rêve ? insista-t-elle en fronçant les sourcils.

—Oui. Ou plutôt un cauchemar. J'ai rêvé que mes parents se faisaient attaquer par nos Ombres. C'était terrible, il y avait du sang partout, bredouillai-je en me rappelant le cauchemar dans lequel Ange se faisait couper les ailes.

Malgré moi, je me mis à trembler, encore sous le choc de cet horrible souvenir. Je vis Ange faire mine d'avancer, sans doute pour me consoler, mais il se retint de justesse et ce fut Awen qui s'avança à sa place. Elle me prit dans ses bras et me serra fort contre elle.

—Bon, d'accord, tu as fait un cauchemar monstrueux, mais que s'est-il passé ensuite ? Pourquoi es-tu partie comme une voleuse ? demanda-t-elle doucement.

—J'ai cru que c'était vrai. Que c'était une sorte de rêve prémonitoire, alors je suis partie chez mes parents comme une furie, mais en arrivant j'ai vu que tout était calme, alors je suis rentrée dans ma chambre et j'ai passé la journée et la nuit là-bas.

—Mais… pourquoi n'es-tu pas rentrée tout de suite ?

—J'avais besoin d'être seule. J'étais secouée par ce cauchemar. Ça m'a permis de réfléchir et de prendre une décision, annonçai-je alors que tous mes amis fronçaient les sourcils d'incompréhension.

—Quelle décision ? s'enquit Awen en me dévisageant étrangement.

—J'ai décidé de retourner vivre chez mes parents.

—Quoi ?! s'exclamèrent en chœur Awen et Kinnie.

Je jetai un regard vers les garçons : Ange semblait résigné, Roman choqué, et Aedan soulagé. Je reportai mon attention sur Awen et Kinnie, qui étaient en pleine ébullition.

—Mais enfin tu ne vas pas faire ça ?! s'exclama Kinnie d'un ton incrédule.

—Eh bien, si.

—Mais, Eileen, tes parents ne risquent rien, alors que toi, si ! insista Awen en essayant de capter mon regard.

Je décidai de lui montrer une partie de la vérité en lui dévoilant la douleur dans mes yeux. En un millième de seconde, elle comprit que quelque chose n'allait pas.

—Awen a raison, intervint Roman pour tenter de me rassurer. Tes parents ne sont pas en danger, les Ombres ne les attaqueront pas…

—Je connais la théorie, le coupai-je avant qu'il ne puisse continuer, mais je connais aussi la pratique. Ludivine n'était pas censée m'attaquer avant la fin de mes trois années de formation, mais elle a été plus maligne et a essayé de se débarrasser de moi l'année dernière. Ces deux-là sont imprévisibles. On ne peut pas savoir ce qu'ils ont en tête. Je suis sûre qu'ils préparent un mauvais coup, et à deux ils sont plus forts. Je ne peux pas prendre le risque de mettre mes parents en danger.

—Si Ludivine et Tristan t'attaquent, tu seras tellement vulnérable que tu ne pourras pas protéger tes parents, répondit Roman en essayant de me convaincre.

—Je ne vois pas d'autre solution, répondis-je en haussant les épaules.

—Laisse-nous parler avec le Conseil des Anges, peut-être qu'ils pourront mettre des Chercheurs à côté de chez toi, proposa-t-il pour m'aider.

—C'est très gentil, mais je ne préfère pas. Le Conseil des Anges n'est pas censé servir de nounou, à ce que je sache. Je protègerai mes parents, tranchai-je d'un ton sec. C'est mon devoir.

—Eileen, tu ne peux pas faire ça. Tu vas te mettre en danger inutilement, tenta-t-il de me convaincre gentiment.

Du coin de l'œil, j'aperçus Aedan pincer les lèvres et froncer légèrement les sourcils. Bien sûr, lui seul savait à quoi rimait tout ce cirque, il était donc le seul à se taire et à ne pas essayer de me faire changer d'avis. Le cœur lourd et le regard empli de tristesse, je lançai un regard déterminé à chacun de mes amis pour bien leur faire comprendre que ma décision était prise.

—Si vous m'aimez, si vous êtes vraiment mes amis, alors respectez ma décision s'il vous plaît, leur dis-je d'un ton calme mais ferme.

Puis, sans un mot de plus, je me dirigeai à l'étage pour commencer à faire mes valises. Je ne pouvais pas tout emporter avec moi en un seul voyage, sans compter qu'il fallait que j'appelle mes parents pour les avertir de ce brusque retournement de situation, mais je pouvais au moins commencer à préparer les choses les plus urgentes et indispensables : mes vêtements favoris, mes affaires de classe, et bien sûr Tic-Toc. Quand j'entrais dans la chambre, celui-ci fronça furieusement les sourcils et m'adressa un regard lourd de reproches.

—Eileen, nous étions tous morts d'inquiétude, je peux savoir où tu étais ?

L'espace d'un instant, j'eus envie de tout lui raconter mais il aurait pu dire la vérité à Awen, je devais donc lui mentir à lui aussi.

—J'ai eu un soudain besoin de m'isoler, répondis-je d'un ton grave et triste. On s'en va, Tic-Toc, on rentre à la maison.

—Quoi ?! Mais enfin, qu'est-ce que tu racontes ?

—Tu as bien entendu. On rentre chez mes parents à Elven. Dès ce soir, précisai-je au cas où il aurait encore des doutes.

—Tu n'es pas sérieuse ?

—Bien sûr que si. Écoute, je n'ai pas envie d'en parler maintenant. Je te raconterai tout ça ce soir, d'accord ?

Mon fidèle réveil se tut devant mon ton catégorique, apparemment sonné par la nouvelle. Au moment où je sortais ma valise de sous le lit, Awen apparut dans l'entrebâillement de la porte et entra sans rien dire, puis elle referma derrière elle et fit deux petits pas en avant.

—Eileen, regarde-moi, me dit-elle de sa voix douce et claire.

Moi qui m'étais préparée à des reproches ou à une tentative de me faire changer d'avis, je fus intriguée de voir Awen adopter une toute autre attitude. Toujours accroupie sur le sol et la valise dans la main, je me tournai vers elle et l'interrogeai du regard.

—Je sais que si tu as pris une décision aussi grave, c'est qu'il s'est passé quelque chose de tout aussi grave, dit-elle en s'accroupissant à mes côtés et en chuchotant pour que personne ne puisse nous entendre. Je ne vais pas te demander de tout m'expliquer maintenant parce que je sais que tu ne le feras pas, mais j'attendrai patiemment que tu veuilles bien m'en parler. Et ce jour-là, je serai là pour t'écouter, d'accord ?

Je déglutis avec difficulté tout en sentant mes joues s'enflammer.

Merde !

Awen me connaissait trop bien pour gober n'importe quelle excuse inventée à la va-vite. Depuis le début, elle savait à quel point j'aimais Ange. Elle m'avait vue tomber inexorablement amoureuse de lui, elle m'avait conseillée sur ma relation, et surtout, elle avait été au premier rang pour me voir souffrir lorsque nous nous étions séparés. J'aurais dû me douter qu'elle ne se laisserait pas berner aussi facilement. Je décidai d'acquiescer en silence, les yeux embués par les larmes. J'aurais bien le temps par la suite de peser le pour et le contre et de décider si oui ou non je pouvais lui dire la vérité ou inventer une meilleure excuse. Pour le moment, tout ce qui comptait, c'était que j'avais son soutien inconditionnel. Awen se releva et sortit de ma chambre sans un mot de plus. Je finis de faire ma valise le cœur lourd, puis je m'isolai dans un coin pour appeler mes parents. Je pris une profonde inspiration. J'avais décidé de leur faire croire à une grosse dispute à l'internat pour justifier mon retour à la maison. Ma mère, au bout du fil, me demanda des détails, mais je fus incapable de lui en donner. Je décidai de réfléchir à un bon scénario sur le chemin du retour.

Ma valise finie, j'entrepris d'aller chercher Roman. Je ne pouvais décemment pas demander à Ange de me ramener chez moi, et je n'avais aucune envie de me retrouver seule à seul avec Aedan. Je n'étais pas près de lui pardonner son ultimatum. À cause de lui, ma vie allait être complètement chamboulée, pour ne pas dire détruite. De douloureux sanglots remontèrent dans ma gorge et faillirent m'étouffer. Je ne voyais vraiment pas comment j'allais pouvoir survivre à toute cette situation, mais le plus important, le plus urgent à l'heure actuelle, c'était de partir de cette maison. Fuir sans un regard en arrière. Avec Tic-Toc dans une main et ma valise dans l'autre, je dévalai les escaliers trois par trois. Bizarrement, Roman m'attendait sur le palier devant la porte d'entrée, les clés de sa voiture à la main. Il était prêt à me ramener. Pas besoin d'être devin pour comprendre qu'Awen avait décidé d'organiser mon départ en douceur. Elle me connaissait si bien qu'elle savait que je ne survivrais pas à de déchirants adieux. Je la soupçonnais même d'avoir fait fuir tous les autres sous la menace, mais tant pis. Ou plutôt tant mieux. Je ne savais plus trop où j'en étais, tout se bousculait dans ma tête. Partir. Partir. C'était tout ce qui comptait. J'ouvris la porte d'entrée à la volée et me précipitai à l'extérieur. Comme d'habitude, il pleuvait, et ça m'allait très bien. Les larmes qui coulaient sur mes joues se confondraient avec la pluie et Roman ne pourrait pas savoir que j'avais craqué.

Nous nous dirigeâmes en silence vers sa voiture et je grimpai sur le siège passager après avoir laissé ma valise dans le coffre. Roman démarra et s'engagea dans l'allée.

Ne te retourne pas, ne te retourne pas…

Je ne voulais rien voir, rien savoir. Je ne voulais pas surprendre les visages inquiets de mes amis collés aux carreaux, ni apercevoir Ange caché quelque part en train de me lancer des regards furieux et accusateurs. Ma vie partait en fumée. Tout ce que j'avais construit au cours de ces dix-huit derniers mois était en train de se briser pour toujours. En partant de cette maison, je ne formerais plus partie du groupe des six. Je resterais leur amie au lycée mais je ne partagerais plus leur vie au quotidien, leurs secrets, leurs petites histoires, bonnes ou mauvaises. J'allais me retrouver seule et j'allais devoir souffrir en silence pour le restant de mes jours.

Putain…

Le visage tourné vers l'extérieur, je vis les longues trainées de pluie couler sur les vitres de la BMW. J'avais l'impression que c'était mon cœur qui pleurait, que ces gouttes de pluie étaient mes larmes, et que plus jamais il ne ferait beau.

Au bout d'une dizaine de minutes, Roman commença à parler tout seul. Il s'était apparemment mis en tête de me faire changer d'avis, mais c'était impossible, je le laissai donc déblatérer sur les risques que j'allais endosser en m'éloignant ainsi de la maison. À quoi bon l'écouter ou même essayer de le contredire ? Aedan avait scellé mon destin, et par la même occasion celui d'Ange. Nous ne pourrions plus être ensemble. Jamais. Point barre.

Finalement, sans que je m'en rende compte, de lourdes larmes se mirent à couler sur mes joues. J'aurais voulu les cacher ou les retenir, mais je savais que c'était peine perdue. Maintenant qu'elles avaient commencé à sortir, plus rien ne pourrait les arrêter.

—Ah, enfin ! entendis-je Roman s'exclamer sur ma gauche.

Je me tournai vers lui sans comprendre et l'interrogeai du regard.

—Oui, j'ai dit « enfin », répéta-t-il en fronçant les sourcils. Je veux bien croire que tu aies décidé de partir et que tu sois en état de choc à cause de ton cauchemar, mais j'étais étonné que tu ne pleures pas. On aurait dit que tu étais en pilote automatique et que rien ne pouvait t'affecter. Non pas que je veuille que tu sois triste, hein, mais quand même, je te connais bien, alors ça m'étonnait, ajouta-t-il sur un ton d'excuse.

Je reportai mon attention sur la route sans lui répondre. Je n'étais vraiment pas douée pour cacher mes émotions. Il allait falloir que je travaille sur moi-même pour dissimuler mes sentiments au reste du monde, sinon ils allaient tous découvrir ce qu'il se passait en réalité. Je pris une profonde inspiration et lui lançai un sourire timide.

—En réalité je suis effondrée, Roman, dis-je d'une petite voix tremblotante.

Merde, je pouvais faire mieux que ça !

—Mais je suis sûre d'avoir pris la bonne décision, repris-je d'un ton plus assuré. Je veux être auprès de mes parents. Ça va être dur de vivre sans vous, il va me falloir votre soutien au lycée, et beaucoup de courage pour supporter votre absence.

À ces mots, Roman fit un geste qui à la fois m'étonna et me toucha au plus profond de mon cœur : il prit ma main dans la sienne et la serra très fort, tout en me lançant un regard empli de compassion.

—Tu peux compter sur nous, Eileen, on sera là pour toi, ne t'inquiète pas.

Doute

Et effectivement, ils furent là pour moi. Du moins, les premières semaines.

Lorsque j'étais rentrée chez mes parents avec ma valise sous le bras, ma mère m'avait accueillie à bras ouverts. Mon père aussi, bien sûr, même s'il n'avait pas compris comment une simple dispute avait pu provoquer mon départ de « l'internat ». Je ne lui en voulais pas. J'adorais mon père mais, parfois, c'était plus simple de communiquer avec ma mère. Elle avait compris. Je ne lui avais pas dit la stricte vérité mais j'avais pu lui en dévoiler les grandes lignes : une histoire d'amour compliquée qui ne s'était pas bien finie. Je n'étais pas entrée dans les détails mais cela m'avait aidée à me sentir moins seule. En l'absence d'Awen, cela m'avait fait du bien de savoir que quelqu'un d'autre savait ce que j'endurais, que ma mère comprenait mon besoin de m'isoler et mes humeurs parfois maussades.

Parce que oui, il fallait bien se l'avouer, j'étais d'une humeur massacrante et imprévisible ces derniers temps. Tantôt triste, tantôt en colère, on ne peut pas dire que j'étais du genre facile à vivre. À la maison, je passais mon temps à me traîner d'une pièce à l'autre. Je me cloîtrais dans ma chambre pour faire mes devoirs et ne descendais à la cuisine ou au salon que par obligation. Awen venait me voir de temps en temps le weekend, mais ma vie n'avait plus rien à voir avec le bonheur que j'avais connu à être entourée de mes amis. J'avais l'impression d'être redevenue une petite fille, prisonnière des quatre murs de ma chambre. Non pas que mes parents m'empêchaient de sortir, non, en fait c'était moi qui me l'interdisais. J'avais trop peur du monde extérieur. Bon, d'accord, j'avais trop peur de mon ange gardien. Je ne voulais pas tomber nez à nez avec lui. Dieu seul savait quelles réactions il pourrait provoquer en moi, et je ne pouvais pas me permettre de lui laisser entrevoir l'étendue des dégâts causés par notre séparation. Il ne comprendrait pas. Ou alors il comprendrait tout. Je ne savais plus où j'en étais. Je me sentais à côté de la plaque à longueur de temps. Je me mentais à moi-même et à tout mon entourage. Je faisais semblant de vivre, de parler, de manger, de dormir. En journée, je ressemblais à une automate : je passais mon temps à camoufler mes émotions pour que mon ange gardien ne puisse pas les détecter, mais la nuit… La nuit, c'était autre chose. Dès que je fermais les yeux, toutes mes barrières s'effondraient et je devenais totalement vulnérable. Mes rêves se transformaient la plupart du temps en cauchemars. La scène d'exécution dans la vallée me revenait sans cesse, encore et encore, presque chaque nuit. Ange devait être complètement perdu par toutes ces montagnes russes d'émotions, et moi j'étais exténuée. Seul le souvenir du visage d'Aedan, au moment où il m'avait lancé son ultimatum, me permettait de tenir le coup. Il ne plaisantait pas, ce jour-là. J'avais vu le dégoût et la détermination dans son regard. Je savais que si je craquais, il nous dénoncerait immédiatement au Conseil. Il avait l'air de considérer cela comme un devoir patriotique, mais pour moi c'était tout le contraire. C'était lui le traître, lui qui faisait du mal à son meilleur ami. Aedan était devenu mon bourreau et nos relations s'étaient considérablement détériorées depuis mon départ. Nous ne nous parlions presque plus.

De toute façon, au lycée, les choses avaient été compliquées dès le début. Le lendemain de mon départ de Marsiac, mes amis m'avaient retrouvée en cours comme si de rien n'était, comme si je ne venais pas de les abandonner la veille, mais c'était peine perdue… L'ambiance s'était alourdie au fil des jours, les conversations étaient devenues tendues. Ils avaient sans doute eu peur de me blesser en parlant de ce qu'il se passait chez eux, alors ils n'osaient plus parler du tout. Jour après jour, je m'étais rendue à l'évidence : même si j'avais espéré que les choses ne changeraient pas entre nous, elles avaient changé, et beaucoup.

Ange avait été le premier à partir. Au bout de deux semaines, il avait décidé qu'il ne voulait plus être avec nous pendant les récréations et les pauses déjeuner. Je ne savais pas quelle raison il avait bien pu donner aux autres pour expliquer sa décision, en tout cas, du jour au lendemain il avait cessé d'être avec nous. Il avait changé de groupe d'amis, point final. Je ne savais pas ce que je préférais : qu'il reste ou qu'il s'en aille ? Le voir tous les jours me tuait, mais le voir avec d'autres élèves me torturait encore plus. Il y avait des filles parmi ses nouveaux amis. Comment aurait-il pu en être autrement ? Lorsque le plus beau garçon du lycée se mettait en quête de nouvelles relations, tout le monde accourait à ses pieds : les garçons l'avaient accueilli à bras ouverts pour ses compétences physiques et sportives, et les filles l'avaient dévoré des yeux en échafaudant des plans pour le mettre dans leur lit.

Beurk.

J'allais vomir si je continuais de penser à lui. Désireuse de garder le peu de santé mentale qu'il me restait, je me mis de nouveau en stand by. C'était devenu une habitude depuis toutes ces semaines. Presque deux mois avaient passé depuis notre séparation forcée. Chaque jour je perdais un bout de vie, puisque c'était un robot et non moi qui me levais le matin, mais entre ça et la terrible réalité, je préférais le mode veille. C'était un monde merveilleux dans lequel je pouvais me barricader avec les souvenirs d'Ange à mes côtés tandis que mon corps faisait les gestes de la vie quotidienne : se lever, s'habiller, se nourrir, aller au lycée, survivre à une journée de plus, et se coucher pour recommencer le lendemain. Je ne savais pas combien de temps j'allais tenir ainsi, mais je n'avais pas le choix.

Je me sentais de plus en plus seule. Awen et Roman m'étaient restés fidèles, mais Aedan et Kinnie eux aussi avaient commencé à aller voir ailleurs depuis quelques jours. Pas étonnant : Aedan devait en avoir marre d'avoir une « criminelle » sous ses yeux à longueur de temps. Il avait dû convaincre Kinnie de faire de nouvelles connaissances. Bien sûr, tous les cinq continuaient à vivre sous le même toit, leur amitié n'était donc pas en danger, mais moi… J'avais perdu Ange et Aedan, et Kinnie était en train de s'éloigner de moi lentement mais sûrement. Si Roman décidait de me lâcher lui aussi, je ne donnais pas cher de ma peau. Il ne me resterait plus qu'Awen, mais pour combien de temps encore ? Cela ne devait pas être marrant d'avoir une amie dépressive. Un mois auparavant, en Février, Awen, Kinnie, Roman et Aedan s'étaient mis en tête de tous nous réunir à Marsiac pour fêter mon anniversaire et celui d'Ange. Maintenant que tout le monde savait qu'il était mon ange gardien, il n'y avait plus de raison de cacher sa véritable date de naissance. Malheureusement, ce jour-là, il avait fait un temps terrible : d'énormes nuages noirs, de la pluie drue et glaciale ainsi qu'un vent violent s'étaient abattus sur nous toute la journée. Ange et moi avions tenté de nous supporter l'un et l'autre pendant quelques heures sous le même toit, et nous avions presque fait bonne figure, mais il s'était éclipsé tôt dans la soirée, et moi j'étais rentrée chez mes parents. Nous avions fêté notre anniversaire ensemble, mais cela n'avait fait que renforcer notre tristesse commune.

Alors que je ruminais mes idées noires, ce matin-là dans la cour de récréation, je croisai pendant quelques secondes le regard de mon amour perdu. Ange avait l'air mal en point : tout aussi malheureux que moi. Son visage était plus pâle que d'habitude et de légers cernes creusaient son regard. Alors que je l'observais en silence, je me sentis incapable de me détourner de lui. J'aurais dû le faire, bien sûr, mais je n'y arrivais pas. Cela me faisait du bien de le voir, de savoir qu'il me regardait aussi, que nous étions encore importants l'un pour l'autre.

Mais soudain il détourna le regard en pinçant les lèvres, visiblement en colère, puis il fit demi-tour en direction de la sortie après avoir dit quelques mots à ses amis.

Où vas-tu ?

J'aurais voulu lui courir après et le prendre dans mes bras pour apaiser sa peine, mais Awen me ramena à la réalité en posant doucement sa main sur mon bras.

—Il serait peut-être temps que tu me racontes, tu ne crois pas ? me dit-elle gentiment avec un regard empli de compassion.

—Te raconter quoi ?

—Ce que tu aurais dû me dire il y a bien longtemps : que s'est-il passé entre vous pour que vous vous sépariez ? Je ne suis pas aveugle, je vois bien que vous êtes malheureux à en crever, tous les deux, et sincèrement j'aimerais savoir ce qui a provoqué ce cataclysme. Au début j'ai pensé que tu allais t'en sortir. Je veux dire, si tu l'as quitté, c'est que tu avais une bonne raison, non ? Je me suis imaginé à peu près tout et n'importe quoi : qu'il t'avait trompée, qu'il t'avait menti sur quelque chose d'important, et même que tu avais changé d'avis et que tu ne l'aimais plus mais… en réalité, j'ai l'impression qu'il y a autre chose, et ce « quelque chose » m'échappe totalement. Tu ne veux pas mettre fin à mon calvaire et tout me raconter ? Je suis sûre que ça te ferait le plus grand bien.

Pour toute réponse, je pris le chemin du gymnase. Nous n'étions que toutes les deux, ce matin, mais Awen me rattrapa par le bras en me retournant pour m'obliger à lui faire face.

—Tu vas encore me mentir, c'est ça ? Tu vas encore me faire croire que tout va bien, que tu gères la situation ? Parce que laisse-moi te dire une chose, Eileen : tu ne la gères pas bien. Tu ne la gères même plus du tout, ma vieille…

Je savais qu'elle avait raison. J'avais du mal à l'admettre, mais tout ce qu'elle disait était vrai. J'étais hors de contrôle et Ange aussi. Nous étions tous les deux en chute libre depuis plusieurs semaines. Peut-être que si je disais la vérité à ma meilleure amie, cela allègerait mon fardeau… Je plongeai mon regard dans le sien et y vis une farouche détermination. OK. Elle ne comptait pas me lâcher jusqu'à ce que je lui crache le morceau.

—C'est d'accord, mais je ne peux pas t'en parler ici. Après les cours, si tu veux, on ira dans un endroit plus discret et je te raconterai tout.

Un immense sourire de soulagement apparut sur son visage, et elle me lâcha enfin le bras.

Le soir même, juste après le cours de Transformation, Awen informa nos amis qu'elle rentrerait un peu plus tard parce qu'elle voulait passer du temps avec moi. Après nous être éloignées des autres élèves et nous être cachées derrière le gymnase, nous nous transformâmes pour devenir invisibles, puis je pris sa main dans la mienne pour la guider, et nous prîmes notre envol. J'avais une idée précise de l'endroit où je voulais l'emmener, mais je ne voulais pas le lui dire, de peur que quelqu'un nous entende et vienne nous espionner.

En atterrissant au pied du plus grand hêtre de toute la forêt, une vingtaine de minutes plus tard, je me sentis un peu mieux. L'arbre trois fois centenaire avait été l'un de nos repères préférés lorsque nous étions petites. Ce hêtre connaissait tous nos secrets les plus intimes, car c'est ici que nous étions venues chaque fois que nous avions eu quelque chose d'important à partager.

Awen et moi redevînmes visibles et nous nous assîmes au creux du tronc d'arbre familier. Mon amie me regarda avec anxiété, les sourcils froncés par l'inquiétude.

—La vache, ça doit être vraiment grave pour que tu me fasses venir ici, dit-elle en se mordant les lèvres.

—C'est assez grave, effectivement, répondis-je en faisant la moue.

Awen posa alors une main amicale sur ma jambe et laissa sa tête reposer sur le tronc de l'arbre.

—Je suis prête. Vas-y, balance tout, dit-elle en fermant les yeux.

Je la regardai en silence pendant quelques secondes, rassemblant mon courage, puis je pris une profonde inspiration et commençai mon récit.

Awen maintint les yeux fermés pendant toute mon histoire, même si elle tressaillit au moment où je lui annonçais que la personne à l'origine de tout ce désastre était notre ami Aedan.

—Je n'arrive pas à y croire ! s'exclama-t-elle, incrédule, lorsque j'eus fini mon récit. Aedan ?! C'est lui qui vous a mis dans un tel pétrin ? Je ne comprends pas comment il a pu vous faire ça…

—Et pourtant, il l'a fait.

—Donc, Ange croit que tu l'as quitté parce que tu ne te vois plus passer ta vie avec lui, alors qu'en réalité tu l'aimes à mourir mais que tu es obligée de lui mentir parce que sinon il va se faire couper les ailes par le Conseil des Anges, c'est bien ça ?

—C'est un très bon résumé, approuvai-je d'un air maussade.

—Bah merde, alors. Je comprends mieux pourquoi vous aviez l'air de deux chiens battus ces temps-ci.

—Oui, mais le problème c'est que je ne devrais pas être ainsi ! Comment veux-tu qu'il passe à autre chose et qu'il croie à mon histoire s'il me voit dépérir jour après jour ? Je ne peux pas continuer comme ça, je suis en train de tout faire foirer.

—Excuse-moi, mais c'est Aedan qui a tout fait foirer, pas toi.

—D'accord, mais je dois faire en sorte qu'Ange m'oublie complètement. On ne pourra être heureux ni l'un ni l'autre s'il ne passe pas à autre chose.

—Tu crois sincèrement ce que tu dis ? Après tout ce qu'il a fait pour toi, tu crois vraiment qu'il va se désintéresser de toi aussi facilement ? Il t'aime à la folie, Eileen, il va mettre des mois à s'en remettre !

—Mais il n'y a pas d'autre solution, couinai-je d'un air désespéré. Tu as une alternative à me proposer ?

Awen fit mine de réfléchir pendant quelques secondes, mais bien vite son regard s'assombrit.

—Non.

—Alors il va falloir qu'il se remette de notre rupture, et vite.

—Ouais. Et toi dans tout ça ?

—Quoi, moi ?

—Toi aussi tu es malheureuse…

—Je n'ai pas le choix. Je fais avec.

—Et tu comptes être malheureuse pendant combien de temps ?

Je haussai les épaules.

—Aucune idée. Toute ma vie, sans doute.

—Mais comment fais-tu pour supporter tout ça ?

—Tu sais, j'ai l'impression d'être détruite à l'intérieur mais c'est étrange parce que j'arrive quand même à vivre avec toute cette souffrance. Je parviens à endurer tout ça parce que je sais que ce n'est pas en vain, que je protège Ange et que grâce à mon sacrifice il ne sera pas banni. La seule chose qui me torture, c'est que je sais que lui souffre beaucoup parce qu'il ne comprend pas ce qui s'est passé. Il ne sait pas réellement pourquoi j'ai changé d'avis aussi brutalement, et il doit m'en vouloir énormément. Il doit penser que je ne l'aimais pas assez alors que c'est tout le contraire. C'est ça qui est le plus dur à supporter.

Ma voix se brisa et Awen passa un bras autour de mes épaules.

—Je suis tellement désolée, dit-elle doucement. Tu es sûre que…

—Oh oui, la coupai-je avant qu'elle ne puisse me bercer de rêves impossibles. Je suis sûre que c'est la seule solution et que je ne dois pas lui dire la vérité. Je ne peux pas l'obliger à tout quitter et à risquer sa vie pour moi. Il le ferait, je le sais, mais c'est trop lui demander…

—Je comprends, répondit Awen d'une voix douce. Est-ce que ça t'a fait du bien de m'en parler ?

—Oui, un peu. Par contre, tu dois me promettre de ne rien dire à personne, et aussi de ne pas changer d'attitude envers Aedan. Il saura que je t'en ai parlé si tout à coup tu lui fais la vie impossible.

—Mmmh, on verra.

—Comment ça, on verra ?

—Je ne peux pas te promettre un truc pareil, mais j'essaierai de ne pas trop avoir envie de le trucider chaque fois que je le verrai.

—Awen…

—Oui, oui, j'ai compris, j'essaierai de rester amie avec lui, ça te va ?

—Oui, c'est important pour moi. Même si je lui en veux énormément, il n'a fait que respecter les règles de son monde.

—Eh bien il aurait mieux fait de s'abstenir.

—Tu ne diras rien à Ange non plus, pas vrai ?

—Mais bien sûr que non, andouille !

—Merci.

—Mais en échange, je veux que tu me promettes une chose.

—Laquelle ?

—Si tu sens que tu n'en peux plus, que tu es trop malheureuse et que tu te sens seule, appelle-moi. Demande-moi de l'aide et je viendrai immédiatement. Je ne suis pas tranquille depuis que nous sommes séparées. Tu me manques, tu sais.

—Moi aussi tu me manques, bredouillai-je en reniflant.

Je sortis un mouchoir de ma poche et me mouchai bruyamment.

La classe.

—Ce serait bien qu'on fasse quelque chose ensemble en dehors du lycée, comme ça on se verrait plus souvent, proposa Awen.

—Oui, c'est une bonne idée. J'aimerais bien reprendre le sport. Ça me permettrait de penser à autre chose, et je dois avouer que depuis que je n'ai plus d'entraîneur attitré, je me suis beaucoup ramollie.

—Alors c'est parti pour l'opération « coach sportif » ! s'exclama Awen en se levant d'un bond et en fendant l'air de son poing. C'est moi ton coach, bien sûr, précisa-t-elle dans un souci de clarté.

—Oui, merci, j'avais compris, mais on n'était pas censées faire quelque chose ensemble ?

—Bah si. Toi, tu fais du sport, et moi, je t'entraîne.

—Maligne, va.

—Alors, on commence quand ?

—Dès demain ?

—Ça marche pour moi.

Et c'est ainsi que je me défis d'un énorme poids sur la poitrine. Cela n'arrangerait peut-être pas grand-chose, mais au moins je me sentais plus légère. Maintenant, quelqu'un connaissait la vérité. Quelqu'un savait les vraies raisons qui m'avaient poussée à partir de Marsiac. C'était une maigre consolation, mais c'était mieux que rien.

Et une fois de plus, ce soir-là, nous repartîmes chacune de notre côté après nous être fait un énorme câlin de réconfort.

Faire du sport était une excellente idée. Sans conteste la meilleure que j'avais eue depuis des mois. Dès le lendemain de notre petite conversation, Awen et moi nous étions remises au sport. Enfin, *je* m'étais remise au sport. Comme prévu, Awen avait joué le rôle de coach. J'avais bien essayé de la faire participer mais j'avais échoué lamentablement. Elle disait que Roman l'entraînait bien assez comme ça et qu'elle n'avait pas besoin de faire plus d'exercice. Par contre, cela l'amusait comme une petite folle de faire voler des objets dans tous les sens pour que je coure après et les lui ramène. La plupart du temps nous nous entraînions dans la forêt, mais ce n'était pas très pratique pour me muscler, j'avais donc demandé à Aaron si je pouvais utiliser le gymnase pour faire des exercices de musculation, et il avait accepté sans hésiter. C'était vraiment un prof sympa. Grâce à son aide, je m'étais mise sérieusement à la boxe et le punching-ball était devenu mon meilleur ami. Awen s'ennuyait un peu lorsque je me mettais à taper comme une acharnée sur le pauvre sac en cuir, mais elle en profitait pour me raconter les derniers potins de la maison et ses aventures avec Roman. Je me sentais un peu mieux. Cela faisait maintenant trois semaines que j'avais recommencé les entraînements et le sport me faisait du bien. Je m'entraînais trois à quatre fois par semaine, et le weekend je partais courir seule dans ma résidence. Je pouvais désormais faire quatre fois le tour du lac sans me fatiguer. Mon corps s'était raffermi et, surtout, la fatigue servait à m'anesthésier. Je rêvais toujours de la vallée et du sacrifice de mon ange gardien, mais moins souvent. Cela faisait presque trois mois que nous étions séparés. Je n'avais plus jamais recroisé son regard. De peur d'y voir de la colère ou de la tristesse, je l'avais évité soigneusement, mais je savais qu'il n'était jamais loin. Parfois, je sentais même sa présence. Étant toujours mon ange gardien, et malgré notre rupture, il continuait à veiller sur moi. Très égoïstement, cela me faisait du bien de savoir que nous serions toujours liés l'un à l'autre, quoi qu'il arrive.

Ce vendredi après-midi-là, Awen avait dû partir un peu plus tôt et m'avait laissé terminer seule mon entraînement. Lorsque je sortis du gymnase, le lycée était déjà vide. J'allais me diriger vers la sortie lorsque je tombai nez à nez avec Ange. J'en fus si surprise que je m'arrêtai net, paralysée par la panique et la tristesse qui m'envahirent en à peine quelques secondes.

Du calme, Eileen, du calme, sinon il va le sentir…

Ange avait l'air terriblement malheureux, et malgré moi je ne pus empêcher une lame tranchante de transpercer ma poitrine et de m'empêcher de respirer. Ses yeux étaient creusés et il avait perdu du poids. Malgré tout, il restait le garçon de mes rêves, beau comme un dieu grec. Un dieu blessé, certes, mais toujours aussi fort et envoûtant. Les lèvres pincées pour ne pas craquer, je me redressai et pris une attitude défensive à son égard. Que me voulait-il ? Pourquoi restait-il là à me regarder comme si moi seule pouvait le sauver ?

Parce qu'il t'aime, pensai-je tristement.

Moi aussi je t'aime, me dis-je intérieurement, comme si cela suffirait à panser ses blessures. Je m'en voulais tellement de lui infliger tout cela, de *nous* infliger tout cela, mais que pouvais-je faire d'autre ? Aedan n'avait pas été aussi compréhensif qu'Awen, et il m'avait clairement mise au pied du mur. C'était l'amour ou la mort, ou presque.

Oh merde, on se croirait dans Roméo et Juliette…

—Qu'est-ce que tu veux ? parvins-je à articuler d'une voix que j'aurais voulue plus assurée.

Ange fit un pas dans ma direction mais je reculai immédiatement. Hors de question d'être trop près de lui, cela ne ferait qu'attiser ma souffrance et la sienne. Face à ma réaction, il s'arrêta et fronça légèrement les sourcils.

—Tu me manques, Eileen, dit-il d'une voix rauque.

Inflexible, je luttai contre moi-même pour ne pas craquer.

—Tout est fini entre nous, quand vas-tu le comprendre ?

Mon ton avait été dur, presque agressif, mais j'étais réellement en colère contre lui. Je voulais qu'il guérisse, qu'il m'oublie, qu'il vive sans moi, ainsi il ne serait plus en danger. Moi je souffrirais toute ma vie, en sachant qu'à cause du Conseil des Anges j'étais passée à côté de mon grand amour, mais peut-être que lui pourrait retrouver quelqu'un, avoir une vie normale et être heureux…

Mon cœur se serra devant cette possibilité, et je vis une légère expression de surprise se refléter sur son visage.

Stop ! Oublie tes sentiments, Eileen, tu ne peux pas te permettre de craquer maintenant !

—J'ai besoin de comprendre, me dit Ange d'une voix un peu plus douce. J'ai besoin de savoir ce qui a changé entre nous pour que tu me détestes du jour au lendemain et que tu me quittes ainsi…

—Je te l'ai déjà expliqué, Ange : je me suis lassée de cette situation, c'est tout. J'ai compris que nous ne serions jamais heureux, tous les deux. Je ne me voyais pas me cacher et mentir à tout le monde toute ma vie. Cette histoire était trop compliquée pour moi, voilà tout, dis-je d'un ton dur et froid.

—Mais moi je t'aime encore, Eileen, plus que jamais, et je pense à toi tout le temps, à chaque heure, chaque minute et chaque seconde qui passe. Si tu étais restée auprès de moi, je t'aurais donné le monde entier, je t'aurais protégée et chérie chaque jour de ma vie et j'aurais marché main dans la main à tes côtés pour l'éternité… Pourquoi m'as-tu laissé ? chuchota-t-il comme s'il parlait pour lui-même.

Sa déclaration me prit de court et une douleur foudroyante vint me frapper en pleine poitrine. Au même instant, Ange leva les yeux vers moi et je sus qu'il avait senti ma douleur.

Non, non, non ! Maudit pouvoir d'ange gardien ! Ferme ton esprit, Eileen, ou alors va-t'en d'ici avant qu'il ne soit trop tard !

Prise de panique, je cherchai désespérément autour de moi un moyen de lui échapper, mais il avait dû comprendre mes intentions car il se dirigea vers moi d'un pas ferme et décidé. Instinctivement, je reculai pour éviter le danger mais je buttai contre le mur du gymnase, prise au piège. Ange vint se planter devant moi et posa ses mains sur le mur, de chaque côté de mon visage. Je pouvais sentir son odeur enivrante, et l'électricité qui nous attirait l'un vers l'autre, mais soudain l'image de mon cauchemar m'assaillit de nouveau et je décidai de fermer définitivement mon cœur à double tour. Je ne supporterais pas de voir Ange banni par les siens, et le terrible souvenir de ses ailes coupées et du sang qui jaillissait me donnèrent un haut-le-cœur. Il ne fallait jamais que cela arrive. Jamais. Plutôt souffrir toute une vie que de permettre cela.

—Regarde-moi, chuchota Ange à quelques centimètres à peine de mon visage.

En quelques secondes, je me forgeai une armure intérieure qui l'empêcherait de ressentir mes émotions, et j'ouvris les yeux en serrant la mâchoire. Ses yeux émeraudes me regardaient fixement et cherchaient à me percer à jour, mais je l'affrontai sans ciller.

Soudain il se redressa légèrement et pris ma main dans la sienne, puis il la posa sur son torse. Je pouvais sentir les battements de son cœur sous le fin tissu du t-shirt.

—Jure-moi que tu ne m'aimes plus, que tu n'as plus besoin de moi et que tout est définitivement fini entre nous, dit-il d'une voix légèrement tremblante. Dis-moi que tu as oublié tous les moments que nous avons passés ensemble : les rires, les pleurs, les moments de tendresse et de détresse aussi. Dis-moi que tu ne ressens plus le besoin de te reposer dans mes bras, de caresser ma peau et d'effleurer mes lèvres. Dis-moi que tu regrettes d'avoir passé ta première nuit d'amour avec moi. Jure-moi tout ça, Eileen, et je te laisserai en paix pour toujours…

Je pouvais palper le désir entre nous, le besoin de nous sentir corps contre corps, cœur contre cœur, mais je me refusai ce plaisir. Je pris une lente et profonde inspiration, puis, d'une voix que je voulus froide et dure, je réduisis ses espoirs – et les miens – en miettes.

—Je te jure que je peux vivre sans toi, Ange, et que je ne t'aime plus, dis-je d'un ton cassant.

Le bouclier qui protégeait mon cœur et mon âme fut sur le point d'exploser lorsque j'osai proférer de tels mensonges, mais je gardai mes émotions sous contrôle, enfouies au plus profond de mon être.

Sous le choc, Ange vacilla et recula de plusieurs pas, comme si je venais de le frapper en pleine poitrine. Ses magnifiques yeux verts s'assombrirent et une colère terrible l'envahit. Il déchira ses vêtements et laissa apparaître ses ailes, puis il poussa un hurlement terrible qui me fit trembler des pieds à la tête. Visiblement en proie à une souffrance indicible, il enfouit sa tête entre ses mains pendant quelques secondes, puis il fendit l'air de son poing droit et l'enfonça violemment dans le sol. Un cratère d'au moins un mètre de diamètre se dessina dans la terre. Ange me regarda une dernière fois, l'air complètement fou, avant de s'envoler si rapidement qu'il avait disparu au bout de quelques secondes.

Complètement sous le choc de sa réaction, me sentant à la fois coupable et dévastée par la souffrance de l'avoir définitivement perdu, je me laissai glisser contre le mur du gymnase jusqu'à sentir le sol sous mes fesses. Pendant plusieurs secondes je restai ainsi prostrée, les yeux dans le vide, ailleurs, perdue, abandonnée, puis toutes mes barrières s'effondrèrent et la souffrance m'assaillit comme une bête sauvage. J'avais l'impression que mon cœur voulait s'arrêter de battre, mais qu'il ne pouvait que se débattre avec sa douleur, sans échappatoire possible. Un cri empli de détresse retentit et fit écho sur les arbres entourant le gymnase, et je me rendis compte que c'était moi qui l'avais laissé s'échapper. De lourdes larmes se mirent à couler sur mes joues, incontrôlables. Je ne parvenais plus à respirer. La douleur me coupait le souffle. Pourquoi ?! Pourquoi toute cette souffrance ? Qu'avions-nous fait pour mériter cela ?

Maudits soient les anges et leurs lois infâmes !

Pour essayer de soulager ma peine, et sans me rendre compte de ce que je faisais, mon poing droit s'abattit violemment sur le sol, provoquant un cratère semblable à celui d'Ange, mais en plus petit, et provoquant surtout un craquement d'os terrible.

Aïe…

Je restai prostrée pendant quelques minutes encore, indécise, hagarde, incapable de faire un geste. Finalement, je sortis un mouchoir de ma poche pour essuyer mes larmes. Je devais avoir une sale tronche. J'allais prendre appui sur ma main droite pour me relever lorsqu'une vive douleur m'arracha un cri. Je regardai ma main de plus près, et ce que je vis me fit grimacer.

Merde !

Je ne m'étais pas loupée. Un énorme hématome était en train d'apparaître au niveau des phalanges, et je ne pouvais presque plus bouger les doigts. Je serais bien partie à la recherche d'Aaron pour qu'il me guérisse, mais à cette heure-ci, il ne devait déjà plus être au lycée.

Bon, ben, il me reste mon père…

Il était médecin, il devait donc pouvoir m'aider. Péniblement, je me levai du sol dur et me dirigeai vers la sortie. Comme un robot, en évitant soigneusement de penser à ce qu'il venait de se passer, je pris le bus pour rentrer chez moi. Arrivée à la maison, je filai tout droit à la salle de bain pour nettoyer ma main et enlever les traces de terre et de gravillons qui s'étaient incrustés dans ma peau, puis je descendis à la cuisine. Ma mère s'y affairait alors que mon père était dans le salon en train de regarder la télé.

—Maman ?

—Oui, ma chérie ?

—Je me suis fait mal à la main aujourd'hui en cours de sport, tu crois que Papa va pouvoir me soigner ? dis-je d'une petite voix plaintive.

Immédiatement, ma mère arrêta ce qu'elle était en train de faire pour venir voir ma blessure. Ma main avait doublé de volume et n'était vraiment pas belle à voir.

—Mais comment as-tu pu te faire une chose pareille en faisant du sport ?! s'exclama-t-elle, effarée.

—Je suis tombée et je me suis mal rattrapée, c'est tout.

Plus je croirais à mon mensonge, plus il serait plausible. De toute façon, je n'avais pas vraiment le choix, il fallait que mes parents me croient car je n'avais pas du tout envie de leur livrer la vraie version des faits.

—Chéri, tu peux venir nous voir, s'il te plaît ? appela ma mère en direction du salon.

—Qu'est-ce qui se passe ? lui lança mon père d'une voix neutre, apparemment inconscient du degré de nervosité de ma mère.

—Ta fille s'est fait mal au lycée et je crois qu'elle s'est cassé la main, dit-elle trois octaves plus haut.

Deux secondes plus tard, mon père était à mes côtés, en train de tripoter ma main sous toutes ses coutures. Face à son regard d'expert, je paniquai légèrement. Il n'allait jamais gober une histoire pareille. Des mains cassées, il avait dû en voir un paquet depuis qu'il était médecin, et ce n'était pas sa propre fille qui allait l'embrouiller avec son baratin…

Je me forçai à rester calme alors que mon père fronçait les sourcils. Il retourna ma main cinq ou six fois dans tous les sens, appuya sur mes phalanges – provoquant une légère grimace de ma part – puis il reposa ma main à plat sur la table de la cuisine pour nous donner son verdict.

—Effectivement, je crois qu'il y a une fracture au niveau des métacarpes. Je t'emmène tout de suite aux Urgences, je préfère être sûr du diagnostic.

Je regardai ma mère en lui faisant une petite moue destinée à l'amadouer.

Désolée, Maman, je ne voulais pas te faire de peine. Si tu savais la vérité, si seulement tu savais…

Ma mère reprit ses esprits rapidement et nous prépara deux énormes sandwichs, puis nous partîmes en direction de l'hôpital, mon père et moi.

Le regard perdu sur le plafond de ma chambre, je caressai doucement le bandage qui entourait ma main droite. Allongée sur le lit, je me repassai en boucle les évènements de la journée. Ange m'avait complètement prise au dépourvu en se présentant devant moi après les cours. Si je m'étais douté de quelque chose, j'aurais pu essayer de me défendre, mais j'avais été si surprise par son apparition qu'il avait bien failli comprendre ce qu'il se passait. Il fallait que je sois plus prudente. À cause de mon manque de sang-froid, j'avais réussi à me faire une méchante blessure à la main. Par chance, aucun os n'avait été touché et j'avais échappé de peu à la fracture, mais la tête de mon père lorsqu'il avait vu la radio à l'hôpital avait été tout un poème. Il était passé du soulagement à la colère en un rien de temps. Il n'avait pas vraiment cru à mon histoire de chute et il n'avait cessé de me poser des questions sur le chemin du retour. J'avais essayé de lui répondre sans me faire pincer, mais je n'étais pas sûre de l'avoir réellement convaincu. Finalement, il m'avait fait un bandage pour s'assurer que je ne bouge pas trop la main en attendant qu'elle dégonfle, puis il m'avait laissé monter dans ma chambre.

Malgré tous mes efforts pour ne pas le faire, je me mis à penser à Ange. Comment allait-il ? Qu'avait-il fait après avoir disparu derrière le gymnase ? S'était-il fait mal, lui aussi, en frappant le sol avec son poing ? Je tressaillis en me rappelant le bruit qu'avait fait la terre en se craquelant sous l'impact. Qu'allait-il se passer maintenant ? Ange avait-il compris qu'il m'avait définitivement perdue ou bien retenterait-il sa chance à l'avenir ? Combien de fois pourrais-je supporter de lui faire autant de mal ?

Je me retournai dans mon lit pour la énième fois de la soirée. J'avais beaucoup trop de questions sans réponses dans la tête. Toute cette situation me donnait envie de vomir. Je n'étais pas faite pour être méchante ou pour faire du mal, mais depuis que j'étais arrivée dans ce lycée, tout le monde cherchait à faire de moi une guerrière sans état d'âme. Tout d'abord, j'étais tombée amoureuse du seul garçon sur terre avec lequel je n'avais pas le droit de sortir. Ensuite, j'avais appris que j'avais une mission dans la vie, et qu'il s'agissait tout bonnement de zigouiller une personne dont je ne connaissais même pas l'existence deux jours auparavant. Et enfin, au lieu de pouvoir vivre secrètement et discrètement ma relation avec mon ange gardien, il avait fallu que l'un de nos meilleurs amis nous prenne la main dans le sac et me lance un ultimatum aussi odieux que douloureux : quitter Ange sans lui dire la vérité, ou bien le faire bannir par sa propre communauté.

J'étais maudite ou quoi… ?

Comme pour répondre à ma question, Tic-Toc décida d'intervenir.

—Tu sais que j'essaye toujours de te laisser tranquille quand je vois que tu en as besoin, mais là, je dois dire que je suis très inquiet, Eileen, me dit-il d'une voix douce et calme.

—Je sais, répondis-je sur le même ton.

J'étais exténuée mentalement mais mon esprit embrumé m'empêchait de me déconnecter de la réalité pour me reposer.

—Tu ne vas pas pouvoir tenir encore bien longtemps, tu sais.

—Mmmh…

—Eileen.

—Oui ?

—Tu dois lui dire la vérité.

—Hors de question, répondis-je d'un ton ferme en me redressant et en regardant Tic-Toc droit dans les yeux.

—Pourquoi ? insista-t-il comme s'il ne le savait pas.

—Parce que c'est trop dangereux. Je ne veux pas être la responsable de son bannissement.

—Peut-être qu'il comprendra et qu'il deviendra raisonnable, mais je trouve injuste de le laisser croire que tu ne l'aimes plus alors que tu souffres le martyre.

—Injuste ?! ne pus-je m'empêcher de m'exclamer en entendant ses mots. C'est moi qui suis injuste ? Va le dire au Conseil des Anges, pour voir ce qu'ils en pensent !

Je me retournai sans dire un mot, vexée au plus haut point. Ce n'était tout de même pas ma faute si Ange appartenait à un monde tyrannique et gouverné par des cinglés qui ne laissaient même pas deux âmes sœurs vivre en paix, si ?!

Tic-Toc se tut, ce qui fit grandir en moi le sentiment de révolte qui sommeillait depuis déjà plusieurs semaines. La soif de vengeance me brûlait la gorge.

Maudits soient les anges.

Non, maudit soit le Conseil des Anges.

Non, encore mieux, maudit soit l'ange qui a inventé cette loi stupide !

Et alors que je maudissais intérieurement tout le peuple céleste, une petite lueur s'alluma dans mon esprit. Toute petite, au début, puis de plus en plus grande et lumineuse.

Je me mis à réfléchir et je me rendis compte que quelque chose ne tournait vraiment pas rond, dans cette histoire.

De quel droit le Conseil des Anges nous faisait-il du mal ainsi ? Au nom de quelle espèce de croyance idiote devions-nous être séparés ? Les anges étaient soi-disant altruistes et bienfaisants, mais ils ne se souciaient guère du sort d'Ange, livré à lui-même sur la terre, luttant contre ses sentiments au point de souffrir le martyre ! Je n'avais qu'une envie : déployer mes ailes et aller voir le fameux Conseil des Anges pour lui dire tout ce que j'avais sur le cœur, mais ils étaient peut-être dangereux. Ange avait dit qu'ils pourraient effacer ma mémoire sans même que je m'en rende compte, et je n'avais pas la force d'oublier mon ange gardien. Je préférais encore vivre toute ma vie dans le souvenir de ce que nous avions vécu, plutôt que de l'oublier définitivement…

Je finis par m'asseoir sur le lit, recroquevillée sur moi-même, les poings serrés. J'essayais de comprendre la logique des anges et de leurs lois. Ange avait dit que nous ne pouvions pas sortir ensemble parce que c'était contraire à leurs règles, cela voulait donc dire qu'un jour, quelqu'un avait décrété qu'il était nuisible de sortir avec son ou sa protégée. Mais en quoi cela nuisait-il aux anges ? Si le couple se séparait et que l'ange gardien ne voulait plus assurer la surveillance de sa protégée, en quoi cela pouvait-il être un problème pour les autres membres de la communauté ? J'avais beau retourner le problème dans tous les sens, je ne comprenais pas pourquoi l'amour entre deux personnes pouvait à ce point être considéré comme de la haute trahison.

Et c'est à cet instant précis que le doute s'immisça dans mon cœur.

Jusque-là, j'avais accepté le monde des anges tel que me l'avait décrit mon ange gardien, parce que je ne voyais aucune raison de douter de ce qu'il disait. Il croyait aveuglément en son monde, et moi je croyais en lui, j'avais donc accepté la situation sans la remettre en question. Mais désormais, la colère me faisait voir les choses autrement. Quelque chose clochait dans cette histoire… On ne pouvait pas prétendre être un peuple généreux et plein d'amour envers ses congénères, et en même temps couper les ailes et bannir ceux qui tombaient amoureux de leurs protégés ! C'était une punition démesurée par rapport à la faute commise… Je me demandais pourquoi je ne m'en étais pas rendu compte avant, et surtout ce que cela pouvait bien signifier. Je me faisais peut-être de faux espoirs et cherchais une explication là où il n'y en avait pas, mais j'avais l'impression d'avoir mis le doigt sur une faille.

Et si cette fameuse loi cachait quelque chose ? Quelque chose d'autre que de la simple bienveillance ou de la soi-disant bonté ?

Bizarrement, cette idée me tranquillisa et je cessai de fulminer sur-le-champ. Si j'avais découvert quelque chose d'important, je devais prendre le temps de bien y réfléchir. Je ne pouvais pas jeter à l'eau la seule chance que j'avais – si tant est qu'elle existe – de retrouver mon amour perdu.

Je me mis donc à réfléchir intensément pour me rappeler tout ce que mon ange gardien m'avait dit à ce sujet, mais j'avais beau me concentrer, rien de bien important ne me venait à l'esprit. Il m'avait dit que nous n'avions pas le droit d'être ensemble parce que cela mettait sa mission en péril et que le Conseil des Anges l'interdisait, mais rien de tout cela ne semblait cacher quelque chose. Cependant, le souvenir de mon cauchemar et de la façon dont les anges avaient violemment banni mon ange gardien me fit frissonner. Non, ce n'était définitivement pas normal et je me sentais un peu bête de ne pas y avoir pensé plus tôt. Si j'en avais parlé à Ange, nous serions peut-être parvenus à comprendre ensemble pourquoi le Conseil des Anges nous en voulait autant.

Puis une autre idée me vint à l'esprit. Ce fameux Conseil était composé de plusieurs anges… Des anges vieux d'au moins deux cents ans, si j'avais bien suivi les explications d'Ange. Depuis quand cette fameuse loi existait-elle ? Depuis toujours ou depuis quelques dizaines ou centaines d'années ? Qui l'avait instaurée ?

Les questions tourbillonnaient dans ma tête et me rendaient folle. Il était évident que, seule dans ma chambre, je ne risquais pas de trouver les réponses à tous les doutes qui m'assaillaient. J'allais devoir mener ma petite enquête, mais par où commencer, puisqu'il n'existait aucune trace écrite de l'histoire des anges ? Pas de bibliothèque où fouiner, pas de site internet sur lequel glaner des informations, rien… J'allais devoir en parler à quelqu'un, mais à qui ? Impossible de faire part de tout cela à mes professeurs principaux, ni à mes amis. En désespoir de cause, je me tournai vers Tic-Toc.

—Tu vas me prendre pour une folle, lui dis-je d'une toute petite voix.

—Dis toujours, répondit-il sur le ton paternel que je lui connaissais si bien.

—J'ai l'impression que quelque chose cloche dans toute cette histoire.

—De quoi parles-tu ?

—D'Ange et moi. Je veux bien croire que nos deux mondes soient très différents, mais pas à ce point-là. Sur terre, on plébiscite l'amour, on le recherche, on en a besoin, et l'amour est considéré comme le plus beau et le plus merveilleux des sentiments. Cependant, chez les anges, l'amour entre un ange gardien et son ou sa protégée est interdit, mais sous quel prétexte ? Sous le prétexte de protéger leur communauté. Sincèrement, je ne vois pas en quoi notre histoire d'amour aurait pu perturber leur vie. Qu'est-ce que tu en penses ? demandai-je à mon réveil les yeux et le cœur emplis d'espoir.

Tic-Toc fronça d'abord les sourcils, puis il se mit à réfléchir lui aussi. Je vis passer dans son regard les mêmes interrogations et les mêmes doutes qui s'étaient reflétés dans le mien quelques minutes plus tôt.

—Eh bien, pour être honnête avec toi, je ne m'étais jamais posé cette question jusqu'à ce soir… mais c'est vrai que cela peut paraître étrange.

—J'en étais sûre !

—Oui, non, attends, ne t'emballe pas trop vite, se corrigea-t-il en voyant l'espoir renaître en moi. Ça ne veut peut-être rien dire, d'accord ? Ne commence pas à t'imaginer des choses insensées qui ne te mèneront nulle part.

—Merci pour ton enthousiasme, ça fait plaisir, lui assénai-je en me rallongeant sur mon lit, l'air contrariée.

—Je ne veux pas que tu souffres encore plus, Eileen, c'est tout. J'aimerais te protéger et t'éviter d'autres désillusions, me dit-il gentiment.

—Je sais, je sais… mais avoue que tout cela est très bizarre. Comment pourrais-je mener l'enquête ? Je n'ai aucune idée de la façon dont je pourrais m'y prendre. Nous devons chercher le moyen de trouver des informations sur le monde des anges sans que personne ne se doute de quoi que ce soit. Tu as des suggestions ? lui demandai-je en levant un sourcil interrogateur.

—Pas pour l'instant. Il faut dire que tu me poses une question compliquée, comme ça, à onze heures du soir. Comprends que je ne sois pas très en forme, se justifia-t-il en faisant une tête de petit innocent.

—Allez, Papy, aide-moi un peu à chercher, tu dormiras après ! m'exclamai-je en le prenant dans mes mains pour le poser face à moi sur le lit. Tu es plus vieux que moi, tu dois bien avoir une idée, non ? Sinon, à quoi te servirait ton expérience ? Tu as quel âge, déjà ?

Ma mère m'avait acheté Tic-Toc lorsque j'avais cinq ans. Elle adorait les brocantes et m'y traînait chaque fois qu'elle le pouvait. On peut dire que j'avais passé une bonne partie de mon enfance à errer dans les interminables rayons des brocantes de toute ma région, me demandant ce que pouvaient bien faire les gens de tant d'objets vieux et inutiles, jusqu'au jour où j'étais tombée sur Tic-Toc. Je l'avais adoré dès le premier regard et ma mère me l'avait acheté sans broncher, trop heureuse de m'avoir enfin acquise à sa cause. Après avoir découvert que je pouvais communiquer avec lui, Tic-Toc était devenu l'un de mes plus fidèles amis et mon grand confident, presque au même titre qu'Awen. Il était attentif, bienveillant, compréhensif et toujours de bon conseil. Un peu comme un grand frère, mais immobile et muet pour le reste du monde. En grandissant, je l'avais souvent taquiné sur son âge mais il ne me l'avait jamais avoué. Il m'avait raconté sa vie avec ses anciens propriétaires, ainsi que de nombreuses aventures qu'il avait vécues depuis sa création, mais son âge, c'était un sujet tabou !

Ce soir n'échappa pas à la règle. Tic-Toc fronça les sourcils et fit la moue.

—Je ne te le dirai pas.

—Dis donc, je te trouve bien puéril. Tu es le plus âgé de nous deux, tu es donc censé être aussi le plus responsable.

Tic-Toc se renfrogna de plus belle, mais c'était plus fort que moi : j'adorais l'enquiquiner.

—Allez, j'arrête de t'embêter. Bon, commençons par le commencement. Avant de me connaître, connaissais-tu l'existence de la magie parmi les êtres humains ?

—Non.

—Savais-tu qu'il existait des Élus ?

—Bien sûr que non !

—OK. Connaissais-tu l'existence des anges ?

—Non plus.

—Bon. Est-ce que tu savais quelque chose qui pourrait nous aider ?

Tic-Toc fit non du cadran. Je soupirai. Cette conversation n'allait pas nous mener bien loin.

—Attends, laisse-moi réfléchir une minute, dit-il soudain en semblant se remémorer quelque chose.

—Quoi ?

—Attends, attends, donne-moi quelques minutes, je crois me souvenir de quelque chose qui pourrait peut-être t'aider, mais c'était il y a tellement longtemps…

—Oh, Tic-Toc, s'il te plaît, concentre-toi, tu es ma seule chance de découvrir la vérité. Si tant est qu'il y ait quelque chose à découvrir, bien sûr, ajoutai-je comme pour moi-même.

Malgré mon impatience, je me tus en voyant Tic-Toc se perdre dans ses souvenirs. Mes doigts se tortillaient dans tous les sens en attendant qu'il parle.

—Ça y est, je me souviens. Oui, je crois qu'elle pourrait nous aider.

—Elle ? Qui ça, elle ? le pressai-je, incapable de me retenir plus longtemps.

—Eh bien, il y a de nombreuses années, chez l'un de mes anciens propriétaires, j'ai eu pour compagnie le tableau d'une magnifique jeune femme. Je me souviens de son nom : « La Légende Céleste ». Je n'ai jamais compris pourquoi elle s'appelait ainsi, mais elle était si merveilleusement belle que j'ai pensé que le titre voulait rendre hommage à sa beauté. Tu sais, les artistes inventent parfois des noms loufoques pour leurs créations et…

—Oui, je sais, je sais. Tic-Toc, s'il te plaît, pourrions-nous en revenir à cette femme ?

—Euh, oui, pardon, je m'égare. Tu sais, Eileen, je suis plus vieux que ce que tu peux imaginer, mais cette femme restera gravée à jamais dans ma mémoire. En ce temps-là, nous vivions dans la même pièce, dans un salon d'une demeure « belle époque », et nous passions beaucoup de temps à parler tous les deux. Nous nous tenions compagnie mutuellement, si j'ose dire. Elle était douce, intelligente et cultivée, et nous aimions beaucoup partager nos expériences et nos opinions sur le monde et les époques que nous avions traversées. Elle était encore plus vieille que moi, mais bien sûr sa beauté restait intacte, année après année. Nous sommes restés ensemble dans la même demeure pendant plus de trente ans. Elle restera l'une de mes plus belles rencontres…

Tic-Toc sembla tout à coup se perdre dans ses souvenirs. Qu'avait représenté cette femme pour lui ? En était-il tombé amoureux ? D'ailleurs, est-ce qu'un réveille-matin pouvait tomber amoureux ?

Moi perdue dans mes pensées et lui dans les siennes, nous laissâmes ainsi s'écouler plusieurs secondes en silence, puis je repris mes esprits.

—Elle semble avoir beaucoup compté pour toi. Comment se fait-il que tu l'aies presque oubliée ?

Je ressentis un étrange pincement au cœur en prononçant ces mots. Tic-Toc traversait les époques et continuait son chemin, laissant derrière lui ses anciens propriétaires et les oubliant peu à peu. Me réserverait-il le même sort ? M'oublierait-il malgré tout ce que nous avions vécu ensemble depuis de si nombreuses années ?

—Je sais à quoi tu penses, petite tête de linotte.

—Hé, ne m'appelle pas comme ça ! Et à quoi suis-je en train de penser, Monsieur-Je-Sais-Tout ?

—Je ne t'oublierai jamais, Eileen, quoi qu'il arrive. J'ai une chance incroyable de t'avoir rencontrée. J'aurais pu passer encore de nombreuses années, tout seul dans mon coin, exposé par-ci, par-là, balloté de propriétaire en propriétaire, ou pire : j'aurais pu être jeté à la poubelle ! Au lieu de cela, je suis tombé sur l'une des seules personnes au monde capable de parler aux objets. Cela fait douze ans que je partage ton quotidien, douze ans que tu me fais confiance et que tu écoutes mes conseils. Alors oui, j'aimais beaucoup cette femme dans le tableau, mais toi, tu resteras dans mon cœur et dans ma mémoire à tout jamais, à la première place. Tu es comme une petite sœur pour moi…

Les yeux embués par les larmes, je pris Tic-Toc dans mes bras et lui fis un gros câlin.

—Et moi je te considère comme un grand frère, lui répondis-je avec un léger sanglot dans la voix.

—Hum, hum, s'éclaircit-il la gorge. Bon, si on en revenait à nos moutons ?

—Euh, oui, bien sûr, acceptai-je en le reposant sur le lit en face de moi.

—Bien, je disais donc que je n'avais pas oublié cette femme, je l'avais juste mise dans un coin de mon cœur et de ma tête, dit-il tristement. Tu sais, j'ai passé trente ans à ses côtés. Trente longues années, exposés tous les deux dans la même salle, avec personne d'autre à qui parler, alors je ne suis pas près de l'oublier. Mais il est vrai que notre séparation a été très difficile. Lorsque notre ancien propriétaire est décédé, et comme il n'avait pas de descendants, ses biens ont été mis en vente aux enchères. Je me souviens avoir été acheté pour trois francs alors que ma compagne de fortune a été remportée par un collectionneur pour la modique somme de six cents francs. C'était de la folie, à l'époque, mais l'acquéreur avait dû être séduit par sa beauté. Depuis ce jour-là, je ne l'ai plus jamais revue.

Mon cœur se serra en écoutant son récit.

—Tu ne m'avais jamais parlé d'elle, lui fis-je remarquer gentiment.

—C'est vrai, mais ce n'était pas volontaire. Tu sais, depuis que tu es toute petite, je t'ai raconté beaucoup de choses sur moi, mais il reste certaines choses, certains passages de ma vie qui restent secrets. Non pas que j'en aie honte, mais je crois que chacun a besoin d'avoir son jardin secret, qu'il soit un être humain ou un simple réveil.

Mouais. Vu l'état d'esprit de Tic-Toc, mes doutes se confirmèrent. Cette jeune femme avait vraiment dû compter pour lui, et même si l'on ne pouvait pas véritablement parler d'amour, cela avait dû être un sentiment qui s'en rapprochait fortement.

—Je comprends, lui dis-je doucement. Pardonne-moi d'être si directe, mais en quoi penses-tu que cette femme puisse nous aider ?

—Oh oui, pardon, je me perds dans les méandres de mon passé, dit-il en se ressaisissant et en riant doucement. Eh bien, comme je te le disais, elle et moi étions les seuls objets à pouvoir parler dans la pièce, mais parfois elle ne parlait pas avec moi, car elle parlait toute seule.

—Toute seule ?

—Euh, oui. Je sais que c'est difficile à comprendre, mais nous ne passions pas tout notre temps à parler ensemble. Nous passions aussi beaucoup de temps l'un et l'autre perdus dans nos propres pensées et, parfois, lorsque cela arrivait, elle se mettait à parler toute seule. Elle chuchotait des choses. Elle répétait toujours les mêmes mots…

Tic-Toc me regarda comme s'il avait peur de ma réaction.

—Vas-y, continue, dis-je pour l'encourager. Que disait-elle ?

—Elle disait qu'elle était l'une des gardiennes du secret et qu'elle ne devait jamais l'oublier.

—Quoi ?!

Je manquai de m'étouffer en entendant ces mots. Je me redressai sur mon lit et pris Tic-Toc dans mes mains.

—Tu peux répéter ça, s'il te plaît ?

—Eileen, garde ton calme, elle disait juste qu'elle était la gardienne d'un secret, mais elle n'a absolument jamais parlé d'anges, ça je peux te l'assurer. Je m'en serais souvenu ! Elle était déjà étrange lorsqu'elle faisait cela, alors si elle avait parlé d'anges ou d'anges gardiens, crois-moi, je ne l'aurais pas oublié !

—Tu ne lui as jamais demandé ce qu'elle voulait dire par-là ? lui demandai-je, légèrement incrédule.

Tic-Toc était plutôt du genre commère, j'étais donc étonnée qu'il n'ait pas cherché à en savoir plus sur cette histoire.

—Bien sûr que je lui ai demandé. Des dizaines de fois, si tu veux tout savoir, mais elle a toujours éludé la question. Elle a toujours fait semblant de ne pas comprendre de quoi je parlais. J'ai fini par croire que, dans ces moments-là, elle délirait un peu, ou bien qu'elle se remémorait son passé. Je n'ai jamais eu le fin mot de l'histoire.

—Ça alors. C'est vraiment étrange qu'elle ne t'ait jamais dit la vérité. En tout cas, elle s'appelait « La Légende Céleste » et elle gardait un secret, c'est super ! Je trouve que c'est une bonne piste pour commencer à chercher. À quoi ressemblait-elle ? Si je te la montrais, tu saurais la reconnaître ?

—Bien sûr ! dit-il d'un ton indigné.

—D'accord, d'accord. Attends, je vais chercher sur internet pour voir si je trouve quelque chose.

—Sur internet ?

—Mais oui, j'en ai pour deux minutes, attends.

Le cœur empli d'un espoir nouveau, je me précipitai sur Google. Malheureusement, ma recherche ne donna rien. Pas un seul petit tableau ne s'appelait comme ça. La recherche me renvoyait à des images de toute sorte, mais aucune ne ressemblait à une toile ou à un portrait.

Pas de bol.

La mine renfrognée, je me tournai de nouveau vers Tic-Toc.

—Rien.

—Le Dieu Google ne t'a donné aucun indice ?

—Aucun.

—Mince… L'artiste qui l'avait peinte ne devait pas être très célèbre, alors.

—Apparemment non.

—Mais qu'est-ce qu'on va faire ?

Eh bien, depuis que Google m'avait envoyée balader, moi et mes illusions, une nouvelle idée avait germé dans mon esprit, mais je n'étais pas très sûre que Tic-Toc soit d'accord pour la cautionner. Je lui lançai un regard empli de malice.

—Oh non, je connais ce regard, tu es encore en train d'inventer une mission impossible ! s'exclama-t-il sous le choc.

Il faut dire que je lui en avais fait voir des vertes et des pas mûres, à mon pauvre réveil. Une fois, à l'âge de huit ans, j'avais décidé de changer de coupe sans passer par la case « coiffeur ». En un coup de ciseau, j'avais défriché ma frange et je m'étais retrouvée avec un centimètre de cheveux sur le sommet du crâne. Je ne m'en étais jamais vraiment remise et, depuis ce jour-là, je n'avais plus jamais coupé mes cheveux, sauf pour les pointes strictement nécessaires de temps en temps. Une autre fois, vers l'âge de dix ans, j'avais décidé de me mettre à la gymnastique rythmique, mais là encore sans passer par la case « club de GRS ». Résultat des courses : je m'étais fait une entorse à la cheville et j'avais cassé ma lampe de chevet en exécutant une figure aussi difficile qu'improbable pour une débutante. Bref, la liste était longue et Tic-Toc savait que les idées qui me passaient par la tête me menaient parfois tout droit à la catastrophe, mais je décidai de lui faire part de ma décision malgré tout.

—Je crois que je sais qui pourrait nous aider, lui dis-je sur le ton de la confidence.

—Qui donc ? répondit-il en chuchotant, comme si quelqu'un pouvait nous entendre.

—Gwénaëlle.

Tic-Toc me regarda comme si j'étais devenue folle.

—La maman du petit garçon que tu as rencontré lors de la cérémonie ?

—Exactement.

—Mais comment comptes-tu faire ?

Je haussai les épaules comme si cela n'avait pas d'importance.

—Je ne sais pas encore, mais si j'arrive à la rencontrer de nouveau, je pourrais essayer de la faire parler d'art. Tous les anges adorent l'art, ils ont même une immense salle d'exposition dédiée uniquement à leurs propres ta…

Les mots restèrent en suspens, coincés au fond de ma gorge.

Oh mon Dieu, mais oui…

Je la revoyais, cette femme, placée dans un coin de la salle, aussi belle que rayonnante. Ce tableau avait accroché mon regard dès que j'étais entrée dans la pièce, sans doute parce que c'était l'un des seuls à représenter une personne et non une forme abstraite. Je ne savais pas son nom, je ne l'avais pas vue de près, mais c'était peut-être *elle*. C'était *sans doute* elle ! « La Légende Céleste » se trouvait au Palais du Conseil, dans le monde des anges, je le sentais, plus de doute possible ! L'étau se resserrait et j'étais sûre et certaine d'avoir découvert quelque chose de capital.

Alors que mon cerveau turbinait à une vitesse vertigineuse, Tic-Toc me regardait avec curiosité.

—Leurs propres quoi… ? me demanda-t-il au bout d'un moment.

—Hein ?

—Tu as dit que les anges avaient une salle dédiée à leurs propres « quelque chose », et puis tu t'es mise à dérailler, le regard dans le vide.

Je ris devant son air ahuri.

—Excuse-moi, c'est juste que je me suis rappelé un petit détail. Un détail qui a son importance, je crois.

—Vas-y, raconte.

—Eh bien, je crois que le tableau dont tu m'as parlé se trouve dans le Monde Céleste.

J'aurais payé cher pour faire une photo de Tic-Toc à cet instant précis.

—Tu te moques de moi ?

—Oh non… J'ai vu le tableau d'une femme, ce jour-là, une très belle femme. Elle semblait briller et attirer le regard plus que les autres tableaux. C'était peut-être elle.

—Mais tu ne peux pas en être sûre.

—Non, mais toi et moi, on va aller faire un tour dans le monde des anges dans très peu de temps, crois-moi. Je veux découvrir ce qui se cache derrière tous ces mystères.

—Tu es consciente qu'il n'y a peut-être aucun mystère, ou alors que cela n'a rien à voir avec Ange et toi, n'est-ce pas ?

—Bien sûr, bien sûr, marmonnai-je doucement en me recouchant dans mon lit, l'esprit embrouillé par tant de questions insolubles.

—Bon, je vois que tu es fatiguée alors je vais te laisser dormir. On en reparle demain ?

—Oui. Bonne nuit, Tic-Toc.

—Bonne nuit, Eileen.

Et Tic-Toc s'endormit aussitôt, happé par un sommeil profond. Moi, j'étais éveillée comme s'il était dix heures du matin. J'étais tellement excitée que je ne parvenais pas à me calmer. J'avais les nerfs en pelote. Je ne voulais pas inquiéter mon fidèle ami, mais en réalité j'étais certaine que ces mystères avaient quelque chose à voir avec mon ange gardien et moi. Tous les signes étaient là. Je sentais que la nature venait de me donner les clés pour mener à bien ma mission et découvrir ce secret : j'étais l'une des seules personnes au monde à parler aux objets, j'avais rencontré Tic-Toc par hasard dans une brocante, et lui-même avait connu la gardienne d'un secret céleste. Cela faisait trop de coïncidences à mon goût. Je n'étais pas du genre à croire au hasard mais plutôt aux signes du destin. Et cette fois-ci, les signes étaient très clairs : je venais de mettre le doigt sur quelque chose d'important et je n'allais laisser personne me dire le contraire. Je m'accrochai à cet espoir comme un noyé à une bouée en pleine mer. J'avais besoin de ce projet, besoin de cet objectif.

J'allais retourner dans le Monde Céleste et parler à cette femme, coûte que coûte.

Ombre

Je passai les trois jours suivants à me torturer les méninges pour trouver le meilleur moyen de retourner au Palais du Conseil, mais rien ne me venait à l'esprit. Les quelques idées qui en jaillissaient étaient toutes plus dangereuses les unes que les autres.

Idée numéro un : me faufiler dans le Palais au beau milieu de la nuit, mais il devait forcément y avoir des gardiens cachés aux alentours…

Idée numéro deux : y retourner en journée en étant invisible, mais j'avais peur que les anges me voient quand même et me poursuivent comme une vulgaire voleuse…

Idée numéro trois : trouver un prétexte pour retourner dans le Monde Céleste. Malheureusement, mon imagination n'était pas assez fertile pour trouver une raison valable.

Bref, j'étais dans la crotte.

Je ne voyais plus qu'une seule solution : pénétrer dans leur monde de la même façon qu'au cours de la cérémonie, grâce à leur réalité virtuelle. Si j'y parvenais, je pourrais explorer la ville à loisir et aller interroger tranquillement le tableau qui m'avait tant intriguée lors de ma première visite.

Personne d'autre que Tic-Toc n'était au courant de mon grand projet. Awen prendrait cela comme une tentative désespérée de trouver un sens à ma rupture avec Ange, alors que je savais au plus profond de moi-même que j'avais vraiment découvert quelque chose d'important.

Malheureusement, au matin du quatrième jour, je perdis l'illusion et l'envie de continuer mon enquête, et pour cause : j'avais un problème.

Un très gros problème, même, puisque mon ange gardien avait disparu.

Personne ne l'avait vu depuis notre altercation derrière le gymnase, et je me demandais si sa disparition avait quelque chose à voir avec notre dispute. C'était fort probable. Awen venait de m'avouer que les garçons étaient partis à sa recherche tout le weekend, sans succès. Ils avaient pensé qu'Ange réapparaîtrait pour aller en cours lundi, mais non. Sa chaise était restée vide dans tous les cours que nous avions en commun, mais je n'avais pas vraiment prêté attention à son absence, trop absorbée par mes recherches. Depuis qu'il passait tout son temps avec ses nouveaux amis, il n'était pas rare de ne pas le voir de la journée. Cependant, ce matin, Awen avait décidé de me dire la vérité et je commençais sérieusement à m'inquiéter. J'étais la seule à savoir que nous nous étions disputés, et donc la seule à connaître l'état désespéré dans lequel je l'avais laissé.

Et si… ?

Non. Ange n'était pas du genre à se laisser abattre. Il était courageux, et même s'il traversait une passe difficile, il finirait par remonter la pente. Jamais il ne serait assez lâche pour m'abandonner sur terre, livrée à moi-même. En tout cas je l'espérais, parce qu'au fond de moi-même je savais que je lui avais fait tellement de mal que s'il lui arrivait quoi que ce soit, je m'en voudrais toute ma vie.

Où pouvait-il bien être ? Pourquoi se cachait-il ? Et surtout, voulait-il qu'on le retrouve ? Il avait peut-être tout simplement besoin de passer du temps seul pour remettre de l'ordre dans ses idées et se ressaisir… Awen disait que les garçons ne savaient plus quoi faire. Apparemment, ils hésitaient même à en parler au Conseil des Anges pour leur demander de l'aide.

Je n'avais plus le choix, je devais partir à sa recherche. Ange avait dit que ni Roman ni Aedan ne connaissait l'existence de sa grotte secrète, j'étais donc la seule à savoir qu'il devait certainement se cacher là-bas. Oui, c'était décidé, je partirai à sa recherche juste après les cours. J'avais tout de même le droit de m'inquiéter pour lui, non ? Et si je le trouvais, il me suffirait de lui demander de redevenir raisonnable et de retourner à Marsiac. Voilà. C'était un plan facile. Il fallait juste que je prépare mon bouclier intérieur à être assez fort pour revoir Ange. Je n'avais pas envie de me retrouver dans le même état que vendredi dernier. Ma main n'avait même pas encore commencé à guérir, je ne pouvais donc pas me permettre de laisser des cratères un peu partout dans le sol…

Je lançai un sourire timide à Awen.

—Je crois savoir où il est. J'irai le voir ce soir et j'essaierai de le convaincre de rentrer, d'accord ?

Son visage s'éclaira et je pus y lire du soulagement. Après tout, ils étaient amis et elle semblait vraiment inquiète pour lui.

—Tu ne veux pas que je t'accompagne ? me proposa-t-elle gentiment.

—Tu sais, s'il se cache, c'est qu'il ne doit pas avoir envie de voir grand monde. J'essaierai de le convaincre, mais si je n'y arrive pas j'appellerai Roman pour prendre le relais.

—OK. Est-ce que je peux dire à Roman que tu vas aller chercher Ange ?

Je réfléchis un instant. Mmmh, il n'y avait pas de mal à cela, donc…

—Oui, bien sûr. Aux yeux des autres, je suis toujours son amie, même si nous passons moins de temps ensemble. Ça ne leur semblera pas étrange. Sauf pour Aedan, bien sûr, mais je ne peux quand même pas abandonner Ange sous prétexte qu'Aedan va s'imaginer que nous sommes de nouveau ensemble.

—Ne t'inquiète pas, voilà ce qu'on va faire : je n'en parlerai à Roman qu'au dernier moment. Comme ça, avec un peu de chance, il ne dira rien à Aedan et tu auras le temps de convaincre Ange de revenir parmi nous.

—Ça me va ! Merci pour ton aide, Awen.

—De rien, mais tu as intérêt à le ramener, dit-elle avec un sourire malicieux sur les lèvres.

Et le soir même, juste après le cours d'Aaron, je déployai mes ailes en me rendant invisible, puis je décollai en direction de la forêt. Je savais à peu près où se trouvait la grotte. Quand j'étais petite, j'étais nulle pour retrouver mon chemin, mais depuis que j'étais devenue une Élue, mon sens de l'orientation s'était considérablement amélioré.

Il fallait bien quelques avantages à toute cette situation merdique.

Tout en me dirigeant vers la grotte, je me préparai mentalement à revoir Ange et, lorsque j'atterris, mon bouclier était fin prêt. Il faisait sombre et froid à l'ombre des arbres. J'avançai lentement sans trop savoir à quoi m'attendre. Dans quel état allais-je le trouver ? Que serait-il en train de faire ? Comment réagirait-il à ma présence ?

Et enfin, je le vis.

Ou plutôt je crus le voir. Était-ce réellement lui ? Si je ne m'étais fiée qu'à mes yeux, alors je ne l'aurais pas reconnu, mais mon cœur savait très bien qu'il s'agissait de lui, de mon ange gardien, de mon grand amour, brisé, là, seul au fond des bois.

Ange était recroquevillé sur lui-même, torse nu, à même le sol, contre un mur de roche recouvert de lichen. Son jean était déchiré par endroits et ses mains étaient sales. J'avais l'impression qu'il tremblait. Sa peau était blême et avait perdu son teint halé, comme si une maladie l'avait frappé de plein fouet. J'aperçus l'entrée de la grotte sombre à côté de l'endroit où il se trouvait, mais je n'osai m'approcher plus. J'aurais voulu crier, mais j'en étais incapable. J'aurais voulu pleurer, mais je me sentais figée de l'intérieur, comme si mon cœur s'était arrêté de battre et que le temps était resté en suspens. Mes yeux se posèrent lentement sur ses ailes et une torpeur immense m'envahit : ses plumes étaient en train de noircir… Que s'était-il passé ? Pourquoi Ange se trouvait-il dans cet état ? Les plumes situées en haut de ses ailes étaient encore blanches, mais celles qui touchaient le sol étaient presque noires, et celles du milieu étaient grises ! Finalement, je parvins à reprendre mon souffle et je décidai d'avancer vers lui tout doucement.

—Arrête ! cria-t-il avant même que je n'aie pu faire un pas.

Je me figeai immédiatement, paralysée par le ton de sa voix. Il avait parlé durement, sèchement, mais il ne m'avait pas regardée.

Pourquoi ?

Un violent tremblement me parcourut lorsque je compris pourquoi Ange ne voulait pas s'exposer à mon regard : la peau blafarde, les ailes grises… Était-il en train de se transformer en Ombre ?! Était-ce possible ? Mais pourquoi ? Si c'était vraiment le cas, je ne reverrais plus jamais ses beaux yeux vert émeraude.

Non !

—Ange, regarde-moi s'il te plaît, murmurai-je d'une voix mal assurée.

Mais il ne bougea pas et continua à me cacher son visage.

Je pris mon courage à deux mains et recommençai à avancer. Après tout, il était celui que j'aimais le plus au monde et j'étais sa protégée, je ne devais pas avoir grand-chose à craindre…

—Eileen, ne me teste pas. Va-t'en, je t'en prie, je ne suis plus celui que tu as connu, dit-il d'une voix tremblante.

J'avais l'impression qu'il luttait contre lui-même pour ne pas me sauter dessus.

—Ange, c'est moi, je sais que tu ne me feras pas de mal, tu me l'as juré, dis-je avec détresse.

—Tu ne comprends pas… Le mal est en train de m'envahir, il se propage dans tout mon corps, râla-t-il avec difficulté.

Il avait le souffle court et saccadé, et je sentais ses forces diminuer au fur et à mesure que les secondes s'écoulaient. J'allais le perdre ! Je commençais à paniquer sérieusement. Que pouvais-je bien faire pour l'aide ?! J'avais envie de courir vers lui pour l'arracher à cette grotte lugubre, mais d'un autre côté je commençais à comprendre ses menaces. Ma seule autre option était de partir chercher de l'aide. Peut-être que Roman pourrait faire quelque chose, mais arriverait-il à temps pour sauver Ange ? Rien n'était moins sûr…

Perdue dans mes pensées et très perturbée par le flot d'adrénaline qui se déversait dans mes veines, je ne vis pas Ange se relever. Lorsque je levai de nouveau la tête vers lui, il me regardait fixement, les orbites sombres, les poings fermés, crispés le long de son corps, l'air complètement fou. Son torse était zébré de grandes balafres ensanglantées qui me donnèrent la nausée, et ses iris avaient perdu leur magnifique teinte émeraude, ressemblant désormais à deux sombres nuages en pleine tempête. Il se dégageait de lui une aura extrêmement dangereuse, et je reculai instinctivement de quelques pas.

Merde !

Jusque-là je n'avais jamais mesuré la force et la puissance de mon ange gardien. J'avais bien vu de quoi il était capable lors de nos entraînements, mais je comprenais désormais qu'il s'était volontairement retenu, peut-être pour ne pas m'effrayer, sans doute pour ne pas me faire de mal. En réalité, il était extrêmement puissant. Une espèce de brouillard étrange brillait autour de lui, de couleur rouge, comme si des milliards de petites gouttes de sang tourbillonnaient autour de lui. La bile me monta à la gorge. Où était passé mon bel ange gardien ? Qui était ce monstre qui se tenait en face de moi ? Que voulait-il me faire ?

Comme pour répondre à ma question, un sourire malsain se dessina sur son visage et il tendit le bras vers moi. Une boule de feu semblable à celles que produisait Roman apparut au creux de sa main.

—Non, ne fais pas ça, s'il te plaît, le suppliai-je d'une petite voix craintive. Ne sombre pas dans l'obscurité, ne me quitte pas, pas comme ça, chuchotai-je en tremblant de tout mon corps.

—Trop tard, c'est toi qui m'as quitté, dit-il en faisant un pas dans ma direction.

Je reculai un peu plus, consciente que j'allais mourir de la main de celui que j'aimais le plus au monde, lorsqu'il sembla se raviser. Une expression étrange passa sur son visage, comme s'il sortait d'une transe et qu'il prenait conscience de la situation. Soudain je vis la peur, la colère et l'impuissance danser dans son regard.

—Va-t'en, je t'en supplie, réussit-il à dire en luttant contre son double maléfique.

Il tituba et réussit à reculer pour s'éloigner de moi. Il était redevenu lui-même l'espace d'un instant, mais je n'avais aucune idée du temps que j'avais devant moi pour essayer de fuir ou de le ramener à la raison.

—Ange, redeviens toi-même, par pitié, ne m'abandonne pas, le suppliai-je d'une voix tremblante.

Il leva vers moi un regard torturé, puis, sans me quitter des yeux, il fit apparaître une dague en argent dans sa main droite. L'arme était entrelacée de symboles étranges et brillait d'une lueur bleutée.

—Je t'aime…, dit-il dans un souffle rauque, comme s'il mettait le peu de forces qu'il lui restait dans ces quelques mots.

—Ange, non !

Je m'élançai vers lui en comprenant ce qu'il voulait faire, mais c'était déjà trop tard. Avant que je parvienne jusqu'à lui, il enfonça la dague dans son ventre en poussant un cri de douleur, puis il s'effondra au sol dans un bain de sang. En hurlant, les joues baignées de larmes, je me jetai à ses pieds pour le prendre dans mes bras. Bizarrement, le brouillard rougeâtre qui l'entourait avait disparu au moment où il s'était sacrifié, et ses yeux avaient perdu de leur noirceur, retrouvant un vert pâle bien trop transparent à mon goût. Je tremblai de tout mon corps, ne sachant comment affronter la situation.

—Eileen…, m'appela Ange dans un dernier effort.

—Ou… Oui ? répondis-je en sanglotant.

—Je t'avais dit que je ne te ferais… jamais… de mal, chuchota-t-il en me regardant comme si j'étais le rivage et lui un bateau à la dérive.

Déjà ses ailes redevenaient blanches, une à une, comme si son sacrifice avait tué la part maléfique qui avait essayé de l'envahir, mais je sentais aussi ses forces diminuer dangereusement. La plaie au creux de son abdomen saignait toujours, et je risquais de le perdre à tout instant.

Soudain, je pris une décision. En essayant de rassembler le peu de sang-froid qu'il me restait, je sortis mon portable de ma poche et composai le numéro de Roman. Il était hors de question que je laisse l'homme de ma vie mourir sous mes yeux. Ange continuait à me regarder à travers ses longs cils noirs, mais il ne me voyait presque plus. Il était en train de partir trop rapidement, et je ne pourrais bientôt plus le sauver.

—Réponds, réponds, marmonnai-je à mon téléphone en essayant de joindre Roman.

—Allô ?

—Roman, c'est Eileen. Écoute-moi bien car j'ai très peu de temps. J'ai retrouvé Ange, il est grièvement blessé. Sois attentif, je vais t'envoyer notre position juste après avoir raccroché, rejoins-nous le plus vite possible, je ne suis pas sûre de tenir très longtemps.

—Eileen, attends ! Qu'est-ce que tu comptes faire ?! Tu es beaucoup trop inexpérimentée pour essayer de le sauver, tu pourrais y laisser ta propre vie…

—À tout de suite, le coupai-je en terminant l'appel brusquement.

Je pris cinq secondes de plus pour lui envoyer ma position, puis je me tournai vers mon ange gardien.

Un halo blanchâtre l'entourait et l'illuminait un peu plus à chaque seconde. Il avait fermé les yeux et ne bougeait plus. Ce n'était pas bon signe. Prenant mon courage à deux mains, je reposai Ange sur le sol mousseux et me positionnai juste au-dessus de lui, puis je pris une profonde inspiration et plaçai mes mains à quelques centimètres de sa blessure. Je n'avais jamais réussi cet exercice lors de nos entraînements avec Aaron, mais j'étais sûre et certaine de pouvoir y parvenir aujourd'hui. Cette fois, la situation était bel et bien réelle, et la personne qui avait besoin de moi était purement et simplement celle qui comptait le plus à mes yeux sur cette terre. Je laissai la colère m'envahir car je savais qu'elle m'aiderait à être plus forte. Je jurai intérieurement de faire payer celui ou celle qui avait fait subir cela à mon ange gardien, et bientôt un flux d'énergie apparut au bout de mes doigts. Ce pouvoir ressemblait étrangement au mien, car je ressentais des fourmillements au creux de mes paumes, mais je notais aussi une sensation de chaleur et de bien-être. J'inspirai lentement et une odeur de rose mélangée à celle de l'herbe mouillée envahit mes narines, et lorsque j'ouvris la bouche, l'air qui y entra avait un goût de sucre et de fraise. Une petite partie de mon cerveau se demanda ce qu'il se passait, mais tout le reste était concentré sur Ange et sur sa blessure. Me sentant en harmonie avec la nature, je pris une grande inspiration et tentai de projeter mon bien-être sur mon ange gardien. Une brume épaisse et scintillante vint se poser sur sa blessure, qui commença tout doucement à se refermer. Puisant de nouveau mes ressources dans la nature qui m'entourait, je répétai le même geste plusieurs fois. À chaque inspiration, je sentais mes propres forces m'abandonner, mais je continuai comme si de rien n'était. Il avait voulu donner sa vie pour me sauver, et j'en ferai de même pour lui. Alors que la blessure était presque guérie, je vis Roman atterrir violemment sur le sol et courir vers nous, suivi de près par Aedan. Les deux garçons se jetèrent sur moi pour m'éloigner d'Ange, mais je n'avais plus la force de les en empêcher. Roman me prit dans ses bras pour me poser sur le sol alors qu'Aedan finissait de guérir Ange avec ses propres pouvoirs.

—Repose-toi, Eileen, ne fais plus un geste, tu m'entends ? Ne bouge plus ! m'ordonna Roman d'une voix autoritaire.

Je me sentais partir à mon tour. Je m'étais déjà évanouie plusieurs fois dans ma vie, je connaissais les symptômes, mais cette fois-ci je me sentais happée par quelque chose de plus profond, de plus lointain, et lorsque je fermai les yeux j'aperçus une immense lumière qui semblait m'appeler.

—Reste avec moi ! hurla Roman en me réveillant de ma transe. Je t'interdis de partir, Eileen, c'est clair ?! Regarde-moi, dit-il en prenant ma main dans la sienne et en marmonnant je ne sais quelle incantation étrange au-dessus de mon cœur.

Je serais bien repartie faire un tour vers la lumière, mais Roman avait l'air très en colère, et je voulais savoir si Ange allait s'en sortir, alors je m'efforçai de rester éveillée. Roman continua son petit manège pendant encore quelques minutes, et je finis par me sentir un peu mieux. Ange aussi avait meilleure mine, même s'il ne s'était pas encore réveillé. Sa blessure s'était complètement refermée et Aedan proférait lui aussi des incantations au-dessus de son cœur.

—Que s'est-il passé ? me demanda enfin Roman lorsqu'il vit que j'avais retrouvé mes esprits et que j'étais capable de parler.

—Je ne sais pas..., dis-je en me redressant et en m'asseyant sur l'herbe humide. Je suis venue ici parce qu'une fois Ange m'y avait emmenée. Il m'avait dit que cet endroit avait été l'une de ses cachettes préférées étant enfant, alors j'ai tenté ma chance, et il était bien là, mais...

Je stoppai net mon explication. Et si j'en disais trop ? Et si le fait d'avoir été contaminé par une Ombre faisait d'Ange un renégat ? Je ne connaissais pas assez son monde pour savoir si sa communauté l'accepterait de nouveau dans ces conditions.

—Quoi ? me demanda Roman en fronçant les sourcils. Tu dois nous dire la vérité, Eileen, on doit savoir ce qu'il s'est passé.

Je jetai un coup d'œil inquiet vers Aedan. Il était toujours penché sur Ange, mais il ne faisait que le surveiller, et je savais pertinemment qu'il était en train d'écouter notre conversation avec attention. Il était hors de question que je parle devant mon ancien ami. Je n'avais plus du tout confiance en lui et je ne voulais pas risquer de dévoiler quelque chose qui pourrait porter préjudice à mon ange gardien.

Roman surprit ma méfiance envers Aedan et fronça les sourcils de plus belle, puis il me lança un regard appuyé, mais sans dire un mot. Il voulait sans doute savoir ce qui me passait par la tête, mais au lieu de le lui dire, je décidai de faire l'ignorante. Tant pis, j'attendrai d'être seule avec lui pour lui raconter toute la vérité. Pour le moment, j'allais devoir m'en tenir au strict minimum.

—Je ne me souviens plus très bien de ce qui s'est passé, déclarai-je en lançant un regard lourd de sous-entendus à Roman.

—Tu plaisantes ? répondit Aedan en relevant la tête et en me regardant droit dans les yeux pour la première fois depuis qu'ils étaient arrivés.

—Pas du tout, mentis-je en soutenant son regard. Lorsque je suis arrivée, Ange avait l'air malade. J'ai essayé de m'approcher de lui, mais il a dit que je devais m'en aller, que je ne pouvais rien faire pour lui, et c'est à ce moment-là qu'il a fait apparaître une dague en argent…

—Une dague en argent ? répéta Roman dans un murmure d'incrédulité.

—Oui, et il s'est poignardé avec, conclus-je en tremblant.

—Mais pourquoi a-t-il fait une chose pareille ? insista Roman sans comprendre.

—Je… je n'en ai aucune idée, chuchotai-je en sanglotant.

J'aurais voulu tout lui avouer pour comprendre ce qu'il s'était passé, savoir si c'était grave, si Ange était désormais hors de danger ou s'il ne s'agissait que d'une guérison temporaire, mais Aedan ne me lâchait pas des yeux et il était probablement en train de chercher à savoir si je mentais. Je ne pouvais plus supporter son regard accusateur, alors je me levai en trébuchant et déployai mes ailes pour m'envoler.

—Où vas-tu ? me demanda Roman en se levant à son tour. Tu es encore faible, Eileen, je ne peux pas te laisser partir toute seule. C'est trop dangereux. Tu as perdu beaucoup de force en tentant de guérir Ange et tu y as laissé aussi une bonne partie de tes pouvoirs, dit-il en tentant de me retenir.

—Je veux rentrer chez moi, Roman. S'il te plaît, laisse-moi partir.

—Non, nous devons emmener Ange à la maison et raconter aux filles ce qu'il s'est passé. On les a laissées sans rien dire lorsque tu nous as appelés, elles doivent être mortes d'inquiétude à l'heure qu'il est !

Je me gardai bien de lui préciser que moi je n'avais fait appel qu'à lui, et non pas à Aedan.

—Roman, je suis épuisée, tu l'as dit toi-même, alors laisse-moi retourner chez mes parents pour quelques heures, et je reviendrai chez vous ce soir pour essayer de tirer tout cela au clair, d'accord ? dis-je d'un ton las.

Roman douta un instant, mais je devais avoir l'air vraiment déterminée car il finit par accepter d'un hochement de tête. Je lançai un dernier regard vers mon ange gardien, toujours allongé sur le sol. Ses ailes étaient redevenues totalement immaculées, et même s'il était très sale, les griffures sur son torse et la blessure qu'il s'était infligée avaient également disparu. Je soupirai discrètement et m'envolai sans un regard pour Aedan.

—À ce soir, lançai-je à Roman en m'éloignant le plus vite possible de cet endroit maudit.

Lorsque je me fus suffisamment éloignée, je pus enfin laisser exploser mes sentiments, et j'éclatai en sanglots. Depuis l'instant où Ange avait voulu se suicider, j'étais entrée en pilote automatique. Le bouclier avait repris sa fonction naturelle de barrière invisible contre mes émotions, mais au fond j'étais dans un bien triste état. Je savais que je risquais de m'effondrer d'un instant à l'autre et que je n'aurais pas le temps de rentrer chez moi, je volai donc le plus vite possible vers mon endroit favori : la Vallée des Rêves. L'obscurité s'épaississait à chaque seconde et mes forces commençaient à diminuer dangereusement.

Finalement, j'aperçus les collines de roches rouges et je descendis pour me poser sur l'une d'entre elles. Il faisait presque nuit, et il n'y avait plus aucun promeneur aux alentours. Lorsque mes pieds touchèrent le sol, mes jambes se dérobèrent sous mon poids et je dus me rattraper des deux mains pour ne pas m'écraser lamentablement sur la pierre dure et froide.

Je me sentais à la fois heureuse et terriblement triste. Je savais que je venais de sauver la vie de mon ange gardien et je m'en félicitais, mais je ne comprenais toujours pas ce qui avait bien pu se passer. Pourquoi avait-il voulu me quitter de cette façon ? Que lui était-il arrivé de si terrible pour qu'il se transforme en Ombre ?

Alors que je ressassais ces derniers évènements, un haut-le-cœur me prit et je vomis ce qui restait de mon déjeuner dans les plantes qui parsemaient la colline. La pauvre Bruyère Cendrée qui poussait à cet endroit n'en sortit pas indemne.

C'est dégoûtant…

Je voulus me redresser pour me lever et changer de rocher, mais un violent vertige me prit et je faillis tomber à la renverse. La pente était abrupte et je risquais de débouler jusqu'au lac situé en contrebas, si je ne faisais pas plus attention. Je décidai de m'allonger tranquillement sur le rocher en attendant de me sentir mieux, mais cela ne se passa pas vraiment comme je le souhaitais.

Les minutes passèrent, lentes et silencieuses. La nuit tomba lentement et d'innombrables étoiles apparurent au-dessus de moi. C'était magnifique, mais plus le temps s'écoulait, plus je me sentais faible. Finalement, j'aurais peut-être dû écouter Roman. La prochaine fois, j'éviterai de lui désobéir. La nuit s'obscurcit encore un peu plus. La lune n'éclairait pas grand-chose autour de moi. Se pouvait-il qu'il y ait des animaux dangereux dans la forêt ? Je détestais me promener en pleine nature lorsqu'il faisait nuit, et voilà que je me retrouvais sur une petite colline perdue au milieu de nulle part, sans personne pour venir me secourir. J'aurais pu appeler Awen, mais elle aurait probablement débarqué avec Roman, ou pire, avec Aedan. En réalité, je n'avais pas du tout l'intention d'aller chez eux ce soir, mais j'avais dû mentir pour qu'ils me laissent partir gentiment.

Non, je n'avais aucune envie de revoir Aedan ou même Ange. J'avais besoin de me reconstruire, de retrouver des forces pour que le bouclier puisse me protéger à nouveau de mes propres sentiments, bien qu'en cet instant précis, je me sentais si mal que le bouclier était le cadet de mes soucis. J'avais beau utiliser le peu de force qu'il me restait pour essayer de respirer convenablement, mon cœur se serrait un peu plus à chaque seconde, comme si un étau l'enserrait et se refermait sur lui pour l'étouffer. Je commençai à paniquer. Je n'allais tout de même pas mourir d'épuisement, seule en plein cœur de la forêt ?!

Alors que je sortais mon téléphone portable de ma poche pour me résoudre à demander de l'aide, quelqu'un atterrit lourdement près de moi. Je faillis m'en réjouir mais, même sans le voir à cause de l'obscurité, je sus que l'ange qui venait de se poser à mes côtés n'avait rien d'amical.

Et merde…

—Décidément, tu as le chic pour te mettre dans des situations difficiles, me siffla une voix de démon en se penchant vers moi.

J'aurais bien voulu l'envoyer balader, mais il ne me restait plus assez de forces pour ça. Et dire que j'allais mourir comme une andouille, sans même avoir pu essayer de combattre Tristan…

—Tu sais quoi ? me dit-il d'une voix glaciale mais amusée. Je vais te maintenir en vie jusqu'à ce que Ludivine arrive. Je ne peux pas te laisser mourir si facilement. Elle a attendu si longtemps de te liquider que je ne voudrais pas lui gâcher ce plaisir.

En disant ces mots, il prit mon cou dans sa main glacée et squelettique, mais au lieu de mourir sur-le-champ, une énergie nouvelle et puissante envahit mon cœur. Ce n'était pas une sensation agréable, cela ressemblait étrangement à la morsure d'un serpent, mais cela me maintenait tout de même en vie.

Tristan m'insuffla son étrange énergie jusqu'à ce que je me sente mieux. Lorsqu'il termina, je n'étais pas au mieux de ma forme, mais je me sentais quand même capable de me défendre, et peut-être même d'attaquer. Ayant recouvré mes esprits, et prenant enfin conscience du danger dans lequel je me trouvais, je roulai sur le côté et m'élançai comme une folle dans le vide. J'eus à peine le temps de déployer mes ailes pour m'envoler que Tristan était déjà à ma poursuite. Je virevoltai dans la nuit épaisse pour tenter de lui échapper, mais la Vallée des Rêves se trouvait si éloignée de toute habitation que je n'avais que deux options possibles : partir le plus vite possible à travers champs ou bien essayer de le semer dans la forêt. Je savais pertinemment que Tristan me rattraperait en un rien de temps s'il n'y avait aucun obstacle entre nous, j'optai donc pour la deuxième solution et m'enfonçai le plus vite possible dans la forêt obscure et silencieuse.

Autant dire que je nageais en plein cauchemar : perdue au beau milieu de la forêt, en pleine nuit, et poursuivie par une Ombre.

Super !

Mais comment avais-je pu me retrouver dans une situation pareille ? En proie à la panique, je virevoltai entre les arbres et manquai de m'écraser contre plusieurs d'entre eux. Comment allais-je m'en sortir ? Devais-je appeler Ange ?

Non, mauvaise idée.

Je sentis Tristan se rapprocher dangereusement derrière moi.

Bon, ce n'était peut-être pas une si mauvaise idée que ça, après tout, mais je n'allais jamais avoir le temps de l'appeler ! En désespoir de cause, je décidai d'abaisser toutes mes barrières pour le laisser ressentir ma panique grandissante. Mon cœur battait à une vitesse folle, j'étais essoufflée comme si je venais de courir un marathon, et mes entrailles étaient en train de jouer aux montagnes russes dans mon estomac, sans compter l'étrange sensation de froid qui me maintenait en vie, comme si le pouvoir de Tristan fluait dans mes veines et me glaçait le sang tout en y insufflant une puissante énergie.

Ange, Ange, Ange !!!

Pourquoi ne pouvais-je pas communiquer avec lui par la pensée ?! Aurait-il le temps de me retrouver avant que je me fasse zigouiller au beau milieu de la forêt ? Soudain une idée terrible me traversa l'esprit : et s'il n'avait pas envie de venir me chercher ? Peut-être qu'après tout ce qu'il s'était passé entre nous, il n'avait pas vraiment envie de se lancer à ma rescousse. Et puis, tout à coup, alors que je continuais à voler comme une folle entre les arbres à la recherche d'une solution, je compris que je l'avais devant moi : c'était *moi*, la solution.

Ange m'avait entraînée des dizaines et des dizaines de fois à utiliser mes pouvoirs. Je les maîtrisais complètement à présent. Il m'avait aussi fait subir des séances de sports de combat pendant des mois. Je devais avoir des centaines d'heures d'entraînement au compteur. C'était le moment de prouver que tout cela n'avait pas été en vain. Tristan était tout seul, pour l'instant Ludivine n'était pas là : c'était ma chance ! Un combat loyal seule à seul, à un contre un…

Comme si je venais d'avoir une révélation, un intense sentiment de puissance envahit mon corps et mon esprit. Je n'étais plus la jeune fille faible que j'avais été lors de mon précédent combat. Tristan m'avait sous-estimée et je comptais bien le lui faire payer. Soudain je sentis des éclairs affluer au creux de mes paumes. Le bandage à ma main droite menaçait de prendre feu ! Je l'arrachai d'un geste brusque tout en pliant et dépliant les doigts plusieurs fois pour les dégourdir.

Aïe.

Bon, d'accord, ça faisait mal, mais c'était supportable. Je laissai alors mes pouvoirs se développer pour entrer en harmonie avec la rage intérieure qui me consumait. Je revis Ange tapi à l'ombre des arbres, mi-ange, mi-démon, sans doute à cause de Ludivine ou de Tristan. Que lui avaient-ils fait ? La colère montait et bouillonnait dans mon cœur un peu plus à chaque seconde, menaçant d'exploser. J'étais tellement énervée que j'aurais pu envoyer des éclairs à tout-va en cramant la moitié de la forêt, mais ce n'était pas vraiment le but… Je devais me concentrer.

Allez, Tristan, viens, je suis prête…

Les dents serrées, je fis volte-face brusquement pour me rendre invisible et me cacher derrière un arbre sur ma gauche. Tristan fut pris par surprise et mit trois bons mètres à s'arrêter, puis il fit marche arrière en ricanant. Son rire lugubre résonna dans la nuit noire et tranquille.

—Alors, Eileen, tu joues à cache-cache ? Très bien, j'aime jouer alors prépare-toi, mais je te préviens : il ne faudra pas me supplier de t'épargner lorsque je t'aurai trouvée. Quand je gagne, je ne lâche jamais ma récompense.

Quel idiot. S'il pensait me faire peur avec ses menaces à la noix de coco, il se fourrait le doigt dans l'œil. Respirant le plus doucement possible pour ne pas faire de bruit, je me déplaçai lentement vers lui. Il ne me vit pas. Apparemment, le fait d'être une Ombre ne lui donnait pas le pouvoir de voir les gens invisibles. Il tourna autour des arbres à proximité en espérant sûrement me trouver derrière l'un d'eux, recroquevillée et paralysée par la peur.

Tu peux toujours rêver.

Soudain, je décidai d'attaquer : je joignis mes deux mains l'une contre l'autre pour augmenter ma puissance et former peu à peu une petite boule d'éclairs. Oh oui, j'avais vraiment progressé. Bon, le seul truc que je n'avais pas prévu, c'était que la petite tempête que j'avais créée entre mes mains ne serait pas invisible, elle. Tristan se tourna vers moi dès qu'il entendit les éclairs crépiter, et il ouvrit des yeux grands comme des soucoupes. Ses orbites vides et sombres me semblèrent encore plus menaçantes que la dernière fois où je l'avais vu. Je n'avais pas d'autre choix que de lui lancer la boule de feu sans attendre, mais celle-ci le frôla sans l'atteindre.

Merde !

Je me jetai sur le côté précipitamment tout en créant une autre boule de feu que je lui lançai un peu plus habilement. Cette fois, les éclairs touchèrent son bras et déchirèrent les guenilles noires qui lui servaient de vêtements, lui arrachant un cri de douleur. Tristan se retourna vers moi mais je m'envolai aussitôt un peu plus loin.

—Très bien, tu veux jouer au plus malin avec moi ? Alors amuse-toi bien, dit-il en devenant invisible à son tour.

Et crotte…

Prise de panique, je me posai tout doucement sur le sol et m'accrochai fermement au premier arbre venu. Je me mis à respirer doucement l'odeur du sapin que j'étais en train d'étrangler, ce qui me tranquillisa et me permit de me recentrer sur mon objectif. La peur était mon pire ennemi. Si je parvenais à prendre le dessus sur mes émotions, je pourrais m'en sortir. J'en étais capable. Je fermai les yeux et mis en application tout ce que j'avais appris avec Ange. Je décryptai les sons, les odeurs et les bruits, tous les sens en alerte. Je sentais Tristan tournoyer autour de moi. Il ne parvenait pas à me trouver mais je savais que je n'avais pas beaucoup de temps devant moi. Ludivine n'allait sans doute pas tarder à arriver. Rassemblant mon courage à deux mains, je redevins visible et m'élançai dans les airs.

—Allez, Tristan, montre-toi, qu'on en finisse, lui lançai-je vaillamment.

Et celui-ci apparut devant moi, à deux mètres à peine sur ma droite.

—Je n'ai pas peur de toi, sifflai-je d'une voix plus assurée que je ne l'étais en réalité.

—Ah bon, tu es sûre ? Alors pourquoi trembles-tu ?

—Je ne tremble pas.

—J'ai l'impression que la petite fille apeurée et sans défense de l'année dernière a bien grandi, dis donc, ricana-t-il d'un ton mauvais. Vas-y, montre-moi ce que tu sais faire si tu…

Mais avant qu'il n'ait pu finir sa phrase, je lui envoyai une nouvelle salve d'éclairs qu'il parvint à éviter de justesse.

—Arrête de me raconter ta vie, Tristan, ça ne m'intéresse pas.

Un rictus de colère se dessina alors sur son visage et il fit un geste de la main dans ma direction. Soudain, sans que je comprenne pourquoi, mes ailes cessèrent de battre. Je tombai immédiatement par terre et m'écroulai sur le sol humide et mousseux de la forêt dans un bruit sourd. Heureusement, je repris mes esprits et me ressaisis juste à temps pour me relever. Tristan avait dû me paralyser temporairement. Laissant mon bouclier intérieur s'ériger de nouveau dans mon esprit, je renforçai mes défenses mentales. Pas question qu'il arrive à m'avoir comme ça. J'étais loin d'avoir dit mon dernier mot. J'en avais ras-le-bol de toutes ces histoires. Ras-le-bol des anges ! Ras-le-bol des Ombres ! La colère enfla en moi et un étrange brouillard commença à se former tout autour de mon corps, se transformant presque aussitôt en lourds nuages gris. On aurait dit que j'étais prise au cœur d'une tempête, sauf que la tempête, c'était moi qui la commandais. Je ressentis un sentiment de triomphe et de satisfaction en voyant Tristan reculer de plusieurs pas, peu rassuré. Il était en train de se rendre compte qu'il m'avait sous-estimée… Je plongeai mon regard dans le sien, noir et vide, et lançai la tempête vers lui en faisant un grand geste de la main. Tristan voulut s'échapper mais il fut vite rattrapé par les lourds nuages qui l'encerclèrent pour former de mini tornades crépitantes. Je regardai le spectacle sans bouger, fascinée par la puissance de mon pouvoir. Soudain, des éclairs jaillirent vers mon ennemi en l'atteignant à plusieurs endroits. Il hurla de douleur et tomba par terre, bien amoché. Ses cris de souffrance me transpercèrent le cœur et je sentis mon sang se glacer dans mes veines. Oh mon Dieu, mais quelle horreur venais-je de faire ? Je sentis mes tripes se retourner. Je me sentais tellement coupable de lui avoir infligé cela que des milliers de petits nœuds se formèrent au creux de mon ventre. Comme en réponse à ma déconcentration, la tempête s'évanouit, laissant Tristan affaibli sur le sol, mais pas assez pour abandonner le combat. Son énergie démoniaque coulait toujours dans mes veines, mais avec moins de force. J'étais affaiblie par ma propre attaque. Est-ce que cela voulait dire que j'allais mourir, moi aussi, si je parvenais à le tuer ? La panique m'envahit à nouveau, me faisant frissonner dans la nuit noire. Comme s'il lisait dans mes pensées, Tristan se mit à ricaner.

—Ah ah ah ah, tu n'es vraiment qu'une débutante, sale mioche ! Tu ne sais même pas ce que tu fais, cracha-t-il en relevant la tête vers moi.

J'aurais bien voulu lui dire qu'on avait le même âge et que je n'étais plus une gamine, mais mon attention fut détournée par des petits filets de sang qui s'écoulaient de sa bouche. J'aperçus aussi une plaie béante sur le côté de son abdomen, de laquelle s'écoulait beaucoup de sang. Un haut-le-cœur me prit et je faillis vomir sous ses yeux.

—Petite joueuse, va, me lança-t-il en se relevant.

Il avait du mal à tenir debout mais il ne semblait pas non plus au bord de l'évanouissement. Quant à moi, j'avais de nouveau perdu mon bouclier interne. Je ressentais trop de choses à la fois pour me reconcentrer sur moi-même et mes défenses mentales. Les cris, le sang, les blessures, tout cela me donnait envie de m'évanouir pour ne plus rien voir. Je le savais depuis le début, que je n'étais pas faite pour être une Élue ! Sur le visage blessé de Tristan se dessina alors un grand sourire.

—Alors, ma belle, on ne sait plus où on en est ? Tu voulais me tuer, mais finalement tu n'en as pas trouvé le courage ?

Il fit deux pas dans ma direction alors que j'en faisais deux en arrière, le souffle court.

—Ne t'inquiète pas, je ne suis pas comme toi, moi. Je n'aurai pas de remords à te faire souffrir et mourir seule au beau milieu de la forêt. Avec un peu de chance, tes restes se feront dévorer par un animal affamé et personne ne saura ce qu'il s'est passé. Au fait, où est passé ton ange gardien ? Ah, laisse-moi deviner, tu ne l'as pas vu depuis quelques jours, n'est-ce pas ? Eh bien, je vais te confier un petit secret : à l'heure qu'il est, il ne doit plus vraiment ressembler à celui que tu as connu.

—Qu'est-ce que vous lui avez fait ?! crachai-je le cœur plein de haine.

Tristan ne semblait pas savoir que j'avais retrouvé Ange et qu'il était désormais sain et sauf, mais je voulais savoir ce qu'il s'était réellement passé entre eux.

—Moi ? Mais rien du tout. Par contre, Ludivine…

Il laissa sa phrase en suspens, comme pour créer plus de mystère sur ce que sa salope de sœur avait bien pu faire à mon ange gardien. Oui, bon, désolée mais j'étais trop énervée pour contrôler mon vocabulaire.

—Je réitère ma question : qu'est-ce que vous lui avez fait ? sifflai-je entre mes dents, les poings serrés par la colère.

—Oh, le pauvre petit Ange, il était tellement triste après que tu l'aies quitté qu'il a bien fallu qu'il trouve un peu de réconfort. Heureusement, ma sœur était là pour l'aider à remonter la pente. Il lui a juste suffi d'un petit baiser pour faire passer Ange du côté obscur… Tu peux dire adieu à ton ange gardien, à l'heure actuelle il doit déjà être des nôtres. En réalité, j'étais parti voir où en était sa transformation lorsque je suis tombé sur toi, affalée sur la colline et à moitié morte. Tu sais quoi ? Je crois que la nature s'est trompée lorsqu'elle t'a choisie. Tu n'es rien. Tu es insignifiante. Je n'ai jamais vu d'Élu aussi pitoyable que toi. Tu ne mérites pas la mission qui t'a été confiée…

Espèce de taré.

Ce malade mental était de nouveau en train de me rendre folle de rage, ce qui était bon signe pour moi, mais une mauvaise nouvelle pour lui. Alors que les nuages réapparaissaient peu à peu et que le vent se levait tout autour de moi, Tristan se jeta en avant comme un taureau enragé.

—Oh non, je ne vais pas te laisser reprendre des forces ! s'exclama-t-il en me heurtant violemment et en nous faisant tomber tous les deux.

Nous roulâmes par terre plusieurs fois avant de nous cogner contre un chêne.

Aïe !

C'était moi qui m'étais cognée le plus fort et un vertige intense me prit, mais Tristan n'avait pas l'air très en forme non plus. Sa blessure continuait de saigner et, s'il ne m'avait pas attaquée à l'aide de ses pouvoirs, c'était sans doute parce qu'il n'avait plus assez de force pour s'en servir.

Malgré sa blessure et son évidente fatigue, Tristan profita de mon étourdissement pour prendre ma gorge dans sa main squelettique et la serrer de toutes ses forces. Je fus incapable de respirer pendant plusieurs secondes, puis je parvins à réagir en lui assénant un violent coup de pied dans l'abdomen. Son cri déchira le silence de la nuit et ajouta un peu plus à mon sentiment de culpabilité, mais je n'avais plus vraiment le choix : c'était lui ou moi. Plié en deux à cause de la douleur, Tristan ne fit pas attention à moi lorsque je me relevai pour m'éloigner. Je chancelai en faisant quelques pas en arrière. Mes forces me quittaient, donc… cela voulait dire qu'elles quittaient aussi Tristan. Nous étions tous les deux en train de partir. Cela aurait dû m'inquiéter, mais je n'avais plus grand-chose à perdre, de toute façon. Si j'étais née pour être une Élue et que je mourais après avoir tué une Ombre, ma vie n'aurait pas été en vain. J'aurais réussi ma mission. Je ne savais pas ce qui allait se passer, mais je n'avais plus le choix. C'était un miracle que Ludivine n'ait pas encore rappliqué. Je rassemblai mes dernières forces pour refaire naître mon pouvoir, et bientôt les éclairs jaillirent au creux de ma paume. J'avais tellement mal partout que je ne sentais même plus ma blessure à la main. Lorsque Tristan releva la tête, il vit sa dernière heure arriver. Comme pris au piège, je vis l'énergie du désespoir se déployer dans ses muscles, et il se releva pour me faire face, mais au moment où il tendait sa main vers moi pour me paralyser, je lançai un éclair vers l'arbre sous lequel il se trouvait. Une énorme branche se brisa et vint l'assommer. Tristan s'écroula au sol dans un bruit sourd alors que le sang continuait de s'écouler de son abdomen. Je savais qu'il ne se relèverait pas. Je me sentais atrocement mal, comme si je venais de commettre un crime. D'ailleurs, en avais-je commis un ? Si la police m'avait trouvée en cet instant précis, j'aurais sans aucun doute été accusée de meurtre. Alors que la culpabilité et la peine envahissaient mon corps et mon cœur, je vis que Tristan se transformait peu à peu. C'était fini. Il était en train de mourir. Comme Ange quelques heures plus tôt, il redevenait lumineux. Ses ailes étaient en train de redevenir blanches, plume par plume, tout doucement. Mes forces me quittaient tout aussi vite qu'elles quittaient Tristan. Malgré tout ce qui nous opposait, je décidai de m'allonger au sol pour l'accompagner dans son dernier voyage. Ses yeux étaient fermés, mais son visage reprenait peu à peu une teinte plus naturelle et moins blafarde. Sa main reposait à côté de sa tête et je fus prise d'un élan de compassion. J'enlaçai ses doigts dans les miens, tout doucement, et reposai nos mains jointes sur le sol. Nous ne serions pas seuls dans cette épreuve, les pires ennemis partiraient ensemble. Alors que mes yeux se fermaient à leur tour, j'entendis des bruissements d'ailes autour de nous, puis un cri terrible retentit dans la forêt. J'aurais voulu savoir ce qu'il se passait, mais c'était trop tard. Cette fois je sentais que je n'allais pas en réchapper. Heureusement, je me sentais soulagée, en paix. J'avais rempli ma mission. Je laissais Ludivine à Awen, mais au moins le combat serait plus équitable. Lorsque je décidai d'abandonner la lutte et d'aller enfin vers la lumière, des éclats de voix et des bruits terribles se mirent à résonner dans ma tête.

Non, non, non, je veux du silence !

Et je sombrai dans l'inconscience la plus totale.

Je me trouvais dans le néant. Dans le noir absolu. J'avais l'impression de flotter dans l'espace, perdue au beau milieu de la galaxie. Malgré cela, je n'avais pas peur. J'avais cru aller vers la lumière lorsque j'avais fermé les yeux, mais maintenant je comprenais que ce n'était pas le cas. Quelque chose m'avait empêchée de franchir le pas et de partir définitivement. Quelque chose, ou quelqu'un... Quoi qu'il en soit, je savais désormais qu'il ne tenait plus qu'à moi de me reconnecter à la réalité et de me réveiller. Je ne sentais pas vraiment mon corps. Mes membres semblaient si lourds que j'avais l'impression que je ne pourrais plus jamais lever le petit doigt. J'entendais des bruits assourdis, au loin, comme étouffés par du coton. Je me sentais si bien que j'avais l'impression de flotter sur un nuage. Je n'étais pas pressée de me réveiller. Dieu seul savait ce qui m'attendait, là-bas. La voix d'Ange me parvint à travers une fine barrière auditive. J'étais peut-être devenue sourde lors de mon combat... Je savais qu'il fallait que je me reconnecte avec mon corps resté sur terre. La voix de mon ange gardien semblait altérée, angoissée. Je n'aimais pas le savoir ainsi. Le pauvre, la nature n'avait vraiment pas bien choisi sa protégée : je ne lui avais apporté que des ennuis. Peu à peu, je me forçai à quitter mon paradis calme et tranquille pour revenir sur terre. Je sentis le moment exact où mon esprit se reconnecta avec mon corps. C'était comme me glisser sous ma couette, sauf que là je me glissais dans mon enveloppe corporelle. Une sensation de bien-être et de paix m'envahirent. Finalement, ce n'était pas si mal d'être revenue. J'essayai de faire un geste pour voir si j'avais récupéré l'usage de mes membres, mais en essayant de bouger les doigts, je sentis la main d'Ange enlacée dans la mienne.

Oh non...

C'était tellement dur de lutter. Je ne voulais pas enlever ma main, mais je n'avais pas le choix. Lentement, je défis mes doigts de leur prison dorée et les glissai sous la couette, puis j'entrepris d'ouvrir les yeux.

—Elle est réveillée, entendis-je Ange dire à quelqu'un.

—C'est vrai ?! s'exclama Awen sur un ton frôlant l'hystérie.

—Oui, je crois qu'elle est en train de revenir à elle. Je vais vous laisser seules quelques minutes.

Puis j'entendis des froissements de vêtements et un bruit de porte qui s'ouvre et se referme.

Lentement, j'entrepris d'ouvrir un œil, puis l'autre. La lumière du jour filtrait dans la pièce malgré les volets fermés. Je me trouvais à Marsiac, dans mon ancienne chambre. Je me concentrai sur Awen pendant quelques secondes. Celle-ci ouvrait de grands yeux surpris et inquiets.

—Ça va ? Tu me reconnais ?

Je pouffai doucement en essayant d'étouffer mon rire avec la couette.

—J'en étais sûre, tu as perdu la boule. Tu ne sais même plus qui je suis, c'est ça ?

Re-pouffement de rire.

—Eileen, tu pourrais te concentrer deux minutes et me dire si oui ou non tu te sens bien ? Comment t'appelles-tu ?

—Tu viens de me le dire.

—Ah oui, zut, tu as raison. D'accord, alors comment je m'appelle, moi ?

—Euh, laisse-moi réfléchir…

Awen leva vers moi un doigt accusateur.

—Si tu te moques de moi, tu vas me le payer très cher !

—D'accord, d'accord, tu t'appelles Awen, tu es rassurée ?

—Ouf ! s'exclama-t-elle en se jetant sur mon lit. J'ai bien cru que, cette fois-ci, on t'avait vraiment perdue !

Je ris doucement et tentai de me remémorer les événements qui étaient survenus avant que je sombre dans l'obscurité. Je réfléchis pendant quelques secondes et les souvenirs commencèrent à affluer.

—Merde !

Une grimace de dégoût se dessina sur mon visage.

—Awen, est-ce que Tristan est… ?

Incapable de dire la vérité à voix haute, je laissai ma question en suspens. Awen se redressa pour me faire face et me lança un sourire empli de compassion.

—Tu n'as plus à t'inquiéter pour Tristan, il ne nous fera plus jamais de mal.

Sans que je puisse les retenir, de grosses larmes se mirent à couler sur mes joues.

—Mince, je suis désolée, je ne pensais pas que ça te toucherait à ce point-là, dit-elle d'une petite voix coupable.

Comme si on m'avait transpercé le cœur avec un poignard, je sentais une douleur terrible dans la poitrine. Je souffrais comme si j'avais perdu un être cher, alors que je m'étais débarrassée d'un de nos pires ennemis. Peut-être était-ce le fait d'avoir vu Ange dans le même état que Tristan qui avait mis mes nerfs à vif. En tout cas, je me sentais affreusement triste et coupable. J'avais l'impression d'avoir commis un crime et d'avoir tué un innocent. Mes larmes silencieuses redoublèrent d'intensité et je me rallongeai dans le lit pour me cacher sous la couette.

—J'ai besoin d'évacuer tout ça, Awen, désolée.

—Je comprends, ne t'inquiète pas, me répondit ma meilleure amie. Je vais te laisser seule, d'accord ? Quand tu te sentiras mieux, tu n'auras qu'à m'appeler pour me raconter tout ce qui s'est passé. Euh… Eileen ?

—Quoi ?

—Merci.

Je sortis ma tête de sous la couette pour la regarder. Elle avait l'air triste et gênée.

—Pourquoi ?

—J'imagine que ça n'a pas dû être facile, sinon tu ne serais pas dans un tel état, alors merci. Merci d'avoir tué Tristan. Je sais que tu te sens mal à cause de ça, mais en réalité tu m'as ôté une énorme épine du pied. Maintenant je vais pouvoir t'aider à lutter contre Ludivine. Tu vas voir, à deux on y arrivera.

Je hochai la tête en silence.

—Ah, une dernière chose.

—Mmmh ?

—Si tu es en vie, c'est grâce à Ange. D'après ce qu'il nous a dit, Ludivine était sur le point de te tuer lorsqu'il est arrivé. Il s'est battu avec elle et l'a fait fuir, alors ne sois pas trop dure avec lui, OK ? Je sais que tu veux garder tes distances, et tout, et tout, mais il t'a quand même sauvé la vie, d'accord ?

Awen se leva en me faisant un petit sourire bienveillant.

Je hochai la tête en signe d'assentiment. Je ne comptais pas être dure avec Ange, juste lui dire que ce n'était pas ma récente attaque qui allait changer quoi que ce soit entre nous. J'avais tué Tristan et j'avais failli y perdre la vie, d'accord, mais cela ne changeait rien à notre problème principal : son monde nous interdisait d'être ensemble, point, barre.

Lorsqu'il entra dans la pièce, Ange vint s'asseoir sur le fauteuil au bord du lit et prit sa tête entre ses mains, sans me regarder. J'attendis patiemment qu'il prenne la parole, mais il semblait préoccupé, presque torturé. Au bout d'un long moment, il expira et releva lentement la tête vers moi. Je fus frappée de plein fouet par sa beauté. Malgré la fatigue et l'angoisse qui avaient marqué ses traits, il était toujours incroyablement beau. Ses yeux verts me dévisageaient et exprimaient une souffrance indicible. Il portait un jean et un t-shirt tout simple, et il avait les cheveux humides. Il sortait sans doute de la douche. En tout cas, il ne présentait plus aucune trace d'Ombre. Même sa peau avait repris son teint hâlé. Je me demandais si je n'avais pas rêvé. Peut-être que mon aventure n'avait été qu'un immense cauchemar. Je fronçai les sourcils en réfléchissant à tout cela.

—Qu'est-ce qui t'inquiète ? me demanda-t-il en me sortant de ma torpeur.

Je clignai des yeux plusieurs fois avant de replonger mon regard dans le sien. C'était tellement étrange de lui parler. Cela faisait des semaines qu'on ne s'était pas adressé la parole. Un silence étrange pesait entre nous, comme si chaque mot prononcé pourrait provoquer une catastrophe.

—Je suis un peu perdue, répondis-je confusément.

—C'est normal, tu as subi un choc énorme aujourd'hui. Je suis désolé pour Tristan. Tu dois te sentir bizarre…

—Je ne me sens pas bizarre, je suis juste devenue une meurtrière.

Oups…

Apparemment, j'étais plus choquée que je n'en avais l'air.

—Je comprends, mais tu ne dois pas le prendre comme ça. Nos lois sont différentes des vôtres. Chez nous tu n'es pas une meurtrière, mais un héros.

Et c'était censé me rassurer, ça ?

Super.

Je n'avais pas très envie de parler. Chaque seconde passée à ses côtés était une torture. Il fallait que j'abrège mes souffrances si je ne voulais pas retomber immédiatement en dépression.

—Bon, si tu me racontais ce qu'il s'est passé.

Une ombre de souffrance passa dans son regard et mon cœur fit un vol plané dans ma poitrine.

Merde !

Il releva son regard vers moi et je vis l'incompréhension le traverser.

Bien sûr qu'il ne comprenait pas.

Je lui avais dit que je ne l'aimais plus et que je pouvais vivre sans lui, mais au moindre signe de souffrance de sa part mon cœur se brisait en mille morceaux.

Je détournai le regard et me renfrognai dans mon lit.

Ange attendit quelques secondes avant de commencer son récit. Je sentais son regard posé sur moi mais je décidai de contempler le plafond d'un air très intéressé.

—Je… je ne sais pas par où commencer.

—Peut-être par le commencement : pourquoi as-tu disparu ? demandai-je d'une voix douce.

—Parce que je ne me sentais pas très bien.

Une boule se forma dans ma gorge.

—J'avais besoin de m'isoler. Je n'avais pas très envie de retourner à la maison et de voir tout le monde. Tu sais, depuis que tu n'es plus là, tout me ramène à toi… Chaque pièce me rappelle ton odeur, ta voix, et tous les moments que nous avons partagés ensemble.

Sa voix se brisa et il se tut. La boule dans ma gorge grandit un peu plus, menaçant de m'étouffer. Il fallait que je me calme, sinon j'allais éclater en sanglots.

—J'ai besoin de savoir ce qu'il s'est passé, dis-je en faisant semblant de ne pas tenir compte de ses propos. Pourquoi étais-tu en train de te transformer en Ombre quand je t'ai trouvé ? D'ailleurs, je n'ai rien dit à personne à ce sujet. J'avais peur que cela soit contraire à vos lois et que le Conseil te fasse…

J'allais dire « du mal », mais je me retins de justesse.

—J'avais peur qu'il te punisse.

—J'ai déjà tout avoué aux garçons, m'informa-t-il d'un ton las.

—Ah bon ? Alors ce n'était pas… grave ?

—Si, mais je ne pouvais pas leur cacher la vérité. Je leur ai déjà assez menti par le passé.

Ange se passa une main nerveuse dans les cheveux. Je restai muette, attendant la suite.

—Quand j'ai décidé de m'éloigner de toi, je suis allé à la grotte. J'y suis resté tout le weekend, mais quand j'ai voulu rentrer à Marsiac le dimanche soir, je suis tombé sur Ludivine.

Mon corps se raidit en entendant son nom. Alors Tristan avait dit vrai ? Elle l'avait de nouveau séduit ? Elle l'avait embrassé ? J'allais vomir…

Je ne pus réprimer une grimace de dégoût ainsi qu'une intense vague de colère. Ange croisa mon regard et fronça les sourcils.

—Que se passe-t-il ?

—Rien. Continue.

—Elle a essayé de m'amadouer et de me faire croire qu'elle m'aimait encore, mais ça n'a pas marché. Nous nous sommes battus, mais je n'avais rien mangé et je n'avais pas dormi depuis deux jours. J'étais affaibli. Elle a profité d'un moment d'égarement pour me mettre à terre et m'embrasser. On appelle cela « La Mise à Mort ». C'est une attaque qui transforme l'ennemi en Ombre, mais c'est rare qu'elle soit utilisée. En général, les Ombres préfèrent se débarrasser de leurs ennemis en les tuant, purement et simplement. Je ne sais pas pourquoi Ludivine a voulu me transformer. Peut-être qu'elle a encore des sentiments pour moi et qu'elle pensait qu'en me transformant je retournerais vers elle. Ou peut-être qu'elle voulait m'utiliser contre toi. J'aurais été une arme puissante…

—Ou peut-être les deux.

—Oui, peut-être. En tout cas, lorsque la mise à mort commence, on ne peut plus faire marche arrière. Ludivine le savait, alors elle m'a embrassé et elle est partie. J'imagine qu'elle serait revenue après la transformation. Elle savait sans doute que je resterais dans la grotte pour me cacher. Se transformer en Ombre est la pire chose qui puisse arriver à un ange, qui plus est à un ange gardien, alors non, effectivement, je ne comptais plus m'en aller. Je voulais rester là-bas jusqu'à ce que je sente l'obscurité entrer en moi. À ce moment-là, j'aurais fait apparaître la dague et je me serais suicidé. Tu vois, tu n'as pas à te sentir coupable d'être venue me voir, car j'avais décidé d'en finir quoi qu'il arrive. Je n'aurais jamais accepté de devenir une Ombre et de te faire du mal. Je te l'ai toujours dit, Eileen, je ne te ferai jamais de mal.

Ange me regardait avec douceur.

Il avait décidé de se suicider de toute façon…

Je devais bien admettre que cela m'ôtait un sacré poids de la poitrine.

—Et… comment se fait-il que tu t'en sois sorti ? Pourquoi tes ailes sont-elles redevenues blanches peu à peu ?

—C'est un phénomène naturel. Tout ange naît pur, innocent et empli de lumière. Même si l'obscurité peut parfois l'envahir, au moment de la mort la vraie nature de l'ange refait surface, et l'obscurité le quitte. J'étais en train de mourir, alors ma zone d'ombre s'est effacée. Par contre, c'est grâce à toi que je suis en vie. Si tu ne m'avais pas guéri, je serais mort. Je te dois la vie, Eileen…

Perturbée par ses mots et par la façon dont il les avait prononcés, je détournai le regard. Je ne devais pas le laisser m'amadouer, pas le laisser m'atteindre. Oui, je l'avais sauvé, et alors ? J'aurais fait la même chose pour n'importe qui d'autre ! Ça ne voulait rien dire. Il s'en remettrait et finirait par oublier cet incident, pas vrai ?

—Au cas où tu en douterais, je n'oublierai jamais ce que tu as fait pour moi, et je te serai redevable à vie.

—Qui m'a sauvée dans la forêt ?

—Pardon ?

—Que s'est-il passé lorsque j'ai cru que j'allais mourir dans la forêt ? Qui m'a ramenée ?

—Moi.

—Alors voilà, tu ne me dois plus rien. On est quittes, dis-je d'un ton blessant.

En voyant la tristesse dans ses yeux, je m'en voulus aussitôt. Comment pouvais-je être aussi cruelle ? Mais le souvenir de mon cauchemar m'assaillit de nouveau, encore plus violemment que d'habitude. Non, ce n'était pas moi la personne cruelle, dans toute cette histoire, mais bien les anges et leurs lois infâmes.

—Pourquoi la dague que tu as fait apparaître était-elle bleue ?

—Parce que c'est une dague magique qui vient de mon monde. Je savais que seule cette dague me permettrait d'en finir avec la vie. En temps normal, un ange ne peut pas se suicider, c'est contraire à sa nature, mais cette dague a été fabriquée par une Ombre il y a des centaines d'années et elle contient une magie capable de tuer n'importe quel ange, même si celui qui porte le coup fatal est l'ange lui-même. C'est une arme qui provient du Palais du Conseil, voilà pourquoi j'ai dit la vérité à Aedan et Roman : ils l'auraient apprise tôt ou tard. Même si je ne l'avais pas dit, le Conseil se serait aperçu de la disparition de la dague. J'ai préféré être honnête pour éviter les questions malencontreuses.

—Et ils ne vont pas te bannir ou quelque chose dans le genre ?

—Non, puisque je suis guéri. Mais n'essaye pas de changer de sujet. Je te signale que je t'en veux énormément.

Devant mon air étonné, Ange poursuivit :

—Tu as risqué ta vie en sauvant la mienne. Tu as perdu tellement d'énergie que tu aurais pu mourir à ton tour. Je ne comprends même pas comment Roman a pu te laisser partir. C'était de la folie, tu étais bien trop faible pour faire un tel vol toute seule. Lorsque tu es partie, je n'avais pas assez de force pour te retenir, sinon, crois-moi, je t'aurais rattrapée par la peau des fesses.

Je déglutis bruyamment.

—Que s'est-il passé ensuite ? Pourquoi t'es-tu fait attaquer par Tristan ? me questionna-t-il durement.

J'inspirai et expirai plusieurs fois pour me calmer. La présence d'Ange m'affolait et mettait tous mes sens en alerte. J'avais autant envie de fuir que de m'accrocher à lui et de lui arracher ses vêtements. Je croisai son regard et y lus un peu d'impatience. Il avait le droit de savoir pourquoi et comment je m'étais mise dans une telle situation, après tout.

—Peu de temps après vous avoir laissés, je me suis sentie mal. J'ai été obligée de me poser quelque part, mais au lieu de reprendre des forces, je m'affaiblissais encore plus. C'était comme si je devenais plus fragile à chaque minute. J'ai cru que j'allais mourir…

—Mais pourquoi n'as-tu appelé personne ?! tonna Ange d'une voix furieuse en me faisant sursauter. Si tu ne voulais pas me voir, tu n'avais qu'à appeler les autres ! Ce n'est pas parce que tu ne veux plus me parler qu'il faut mettre ta vie en danger ! Ça me rend malade ! Toute cette situation me rend dingue, tu n'en fais qu'à ta tête et tu vas finir par te faire tuer !

—Chut ! m'exclamai-je en paniquant légèrement.

Et si les autres l'entendaient ? Ange semblait avoir perdu la tête. Il avait l'air furieux et désespéré. Tête baissée, les poings serrés, il semblait se retenir de casser quelque chose. Je ne l'avais jamais vu aussi en colère, et c'en était presque effrayant.

—Calme-toi, s'il te plaît, le suppliai-je d'une toute petite voix.

Ange replongea son regard dans le mien et y lut quelque chose qui le calma aussitôt.

—Désolé, dit-il en se frottant le visage d'une main nerveuse. Je n'arrive pas à garder mon calme quand je sens que tu es en danger. Continue, vas-y, je ne vais plus t'interrompre.

Eh ben… S'il avait failli péter une case simplement parce que j'avais décidé de n'appeler personne à la rescousse, qu'est-ce que ça allait être en entendant la suite.

Devant mon air indécis, Ange se rassit docilement au fond de sa chaise et se pinça les lèvres, comme pour me montrer qu'il allait se retenir d'intervenir.

Je me raclai la gorge.

Pas très classe.

—Bon, comme je disais tout à l'heure : au moment où j'ai voulu appeler Awen, Tristan a atterri à côté de moi et a bien failli me tuer, mais comme il voulait me garder en vie jusqu'à ce que Ludivine arrive, il m'a insufflé un peu de son énergie. C'était très étrange, un peu comme si on me faisait une injection de liquide froid et piquant dans le sang…

—Tristan t'a mordue, c'est ça ? J'en étais sûr…, bredouilla Ange avec des yeux grands comme des soucoupes.

—Euh, non, il a juste posé sa main sur mon cou et ensuite j'ai…

—C'est ça.

—Pardon ?

—C'est ça, la « Morsure de l'Ombre ». Lorsqu'une Ombre insuffle son énergie à un ennemi, on dit qu'elle le mord. Cela lui donne un certain avantage, puisqu'elle sait que si elle meurt, son ennemi mourra aussi.

—Justement, en parlant de ça, peux-tu m'expliquer pourquoi je n'ai pas passé l'arme à gauche ? Lorsque Tristan a commencé à mourir, je me suis sentie si fatiguée et si faible que je ne pensais plus jamais revenir. Et pourtant, je suis bien là.

—Je t'ai retrouvée. Ludivine et moi sommes arrivés en même temps sur le lieu du combat. Elle a complètement perdu les pédales lorsqu'elle a vu son frère gisant sur le sol.

Ange avait l'air troublé. De plus, j'avais perçu un léger tremblement dans sa voix. Il était choqué et triste pour Ludivine, c'était évident. Je me servis de cette remarque intérieure pour m'endurcir et reconstruire mon bouclier.

—Je n'avais pas le choix, dis-je en entendant ma propre voix se briser.

Ange releva les yeux vers moi et secoua la tête doucement.

—Je le sais, ne t'inquiète pas, bien sûr que tu n'avais pas le choix ! s'exclama-t-il en me voyant ainsi, coupable et repentie. Tu ne dois pas douter un seul instant d'avoir fait le bon choix. C'était lui ou toi, Eileen, alors cesse de culpabiliser. De plus, c'est lui qui t'a attaquée en premier…

—Peut-être, mais c'est dur quand même. Pendant le combat, j'avais parfois l'impression d'être quelqu'un d'autre. Tu sais, on s'est battus comme des forcenés. Je l'ai assommé plusieurs fois avec mes éclairs. Je me sentais tellement forte… Je n'avais plus peur de rien. J'ai appliqué toutes les techniques d'entraînement que tu m'avais apprises et j'ai fini par le mettre KO.

Je vis dans son regard un éclair de fierté et de satisfaction. Il le méritait amplement, après tout, car c'était bel et bien grâce à ses séances d'entraînement que j'avais réussi à mettre Tristan hors de combat.

—Je comprends que tu puisses te sentir coupable et peut-être même écœurée, mais ça te passera, fais-moi confiance. Moi, je suis très fier de toi.

Je restai muette quelques instants.

Il avait l'air sincère.

Oui, peut-être qu'avec le temps, je parviendrais à effacer tous ces douloureux souvenirs.

—Raconte-moi ce qu'il s'est passé lorsque Ludivine est arrivée, dis-je pour passer à autre chose.

—Elle s'est jetée sur toi. Elle n'a même pas pris le temps de réfléchir : elle a essayé de te tuer sur-le-champ. Elle était tellement en colère qu'elle aurait réussi si je ne l'avais pas immobilisée. J'ai réussi à la calmer le temps qu'elle reprenne ses esprit et qu'elle s'enfuie.

—Tu l'as calmée ?

—Euh… oui.

—Comment ?

—Simplement en la maintenant immobile, paralysée. Je lui ai fait une prise de combat le temps qu'elle se rende compte de la situation, puis je l'ai relâchée et elle est partie.

—Pourquoi ne l'as-tu pas tuée ?

—Je te rappelle que les anges ne peuvent pas se tuer entre eux. C'est pour ça que vous existez, vous, les Élus.

—Ah oui, c'est vrai, marmonnai-je dans ma barbe. Mais pourquoi ne t'a-t-elle pas attaqué ?

—Parce qu’elle savait qu'elle perdrait. Si elle avait pu, elle nous aurait exterminés tous les deux, mais elle savait qu'elle n'y parviendrait pas. Sa colère l'aveuglait et elle n'aurait jamais pu contrôler ses pouvoirs pour les utiliser contre nous. Elle était folle de rage, mais pas assez puissante ni lucide pour nous vaincre.

—Elle a donc préféré fuir.

—Tout à fait. J'en ai profité pour me précipiter sur toi et te soigner. On peut dire que c'était moins une. Tristan était presque mort à ce moment-là, par conséquent toi aussi tu étais à l'agonie.

—Comment m'as-tu sauvée ?

—De… la même façon que d'habitude.

Tiens, tiens, il ment…

Ange avait détourné le regard et croisé les doigts nerveusement en me répondant. Il me cachait quelque chose, mais je ne comprenais pas de quoi il s'agissait. Je n'avais pas l'intention de tourner autour du pot, alors…

—Si tu ne me dis pas la vérité, je demanderai à Roman et Aedan de tout m’expliquer, le menaçai-je en ne le quittant pas du regard.

Ange fronça les sourcils, visiblement vexé, et se renfrogna dans son fauteuil.

—Arrête de chercher la petite bête. Je t'ai guérie, point final.

—Très bien. Si tu le dis…, répondis-je du tac au tac.

Ange resta silencieux quelques instants, visiblement indécis.

—Écoute, je ne suis pas sûr que ce soit le meilleur moment pour te dire ça.

—Donc, tu as quelque chose à me dire ?

—Oui. Mais je préférerais attendre un peu.

—Moi je préfère ne pas attendre du tout. Que se passe-t-il ? À quelle espèce de catastrophe dois-je m'attendre désormais ?

Ange redoubla de mauvaise humeur.

—Il ne s'agit pas d'une mauvaise nouvelle. C'est juste que je ne veux pas que les autres le sachent.

—Que les autres sachent quoi ? m’impatientai-je malgré moi.

—Tu ne dois pas leur dire que Tristan t'a mordue. Personne ne doit le savoir.

—Pourquoi ?

—Parce que cela pourrait salir ta réputation ou te mettre en danger.

—Je ne comprends pas, tu pourrais être plus clair ? Toi, tu as été mis à mort et tu as commencé à te transformer en Ombre, n'est-ce pas pire que de se faire mordre ?

—Non.

—Pourquoi ?

—Parce que moi je suis guéri ! Mes ailes sont redevenues blanches, ma peau n'est plus livide… Toutes les marques de l'obscurité m'ont quitté.

—D'accord, et moi dans tout ça ?

—Toi, tu as été contaminée par une Ombre. Elle t'a insufflé son énergie ! Cela ne t'a pas laissé de marque extérieure mais, du coup, si les gens venaient à l'apprendre, ils ne verraient pas non plus les marques de la guérison. Le doute planerait sur toi pour toute ta vie. C'est ça que tu veux ?

—Non.

—Alors ne le dis à personne.

—Est-ce si grave que ça ?

—Les anges auraient toujours un peu peur de toi s'ils l'apprenaient, peur qu'il reste une infime partie d'Ombre en toi. Tu comprends ?

—J'essaye. Mais alors dis-moi la vérité : si c'était si grave que ça, comment as-tu pu me guérir ?

J'étais déterminée à savoir toute la vérité sur cette histoire. J'allais lui faire cracher le morceau, coûte que coûte.

—Eh bien, je t'ai… insufflé mon énergie.

L'information mit quelques secondes à monter jusqu'à mon cerveau.

—Quoi… ? bredouillai-je sans vraiment comprendre.

—Il n'y avait pas d'autre solution. Je ne pouvais pas te guérir à cause de l'énergie démoniaque qui circulait dans ton corps. Ma seule option, c'était de remplacer cette énergie démoniaque par une énergie angélique.

—Tu veux dire que maintenant j'ai du sang angélique dans les veines ?

—Pas dans le sang, mais dans le cœur et le corps, oui.

Je restai muette quelques instants. Qu'est-ce que c'était encore que cette histoire ?

—Et… quelles sont les conséquences de ce changement ?

Vu la tête qu'il faisait, je m'attendais au pire.

—Eh bien, malheureusement, cela signifie que si je meurs, tu mourras aussi.

D'accord.

—Quoi d'autre ?

—Comment ça, quoi d'autre ? Ça ne te suffit pas ?

—Disons que ce n'est pas si grave que ça. Tu es un ange, tu vas vivre super vieux et tu ne peux pas tomber malade. Ce serait ballot que tu meurs avant moi, non ? Je veux dire : les statistiques sont plutôt de mon côté !

Je ris malgré moi. Cet échange me faisait autant de bien que de mal.

Étrange.

Un semblant de sourire apparut sur le visage d'Ange.

—Personne ne doit le savoir, d'accord ? De même que l'énergie de Tristan t'a rendue un peu plus démoniaque, mon énergie va te rendre meilleure. Tu seras plus apaisée, plus sereine. Et dans les moments de combat, ta magie sera plus puissante, dit-il doucement en me regardant avec tendresse.

—C'est un merveilleux cadeau, que tu viens de m'offrir, susurrai-je malgré moi, les yeux plongés dans les siens.

—Je pourrais t'offrir tellement plus de choses, si tu m'en laissais la chance…

Un doux silence s'installa entre nous. Ange me suppliait du regard tandis que moi je savourais cet instant de complicité et de bien-être. Cela me manquait tellement. Pourquoi nous étions-nous séparés, déjà ?

Et la brusque image du sang jaillissant de ses ailes me ramena brutalement à la réalité, encore une fois.

Je clignai des yeux plusieurs fois et détournai le regard. Ange déglutit bruyamment et se redressa sur sa chaise. J'avais l'impression qu'il allait partir, et tout mon corps se refusait à cette idée.

—Ah, une dernière chose, dit-il en se levant. Demain, tu devras revenir dans mon monde.

—Quoi ? Mais pourquoi ? bégayai-je bêtement.

—Pour enterrer Tristan.

—Vous allez l'enterrer ?!

—Pas vraiment, mais tu verras demain comment ça se passe. Seul l'Élu qui a tué l'Ombre a le droit d'être présent à l'enterrement.

—Et c'est obligatoire ? Je ne peux pas refuser d'y aller ?

Ange fronça les sourcils.

—Non, tu ne peux pas y échapper. Tout le monde t'attendra. Tu dois faire face à cette épreuve.

Et soudain une petite lueur s'alluma dans mon esprit. Mon dieu, j'allais retourner dans son monde…

Mais la voilà, la solution !

Je devais à tout prix trouver le moyen de me libérer quelques minutes de tous ces anges pour retourner au Palais du Conseil.

—La cérémonie aura lieu dans la ville ? demandai-je avec espoir.

—Oui, répondit Ange en fronçant les sourcils de plus belle.

—Près du Palais ?

—À quelques centaines de mètres du Palais, effectivement, mais pourquoi…

—Je vais avoir besoin de toi, tranchai-je en le regardant droit dans les yeux.

Ange ne dit rien mais il se rassit sur son siège, visiblement intéressé.

Adieu

J'ouvris les yeux lentement. Je me sentais épuisée. La veille, j'avais mis une bonne demi-heure à convaincre Ange de m'aider à retourner au Palais. Je ne lui avais pas dit la raison de cette visite. Je ne voulais pas lui donner de faux espoirs ou risquer qu'il comprenne que quelque chose clochait avec Aedan. Je lui avais juste dit que, pour des raisons personnelles que je ne pouvais lui révéler, j'avais besoin d'aller au Palais du Conseil en secret. Bizarrement, il avait accepté de m'aider sans trop broncher. Il avait juste rechigné un peu pour la forme. Peut-être était-il simplement content que je lui reparle. Bon, bien sûr, cela allait aussi lui permettre de garder un œil sur moi, ce qui était un avantage non négligeable pour un ange gardien. Toujours est-il que j'allais retourner dans le Monde Céleste aujourd'hui. Ce serait probablement l'une des seules occasions que j'aurais de parler à la fameuse dame dans le tableau.

Pourvu qu'ils n'aient pas changé la décoration de la salle !

J'avais aussi parlé à Awen, mais je ne lui avais pas révélé mes soupçons ni ma petite enquête. Nous avions parlé de mon combat contre Tristan et elle m'avait remerciée de toute son âme de l'avoir débarrassée de son Ombre. Côté logistique, elle avait pensé à tout et avait prévenu mes parents que je ne rentrerais pas à la maison en leur envoyant une excuse bidon depuis mon téléphone portable.

Un problème de moins à gérer.

Je tendis l'oreille mais le silence matinal me parut bien curieux. D'habitude, la maison était beaucoup plus animée. J'allais jeter un œil à Tic-Toc lorsque je me rendis compte qu'il n'était pas là.

Zut !

Je me relevai doucement dans mon lit pour évaluer l'étendue des dégâts, mais bien sûr il n'y avait plus rien à constater. Ange m'avait guérie. Je n'avais plus une seule égratignure nulle part. Même ma main était intacte. J'allais devoir porter un faux bandage pendant quelques jours si je voulais que mon père croie encore à cette histoire de chute en cours de sport. Je me levai et découvris quelques vêtements posés sur mon ancien bureau : un jean couleur denim et une jolie chemise bleue que j'avais mise quelques fois au lycée. Une tenue simple mais élégante. Je décidai d'aller prendre une douche avant de m'habiller et de descendre à la cuisine, mais au moment où j'allais pénétrer dans la pièce j'aperçus Aedan, tranquillement accoudé au bar américain.

Je commençai à faire demi-tour mais une voix chaude retentit derrière moi.

—Tu as réussi à trouver le sommeil ? me demanda Ange en passant à mes côtés pour entrer dans la cuisine.

Hésitante, je lui emboîtai le pas en lançant un petit « salut » au hasard dans la pièce.

—Bonjour Eileen, me répondit Aedan très solennellement.

Il pouvait toujours courir pour que je lui fasse la bise.

—Euh… difficilement, répondis-je à mon ange gardien.

—C'est normal, c'est le contrecoup du combat, dit-il en me tendant une tasse de chocolat au lait.

Je la pris sans hésiter, trop heureuse de retrouver d'anciennes habitudes, et je m'accoudai au bar pour la savourer.

La porte d'entrée grinça et Roman fit son apparition quelques secondes plus tard.

—Ça y est, les filles sont au lycée, annonça-t-il en faisant tourner ses clés dans sa main. Hey, salut Eileen, comment te sens-tu aujourd'hui ?

Roman s'avança vers moi d'un pas décidé pour me faire la bise, et je la lui rendis avec bonheur.

Prends ça dans les dents, Aedan !

—Alors, quel est le programme ? demandai-je avec curiosité.

—Eh bien, on partira pour notre monde juste après le petit déjeuner.

—En voiture ou en vol ?

—En voiture. Awen m'a fait promettre de ne pas trop te fatiguer aujourd'hui, dit Roman en riant. L'Adieu aura lieu à midi, lorsque le soleil sera au zénith, nous avons donc le temps d'y aller tranquillement.

—L'Adieu ?

—Oui, c'est ce que vous appelez un enterrement, sur terre.

—D'accord, et en quoi cela consiste-t-il ?

—Tu verras, le coupa Ange avant que Roman puisse me répondre.

—Bon, eh bien voilà, tu verras…, dit-il d'un ton énigmatique.

Pendant tout ce temps, Aedan n'avait pas dit un mot, mais il n'avait cessé de me lancer des regards furtifs.

—Au fait, félicitations, ajouta Roman en me donnant une tape amicale dans le dos.

—Pourquoi ?

—Pour nous avoir débarrassé de Tristan !

—Oh, ça...

—Hé, Roman, tu pourrais être un peu plus respectueux, quand même ! s'exclama Ange d'un ton furieux.

—Allez, Ange, ne sois pas si sérieux. Elle nous a enlevé une sacrée épine du pied, à Awen et moi, alors laisse-moi la remercier comme il se doit.

Et sur ce, il me prit dans ses bras pour me faire tournoyer plusieurs fois dans les airs. Heureusement que j'avais posé ma tasse sur le bar ! Je ris de bon cœur et me sentis plus détendue lorsqu'il me reposa par terre.

—Vais-je devoir faire quelque chose lors de l'Adieu ? demandai-je d'un ton innocent.

En réalité, j'étais paniquée à l'idée de devoir me présenter devant tous les anges rassemblés. Ils étaient des milliers et je ne me sentais pas vraiment d'attaque à faire un discours ou autre chose dans le genre.

—Non, ne t'inquiète pas, tu n'auras rien à faire, me répondit Ange gentiment. Tu dois juste assister à la cérémonie car c'est toi qui as vaincu cette Ombre, c'est tout.

—D'accord...

OK, je pouvais le faire. Je hochai la tête en signe d'assentiment et piochai un pain au lait dans le paquet qui traînait sur le bar.

—On pourrait peut-être aller se promener en attendant de partir, m'invita Ange d'une voix douce.

Je manquai de m'étouffer avec mon pain au lait. Apparemment, le fait de m'avoir sauvé la vie lui avait redonné confiance et il nous imaginait déjà en train de refaire ami-ami. Malheureusement, c'était impossible. Je sentais le regard d'Aedan brûler ma peau, menaçant et impitoyable. Non, je n'allais pas aller me promener avec lui. Pas parce que je ne voulais pas, mais parce que sinon il allait être condamné pour haute trahison. Je lui fis donc une petite moue d'excuse en prétendant devoir faire quelques devoirs – alors que je n'avais même pas mes affaires de classe avec moi – puis je finis mon petit déjeuner avant d'aller me barricader dans ma chambre.

Il ne me restait plus qu'à attendre le signal du départ en croisant les doigts pour que mon plan fonctionne.

On frappa à ma porte environ une heure plus tard.

—Oui ?

Ange entra dans la pièce. J'étais en train de lire un livre qui traînait par-là, allongée sur le lit.

—C'est l'heure de partir, m'annonça-t-il solennellement.

Je me levai en fermant le livre doucement et en le reposant sur la table de chevet. Je me sentais prête. Tout allait bien se passer.

Sans dire un mot, Ange sortit de ma chambre. Je le suivis, et quelques minutes plus tard nous nous installâmes à bord de la BMW de Roman. Aedan occupait la place du passager à l'avant, et Ange et moi étions à l'arrière.

Le voyage se fit en silence.

Je regardai les paysages défiler devant moi, les champs à perte de vue, les arbres et la forêt chatoyant au soleil. Il faisait beau aujourd'hui. J'espérais que la cérémonie ne serait pas trop triste car je n'avais aucune envie de me mettre à pleurer devant tout le monde. Pour me donner du courage, je me focalisai sur ma mission. Si je réussissais à parler à la dame du tableau, je découvrirais peut-être quelque chose d'intéressant. Quelque chose qui me rapprocherait d'Ange. Je ne demandais pas grand-chose : juste un indice, une petite piste, quelque chose à me mettre sous la dent, quoi…

À force d'être distraite, je ne me rendis pas compte que nous venions d'arriver à l'une des portes du Monde Céleste. La même porte par laquelle j'étais entrée avec mes camarades lors de la cérémonie de présentation. J'inspirai et expirai calmement plusieurs fois avant de me décider à ouvrir la portière et de sortir du véhicule. Ange vint se poster à mes côtés dès que j'eus mis le pied dehors. J'avais un peu l'impression d'avoir un garde du corps à mes côtés. Comme personne ne nous attendait à l'entrée de leur monde, nous nous mîmes à grimper les marches qui menaient à la clairière, et lorsque nous arrivâmes…

Mon Dieu, mais qu'est-ce que c'est beau !

La clairière avait été décorée pour dire adieu à Tristan, mais apparemment le noir n'était pas de mise lors des enterrements dans le Monde Céleste. Sur tous les arbres, de longs rubans de satin blanc torsadés ornaient chaque petite branche. Dans les airs flottaient des milliers de bougies blanches allumées, à quelques mètres à peine au-dessus de nous. Et sur le sol, l'herbe avait été parsemée d'une poudre blanche pailletée qui faisait briller et étinceler la moindre petite fleur.

Extraordinaire…

Lorsque j'eus fini de contempler la décoration, je me rendis compte que tous les anges étaient là, assis sur l'herbe en cercles concentriques, dans la position du lotus. Mince, on avait dû arriver en retard ! Je lançai un regard paniqué vers Ange, mais celui-ci semblait parfaitement calme.

OK, on inspire, on expire.

Lorsque nous nous faufilâmes entre les premiers êtres célestes, certains d'entre eux ouvrirent les yeux et nous accueillirent avec de grands sourires. Quelques personnes se levèrent et se dirigèrent vers nous. Je mis peu de temps à les identifier et saluai poliment les parents de mes camarades lorsqu'ils arrivèrent à notre hauteur. Les parents d'Ange furent les plus expansifs puisqu'ils me serrèrent très fort dans leurs bras avant de me relâcher. Ils voulaient peut-être me donner du courage. Un peu intimidée, je jetai un coup d'œil inquiet autour de moi, mais il n'y avait aucune trace de cercueil nulle part. Je ne savais pas en quoi consistait la cérémonie d'adieu, mais pour l'instant je n'avais pas eu à faire face à Tristan. Tant mieux. Perdue dans mes pensées, je mis quelques secondes à réaliser que nous nous étions remis en marche. Bientôt, nous trouvâmes une place libre et nous nous assîmes par terre, comme les autres anges. Je me laissai porter par les événements puisque je n'avais plus aucun contrôle sur la situation. Lorsque Roman à ma droite et Ange à ma gauche me tendirent chacun leur main respective, je leur donnai les miennes sans me poser de questions. Au moment où nos mains se touchèrent, je sentis une étrange sensation dans le cerveau, un peu comme si j'avais le vertige. C'était bizarre et même légèrement désagréable. Je fermai les yeux et bientôt des images apparurent dans mon esprit. Comme lors de la première cérémonie, une sorte d'écran géant de couleur bleue prit forme et je sus que j'allais être connectée aux autres anges assis autour de moi.

Qu'allions-nous voir ? Qu'allait-il se passer ? La nervosité m'envahit mais rapidement une vague de bien-être me submergea depuis la gauche.

Merci, Ange…

Il avait ressenti mes émotions. Encore une fois. Je devais faire attention : les évènements de la veille et cette visite surprise dans son monde étaient en train de fissurer mon bouclier.

Je me reconcentrai sur l'écran et fus bientôt émue par l'image d'un tout petit garçon qui marchait sur l'herbe, dans le monde des anges. Le garçon tombait par terre sur ses fesses et se mettait à rire aux éclats. Au bout de quelques secondes, l'image changea. Le même garçon, un peu plus âgé cette fois-ci, déployait ses ailes et prenait son envol maladroitement, virevoltant dangereusement en faisant quelques embardées dans les airs. Une petite fille restée au sol l'applaudissait à tout rompre, un grand sourire aux lèvres. Lorsque mon cerveau se décida enfin à réfléchir et que je compris ce que j'étais en train de voir, un terrible frisson me secoua. Je voulus me déconnecter, mais Roman et Ange avaient dû prévoir ma réaction car ils maintinrent mes mains bien accrochées aux leurs, m'obligeant ainsi à assister au spectacle. Ange sentit que j'allais craquer, les larmes menaçant d'exploser à tout instant, et il se mit à m'envoyer des ondes et des ondes de bien-être, cherchant à m'apaiser à tout prix. Le pire, c'est que je ne pouvais ni fermer les yeux ni les ouvrir, car l'écran restait ancré dans mon esprit, sans que je puisse m'en détourner. Il ne me restait donc plus qu'à supporter de voir la vie de Tristan, depuis son enfance jusqu'à sa mort.

L'horreur.

Malgré tous les efforts de mon ange gardien, des milliers de larmes affluèrent et se mirent à couler silencieusement sur mes joues. C'était pour ça qu'il n'avait rien voulu me dire. Il pensait sans doute que je refuserais de venir si je savais de quoi il s'agissait. Eh bien il avait raison. Si j'avais su, je ne serais jamais venue…

Tristan m'apparut de nouveau aux côtés de Ludivine, tous les deux jeunes et beaux, lumineux et angéliques. Ils devaient avoir dix ans. Ils couraient dans la clairière avec d'autres enfants, et ils avaient l'air heureux. Je ne comprenais pas. Lorsque je m'étais battue contre Ludivine l'année précédente, elle m'avait dit que sa vie avec les anges avait été un calvaire et qu'elle et son frère s'étaient toujours sentis seuls et abandonnés au sein de leur monde. Pourtant, dans tous ces souvenirs, ils avaient l'air parfaitement heureux. Les images se succédèrent jusqu'au moment où je vis Tristan rire avec Ludivine et… Ange, qui lui tenait la main.

Alors là, c'était officiel, j'allais vomir. Ce souvenir allait rester gravé à jamais dans ma mémoire.

Foutue cérémonie d'adieu !

Heureusement, ce souvenir s'estompa rapidement avant de laisser place à la transformation de Tristan en Ombre. Très peu d'images apparurent ensuite. Les dernières furent celles de son corps gisant sur le sol, dans la forêt, moi à ses côtés, nos deux mains jointes alors qu'il redevenait lumineux. Enfin, l'écran disparut dans mon esprit, Roman et Ange me libérèrent, et je pus ouvrir les yeux et me reconnecter avec la réalité. J'étais trempée. J'avais tellement pleuré que mes joues étaient baignées de larmes. Je sentais que mon nez et mes yeux avaient rougi, et je devais même avoir l'air bouffie.

La honte internationale…

Ange me tendit un mouchoir sans dire un mot. Je lui lançai un regard assassin puis dirigeai le même à Roman. Celui-ci fit une moue d'excuse en haussant les épaules.

—Je suis vraiment, vraiment navré, Eileen, crois-moi, mais tu devais assister à ça, dit-il gentiment. C'est important dans notre monde de célébrer la vie de celui ou celle qui part pour l'autre monde. Comme ça, on se rappelle les bons souvenirs et on se souvient de la belle personne qu'elle a été. Tu sais, devenir une Ombre est considéré comme une malédiction, chez nous. On ne sait pas pourquoi certains anges deviennent mauvais. Les familles ont peur de voir leurs enfants se transformer en Ombres sans raison, alors c'est important de célébrer la vie et de n'en garder que les bons moments. Cela nous fait du bien à tous.

Je reniflai le plus discrètement possible en hochant la tête. Je n'allais pas me mettre à les frapper devant tout le monde, de toute façon, alors autant accepter la situation.

—Est-ce que je dois m'attendre à autre chose dans le même genre ?

—Non, c'est fini, promis, me dit Roman en esquissant un sourire.

—Comment ça fonctionne ? demandai-je en me tournant à nouveau vers Ange.

—Lorsque nous nous connectons tous ensemble, nous pouvons partager certaines pensées. Tous les anges qui ont connu Tristan ou qui avaient un souvenir de lui l'ont partagé avec nous. Cela permet de retracer la vie de celui qui part en mettant bout à bout différents moments de son existence.

J'acquiesçai en silence, puis les anges commencèrent à se lever les uns après les autres. Je me levai moi aussi en essayant de garder le peu de dignité qu'il me restait. J'espérais que la cérémonie touchait à sa fin, mais un homme que je n'avais jamais vu jusque-là se dirigea droit vers nous.

Oh là là, mais qu'est-ce qui va se passer, maintenant…

Arrivé à notre hauteur, il nous fit une étrange révérence, comme pour nous saluer. Roman, Aedan et Ange lui rendirent son salut, et j'en fis de même, bien qu'un peu maladroitement.

—Chère Élue, Eileen, je me présente : je m'appelle Morphée et je suis l'un des membres du Conseil des Anges. Au nom de toute notre communauté, je te remercie d'avoir rendu à Tristan sa beauté d'âme et sa luminosité.

Merci de l'avoir zigouillé, quoi…

J'acquiesçai sans trop savoir quoi faire. Étais-je censée lui répondre un truc du genre « De rien, Membre du Conseil des Anges, Morphée, tout le plaisir était pour moi » ?

Mais avant que je puisse ouvrir la bouche, celui-ci nous tourna le dos et prit son envol sans rien ajouter.

—Il s'en va ? demandai-je aux garçons sans comprendre.

—Non, il nous montre le chemin.

—Le chemin ? Quel chemin ? Ce n'est pas encore fini, là ?

—Non, maintenant nous allons nous recueillir sur le cercueil de Tristan, dans la Forêt des Limbes, me dit Ange gentiment.

—La Forêt des Limbes ? Oh là là, mais ça fait vachement peur, comme nom !

Je commençais à en avoir assez de ces petites surprises. Où voulaient-ils tous m'emmener, maintenant ?

—Pourquoi y va-t-on en premier ? demandai-je alors qu'Ange me prenait en coupe dans ses bras pour suivre Morphée.

—Parce que c'est comme ça. Tu dois être la première à lui dire adieu, c'est le protocole. Ensuite, nous pourrons tous passer après toi, un par un.

—Mais tu avais dit que je n'aurais plus rien à faire ! couinai-je dans les airs en m'accrochant à lui très fort pour ne pas tomber.

Oh mon Dieu, cette proximité, j'allais devenir folle… !

—Tu n'as rien à faire. Quand on arrivera, tu passeras devant le cercueil, tu n'auras qu'à faire semblant de te recueillir si rien ne te vient à l'esprit, puis tu continueras ton chemin et tout sera fini.

—Et on pourra passer à l'étape suivante ? demandai-je avec espoir.

—Oui, grommela-t-il.

OK. Je devais donc me concentrer sur la prochaine étape. Je pouvais le faire. J'étais une warrior.

Lorsque les garçons ralentirent l'allure, je risquai un coup d'œil vers le bas, et la surprise me coupa le souffle.

Waouh…

Sous nos pieds s'étendaient des kilomètres de forêt, entièrement parsemée de jacinthes bleues et violettes. De nombreux pins et chênes ornaient ce magnifique bois tout droit sorti d'un conte de fées, mais c'étaient surtout les milliers et les milliers de jacinthes qui le rendaient si extraordinaire. Je finis par apercevoir un cercueil en bois au milieu de ce décor féerique, et plusieurs personnes rassemblées autour en demi-cercle.

Qui sont-ils ?

Nous nous posâmes sur un tout petit chemin qui zigzaguait entre les jacinthes, à quelques mètres à peine du cercueil. Douze personnes se tenaient là, debout à côté de Tristan, les mains jointes et la tête baissée. Il y avait des hommes et des femmes. Tous semblaient plus âgés que les autres anges que j'avais pu rencontrer jusque-là. Je reconnus Erwan, et soudain je compris.

J'avais devant moi le Conseil des Anges au grand complet.

La panique m'envahit sans que je puisse lutter contre. Ils me faisaient peur. Je n'avais pas prévu de les rencontrer. Et s'ils lisaient dans mon esprit ? Et s'ils ressentaient mes émotions comme pouvait le faire Ange ? Il y avait trop d'ennemis au mètre carré pour que je puisse rester ici plus longtemps. J'allais faire marche arrière et m'enfuir en courant lorsque mon ange gardien me poussa discrètement dans le dos pour me faire avancer. Je me trouvai ainsi projetée sans ménagement vers mon ex-ennemi et les anges qui menaçaient d'exécuter l'amour de ma vie.

Super.

J'avançai tout doucement, méfiante, jusqu'à parvenir au cercueil de Tristan. Il reposait là, aussi beau et lumineux que dans les souvenirs de ses congénères, toute trace d'Ombre ayant disparue. Son visage était lisse et jeune, et un masque de paix recouvrait ses traits. Je comprenais enfin ce que voulaient dire les anges par « malédiction ». Tristan était passé de la beauté à la déchéance à cause de cette malédiction. Si le destin l'avait épargné, à l'heure actuelle il ne serait pas dans ce cercueil.

Mal à l'aise, je me mis à danser d'un pied sur l'autre, mais les membres du Conseil semblaient trop absorbés par leurs pensées pour faire attention à moi. Je jetai un dernier coup d'œil à Tristan puis je revins sur le chemin. Ange fut le deuxième à passer. Il mit un peu plus de temps que moi pour se recueillir, puis vint le tour de Roman et d'Aedan. Lorsqu'ils eurent fini, et comme si quelqu'un venait de les prévenir, un groupe d'anges apparut de nulle part. Il était temps de partir. Nous prîmes notre envol à nouveau et nous nous retrouvâmes à la clairière. Des milliers d'anges attendaient leur tour patiemment en discutant, en riant ou en jouant – pour les plus jeunes d'entre eux.

—Bon, eh bien cette fois c'est bel et bien fini, m'annonça Roman en me donnant une petite tape amicale dans le dos. On rentre à la maison ?

Je paniquai légèrement en me tournant vers mon ange gardien. Non, on ne pouvait pas rentrer tout de suite !

—Eileen et moi allons rester encore un peu, répondit Ange calmement. Je veux lui montrer quelques endroits de notre monde. Autant profiter du voyage, non ? dit-il innocemment.

Je m'efforçai de ne pas regarder Aedan car ses yeux revolver risquaient de me trouer la peau.

—OK, pas de problème, répondit Roman de bonne humeur. On se voit à la maison, alors ? Eileen, tu resteras avec nous ou tu iras directement chez tes parents ? Tu sais, avec Tristan en moins ils ne sont plus en danger, même s'ils ne l'ont jamais vraiment été. Tu devrais revenir vivre à la maison, proposa-t-il en souriant.

—J'y penserai, merci, répondis-je nerveusement.

Je voulais qu'ils s'en aillent, tous les deux. Allez, allez, plus vite, je ne pouvais pas perdre de temps, il fallait que j'aille voir ce tableau. Quand ils s'envolèrent enfin et qu'Ange me fit un signe de tête discret pour me donner le signal du départ, je ne tenais plus en place.

Il nous rendit invisibles et nous emmena vers le Palais du Conseil. Nous ne croisâmes personne en chemin. Lorsque nous arrivâmes devant l'imposant bâtiment, Ange me déposa devant la porte et nous rendit visibles à nouveau.

—Ne tarde pas trop, je ne sais pas combien de temps nous avons devant nous, me dit-il nerveusement. Je vais monter la garde ici. Fais ce que tu as à faire. Si quelqu'un arrive, je te préviendrai pour que tu te caches. Il vaut mieux que personne ne te voie ici, d'accord ?

J'acquiesçai en silence et me précipitai vers l'intérieur du Palais. La salle avait changé de décoration, mais j'aperçus presque immédiatement le tableau qui m'intéressait.

Oui !

La dame était bien là, entourée de son léger halo lumineux, mais elle était bien trop haute pour que je puisse l'atteindre. Je retirai ma chemise précipitamment, me retrouvant en débardeur, et déployai mes ailes pour m'envoler vers elle. Je n'avais pas beaucoup de temps. Comment allais-je pouvoir lui poser les questions qui me tourmentaient l'esprit ?

Lorsque j'arrivais à sa hauteur, mon cœur battait à tout rompre.

—B… bonjour, bégayai-je en m'adressant à la jeune femme dans le tableau.

Tic-Toc n'avait pas menti, elle était vraiment très belle. Sa chevelure brune et lisse lui arrivait au niveau des hanches, son visage ovale exprimait une douceur infinie, et ses yeux étaient si clairs qu'ils semblaient presque transparents. Lentement, son regard se tourna vers moi et un léger sourire éclaira son visage.

—Bonjour, dit-elle d'une voix si douce et angélique que je me sentis apaisée sur-le-champ.

—Je m'appelle Eileen, dis-je bêtement.

—Enchantée, Eileen. Je m'appelle Aléanne. Puis-je savoir pourquoi tu es venue me parler ?

—Oui, bien sûr ! Eh bien voilà, je suis... je suis une Élue et je... euh...

Oh là là, c'était la panique à bord. Il fallait que je me ressaisisse, je n'aurais plus jamais une telle occasion de la voir !

Je m'éclaircis la gorge et pris mon courage à deux mains.

—Écoutez, je suis désolée de venir vous déranger mais j'ai besoin de parler avec vous.

—D'accord, mais de quoi veux-tu me parler, et comment se fait-il que tu puisses communiquer avec moi ?

—J'ai un don. Je peux parler aux objets ou aux tableaux. Tic-Toc m'a parlé de vous et je...

—Tic-Toc ?

—Oui. Il vit avec moi désormais, c'est mon réveille-matin.

—Comment va-t-il ?

—Très bien, merci. Il m'avait dit que vous étiez très belle et très gentille, et il n'avait pas menti.

—Merci, Eileen. Cela fait si longtemps ! Je ne l'ai jamais oublié, tu sais. Il me manque, parfois...

—Vous lui manquez aussi.

Un petit silence s'installa entre nous. Aléanne devait sûrement se remémorer ses souvenirs avec Tic-Toc. Malheureusement, je n'avais pas le temps de la laisser s'épancher.

—Écoutez, je n'ai pas beaucoup de temps. Il m'a parlé de vous.

—Et qu'est-ce qu'il t'a dit ?

—Que vous gardiez... un secret.

—Continue.

—Je n'en sais pas plus. Il m'a juste dit que parfois vous vous mettiez à parler toute seule et que vous disiez être la gardienne d'un secret.

—Et en quoi cela pourrait-il t'intéresser ? dit-elle d'une voix toujours aussi calme et posée.

—Eh bien… j'ai un ange gardien. Lui et moi sommes éperdument amoureux l'un de l'autre, mais à cause d'une loi étrange qui existe dans le Monde Céleste, nous n'avons pas le droit d'être ensemble. À présent nous souffrons tous les deux le martyre parce que nous n'arrivons pas à être séparés, cela nous fait trop de mal, mais si nous décidions de braver cette interdiction, mon ange gardien pourrait être banni et le Conseil pourrait même lui couper les ailes. Vous trouvez ça normal, vous ? Moi non, débitai-je à toute vitesse.

Maintenant que j'étais lancée, plus rien ne pouvait m'arrêter.

—Au début j'ai accepté cette loi sans broncher, poursuivis-je en faisant de grands gestes de la main, mais depuis quelque temps je me pose des questions. Pourquoi un peuple aussi généreux, altruiste et pacifiste couperait les ailes et bannirait l'un des siens simplement parce qu'il est amoureux ? Cela n'a aucun sens. Je ne sais pas si vous pouvez m'aider, je ne sais même pas ce que je cherche, mais j'ai l'impression que ce monde cache quelque chose, et que c'est à moi de le découvrir. Je veux croire qu'il existe un secret ou un complot monté contre nous.

Je finis ma litanie en pleurant presque. Cette femme était mon seul espoir de pouvoir me remettre avec Ange, mais…

—Il n'y a ni secret, ni complot, me répondit-elle gentiment.

Mes épaules s'affaissèrent sous le choc et l'air quitta mes poumons.

Non…

—Mais il y a bel et bien une légende, ajouta-t-elle au bout de quelques secondes.

L'air emplit de nouveau mes poumons et mon cerveau se remit en marche.

—Quelle est cette légende ? lui demandai-je en chuchotant.

—Écoute-moi bien, jeune Élue, car je ne pourrai te révéler cette légende qu'une seule et unique fois. Ensuite, je ne pourrai plus jamais en parler à personne. J'espère que tu es celle à qui cette légende est destinée, mais je pense que tu es la bonne personne…

—J'en suis certaine. Dites-le-moi, s'il vous plaît.

—Connais-tu Maïwenn et Mathias ?

—Comment ?

—Les connais-tu ?

Maïwenn et Mathias, Maïwenn et Mathias, ça me disait quelque chose, mais quoi… ?

—Euh… non, je ne m'en souviens pas.

—Il y a cinq cents ans, une humaine prénommée Maïwenn rencontra un ange prénommé Mathias. Ils tombèrent amoureux et eurent un fils aux dons exceptionnels…

Soudain la lumière fit « tilt » dans mon esprit. Maïwenn et Mathias, mais oui, bien sûr : les créateurs du lycée !

—Ça y est, je me souviens d'eux, l'interrompis-je avant de me taire à nouveau.

—Très bien, alors écoute la suite : Maïwenn avait un ange gardien du nom de Mickaël, mais celui-ci ne s'était jamais révélé à elle, elle ne le savait donc pas et ne le connaissait pas. Cependant, lui la connaissait. À force de la protéger et de veiller sur elle chaque jour, il en était tombé amoureux. Il était terriblement jaloux de Mathias, et un jour il commit l'irréparable : alors que le fils de Maïwenn et Mathias – devenu adolescent – se promenait seul en forêt, Mickaël le captura, le tortura et le transforma en Ombre.

—En Ombre ?! m'exclamai-je, horrifiée.

—Oui, répondit-elle toujours aussi calmement. La douleur et la jalousie avaient transformé le cœur de Mickaël et l'avaient empli d'obscurité. C'est à cause de lui que les Ombres existent. Il a créé la toute première Ombre et a jeté une malédiction pour que toutes les générations à venir soient touchées par l'obscurité.

—Que… que s'est-il passé pour le fils de Maïwenn et Mathias ?

—Il a été tué par son Élue. Lorsqu'il a été transformé en Ombre, la nature a créé son alter égo en transformant une humaine et en lui donnant des pouvoirs capables de le tuer. Ensuite, la nature a créé toutes les générations d'élus.

Je restai muette quelques instants.

—La nature… ?

—Oui. C'est elle qui nous permet de vivre. De la nature provient tout ce dont nous avons besoin, et nous devons la respecter. La nature est bien plus puissante que n'importe quelle autre force sur terre. Elle nous protège et veille sur nous.

—Mais il y a cinq cents ans… il n'y avait pas de lycée. Il n'y avait même pas d'écoles… Maela et Aaron nous ont dit que le lycée avait été créé par Maïwenn et Mathias.

—La réalité a été déformée par le temps. Maïwenn et Mathias ont effectivement cherché à rassembler les Élus après la mort de leur fils, pour lui rendre hommage et vaincre les Ombres à venir. Ils ont construit une petite cabane où les entraîner. La cabane s'est agrandie au fil des siècles pour devenir le lycée d'aujourd'hui.

—Mais… quel est le rapport avec nous ? Avec Ange et moi ?

—Ce qu'un ange gardien a détruit, un ange gardien réparera. La Légende Céleste dont je suis l'une des gardiennes dit qu'un ange gardien et son ou sa protégée découvriront l'Ombre originelle, la tueront et rétabliront la lumière dans le cœur des anges.

La tête commençait à me tourner et je n'étais plus très sûre de vouloir entendre la suite. Mais qu'est-ce qu'elle racontait ? Une Ombre originelle ? Ange et moi, les sauveurs du Monde Céleste ? Elle nous prenait pour des super héros, ou quoi ?

—Excusez-moi, mais je crains de ne pas tout comprendre. Qui est cette Ombre originelle ? Est-elle encore en vie ? Où vit-elle ? Et comment sommes-nous censés la tuer ?

—L'Ombre originelle est Mickaël. La haine l'a transformé en monstre et lui a conféré de si grands pouvoirs qu'il est devenu presque immortel. Le temps n'a plus d'emprise sur lui, mais n'aie crainte, Eileen, car si la nature vous a choisis, Ange et toi, pour accomplir la légende, c'est parce qu'elle sait que vous en êtes capables. Elle vous donnera toutes les clés pour y arriver. Regarde, tu es déjà arrivée jusqu'à moi. Y serais-tu parvenue si la nature n'avait pas mis Tic-Toc sur ton chemin ?

—Vous voulez dire que mon destin est tout tracé ? Qu'Ange et moi n'avons pas d'échappatoire possible ?

—Non, je n'ai pas dit cela. Le destin n'est que la conséquence des décisions que tu prends. Si tu décides de renoncer, ton destin changera et la nature devra changer ses plans. Peut-être fera-t-elle naître un autre ange gardien et une autre protégée capables de renverser l'Ombre originelle. Mais si vous décidez, Ange et toi, de vous battre, alors vous ne serez pas seuls. La nature sera avec vous et vous aidera chaque fois qu'elle le pourra, comme elle vous a toujours aidés jusqu'à aujourd'hui sans même que vous le sachiez.

—Alors j'ai le choix ? Nous avons le choix ?

—Oui. Chaque être humain ou céleste a le pouvoir de décider de sa vie, de faire ses choix et, par conséquent, de modeler son destin. Je ne suis que l'une des gardiennes du secret. Il en existe plusieurs autres dans le monde, dissimulées pour que l'Ombre originelle ne les trouve pas, et qui ont pour but d'aider les deux héros dont parle la légende.

—Qui a créé ces gardiens ?

—Maïwenn et Mathias. La transformation et la mort de leur fils a été le drame de leur vie et ils se sont jurés que le coupable paierait. Peu de temps après tous ces terribles évènements, Maïwenn a eu une vision de la légende et elle a compris qu'un jour son fils serait vengé, alors avec Mathias ils ont laissé des indices sur terre et dans le ciel pour vous aider le moment venu. Ils ont créé les gardiennes du secret pour que vous puissiez, un jour, démasquer Mickaël.

Je restai muette quelques instants, encore sous le choc.

—Dites-moi tout ce que j'ai besoin de savoir, murmurai-je à la jeune femme.

Il fallait faire vite. Depuis combien de temps étais-je ici ? Où en était la cérémonie d'adieu ?

La jeune femme sourit.

—Je ne sais pas qui est l'Ombre originelle. Plus personne ne le sait. La légende dit qu'elle fait partie du Conseil des Anges et que c'est cette personne qui a instauré la loi interdisant à un ange gardien de sortir avec son ou sa protégée. Je pense que Mickaël a eu vent de la légende, sans vraiment en connaître tous les détails, et qu'il a décidé de créer cette loi pour se protéger. Je ne peux t'en dire plus, je suis désolée. Si tu es bel et bien la personne à qui cette légende est destinée, alors tu trouveras le moyen d'accomplir ta mission. Tu dois t'en aller, maintenant, ne reste pas ici, car tu es dans l'antre du mal…

Puis Aléanne me quitta. Sa voix s'estompa, elle détourna le regard et se mit à fixer un point à l'horizon. Le halo de lumière qui l'entourait se fit un peu moins dense. Choquée, je mis encore quelques secondes à réagir. Je n'avais pas le temps d'analyser en détails tout ce qu'elle m'avait dit, mais j'en comprenais au moins les grandes lignes. Et les grandes lignes disaient qu'au sein même du Conseil des Anges siégeait l'Ombre originelle.

Oh le bordel.

Mais comment allais-je expliquer tout cela à Ange ? Me croirait-il seulement ?

Je sortis précipitamment du Palais et trouvai mon ange gardien en train de monter la garde.

—Ça va ? s'inquiéta-t-il en fronçant les sourcils. Que s'est-il passé ? Ça n'a pas l'air d'aller…

—Il faut qu'on parle, murmurai-je en le regardant droit dans les yeux.

Je ne savais pas où tout cela allait nous mener, mais je ne pouvais pas garder toutes ces informations pour moi. Je devais lui dire la vérité.

Toute la vérité.

Maintenant.

Je m'envolai sans un regard en arrière, pressée de m'éloigner de ce lieu étrange et mystérieux. Ange me rejoignit en un battement d'ailes et me suivit sans poser de questions.

Où pouvions-nous aller ? Où serions-nous assez tranquilles pour que je puisse tout lui expliquer ? Certainement pas à Marsiac. Pas non plus chez mes parents. Je serais bien allée en pleine forêt mais j'avais besoin d'intimité, besoin de me retrouver seule à seul avec lui entre quatre murs pour vider mon sac et parler à cœur ouvert. Un immense soulagement m'envahit lorsque je trouvai la solution. C'était tellement évident…

—Ange, pourrais-tu nous emmener dans notre bulle, s'il te plaît ?

Je vis la surprise se dessiner sur son visage, mais il acquiesça d'un signe de tête et passa en premier pour me guider. Lui aussi sentait qu'il se passait quelque chose. Je pouvais même sentir l'espoir renaître au fond de son cœur. Ou peut-être était-ce le mien ? Je m'apprêtais juste à foutre en l'air les quatre derniers mois, au cours desquels j'avais menti et joué la comédie pour éviter à mon ange gardien d'être banni par ses pairs. Résultat des courses, c'était une légende qui avait chamboulé tous mes plans et je ne savais absolument pas quelles seraient les conséquences d'une telle révélation.

Après plusieurs dizaines de minutes, Ange ralentit enfin et je vis apparaître notre petit paradis sur le flan de la colline. Ouf, la bulle n'était pas opaque, elle était donc libre…

Ange se posa à l'entrée et me fit signe d'entrer la première. Je pénétrai dans la pièce en tremblant presque. Une légère mélancolie m'envahit lorsque je retrouvai notre lit intact, aussi blanc que nous l'avions laissé la dernière fois. Y'avait-il eu d'autres occupants depuis tout ce temps ? Mon regard s'attarda sur le petit renfoncement où se cachait la salle de bain, puis sur le lit…

La porte de la bulle se referma et me fit sortir de ma rêverie.

—Eileen, m'appela Ange doucement.

Je me tournai vers lui mais restai muette. J'avais peur de la suite. Et s'il ne me croyait pas ? Et s'il décidait de ne pas m'aider ? La légende pouvait-elle se tromper ?

—Tu me dois des explications, poursuivit-il d'un ton doux mais ferme. Je t'ai aidée sans rien te demander en retour, mais ton attitude me rend fou. Je sens bien que quelque chose te tracasse, que tu es préoccupée, mais tu ne me dis rien et je deviens dingue. Je suis ton ange gardien, et malgré tout ce qui s'est passé entre nous, je compte bien remplir ma mission. Je te protègerai envers et contre tous. Contre toi-même, s'il le faut.

Il attendit patiemment mais je fus incapable de prononcer un mot. La fameuse Légende Céleste me restait en travers de la gorge.

—Tu… tu as trouvé ton âme sœur, c'est ça ? dit-il tout à coup.

Je fronçai les sourcils en le regardant à nouveau.

—Quoi ?

—Tu as rencontré ton âme sœur, n'est-ce pas ?

Mais où était-il allé chercher un truc pareil ?

—Non, murmurai-je en guise de réponse. Je n'ai pas… pas d'âme sœur.

J'étais choquée qu'il puisse penser une chose pareille. D'accord, je l'avais quitté et je lui avais dit que je ne l'aimais plus, mais de là à croire que j'avais déjà tout balayé d'un revers de la main pour tomber amoureuse de quelqu'un d'autre, il y avait un énorme fossé, non ?

Son visage se radoucit un peu.

—Tu es sûre ? Tu avais l'air si préoccupée que j'ai pensé que… que…

—Mais d'où te vient cette idée stupide ?! m'exclamai-je en m'énervant malgré moi.

—Ce n'est pas stupide.

—Bien sûr que si !

—Non ! Si nos deux mondes nous interdisent d'être ensemble, cela veut forcément dire que tu as une âme sœur quelque part.

—Quoi ?

J'avais du mal à comprendre comment il était parvenu à une telle conclusion. Cela me semblait totalement idiot et hors-sujet. D'ailleurs, il était temps d'en revenir à nos moutons.

—Écoute, Ange, si j'ai voulu que l'on vienne ici, c'est parce que j'ai plusieurs choses à t'avouer.

—D'accord. Je t'écoute, dit-il en reprenant son calme.

Oh là là, par où commencer ?

Je pris une profonde inspiration et commençai à tortiller mes doigts dans tous les sens. Je me mis à faire les cent pas dans notre petite bulle.

Je tremblais lorsque je réussis enfin à faire passer les mots à travers mes lèvres.

—Voilà, c'est à propos d'Aedan, commençai-je à dire tout doucement.

Ange fronça les sourcils mais ne dit rien, attendant la suite.

—Il y a quelques semaines, il nous a surpris en train de nous embrasser. Nous étions dehors sur la terrasse, cachés sous le porche. Il faisait nuit et nous pensions être seuls, mais en réalité Aedan était dehors lui aussi, et il nous a vus. Sur le coup il n'a rien dit, mais quelques jours plus tard, il a décidé de m'en parler alors que nous étions seuls, lui et moi, dans la cuisine.

Ange fronçait de plus en plus les sourcils au fur et à mesure que je lui exposais la situation.

—Il m'a avoué qu'il ne pouvait pas supporter cette situation, poursuivis-je. Il a dit que c'était au-delà de ses forces, qu'il était désolé mais qu'il ne pouvait pas cautionner notre relation, et c'est à ce moment-là qu'il m'a posé un ultimatum. Il m'a donné le choix entre te quitter, auquel cas il ne dirait rien à personne, ou bien continuer à sortir avec toi, mais alors il irait nous dénoncer au Conseil des Anges. J'ai essayé de le convaincre que nous ne faisions rien de mal, mais il n'a rien voulu entendre. Le pire, c'est qu'il m'a dit que le Conseil te bannirait mais aussi qu'il te couperait les ailes, et ça, je ne pouvais pas le supporter !

Ange avait l'air choqué par mes révélations. Il serrait les poings, visiblement furieux.

—Aedan…, dit-il tout bas, comme s'il parlait pour lui-même.

—Oui, répondis-je simplement. Et tu sais quoi, Ange ? Je n'arrive même pas à lui en vouloir. Bien sûr, je suis en colère, mais en réalité il a fait cela parce que votre peuple vous a enseigné à vivre comme ça. Il n'a fait qu'obéir à vos lois stupides…

—Il n'aurait pas dû te dire que le Conseil allait me couper les ailes.

—Pourquoi ? Est-ce un mensonge ?

—Là n'est pas la question, trancha-t-il sévèrement. Il savait qu'en te disant cela, tu renoncerais à nous. Il aurait dû m'en parler, j'aurais pu discuter avec lui et essayer de le convaincre. Il n'avait pas à te mettre au pied du mur de cette façon.

—Ange, je répète ma question : est-ce qu'il m'a menti ? Est-ce que le Conseil des Anges t'aurait coupé les ailes, oui ou non ?

—Oui…, dit-il dans un souffle, sans oser me regarder.

—Alors je comprends qu'il ait préféré en parler avec moi. Il savait que, s'il te disait la vérité, tu mettrais ta vie en danger à cause de moi. Il voulait juste te protéger…

—Je fais ce que je veux de ma vie, me répondit mon ange gardien en me regardant sévèrement. Est-ce que tout ça s'est passé le jour où tu t'es enfuie de Marsiac pour ne plus jamais y revenir ?

—Oui, dis-je d'une toute petite voix. Lorsque j'ai appris que tu aurais pu être banni et torturé, la panique m'a envahie. Je me suis envolée précipitamment pour prendre le temps de réfléchir. Si tu m'avais trouvée à cet instant, j'étais tellement troublée que je n'aurais pas pu te mentir, alors j'ai préféré m'isoler le temps de reprendre mes esprits et d'échafauder un plan.

—Un plan pour me quitter, dit-il tristement.

—Je n'avais pas le choix. Je voulais juste te protéger de toi-même, alors je suis allée à la Vallée des Rêves, puis chez Awen. Lorsque tu m'as retrouvée le lendemain, j'avais eu le temps de préparer des réponses à tes questions.

—Comment as-tu fait pour que je te perde de vue ? Pour que je ne ressente plus tes émotions pendant toutes ces semaines ?

—Je me suis forgé une armure intérieure. Je me suis souvenue de la première fois où tu m'avais sauvé la vie. Ce jour-là, même si j'étais inconsciente, tu n'avais pas réussi à lire dans mes pensées et tu m'avais expliqué plus tard que c'était certainement parce qu'à cette époque je t'avais fermé mon esprit, par manque de confiance en toi. Je me suis dit que si je pouvais te fermer mon esprit, je pouvais certainement aussi te fermer mon cœur. J'ai appris à vivre en automate pendant des semaines, et cela a marché.

Une énorme boule s'était formée dans ma gorge. J'avais l'impression d'étouffer. Ange sentit ma tristesse et me prit dans ses bras.

—Mon Dieu, Eileen, je suis vraiment désolé, dit-il en respirant l'odeur de mes cheveux. Si tu m'avais dit la vérité tout de suite, tu n'aurais pas eu à porter cela toute seule. J'aurais dû savoir que tu me cachais quelque chose, mais tu avais l'air si sûre de toi quand tu m'as quitté que j'ai cru que tu étais sincère…

La gorge serrée, je haussai les épaules en guise de réponse. J'avais envie de craquer, de laisser les larmes que j'avais si longtemps contenues s'échapper et couler librement sur mes joues, mais je ne lui avais pas encore tout dit. Il fallait maintenant que je lui parle de la légende d'Aléanne.

—J'ai autre chose à te dire, repris-je en prenant mon courage à deux mains. Quelque chose de plus grave encore.

Ange fronça les sourcils de plus belle.

Je tortillai mes mains dans tous les sens et finis par m'asseoir sur le lit.

—Écoute, si j'ai décidé de tout t'avouer aujourd'hui, c'est parce que j'ai appris quelque chose qui risque de changer notre vie et de nous mettre sérieusement en danger…

—Plus en danger que lorsqu'Aedan nous dénoncera au Conseil ? me demanda-t-il d'un air sceptique.

—Oui, je le crains.

Ange s'accroupit à mes pieds et posa ses mains sur mes genoux.

—Quel que soit le problème, je jure de me battre à tes côtés et de te protéger jusqu'à mon dernier souffle. Dis-moi ce qui se passe, je suis prêt à tout entendre.

Bon, eh bien c'est ce que nous allons voir.

—J'ai parlé avec une femme tout à l'heure dans le Palais, commençai-je doucement.

—Une femme ? Où se trouvait-elle ? Je pensais que tout le monde était à la cérémonie d'adieu…

—Cette dame était dans un tableau. Elle s'appelle Aléanne.

Ange sembla intrigué mais ne dit rien.

—Je sais que cela peut paraître étrange, mais elle m'a délivré un message. Une légende, pour être plus précise.

—D'accord, dit-il en expirant doucement. Et que dit cette légende ?

—Elle dit que toi et moi… nous sommes destinés à…

Mais les mots restaient coincés en travers de ma gorge. Ange n'allait rien comprendre, si je commençais par-là, il fallait que je reprenne tout depuis le début. Je me raclai la gorge le plus discrètement possible et me redressai sur le lit.

—Tu sais, quand on s'est disputés vendredi dernier après les cours, je me suis sentie affreusement mal. Non seulement je m'étais fait mal à la main, mais j'avais surtout mal au cœur. Je ne comprenais pas pourquoi ton monde nous obligeait à être aussi malheureux. Alors j'en ai parlé à Tic-Toc, et soudain j'ai compris que quelque chose clochait, qu'il me manquait une pièce du puzzle…

—Je ne comprends pas…

—Chut ! Écoute-moi. Ton peuple prétend être altruiste, généreux et pacifiste, cependant il n'hésiterait pas à te sacrifier sous prétexte que tu es tombé amoureux de moi. L'amour ne peut pas provoquer tant de haine, c'est illogique ! Alors j'ai cherché une explication, et je l'ai trouvée.

—Et qu'as-tu trouvé, exactement ?

—Tic-Toc m'a parlé d'une femme qui détenait un secret. Il s'agit de la femme du tableau : Aléanne. Ils ont vécu ensemble dans la même maison pendant des années, et Tic-Toc l'avait entendu dire qu'elle était la gardienne d'un secret. Lorsqu'il me l'a décrite, je me suis souvenue l'avoir vue ici, au sein même du Palais du Conseil, lors de ma visite dans votre monde virtuel. Cela faisait beaucoup trop de coïncidences à mon goût, alors j'ai décidé de venir lui parler.

—Voilà pourquoi tu voulais revenir discrètement sans rien dire à personne.

—Oui, j'avais des soupçons mais aucune certitude. À présent, je connais la vérité.

—Vas-tu me dire que le monde dans lequel je vis n'est pas celui que je crois ?

—Pas tout à fait. La Légende Céleste dit qu'un ange gardien et son ou sa protégée tomberont amoureux et tueront l'Ombre originelle qui siège au Conseil.

Ange leva les sourcils comme s'il ne comprenait rien. Ayant pitié de lui, je décidai de lui faire un petit résumé des révélations que m'avait faites Aléanne. Lorsque j'eus fini, il semblait y voir un peu plus clair, même s'il avait du mal à accepter qu'un traître puisse siéger au Conseil depuis tant d'années.

Il finit par s'asseoir sur le lit à mes côtés et replongea sa tête entre ses mains.

—Je n'arrive pas à croire toute cette histoire. C'est trop dur…

—Je sais, mais si tu y réfléchis bien, ne trouves-tu pas cela logique ?

Il ne dit rien pendant un long moment. Je le laissai digérer la nouvelle en silence. C'était un énorme choc pour lui, et je venais de bouleverser sa vie en quelques minutes à peine. Le moins que je puisse faire était de respecter son besoin d'être seul et de réfléchir. Je me mis à réfléchir moi aussi à toutes les conséquences que ces nouvelles allaient engendrer. Allais-je retourner au lycée ? Devions-nous parler de tout cela à nos amis ? Comment allions nous découvrir l'Ombre originelle ?

Tant de questions sans réponses…

Au bout d'un long moment, Ange sortit de sa torpeur et releva la tête vers moi. Il avait l'air plus serein.

—Merci, dit-il simplement.

—De quoi ? répondis-je doucement.

—De m'avoir dit toute la vérité. Cela n'a pas dû être facile pour toi de vivre avec tout ça et de ne pouvoir en parler à personne.

—J'ai parlé de l'ultimatum d'Aedan à Awen.

—Elle le savait ?

—Oui. Elle avait compris que quelque chose n'allait pas. Ça m'a fait du bien de parler de tout ça avec quelqu'un. En revanche, pour la légende, tu es le seul à le savoir. C'est à nous de décider de ce que nous allons faire.

Ange posa doucement sa main sur la mienne, qui reposait sur le lit, et la serra tendrement.

—Tout ce qui m'importe, là, maintenant, c'est de t'avoir retrouvée. C'est de sentir ta chaleur, ta présence, ta main dans la mienne.

Je me sentis fondre de désir sous son regard charmeur. J'aurais dû être préoccupée, inquiète, mais bizarrement ce n'était pas le cas. Je me sentais happée par son regard, par son besoin de me sentir près de lui. Les rayons du soleil faisaient jouer des reflets dans ses cheveux brun doré.

—Tu m'as tellement manqué…, poursuivit-il doucement. Je n'arrive pas à croire que tu sois là.

—Et pourtant…

Ses lèvres s'étirèrent en un léger sourire.

—Tu n'as pas trouvé ton âme sœur, affirma-t-il comme pour lui-même.

—Bien sûr que si, puisque c'est toi.

—Je pensais que quelqu'un d'autre t'attendait quelque part. Je croyais qu'en réalité nous n'étions pas faits l'un pour l'autre.

—Il n'y a personne d'autre.

—Maintenant je le sais. Maintenant je comprends cette attirance irrésistible qui nous a consumés depuis le premier jour.

—Aléanne dit que le destin n'est que la conséquence de nos actes. Nous sommes encore maîtres de notre destin. Nous pouvons encore choisir, Ange.

—C'est vrai. Nous pourrions choisir de faire comme si de rien n'était, comme si nous ne savions rien, mais t'en sens-tu capable ?

—Pas plus que toi, murmurai-je en retour.

—Alors nous nous battrons. Avec toi je me sens capable de tout. On y arrivera, tu verras, à nous deux on trouvera la solution.

Le silence retomba dans la pièce et une étrange tension s'établit entre nous. Je me sentais attirée par mon ange gardien comme par un aimant. Quand il se pencha vers moi, tout doucement, je fus incapable de reculer. J'avais du mal à me dire que je n'avais plus à lui mentir, plus à me cacher, qu'il connaissait la vérité et que nous pouvions à nouveau être ensemble. Cela me semblait irréel.

Ange posa ses lèvres sur les miennes, mais je restai prostrée quelques secondes.

—Ça va ?

—Oui… je crois. Je n'ai plus l'habitude, dis-je maladroitement.

—Ce n'est pas un problème pour moi, si tu veux je peux tout te réapprendre.

Je rougis entre ses lèvres. Ange posa une main sur ma joue et la caressa tendrement, puis il me massa le cou, la nuque, tout en immisçant sa langue dans ma bouche petit à petit, comme pour m'apprivoiser…

Je décidai de lâcher prise, et je me laissai aller à mes émotions, en proie à un bonheur infini.

Confessions

Je me réveillai dans un léger brouillard. Où étais-je ? Que s'était-il passé ? Quel jour étions-nous ?

Puis je sentis la main chaude d'Ange caresser mon dos, depuis mes épaules jusqu'à la base de mes fesses, et je me sentis rougir dans mon oreiller.

—Tu te sens mieux ? me demanda-t-il gentiment. Tu avais l'air exténuée, alors j'ai préféré te laisser dormir.

—Tu ne t'es pas reposé, toi ?

—Si, un peu, mais j'avais besoin de te voir, de savoir que tu n'allais pas partir sans que je m'en aperçoive.

—Je ne compte aller nulle part.

—Ça me rassure, mais j'ai tellement souffert ces derniers mois que je préfère rattraper le temps perdu.

Je relevai le drap sur mon corps nu et me tournai vers lui. Nous avions fait l'amour comme si cela avait été la première fois, aussi lentement et tendrement que si nous ne l'avions jamais fait. Malgré toutes les nouvelles étranges que nous avions apprises aujourd'hui, nous nous étions retrouvés seuls au monde, dans notre bulle, enivrés par l'amour et la passion.

Appuyé sur un coude, torse nu, Ange me regardait avec envie et amour. Ses cheveux étaient encore plus ébouriffés que d'habitude. Le soleil couchant était en train de disparaître au loin, laissant la nuit peu à peu s'installer, des milliers d'étoiles apparaissant dans le ciel au-dessus de notre bulle. Cet endroit était tellement romantique que j'aurais pu y rester toute ma vie.

—Je n'ai pas envie de rentrer, murmurai-je doucement.

—Moi non plus. On devrait peut-être passer la nuit ici.

—Tu te rends compte de ce que diraient les autres ?

—Je m'en fiche. Nous nous sommes cachés trop longtemps, toi et moi. Dire que je pensais protéger mon monde et lui faire honneur en respectant ses lois… En réalité, je ne faisais que renforcer la position de l'Ombre originelle au sein du Conseil.

—Tu ne pouvais pas imaginer une chose pareille. As-tu la moindre petite idée de qui il pourrait s'agir ? Y a-t-il quelqu'un au Conseil qui t'a déjà inspiré de la méfiance ? Qui t'a intimidé, peut-être… ?

Ange réfléchit pendant quelques instants mais il secoua de nouveau la tête.

—Non, je n'en ai aucune idée.

—Sais-tu qui est le plus vieux parmi les membres ?

—Non. Ils sont tous tellement âgés... Je ne peux pas croire que l'un d'entre eux soit un traître.

—Lors de la première cérémonie, les membres du Conseil n'étaient pas là, n'est-ce pas ? Pourquoi ?

—Il n'y avait qu'un membre présent, en effet : Erwan. C'est lui qui a présidé la cérémonie. Les autres étaient restés au Palais, là où ils vivent, pour s'occuper des affaires courantes. Les membres du Conseil sont presque considérés comme des dieux, chez nous, ils ne participent donc que très rarement aux cérémonies populaires.

—Mais ils sont allés à l'Adieu aujourd'hui.

—Oui. C'est l'une des seules cérémonies auxquelles ils assistent tous. J'imagine que l'Ombre originelle a instauré cette coutume il y a des années dans le but de vérifier l'état de ses troupes et de rendre hommage à ceux qui étaient tombés à cause de son plan diabolique.

—Si l'Ombre originelle est si vieille, certains anges sauront nous dire qui elle est. Je ne peux pas croire qu'elle soit passée inaperçue pendant si longtemps.

—Je pense qu'il ou elle a un pouvoir pour changer d'apparence. Ce pouvoir existe et il expliquerait comment une seule et même personne a pu rester au pouvoir pendant si longtemps.

—Eh ben... on n'est pas sortis de l'auberge, dis-je en soupirant.

Quelques secondes passèrent en silence, puis Ange se redressa sur le lit.

—Je vais tout dire à Roman et Aedan, dit-il en me regardant droit dans les yeux.

Sur le coup, je crus avoir mal entendu.

—Quoi ? Tu plaisantes, j'espère ?

—Non, bien au contraire.

Je me redressai moi aussi pour lui faire face.

—Tu vas tout dire à Aedan ?

—On va avoir besoin de lui et des autres si on veut découvrir qui est le traître au sein du Conseil.

—Je ne sais pas comment Roman réagira, mais je peux t'assurer qu'Aedan ne te croira jamais.

—Il me croira.

—Comment peux-tu en être si sûr ? Il m'a menacée de te dénoncer au Conseil, tu te souviens ?! C'est à cause de lui qu'on a autant souffert !

—Je ne l'oublie pas, et j'aurai une sérieuse conversation avec lui sur ce point, je peux te l'assurer, mais je pense que s'il apprend la vérité, il se rangera à nos côtés.

—On ne peut pas en être sûrs.

—Non.

—Mais tu préfères prendre le risque ?

—Nous n'avons que deux options, de toute façon : soit on se débrouille tout seuls, soit on demande de l'aide. Dans les deux cas, si on réussit à trouver l'Ombre originelle, elle essayera de nous tuer. Autant avoir un maximum d'alliés avec nous pour lui faire face, tu ne crois pas ?

—Et si quelqu'un nous dénonce avant même qu'on commence à enquêter ?

—Alors on partira.

—Où ?

—Le monde est immense, Eileen, n'aie pas peur, on trouvera un endroit où aller en attendant de découvrir la vérité et d'accomplir la légende. Aléanne ne t'a pas parlé de délai, le temps ne nous est donc pas compté.

—Mais… mais j'ai ma vie, ici ! Ma famille, mes amis, le lycée !

—On ne sera peut-être pas obligés de partir, mais je ne peux rien te promettre.

—Mais si j'arrête les cours, je n'aurais jamais mon bac !

Ange me regarda d'un petit air attendri, presque condescendant. Bah quoi, c'était important d'avoir le bac, à l'heure actuelle !

—Nous verrons comment ça se passe. Peut-être que nous pourrons reprendre notre vie habituelle et commencer à enquêter en même temps. Pour l'instant, je pense qu'il faut que l'on rentre à la maison et que l'on raconte absolument tout à nos amis. À commencer par le fait que nous sommes ensemble.

Je restai sans voix.

Ma vie venait de basculer en à peine quelques heures. Si je n'avais pas tué Tristan, je ne serais pas revenue dans le Monde Céleste, je n'aurais pas parlé avec Aléanne et je n'aurais pas connu la légende. Et si, et si, et si… Avec des « si » on pourrait refaire le monde, c'était bien connu, mais quand même. Je me demandais comment j'avais pu en arriver là en si peu de temps. Bien sûr, j'étais heureuse d'avoir retrouvé Ange, et lui avoir dit la vérité m'avait soulagée d'un grand poids, mais je venais de faire basculer nos deux vies dans l'incertitude la plus totale.

Ange me caressa la joue doucement pour me faire redescendre sur terre.

—Je sais que c'est compliqué, mais à deux on y arrivera, j'en suis sûr.

—Mais on ne sait même pas par où commencer.

—Si la nature nous a choisis pour remplir cette mission, elle mettra des indices sur notre chemin. Elle l'a toujours fait, jusqu'à présent.

—Tu n'as vraiment aucune idée de qui pourrait être l'Ombre au sein du Conseil ?

Ange fit non de la tête mais continua à sourire.

—Tu as découvert quelque chose de capital, aujourd'hui, et je ne pense pas que l'Ombre originelle se doute de quoi que ce soit, sinon elle aurait déjà détruit ce tableau. Nous devons donc reprendre notre vie comme si de rien n'était, tu comprends ?

J'acquiesçai de la tête.

—La seule différence, c'est que si les autres nous croient et qu'ils acceptent de nous aider, alors tu reviendras à la maison. C'est une condition sine qua none pour que j'accepte d'enquêter avec toi.

Que je revienne vivre à Marsiac !

J'en avais tellement rêvé ! Mes parents allaient devenir chèvres, à ce rythme-là, mais dans le fond je savais qu'ils comprendraient.

—D'accord, murmurai-je comme pour moi-même.

—On devrait y aller, maintenant.

—Oui.

Nous commençâmes à nous préparer en silence. J'essayai d'endiguer la panique qui menaçait de m'envahir, mais c'était difficile. Heureusement, une fois prêts, Ange se pencha vers moi pour m'embrasser longuement et tendrement. Il était temps de quitter notre bulle. Lorsque nous en sortîmes, mon ange gardien me prit par la main, et nous nous envolâmes tous les deux vers notre destin.

Le trajet jusqu'à Marsiac se fit en silence. Main dans la main, tous les deux invisibles, nous n'avions pas besoin de parler pour nous comprendre. Cette fois, il n'y aurait plus jamais de séparation. Ceux qui avaient essayé de nous maintenir éloignés l'un de l'autre avaient échoué et il n'y aurait plus de retour en arrière. Désormais nous connaissions la légende, notre mission, et nous avions décidé d'y faire face. Ange serra ma main un peu plus fort lorsque nous descendîmes vers le jardin de la maison, à Marsiac. Il faisait presque nuit et une brume inquiétante recouvrait l'herbe humide. Nous nous posâmes en silence et nous redevînmes visibles. La lumière du salon était allumée et l'on percevait des mouvements à l'intérieur. À cette heure-ci, nos amis devaient être en train de préparer le dîner. Je respirai un grand coup et regardai Ange droit dans les yeux. Je ne vis aucune crainte dans son regard, juste l'envie d'être sincère et d'enfin tout avouer à nos amis.

—Laisse-moi parler, d'accord ? dit-il en me regardant tendrement.

—Mais je t'en prie, fais-toi plaisir. Je t'avoue que je n'ai aucune envie de me jeter dans la gueule du loup.

—Ça va bien se passer.

—Bien sûr, acquiesçai-je sur un ton ironique.

J'avais envie d'enlever ma main de la sienne et de partir me cacher en courant. J'étais tellement habituée à faire semblant devant les autres qu'il me semblait impossible de faire autrement. Tous ces mois passés à se cacher, à faire attention de ne pas être trop proches, à faire semblant de s'ignorer, et maintenant Ange voulait qu'on s'expose au grand jour devant tout le monde, comme si de rien n'était…

Il fit un pas en avant et j'en fis un en arrière.

—Ce n'est peut-être pas une bonne idée, dis-je d'une voix tremblante.

—Fais-moi confiance, répondit-il de sa voix de velours.

Il me tira par la main et j'avançai à contrecœur.

Un pas, puis deux, puis trois.

Arrivés devant la grande baie vitrée, je voulus me cacher le visage dans les mains, comme quand j'étais petite. Si je ne les voyais pas, peut-être qu'ils ne me verraient pas non plus… Mais je fus contrainte d'ouvrir les yeux lorsque mon ange gardien ouvrit la porte-fenêtre pour entrer dans le salon.

Il faisait chaud à l'intérieur, ça sentait bon la quiche lorraine et il y avait une petite musique d'ambiance. Il y avait aussi des rires avant qu'on entre, mais tout à coup tout le monde se tut, et ce fut le silence. Je levai la tête et vis quatre paires d'yeux étonnés nous scruter et nous dévisager. Dans le cas d'Aedan, on aurait plutôt dit qu'il était au bord de l'apoplexie. Nos amis nous observaient en silence, s'attardant plus que de raison sur nos deux mains jointes. La peau me brûlait à cet endroit, comme si ce que nous faisions était interdit, et cela l'était, dans un sens…

Aedan fut le premier à réagir. Il était assis dans un fauteuil mais il se leva lentement et se redressa de toute sa hauteur, visiblement contrarié. Il avait l'air très en colère, mais Ange ne lui laissa pas le temps d'ouvrir la bouche.

—Il va falloir qu'on parle, Aedan, lui dit-il d'une voix calme mais ferme. Eileen et moi avons des choses à vous dire, mais après ça, j'aurais besoin d'avoir une conversation avec toi en privé.

Aedan réfléchit quelques instants, semblant peser le pour et le contre. Allait-il tenter de s'échapper pour aller prévenir le Conseil ? Je n'avais pas très envie d'entamer une course poursuite en pleine nuit. Heureusement, il se rassit sans dire un mot mais son visage exprimait une telle rage et un tel mécontentement qu'il allait être difficile de le convaincre de se rallier à nous.

Je soupirai et me tournai vers les autres. Awen faisait les gros yeux, comme si elle ne comprenait pas notre soudain besoin de nous exposer à la face du monde. Elle semblait mal à l'aise et dansait nerveusement d'un pied sur l'autre, quelques assiettes à la main. Roman semblait estomaqué. Ni en colère, ni contrarié, mais plutôt surpris et indécis sur l'attitude à adopter. Il allait probablement attendre de savoir ce que nous avions à lui dire avant de se prononcer. Quant à Kinnie, elle avait l'air surprise et ne devait sûrement pas comprendre à quoi rimait tout ce cirque.

—Nous devrions tous nous asseoir, dit Ange d'une voix calme. Eileen et moi avons découvert quelque chose de capital et nous voulons vous en parler. Vous déciderez ensuite de ce que vous voulez faire.

Sans dire un mot, nos amis se dirigèrent vers le salon et s'assirent autour de la table. Awen posa ses assiettes avant de nous rejoindre, et la réunion put enfin commencer. Ange présidait la table, moi à sa droite, Roman à sa gauche. Venait ensuite Awen, Aedan en face d'Ange, puis Kinnie à mes côtés. Je pris une profonde inspiration pour me calmer. Ange avait lâché ma main et je n'avais plus qu'une envie : me planquer sous la table.

—Allez-y, racontez-nous tout, dit Roman d'un ton neutre.

—Très bien. Tout d'abord, je tiens à m'excuser, déclara Ange tranquillement. Roman, Aedan, nous connaissons tous les trois les lois de notre monde et, malgré cela, je dois vous avouer que j'ai enfreint l'une de ces règles. J'aime Eileen. Je l'aime depuis le premier jour où je l'ai vue, et même si nous avons mis quelques mois pour nous connaître, nous avons fini par sortir ensemble.

Roman fronçait les sourcils et serrait sa mâchoire de plus en plus à chaque seconde. Ce n'était pas bon, ça, pas bon du tout !

—Tu veux dire que…, commença-t-il à dire.

—Que cela fait des mois que nous sommes ensemble en secret, oui, termina Ange à sa place.

Tout se passa très vite. Roman se leva en faisant crisser sa chaise sur le sol. Ange se leva à son tour pour lui faire face. Quant à moi, je me mis à prier très fort intérieurement pour me transformer en toute petite souris et disparaître à tout jamais de la surface de la terre.

—Quand je vous ai vus arriver, ce soir, j'ai pensé que c'était une blague, dit Roman d'un ton dur. Ensuite je me suis dit que si c'était vrai et que vous vous étiez mis en tête de sortir ensemble, nous serions toujours à temps de vous en dissuader, mais là… Tu es en train de me dire que tu n'as pas cessé de me mentir depuis tout ce temps, et tu voudrais que je t'écoute calmement ? Tu plaisantes, j'espère.

—Non, je ne plaisante pas. Crois-moi, il n'y a rien de drôle dans toute cette situation. J'ai lutté, Roman, tu ne peux même pas imaginer à quel point j'ai lutté contre ce que je ressentais pour elle, mais c'était impossible de résister.

—Ange, tu confonds tout ! Tu confonds l'amour et l'envie de la protéger, c'est tout !

—Ça n'a rien à voir avec ça.

—Bien sûr que si ! s'exclama Roman en s'énervant et en haussant le ton. Merde, Ange ! Ils t'ont donné une formation avant que tu descendes sur terre, qu'est-ce qui s'est passé pour que tu nous trahisses à ce point ?!

—La trahison ne vient pas de moi, poursuivit Ange du même ton calme qu'il avait employé depuis le début de la conversation. Tu ne me laisses pas finir, Roman, il y a quelque chose de grave que vous devez savoir. Ensuite, vous me poserez toutes les questions que vous voudrez.

Roman serrait les poings avec une telle force que les jointures de ses doigts étaient toutes blanches.

—Fais vite, dit-il entre ses dents.

—Il y a un traître au Conseil des Anges, lâcha Ange comme une bombe.

—Quoi ?!

—Vous avez bien entendu, confirma-t-il en regardant Roman et Aedan tour à tour. Eileen et moi avons rencontré quelqu'un qui nous a raconté une légende. Une légende selon laquelle un couple formé par un ange gardien et son ou sa protégée découvriraient l'Ombre originelle au sein du Conseil, la tueraient et libéreraient les anges de la malédiction des Ombres.

Les garçons ne pipèrent mot. Ils hésitaient clairement entre rire ou pleurer. À moins qu'ils ne soient sous le choc.

—C'est tout ce que tu as trouvé comme excuse ? commenta Aedan d'un ton désinvolte.

—Ce n'est pas une excuse, lui répondit Ange avec toute la sincérité et la force de conviction dont il était capable.

Puis il mit dix bonnes minutes à expliquer aux autres ce que m'avait raconté Aléanne. Il leur exposa tout dans les moindres détails. Il oublia juste de préciser qu'en réalité lui n'avait rien entendu et que j'avais été la seule à recevoir le message. Cela ne servait à rien d'envenimer les choses en leur disant toute la vérité. Ils n'avaient pas besoin de connaître tous les détails, après tout…

Lorsqu'il eut fini, les garçons restèrent silencieux un long moment. Kinnie et Awen également, même si elles me jetaient de petits regards furtifs de temps en temps. J'avais l'impression qu'elles étaient de mon côté et quelles n'attendaient qu'une chose : que les garçons se calment enfin pour qu'elles puissent m'apporter leur soutien. Finalement, au bout de quelques minutes qui me parurent une éternité, Roman sortit de sa torpeur pour regarder Ange dans les yeux d'un air sévère.

—Je ne suis pas près de te pardonner ce que tu nous as fait, lui dit-il d'un ton amer. Tu nous as menti pendant des mois. Merde, Ange, on est tes meilleurs amis, si tu nous avais dit la vérité, on aurait essayé de t'aider…

—Comment ? En essayant de me dissuader à tout prix de sortir avec Eileen ?

—Je n'en sais rien, mais au moins je ne me sentirais pas aussi trahi à l'heure qu'il est.

—Je suis désolé. Notre histoire a été compliquée. On a tellement essayé de lutter contre nos sentiments qu'on s'est séparés plusieurs fois. Malheureusement ou heureusement, le destin nous a toujours remis ensemble. Je crois en la légende. Plus j'y réfléchis, plus je crois qu'elle est vraie et que quelque chose ne va pas dans notre société. Qu'est-ce que vous en pensez ?

Roman ne lui répondit pas. Aedan, quant à lui, enfonça ses mains dans ses poches en pinçant durement ses lèvres fines. Ses yeux lançaient des éclairs.

—Je ne sais pas, lui répondit celui-ci d'un ton glacial. Moi aussi je me sens trahi. Pour l'instant je ne peux pas te donner mon accord. J'ai besoin de temps pour réfléchir à tout ce que tu nous as dit. Je ne sais pas si je peux vous croire, conclut-il en me lançant un regard sévère.

—Je ne vous mentirais jamais sur un sujet aussi important, lui répondit Ange en posant une main protectrice sur mon épaule.

Je tremblai à son contact.

—Tu nous as menti sur un sujet tout aussi grave, reprit Roman.

—Je suis désolé. J'aime Eileen, je l'aime de tout mon cœur et je ne peux plus lutter contre ça. Sachez que si vous décidez de nous aider, nous essayerons de découvrir la vérité et de démasquer l'Ombre originelle. Mais si vous pensez que ce que l'on vous demande est trop dur pour vous, alors nous partirons. Nous pouvons partir dès demain s'il le faut.

—Quoi ?! s'exclama Awen en prenant part à la conversation. Comment ça, partir ?

—Oui, comment ça ? insista Kinnie en se redressant sur sa chaise.

—Nous ne pouvons pas vous demander de nous aider si vous pensez que le risque est trop grand, dis-je en sortant enfin de ma léthargie. Je ne voudrais pas vous mettre en danger.

—Non mais tu plaisantes ?! Et vous ? Vous plaisantez, aussi, n'est-ce pas ?! rugit ma meilleure amie en direction de Roman et d'Aedan. Eileen et Ange sont nos amis. Eileen est ma meilleure amie, et il est hors de question qu'elle parte d'ici sous prétexte que vous avez peur pour vos petites fesses !

—Ce n'est pas une question de peur, Awen, c'est une question de loyauté envers notre peuple, commença à dire Aedan en essayant de raisonner ma meilleure amie.

—De loyauté ? Tu te fous de moi, Aedan ? Et la loyauté envers ton meilleur ami, qu'est-ce que tu en fais ? Et toi, Roman, tu serais capable de les laisser partir sous prétexte qu'ils ne vous ont pas tout dit depuis le début ? Vous n'êtes que des hypocrites ! S'ils vous l'avaient dit, vous les auriez obligés à se séparer ou vous les auriez dénoncés au Conseil, n'est-ce pas Aedan ? lança Awen en calant ses deux petits poings sur ses hanches.

Elle avait l'air furieuse.

—Qu'est-ce que c'est que cette histoire ? demanda Roman en se tournant vers Aedan.

Celui-ci se renfrogna en affichant un air à la fois coupable et provocateur.

—J'ai surpris Ange et Eileen ensemble il y a quelques mois. J'ai demandé à Eileen de quitter Ange pour le protéger. Je ne voulais pas qu'un Chercheur les voie. Tu sais très bien que le Conseil aurait demandé le bannissement s'il l'avait appris. Je voulais éviter cela à notre meilleur ami, c'est tout, répondit-il d'un ton dur et froid.

—Alors tu le savais ? Tu savais qu'ils étaient ensemble ?

—Je le savais aussi, dit Awen d'un ton un peu plus doux.

Roman lui lança un regard étrange, entre la surprise et la déception.

—Et toi, Kinnie ?

—Ah non, moi je suis comme toi, dit-elle en levant les mains en signe d'innocence. Je n'avais aucune idée de toute cette histoire !

Roman se tourna alors vers Awen.

—Pourquoi ne m'as-tu rien dit ?

—Pour la même raison que vous songez à abandonner votre meilleur ami : par loyauté.

—Je lui avais demandé de ne rien dire à personne, intervins-je pour la défendre.

—Je ne sais plus où j'en suis, dit Roman en soupirant et en se passant une main dans les cheveux.

—Pourtant c'est très simple, enchaîna Awen. Ou tu abandonnes tes amis et tu les laisses se débrouiller tout seuls pour trouver je ne sais quelle Ombre à l'origine de la malédiction des anges, ou tu décides de les aider, auquel cas tu pourrais à la fois devenir un héros et remonter dans mon estime.

Roman resta silencieux de longues secondes.

—Eileen a tué Tristan, reprit-elle d'une voix plus douce. Nous n'avons pas le droit de leur tourner le dos. C'est l'occasion de payer notre dette envers eux.

Un silence pesant s'installa sur nous tous. Il fallait faire quelque chose. Je décidai de prendre la parole pour ramener un semblant de quiétude à notre petit groupe.

—Prenez votre temps pour réfléchir, dis-je d'une voix calme. Pesez le pour et le contre. Je ne vous en voudrais pas si vous décidez de ne pas nous suivre dans cette aventure.

—C'est tout réfléchi en ce qui me concerne, marmonna Awen dans son coin.

Le silence persista dans la pièce.

—Bon, eh bien moi je vais me coucher, annonçai-je en me levant de table. Je n'ai pas très faim. À demain.

Je fis un bisou à Awen et Kinnie, puis je montai à l'étage pour rejoindre mon ancienne chambre. Ange ne me suivit pas tout de suite. Je ne savais pas ce qu'il faisait, mais il ne me rejoignit que vingt bonnes minutes plus tard. J'avais eu le temps de m'affaler sur mon lit et de m'apitoyer sur mon sort un certain nombre de fois pendant tout ce temps. Quand il entra enfin dans la chambre, il avait un petit sourire aux lèvres.

—J'ai parlé avec Aedan en privé. Je lui ai dit de ne plus jamais te lancer ce genre d'ultimatum, au risque d'avoir affaire à moi. J'ai aussi parlé aux autres. Je veux qu'ils nous croient et qu'ils comprennent que la situation est grave. Ils ont promis d'y réfléchir. Nous en reparlerons demain matin. On devrait se reposer, maintenant.

J'acquiesçai d'un signe de tête et tendis les bras vers lui.

—Quoi qu'ils décident, tout se passera bien, affirma-t-il en venant se blottir tout contre moi.

Ça y est, nous y étions. Nous allions enfin savoir ce que pensaient nos amis de toute cette histoire. Je grouillai d'impatience et d'angoisse après une nuit d'insomnie. Incapables de dormir, Ange et moi avions passé presque toute la nuit à discuter et à nous faire des câlins. Rien de bien sérieux, étant donné que nous étions bien trop stressés l'un et l'autre pour faire quoi que ce soit, mais au moins nous avions profité de ces quelques heures de calme pour être simplement tous les deux, collés l'un à l'autre, nos corps enlacés et nos âmes en paix.

Et ce matin nous étions tous là, à nous toiser les uns les autres, debout autour de la grande table du salon. Nous n'avions même pas pris notre petit déjeuner. Au moins, l'absence de Chercheur ou de membre du Conseil laissait présager que nos amis n'avaient pas prévu de nous dénoncer tout de suite. Si au moins ils nous laissaient partir, peut-être aurions-nous une chance de nous en sortir…

Roman fut le premier à s'asseoir. Les uns après les autres, nous nous installâmes autour de la table. Nous avions de petites mines et une ambiance pesante régnait dans la pièce. L'électricité dans l'air devait largement dépasser la limite autorisée.

Awen me regardait avec insistance, peut-être pour me calmer, sans doute pour m'encourager. Kinnie me lançait des petits coups d'œil discrets, assise à côté d'un Aedan droit comme un piquet, le regard perdu à l'horizon et le visage fermé. Je devinais déjà plus ou moins son opinion sur toute cette affaire.

—Nous avons parlé longuement, hier soir, annonça Roman en me ramenant brutalement sur terre.

Sans le vouloir, je me raidis sur ma chaise. Ange posa sa main sur ma cuisse, sous la table, et la caressa lentement pour me calmer.

—Et… ? demanda-t-il à son ami.

Aedan se leva et posa ses deux mains à plat sur la table.

—Pour ma part, j'ai décidé de vous laisser avancer dans votre enquête sans rien dire au Conseil, mais je ne peux pas vous aider, je suis désolé. Je préfère rester en dehors de tout ça, même si je respecte la décision des autres de vous accorder leur confiance. Pour moi c'est trop dur. J'aurais l'impression de trahir les miens si je participais à tout ça.

Puis il se rassit et Roman s'éclaircit la gorge.

—Bon, je ne vais pas vous mentir : la pilule est dure à avaler. Les filles ont décidé de vous apporter leur soutien, mais pour Aedan et moi tout est différent. Nous nous sentons trahis à la fois par notre monde et par vous. Nous ne savons plus très bien à qui nous fier. Cette histoire de légende semble plausible mais nous n'avons aucune preuve de…

—La légende est vraie, l'interrompis-je en le regardant droit dans les yeux.

Merde alors, hors de question que l'on me traite de menteuse, je commençais à en avoir marre qu'on me casse les pieds.

—Je n'ai pas dit qu'elle ne l'était pas, et je sais que tu as du mal à nous comprendre, Eileen, mais nous n'avons aucune preuve réelle de ce que vous dites.

—J'ai entendu la légende. Aléanne me l'a racontée très clairement et je vous jure que je vous ai dit la vérité. Il y a un traître au sein de votre monde, et il ne tient qu'à vous de nous aider à le retrouver.

—Mais je compte bien vous aider, annonça-t-il soudain en me laissant comme deux ronds de flan.

—C'est vrai ? intervint Ange d'un ton à la fois étonné et empli d'espoir.

—Oui, lui répondit Roman en souriant légèrement. Je respecte la décision d'Aedan, je comprends ses raisons, mais je ne peux pas vous faire ça. Pas à toi, Ange. Nous sommes amis depuis toujours et j'ai une confiance aveugle en toi.

Oui !

Je jubilai intérieurement. Nos amis allaient nous aider, nous ne serions pas seuls dans cette épreuve, je me sentais pousser des ailes à chaque seconde !

Ange se leva et rejoignit Roman à l'autre bout de la table. Celui-ci se leva également et ils s'enlacèrent en une étreinte fraternelle émouvante. Les larmes me montèrent aux yeux sans que je m'en rende compte, et Awen et Kinnie se levèrent à leur tour pour venir m'étreindre.

Ça y est, je ne me sentais plus seule. Je n'avais plus peur. Je savais que l'avenir ne serait pas facile, je n'avais aucune idée de la façon dont nous pourrions démasquer l'Ombre originelle, mais je sentais que, tous ensemble, nous serions capables de faire de grandes choses. La nature m'avait toujours donné les armes pour me défendre et mener à bien ma mission, et ces armes, aujourd'hui, c'étaient mes amis. Bien sûr, Aedan ne serait pas facile à convaincre, mais avec le temps j'étais sûre qu'il finirait par se rallier à notre cause. Je comptais aussi sur Kinnie pour le ramener à nous peu à peu. Oui, nous y arriverions, j'en étais sûre.

Le poids qui écrasait ma poitrine depuis la veille s'envola lorsque Roman vint m'enlacer, lui aussi, comme pour sceller sa promesse.

—Tu es la protégée d'Ange et tu es aussi celle qu'il a choisie pour partager sa vie, ce qui fait de toi une personne exceptionnelle à mes yeux, me chuchota-t-il dans le creux de l'oreille. Alors tu peux compter sur mon soutien.

Nous nous fixâmes pendant quelques secondes, les yeux dans les yeux. J'avais l'impression de voir Roman pour la première fois, de le redécouvrir. Dans son regard dansait une lueur déterminée, et je sus que je venais de gagner une aide précieuse pour le dangereux combat qui nous attendait…

Épilogue

—Je n'arrive pas à croire que ce soit enfin fini, lançai-je à Awen en sortant de l'examen de Français.

—Moi non plus ! s'exclama-t-elle en me prenant par le bras et en m'entraînant dans les couloirs. J'ai hâte d'être à ce soir, Roman m'a promis une belle soirée romantique pour fêter la fin des cours et des examens, dit-elle avec un grand sourire coquin.

—Maligne, va, lui répondis-je en lui décochant un clin d'œil complice.

—Qu'est-ce que vous allez faire, vous ?

—Devine…

—Oh non, pas ce soir ! Vous allez encore chercher des indices dans vos vieux bouquins ?! s'indigna-t-elle en me faisant les gros yeux.

—Il faut bien commencer par quelque chose.

—Mais ça fait des semaines que ça dure et on n'a rien trouvé du tout !

—Je sais.

—Est-ce que vous avez… tu vois ce que je veux dire, depuis que vous êtes revenus vivre à la maison ?

—Quoi ?! C'est quoi, cette question ?

—Oh, allez, ne fais pas ta mijaurée avec moi, est-ce que vous avez joué avec Popol ces derniers temps ?

J'éclatai de rire en me sentant rougir comme une tomate. Il n'y avait bien qu'Awen pour s'immiscer ainsi dans la vie privée des autres !

—Je refuse de répondre à cette question, et je ne sais pas qui est Popol, répondis-je en pouffant comme une idiote.

—Tu sais, moi je dis ça pour vous. Ce n'est pas bon de bosser autant, vous devriez prendre un peu de bon temps pour rééquilibrer les choses…

Je ne répondis pas à sa remarque.

Du temps. En avions-nous ? Combien ? Aléanne n'avait rien dit à ce sujet, et nous ne savions pas du tout le temps qui nous serait imparti pour mener à bien notre mission. Nous avions passé les deux derniers mois à travailler comme des acharnés. J'étais revenue vivre à Marsiac en faisant croire à mes parents que je retournais vivre à l'internat. Ils avaient accepté ma décision sans broncher et sans me poser de questions, ce qui faisait probablement d'eux les meilleurs parents du monde. Entre les examens de nos cours « spéciaux », les épreuves anticipées du Bac en Français et en Sciences, et nos recherches pour découvrir un indice sur la Légende Céleste, nous n'avions pas eu une seule seconde à nous. Ange et moi passions nos soirées sur Google ou dans des vieux bouquins trouvés à la bibliothèque ou dans des brocantes, dans l'espoir de trouver quelque chose, une piste, un petit détail, n'importe quoi qui nous permettrait de faire le rapprochement entre ce que nous avait dit Aléanne, et la réalité. Malheureusement, pour l'instant, nous n'avions rien trouvé. Rien, que tchi, que dalle, nada. Le néant absolu. Fidèle à sa promesse, Aedan s'était éclipsé à chaque fois que nous avions commencé nos recherches, mais les autres nous avaient aidés de nombreux soirs, sans se décourager malgré le manque de résultat. Ce n'était pas évident. Nous ne savions pas du tout où ni quoi chercher. C'était un peu comme chercher une aiguille dans une botte de foin. Malgré tout, je gardais espoir et j'espérais que nos efforts paieraient. Nous finirions bien par trouver quelque chose, non ? Nous n'avions rien demandé à personne dans le Monde Céleste, pas même à la famille et aux amis des garçons. Il nous semblait beaucoup trop dangereux de poser des questions à des anges, nous devions donc nous débrouiller tout seuls, mais ce n'était pas facile tous les jours. Nous ne devions surtout pas nous décourager. Il fallait garder espoir…

—Eh oh, allô la lune, ici la terre ! me cria Awen dans l'oreille en me faisant sursauter.

—Mais t'es folle ou quoi ?! T'as failli me rendre sourde ! m'exclamai-je en frottant énergiquement ma pauvre petite oreille.

Pfff, elle était vraiment cinglée, celle-là…

—Ah, te revoilà, Dieu merci, j'ai cru que je t'avais perdue pour toujours.

Je levai les yeux au ciel.

—Je réfléchirai à ta proposition de prendre du bon temps avec Ange, merci pour tes conseils. Voilà, tu es contente ?

—Mmmh, oui. Allez, dépêchons-nous de rentrer, j'en ai marre de ce lycée et je veux me faire belle pour mon chéri, dit-elle en me poussant dans le dos pour me faire avancer plus vite.

Je faillis m'écraser contre Ange lorsque celui-ci apparut devant nous au détour d'un couloir. Il m'attrapa par les hanches avant que je me fracasse le nez sur son torse.

—Eh, doucement, Mademoiselle, vous avez bien failli me renverser, dit-il en me poussant gentiment sur le côté et en emprisonnant mes poignets dans ses mains chaudes et puissantes.

—Bon, bah, pense à ce que je t'ai dit, moi je rentre à la maison, me lança Awen en me faisant un clin d'œil appuyé.

—De quoi parle-t-elle ? voulut savoir mon ange gardien.

Je maudis Awen intérieurement.

—De rien du tout, tu sais bien qu'elle divague la moitié du temps.

—Ah, d'accord.

Avant que je puisse me libérer de son étreinte, Ange me plaqua contre la porte d'une salle de classe et en fit tourner la poignée, puis il me poussa doucement à l'intérieur. Je sursautai en me retournant. Heureusement, elle était vide. La sonnerie avait retenti dix bonnes minutes auparavant et les élèves ne s'étaient pas fait prier pour sortir, trop heureux d'être enfin en vacances.

—Je te trouve bien nerveuse, dit-il en frottant son nez contre le mien et en déposant tout un tas de bisous légers sur mon visage et dans mon cou.

—Euh, non, ça va…

—Tu es sûre ? insista-t-il en frôlant ses lèvres sur les miennes et en jouant à dessiner le contour de ma bouche du bout de sa langue.

—Euh… oui, répondis-je en commençant à perdre le fil de la conversation.

Il était bien trop doué avec sa langue pour que je me concentre plus longtemps. Je me laissai aller à mes sensations en ouvrant plus grand la bouche et en me collant très fort contre lui.

—Mmmh, je vois que tu es réceptive, ça me plaît, dit-il en jouant de plus belle avec sa langue, la faisant glisser le long de mon cou et dans le creux de ma gorge.

Lorsqu'il remonta pour me mordre doucement le lobe de l'oreille, je laissai s'échapper un petit gémissement.

—J'adore quand tu es comme ça, me chuchota-t-il à l'oreille. Ce soir je t'emmène, je t'enlève pour toute la nuit.

Je frissonnai en sentant son souffle chaud dans mon oreille.

—C'est notre dernière nuit ensemble, ensuite il faudra que tu retournes chez tes parents pour l'été. Je viendrai te voir, bien sûr, mais ce ne sera plus pareil…

Ange avait raison. Les filles et moi avions déjà préparé nos affaires pour rentrer chez nous. Les garçons n'étaient pas du tout enchantés par la situation, plus que jamais convaincus que nous étions en danger de mort en étant séparées d'eux, mais nous n'avions pas d'autre choix. À dix-sept ans, nous ne pouvions décemment pas nous permettre de passer l'été dehors, les garçons allaient donc devoir prendre leur mal en patience.

Ange se mit à caresser mon dos tout en jouant avec une mèche de mes cheveux.

—Tu es toujours avec moi ? me demanda-t-il au bout de quelques secondes.

—Oui et non, répondis-je honnêtement.

—À quoi penses-tu ?

—Au fait que nous allons rentrer chez nos parents.

—Je viendrai te voir, c'est promis, et nous continuerons à chercher des indices. Je suis sûr qu'on finira par trouver quelque chose.

—Je l'espère. Il faudra qu'on profite de tout ce temps libre pour avancer dans nos recherches. L'année prochaine risque d'être compliquée.

Compliquée, c'était le moins que l'on puisse dire. Entre le Bac, les Ombres et l'Ombre originelle, je pressentais que cette dernière année au lycée allait être épique.

—En attendant, on pourrait mettre à profit notre dernier soir en tête à tête pour passer une soirée en amoureux.

Méfiante, je le regardai par en dessous.

—Tu as parlé avec Roman, récemment ?

—Non, pourquoi ?

—Parce qu'il a organisé une soirée pour Awen…

—Ah, ça, oui, il m'en a parlé, cela fait plusieurs jours qu'il la prépare. Mais tu ne m'as pas dit si tu acceptais mon invitation, poursuivit-il en resserrant son étreinte.

—Tu me demandes l'autorisation de m'enlever ?

—Tout à fait.

—Dans ce cas, j'accepte d'être ta prisonnière, répondis-je en pouffant de rire.

Ange pouvait bien m'emmener au bout du monde, j'étais prête à le suivre absolument partout.

Je pensais qu'il allait nous rendre invisibles pour partir en volant, mais au lieu de ça il me libéra et ouvrit la porte de la salle de classe en m'invitant à sortir.

—Après vous, Mademoiselle, dit-il en me faisant une petite révérence.

Je gloussai de plus belle en sortant de la salle. Ange m'emmena jusqu'à la sortie du lycée, puis nous nous glissâmes discrètement dans sa voiture.

—Pas de Monde Céleste, ce soir ? lui demandai-je en haussant un sourcil.

—Non, pas ce soir.

—OK. Alors où va-t-on ?

—Tout d'abord, nous allons dîner. Ensuite, nous irons dormir.

Je sentis mes joues s'enflammer. Et merde. J'étais vraiment obligée d'être si émotive ? Je m'installai confortablement dans l'Audi en attendant de découvrir notre destination, tout en fermant les yeux pour me calmer.

Une main légère se posa sur mon genou.

—Eileen, on est arrivés.

Hein ? Quoi ?

J'ouvris les yeux en marmonnant des mots incompréhensibles. Merde, je m'étais endormie !

Oh, la honte suprême…

Je n'avais pas bavé, au moins ?! Un coup d'œil discret m'indiqua que je m'étais abstenue de dégueulasser la voiture de mon petit ami, ce dont je remerciai le Seigneur intérieurement.

—Désolée, je me suis assoupie, m'excusai-je en balbutiant.

—J'avais remarqué, me répondit Ange avec un petit sourire en coin. Tu prenais des forces pour ce soir, c'est ça ?

J'ouvris des yeux grands comme des soucoupes et Ange éclata de rire.

—Tu es tellement mignonne quand tu rougis, dit-il en sortant de la voiture.

Il vint ouvrir ma portière, tel un chevalier servant, puis il m'entraîna par la main vers un petit resto perdu au beau milieu des champs. Je n'avais aucune idée de l'endroit où nous nous trouvions, mais cela ne m'intéressait pas plus que ça. Le restaurant était petit et peu éclairé. J'approuvai les murs en pierre et la décoration celtique. Lorsqu'une petite bonne femme vêtue d'une robe ample et coiffée d'une tresse parsemée de fleurs des champs nous installa au fond de la salle, je me sentis projetée au Moyen-Âge.

Ange, quant à lui, ne s'était pas départi de son sourire.

—Ça te plaît ?

—Oui, c'est très mignon.

—Je me suis renseigné, il paraît que la nourriture est excellente, et c'est tout près de l'endroit où nous irons ensuite.

J'approuvai d'un signe de tête et la petite dame revint à cet instant pour nous présenter les menus et nous demander ce que nous voulions boire. Ayant la tête ailleurs, je laissai Ange commander pour moi. La nourriture ne tarda pas à arriver et, comme il me l'avait dit, elle était vraiment excellente. On sentait la touche personnelle de la cuisinière dans chaque plat, et les produits étaient de très bonne qualité. Ange insista pour payer la note et nous retournâmes à la voiture.

—Comment fais-tu pour payer tout cela ? Je veux dire… tes dépenses sur terre. Les frais de la maison, les sorties, tout ça… ?

Ange posa sa main sur la mienne et sourit dans l'obscurité naissante. Il faisait presque nuit, désormais.

—Le Conseil des Anges nous donne de l'argent tous les mois.

—À Roman et Aedan aussi ? Beaucoup d'argent ? Non, oublie ce que je viens de dire, je m'en fiche, c'est juste que ça m'intrigue de savoir comment…

—Oui, beaucoup d'argent, m'interrompit-il en continuant à sourire, imperturbable.

—Ah.

—Je te l'ai déjà expliqué, nous n'avons pas la même notion que vous de l'argent. Lorsqu'un ange descend vivre sur terre, il doit pouvoir subvenir à ses besoins et en profiter, sinon cela ne sert à rien. Les anges gagnent assez d'argent pour payer les frais de ceux qui sont sur terre et subvenir aux besoins de ceux qui sont dans le ciel. Le Conseil nous donne bien assez d'argent pour payer nos dépenses à tous les six. Mais tu sais, si un jour je retourne vivre dans le ciel, je rendrai l'argent que je n'ai pas dépensé.

—Encore une grande différence entre les anges et les hommes. Chez nous, les gens tueraient pour de l'argent.

—Ces derniers temps, j'ai perdu une grande partie de la confiance que j'accordais à mon peuple. Je commence à croire que les anges ne valent pas mieux que les hommes, finalement.

—Ne dis pas ça. Tu ne peux pas condamner tout un peuple pour un seul traître.

—Je sais, mais si nous avions été plus méfiants, nous aurions peut-être pu découvrir la vérité avant. Cela fait des siècles que la malédiction des Ombres existe et qu'un traître siège au Conseil des Anges. C'est extrêmement grave.

—L'Ombre originelle doit être très puissante pour être passée inaperçue pendant tout ce temps. Une fois que l'on saura de qui il s'agit, que ferons-nous ?

Ange me lança un petit regard en biais.

—Je ne sais pas, dit-il avec un demi-sourire sur les lèvres. Mais pour l'instant j'aimerais arrêter de parler de tout ce merdier. Nous sommes arrivés, dit-il en signalant du menton un petit chemin à l'orée d'un bois, perdu au milieu de nulle part.

L'Audi emprunta le petit chemin sinueux et cabossé, et après plusieurs minutes de route et de soubresauts, nous arrivâmes devant une petite maison, bien à l'abri cachée au milieu des arbres. Il n'y avait personne aux alentours. Aucune habitation. Pas âme qui vive. La lune se reflétait sur une immense paroi en verre derrière laquelle devait probablement se trouver le salon.

Ange sortit de la voiture et vint m'ouvrir la portière une nouvelle fois. Je haussai les sourcils en quête de réponses. Où étions-nous ? À qui appartenait cette maison ?

—Je l'ai louée pour cette nuit, me dit mon ange gardien avec un grand sourire aux lèvres.

—Tu l'as louée ? m'exclamai-je, estomaquée.

—Oui, et avec l'argent du Conseil, en plus, dit-il d'un air moqueur. Ils nous doivent bien ça, tu ne crois pas ?

Je ris de bon cœur en m'approchant de la maison. Il s'agissait en fait d'un petit chalet en bois, perdu au milieu de la forêt. Ange chercha quelque chose pendant quelques secondes et finit par se baisser pour soulever une pierre et se relever en me faisant un clin d'œil.

—Voilà les clés ! s'exclama-t-il en les faisant tourner entre ses doigts.

Je ris de plus belle. Ange était de bonne humeur et sa joie était communicative.

Lorsque nous pénétrâmes à l'intérieur de notre petit chez-nous, je fus agréablement surprise par la modernité et la sobriété des meubles et de la décoration. Une petite cuisine aménagée se trouvait juste sur la gauche en entrant. L'entrée principale donnait directement sur un petit salon aux lignes épurées, dans les tons beige et gris. De petits objets de décoration en bois flotté ornaient la salle, ainsi que quelques plantes savamment disposées de-ci de-là. En traversant le salon, on accédait à une porte donnant sur une suite parentale. Une jolie salle de bains aux teintes argentées était reliée à la chambre par une porte vitrée. La chambre en elle-même était…

Extraordinaire !

La grande baie vitrée que j'avais aperçue de l'extérieur ne donnait pas sur le salon, mais sur la chambre ! Un immense lit aux draps de coton beige nous attendait. Je m'assis sur le lit et inspirai profondément. Au-delà de la baie vitrée je pouvais voir chaque arbre, chaque fleur et chaque arbuste qui entourait la maison. J'avais l'impression d'être en plein cœur de la forêt.

Ange vint me rejoindre dans la chambre, s'assit à mes côtés et passa son bras autour de mes hanches.

—Ça te plaît ?

—C'est sublime.

—Je l'ai choisie pour ça, dit-il en désignant la baie vitrée du menton.

—Tu as eu raison, c'est vraiment très, très beau.

—J'avais envie de passer un moment seul avec toi, au calme, loin de tous nos soucis.

—Merci, dis-je dans un murmure.

Ange se pencha vers moi et posa ses lèvres sur les miennes. Je lui rendis son baiser en passant une main dans ses cheveux soyeux. Il en profita pour m'allonger sur le lit et recouvrir mon corps avec le sien. Son baiser se fit plus pressant et mon corps se réchauffa de plusieurs degrés. J'avais besoin de lui, besoin de son corps contre le mien, de sa peau chaude sur ma peau froide. Je me cambrai pour sentir son désir contre mon entrejambe, et je gémis de plaisir. Il gémit en retour et continua à m'embrasser, mordillant mes lèvres et m'arrachant des soupirs de satisfaction. Ses mains se firent baladeuses. L'une d'entre elles glissa sous mon t-shirt tandis que l'autre se faufilait le long de mon dos en d'infinis caresses. Je me tortillai dans tous les sens, la peau à vif. Je voulais qu'il me voie nue, je voulais qu'il me touche et me rende folle. Je me redressai sur le lit et enlevai mon t-shirt d'un geste rapide, comme je l'avais déjà vu faire dans des films à l'eau de rose. Ce n'était pas si difficile que ça, en fait, et j'avais même l'impression d'être sexy en le faisant. En tout cas, Ange me dévorait du regard, les yeux brillants dans la nuit.

Magnifique. Il était tout simplement magnifique.

—Tu es tellement beau, lui dis-je dans un souffle.

—Oh non, c'est toi qui es belle, dit-il en se redressant et en posant sa bouche sur mon ventre.

Il plaça ses deux mains sur mes hanches et entreprit de couvrir ma peau de petits baisers légers. Je ris plus d'une fois parce que cela me chatouillait, mais il n'arrêta pas sa douce torture pour autant. Je profitai de ma position pour lui enlever son t-shirt. Sa peau si douce et si chaude me fit frissonner de désir. Je posai mes mains sur ses épaules tandis qu'il continuait à me faire rire avec ses lèvres, puis il me prit dans ses bras musclés et me fit basculer pour m'allonger sur le lit. En à peine deux secondes, je me retrouvai coincée sous son corps, les poignets maintenus fermement par ses longs doigts fins.

—J'avais envie de cet instant depuis des semaines, dit-il en frottant son menton sur le mien.

Ça piquait un peu et je fis une petite grimace.

—Désolé. Dis-moi que tu m'aimes, s'il te plaît, dit-il en replongeant son visage dans mon cou.

Eh ben ça alors, je ne m'y attendais pas du tout !

—Je t'aime, répondis-je en riant.

—Beaucoup ?

Je ris de plus belle. Il avait l'air si vulnérable, si peu sûr de lui. Apparemment, il n'avait pas encore compris à quel point je l'aimais. Il me regardait de ses grands yeux verts, sincères et suppliants. Je le trouvai adorable.

—Bien sûr que oui. Je t'aime à la folie, lui chuchotai-je dans le creux de l'oreille.

Un immense sourire apparut sur son visage et il se remit à m'embrasser, plus fougueusement cette fois. L'une de ses mains libéra mon poignet pour plonger vers le bouton de mon jean. Je me mis à hyperventiler à cet instant précis, mais un petit coin de mon cerveau se mit à crier « pantalon, pantalon ! » et je compris qu'il était temps que je lui enlève son jean à lui aussi. Sans vraiment savoir comment je m'y étais prise, nous nous retrouvâmes en sous-vêtements, collés l'un à l'autre, le corps et le cœur bouillants. Je me fichais éperdument de l'Ombre originelle, de Ludivine ou des cours. Plus rien n'avait d'importance, à part lui et moi dans cette chambre. C'était tout ce que je voulais : je le voulais, lui, et rien d'autre. Je fondis sur sa bouche pour lui arracher un baiser désespéré, et il me répondit de la même manière.

—J'ai l'impression que ça t'avait manqué, à toi aussi, dit-il dans un demi-sourire.

—Mmmh… oui. Je ne vais pas te mentir : tu es excellent à ce petit jeu.

—Merci, princesse, dit-il en me mordillant le lobe de l'oreille. Tu veux aller plus loin ?

—J'espère que ce n'est pas une vraie question.

—Oh si, c'en est une, je peux te l'assurer.

Pfff, il avait le chic pour casser l'ambiance. Je haussai un sourcil avant de répondre.

—J'ai très, très envie d'aller plus loin, murmurai-je à son oreille. Et je te signale qu'en tant qu'ange gardien, tu devrais le sentir et satisfaire le moindre de mes désirs, ajoutai-je pour lui lancer une pique.

Il rit tout contre moi et se redressa pour me regarder droit dans les yeux.

—Mais je l'ai senti, Mademoiselle, je voulais juste m'assurer que vous étiez bel et bien sûre de vous.

Et comme pour me montrer qu'il savait très bien ce qu'il faisait, il pressa légèrement son bas-ventre contre le mien. Oh là là, j'allais devenir dingue à ce rythme-là ! Je gémis doucement en profitant de sa douce torture, puis il se mit à descendre sur mon corps avec sa bouche jusqu'à arriver à ma petite culotte. Lorsqu'il passa ses doigts en dessous pour la faire descendre, je cessai de respirer. Après m'avoir mise à nu, il remonta jusqu'à ma bouche et m'embrassa à nouveau langoureusement. Il bougea un peu tandis qu'il enlevait son caleçon, et j'en profitai pour toucher ses abdominaux et ses pectoraux parfaits. Il avait la peau si douce, et moi j'avais chaud, tellement chaud ! Je me mis à me tortiller sous lui, comme pour apaiser le feu qui me consumait de l'intérieur, mais Ange me cloua sur le matelas à l'aide de son corps.

—Moi aussi je t'aime, Eileen, dit-il en me dévorant du regard. Et je serai à tes côtés toute ma vie, si la nature me le permet, tant pour me battre contre tes ennemis que pour te faire l'amour à l'infini.

Sa déclaration me prit par surprise et m'émut au plus haut point. Les yeux emplis de larmes, je sentis que ses hanches se refermaient sur moi, et je le laissai m'emporter loin, loin d'ici dans un tourbillon de passion et d'amour infinis.

Il faisait chaud, cette nuit. Le mois de Juin avait été ensoleillé et la température était exceptionnellement élevée, ces derniers temps. Je me tournai plusieurs fois dans le lit, incapable de trouver un sommeil profond et réparateur. Je venais de passer l'une des plus merveilleuses soirées de ma vie, mais malgré cela je me sentais nerveuse. J'étais inquiète et je ne parvenais pas à déconnecter mon esprit de tous nos problèmes.

J'allais me lever pour aller chercher de l'eau lorsque quelque chose attira mon attention à l'extérieur. Je plissai les yeux pour comprendre ce qui m'avait intriguée et…

Oh mon Dieu.

À quelques mètres à peine de la baie vitrée, éclairée seulement par quelques rayons de lune, se tenait une silhouette sombre aux ailes déployées.

Et elle était en train de nous observer dans le silence de la nuit…

FIN

Remerciements

Ça y est, nous y voilà, je suis arrivée à la page des remerciements, ce qui est une bonne nouvelle puisque cela veut dire que j'ai enfin réussi à finir le tome 2 !

Presque trois ans. Il m'aura fallu presque trois ans pour écrire la suite des aventures d'Ange et d'Eileen, alors je ne vous remercierai jamais assez, lecteurs et lectrices, d'avoir eu autant de patience. Vous savez, ce n'est pas la page blanche qui m'empêche d'avancer, bien au contraire : c'est quelque chose que je ne connais pas (touchons du bois pour que cela n'arrive jamais). En fait, si je pouvais, j'écrirais tout le temps, n'importe où et à n'importe quelle heure. Oui mais voilà, il faut aussi que je travaille « pour de vrai ». Argh ! Ce n'est donc pas une excuse mais c'est en grande partie à cause de mon travail « officiel » que je n'ai pas pu écrire aussi souvent que je le souhaitais. Bon, d'accord, il y a aussi le fait que je sois maman de deux enfants, ce qui ne m'aide pas à avoir des trous dans mon emploi du temps ! En tout cas, je vous promets de dormir encore moins la nuit pour vous dévoiler le tome 3 le plus vite possible. C'est promis, juré, craché !

Je profite également de cette petite page pour remercier toutes les blogueuses qui ont joué un rôle incroyable dans le succès de « Protégée des Anges ». Plus de 600 exemplaires vendus à l'heure actuelle, c'était totalement inespéré au départ, et pour moi cela veut surtout dire qu'il y a plus de 600 personnes sur terre qui connaissent mon roman (petits papillons dans le ventre)…

Je remercie aussi tous ceux qui ont laissé un petit mot, un message ou un petit commentaire sur ma page Facebook. Ça fait toujours très plaisir et ça donne du courage et de l'espoir pour la suite. Je remercie aussi, bien sûr, celles et ceux qui prennent le temps de noter mon livre et de mettre un commentaire sur Amazon, car c'est le seul moyen pour moi de me faire connaître.

Mon rêve, c'est de vous faire rêver. Je rêve de vous faire partager mon monde intérieur, de vous faire voyager et de vous faire vivre quelques heures de plaisir. J'espère y être arrivée avec ce tome 2. J'espère ne pas vous avoir déçus. J'y ai mis toute mon énergie et toute mon imagination, et aussi bien sûr tout mon amour pour la lecture, parce qu'avant d'être une auteure, je suis surtout une lectrice qui aime les histoires d'amour passionnées.

Et pour finir, je remercie ma famille : mon mari, mes enfants, mes parents, mes oncles, mes tantes, mes cousins… Bref, tout le monde y passe car je vous aime infiniment ! Vous êtes plus importants pour moi que vous ne pouvez l'imaginer.

Aujourd'hui, je suis heureuse et je me sens légère parce que je viens de finir « La Légende Céleste » et que dans quelques semaines je pourrai enfin la partager avec vous, alors je croise les doigts pour que ce nouveau tome vous plaise !

Et comme toujours n'hésitez pas à me contacter, je prendrai beaucoup de plaisir à vous répondre.

Merci merci merci, merci pour tout ♡

Chapitres

Pour en savoir plus sur la série « Les Élus », les prochains tomes, les anecdotes, envoyer des messages à l'auteure ou lire des extraits en avant-première :

facebook/Inès Lb
www.amazon.fr/Inès Lb

ISBN-13: 978-1539637943

Imprimé par CreateSpace
12,99€ TTC

© Inès LB, 2016
Numéro L6631GA
Tous droits réservés

19923756R00214

Printed in Great Britain
by Amazon